Robert Lowi[signature]

Stevenson

COLLECTION
MEDO CLÁSSICO
DARKSIDE

Tradução para a língua portuguesa
© Paulo Raviere, 2019

Ilustrações de Capa e Miolo
© Alcimar Frazão, 2019

Diretor Editorial
Christiano Menezes

Diretor Comercial
Chico de Assis

Diretor de Novos Negócios
Marcel Souto Maior

Diretora de Estratégia Editorial
Raquel Moritz

Gerente Comercial
Fernando Madeira

Gerente de Marca
Arthur Moraes

Gerente Editorial
Marcia Heloisa

Editor
Bruno Dorigatti

Capa e Projeto Gráfico
Retina 78

Coordenador de Diagramação
Sergio Chaves

Designer Assistente
Guilherme Costa

Preparação
Ana Kronemberger

Revisão
floresta
Retina Conteúdo

Finalização
Sandro Tagliamento

Marketing Estratégico
Ag. Mandíbula

Impressão e Acabamento
Gráfica Geográfica

DADOS INTERNACIONAIS DE CATALOGAÇÃO NA PUBLICAÇÃO (CIP)
Angélica Ilacqua CRB-8/7057

Stevenson, Robert Louis
O médico e o monstro e outros experimentos / Robert Louis Stevenson; ilustração de Alcimar Frazão ; tradução de Paulo Raviere. — Rio de Janeiro : DarkSide Books, 2019.
352 p. : il.

ISBN: 978-85-9454-171-0

1. Ficção escocesa 2. Contos escoceses
I. Título II. Frazão, Alcimar III. Raviere, Paulo

19-1940   CDD E823

Índice para catálogo sistemático:
1. Ficção escocesa

[2019, 2024]
Todos os direitos desta edição reservados à
DarkSide® *Entretenimento* LTDA.
Rua General Roca, 935/504 — Tijuca
20521-071 — Rio de Janeiro — RJ —.Brasil
www.darksidebooks.com

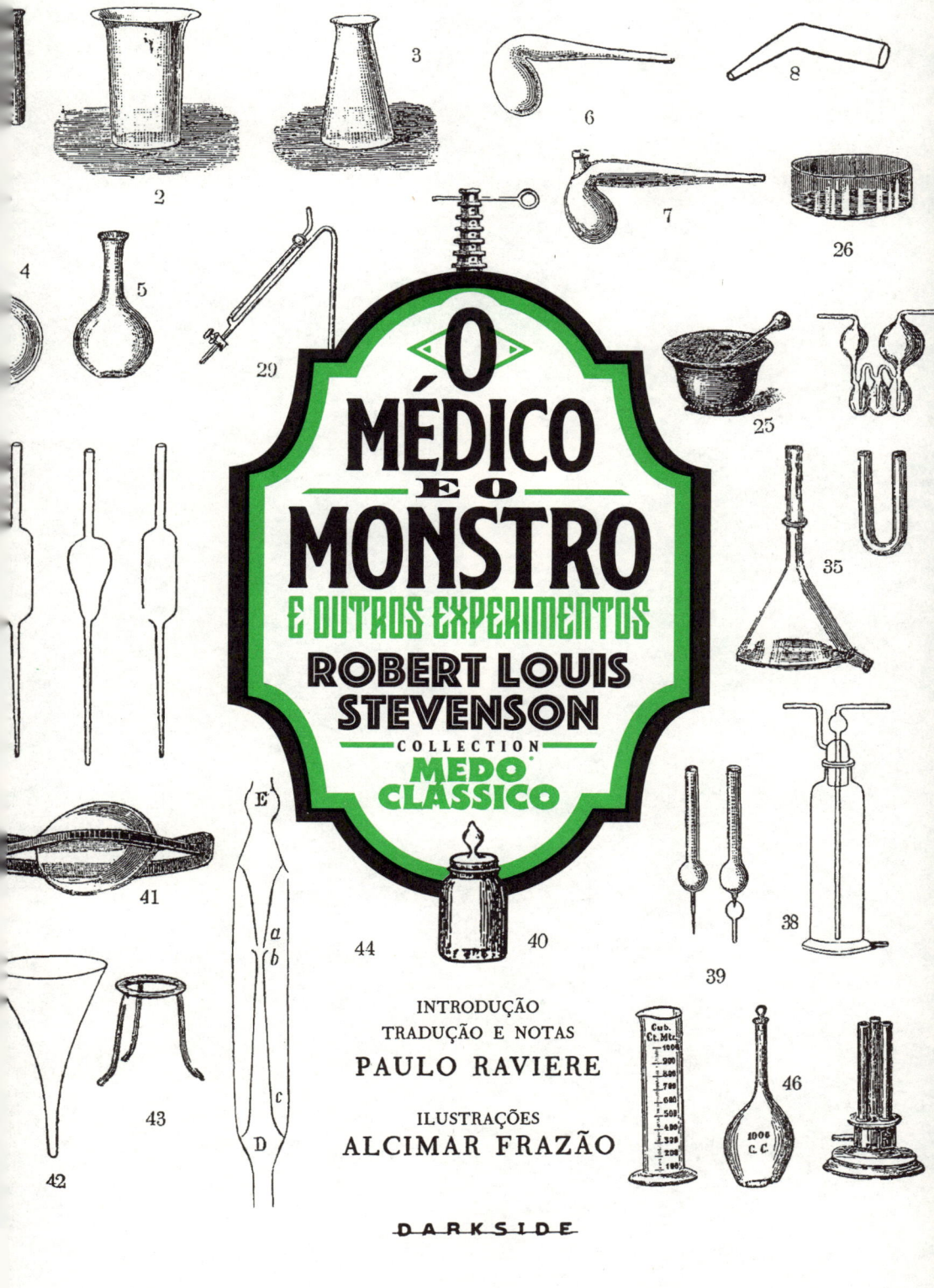

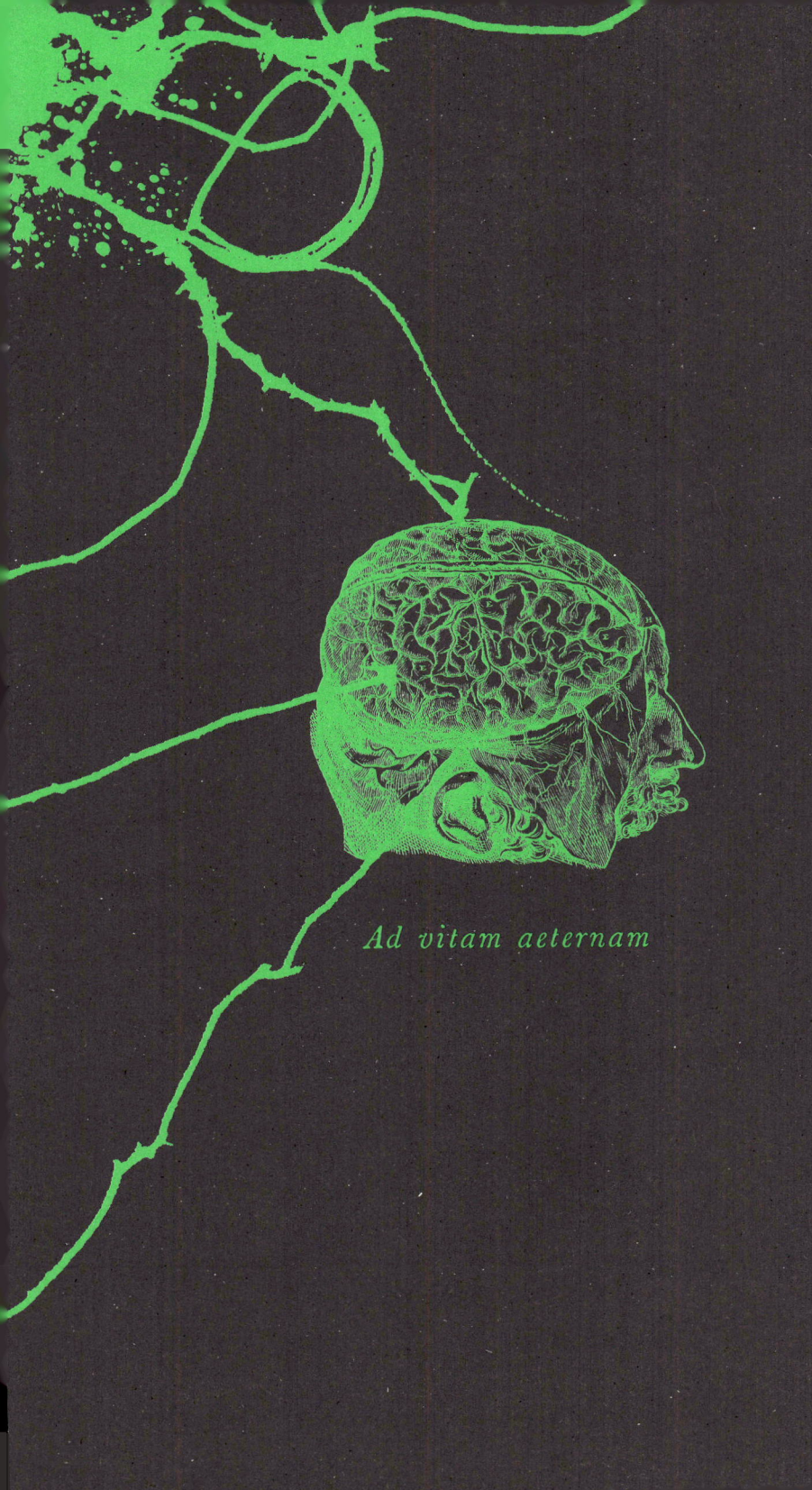

Ad vitam aeternam

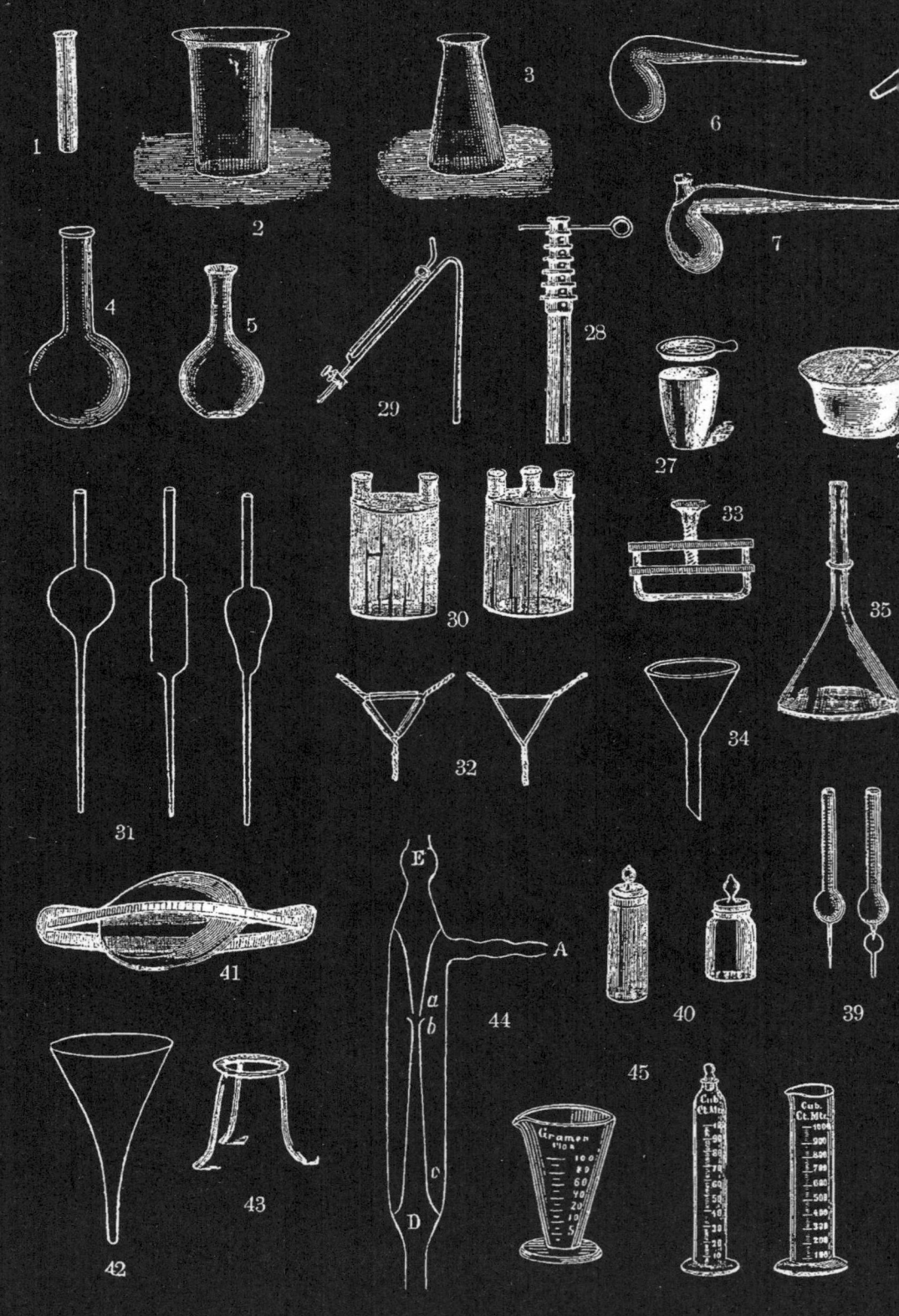

Robert Louis Stevenson

STEVENSON, PRÍNCIPE NARRADOR – PAULO RAVIERE 011

01. ENTRETENIMENTOS DAS NOITES NAS ILHAS
    A PRAIA DE FALESÁ 025
    O DEMÔNIO DA GARRAFA 095
    A ILHA DAS VOZES 127
02. O APANHADOR DE CORPOS 149
03. OLALLA 171
04. MARKHEIM 215
05. JANET, A ENTORTADA 235
06. O MÉDICO E O MONSTRO: O ESTRANHO
    CASO DO DR. JEKYLL E O SR. HYDE 248

07. ROBERT LOUIS STEVENSON – MARCEL SCHWOB ... 326
08. GALERIA 338
09. CRONOLOGIA & FONTES 348
10. BIOGRAFIAS 350

STEVENSON: PRÍNCIPE NARRADOR
POPULAR E REFINADO

POR PAULO RAVIERE

ra 7 de setembro de 1887, e o sol batia em Nova York com persistência rigorosa e implacável. O vento às vezes atacava os chapéus dos transeuntes e os carregava em vórtices voadores; às vezes havia uma calmaria, e os dias eram silenciosos, sinuosos, intermináveis. Mas não no New York City Harbour, com mais de uma dezena de jornalistas causando certa comoção, à espera do navio de onde desembarcaria uma celebridade — e é aqui que os séculos se distanciam: um escritor.

Pálido, magro, adoentado, Robert Louis Stevenson, um escocês de 36 anos de idade, olhou com desconfiança para o aglomerado de curiosos que esperavam por seu desembarque. Os cabelos escorridos para trás e o grande bigode preto se destacavam naquele rosto mofino e fatigado, pois não era nada fácil cruzar o oceano. "Se fosse a chegada de Jesus Cristo, não fariam tamanha balbúrdia", afirmou à esposa.

Viajara até os Estados Unidos para fugir do gélido clima europeu, que por toda a vida lhe causara problemas de saúde. O sucesso, naquelas proporções, era novidade, e tamanho entusiasmo se devia à publicação, em janeiro do ano anterior, da novela *O Médico e o Monstro*, que nos primeiros seis meses havia vendido 40 mil exemplares nas Ilhas Britânicas e, nos Estados Unidos, estima-se que 250 mil cópias piratas — tampouco privilégio contemporâneo.

Stevenson gostava de ser lido, é bem verdade; porém também necessitava de pão, de boas estantes, de uma cama confortável, de um bom casaco, de um pouco de gim para ajudá-lo a suportar as noites frias; em suma, como qualquer padeiro, soldado ou comerciante, Stevenson também precisava de dinheiro. O sucesso internacional, no entanto, não foi imediatamente traduzido em conforto financeiro.

Em prestígio, talvez; o "Príncipe dos narradores" gozava do apreço e da amizade de algumas personalidades de seu tempo: Rodin o invejava por ter "a pena a serviço de seus pensamentos"; é notória a sua correspondência com Henry James; Mark Twain nos legou a calorosa lembrança de um encontro entre eles naquela mesma cidade, Marcel Schwob, Rudyard Kipling e Arthur Conan Doyle desejaram "peregrinar" até Samoa — cenário das últimas obras e horas do escocês, que lá era conhecido como *tusitala* — o contador de histórias.

Seu prestígio apenas aumentaria com o passar dos anos, e sua obra arrancaria aplausos dos escritores mais díspares entre si. Virginia Woolf afirmou que ele "combinava a mais estranha psicologia de um garoto com a extrema sofisticação de um artista";[1] Jorge Luis Borges, que sua descoberta era "duradoura felicidade"; Vladimir Nabokov dava aulas sobre *O Médico e o Monstro*; G.K. Chesterton lhe dedicou todo um volume.

Talvez isso se deva à disparidade de sua própria obra. "É justamente por não ter uma especialidade, que o sr. Stevenson é um caso particular", percebeu Henry James. "Cada um de seus livros é um esforço

---

[1] *A Leitora Incomum*, Virginia Woolf. Curitiba: Arte e Letra, 2007, p. 66. Trad. Emanuela Siqueira.

independente — uma janela que dá para uma vista diferente."[2] Isso salta aos olhos quando pensamos na variedade de gêneros literários que ele escreveu. Mais conhecido por seus romances, novelas e contos, Stevenson também nos legou notáveis volumes de ensaios, de poesia, de correspondência, relatos de viagem, artigos jornalísticos, e chegou a produzir algumas peças de teatro sem muito sucesso.

Mas tal disparidade também pode descrever o conteúdo de sua obra. Neste volume, por exemplo, há histórias de terror (*O Médico e o Monstro*, "Markheim", "O Apanhador de Corpos", "Olalla", "Janet, a Entortada"), mistério e aventura ("A Praia de Falesá"), fantasia ("O Demônio da Garrafa", "A Ilha das Vozes"), sendo que nenhuma dessas narrativas pode ser resumida a um gênero e enquadrada em apenas uma categoria. Não há um molde.

Assim, diante de um artista que, feito raro mesmo entre os autores clássicos, entrou para o imaginário da sua época e foi ao mesmo tempo um sucesso de público e da crítica especializada, entre seus contemporâneos e pela posteridade, Gilles Lapouge faz a pergunta de um milhão de dólares:

> Ao lê-lo, admiramos um escritor natural, um pintor *naïf*, um homem que escreve como cantam os pássaros. Ora, Stevenson, na verdade é um artista bastante obstinado, que se interrogou apaixonadamente sobre os meios de sua arte, sobre o estatuto, os limites, e as funções da literatura. Se há maravilha, em Stevenson, ela se ilumina com esta questão: como um artista tão lúcido, tão reflexivo, pôde preservar a inocência de sua escrita?[3]

Talvez o próprio Stevenson tenha respondido, naquele verão de 1887. Devidamente alojado em Nova York, recebeu propostas tentadoras para colaborar com publicações americanas. Na primeira, receberia

---

[2] *A Aventura do Estilo*: ensaios e correspondência de Henry James e Robert Louis Stevenson. Rio de Janeiro: Rocco, 2017, p. 215. Org. e trad. Marina Bedran.

[3] "Stevenson, seu Estilo e o Burro", Gilles Lapouge. In: Robert Louis Stevenson. *Viagem com um Burro pelas Cevenas*. São Paulo: Carambaia, 2016, p.118-9.

60 libras para escrever um artigo por mês durante um ano na *Scribner's Magazine*; na segunda, receberia 2 mil libras para escrever um artigo por semana na *New York World*. Aceitou apenas a primeira, pois a segunda "em menos de três semanas levaria até mesmo um homem honesto a se transformar num mero caçador de lucros".[4]

A AVENTURA DA TRADUÇÃO

Em literatura, não existe geração espontânea. Os textos mais orgânicos e fluídos nada têm de aleatório; na verdade, talvez sejam orgânicos e fluídos exatamente por não serem aleatórios. Mesmo assim, não é incomum que na gênese da obra literária esteja um sonho ou um pesadelo. Sem pensar muito, podemos citar, na literatura inglesa, a novela *O Médico e o Monstro*, aqui publicada; o romance *Frankenstein*, de Mary Shelley; o poema inconcluso "Kubla Khan", de Samuel Taylor Coleridge. Supõe-se, das fabulações sobre essas obras, que elas, como que por algum sopro angelical, foram inseridos na mente dos seus criadores.

A ideia é perigosa; primeiro, por trazer a impressão de que a velocidade é, em si, um valor — e no mais das vezes ela gera apenas aberrações; segundo, por sugerir que a escrita seja privilégio de iluminados. Evidentemente, são raros aqueles capazes de produzir obras-primas, porém isso não se deve ao fato de serem iluminados; exatamente o contrário: poucos produzem obras-primas porque a literatura é construção.

Uma criança superdotada poderá pintar retratos com maestria, um autista será capaz de dominar o violino, mas jamais escreverão um grande romance; em literatura, quando muito, surge um gênio adolescente — o exemplo imediato é Arthur Rimbaud, arquétipo do *enfant terrible* (criança terrível), como os franceses designam talentos precoces e rebeldes. Evidentemente, a grande ideia, a sagacidade, não é privilégio dos escritores, e talvez um açougueiro ou um jogador de futebol que jamais tenha lido um livro profira uma frase que fique na História por sua sagacidade, ou até mesmo tenha ideia para um

[4] *A Aventura do Estilo*, p. 107.

enredo magnífico; mas eles jamais sairiam com um grande romance da noite para o dia, gerado por seus sonhos.

Uma boa ideia não é mais que o primeiro degrau de uma escadaria interminável. Narra-se com sabor os relatos de produção febril, dos livros de sonho acima mencionados, a epifania de Fernando Pessoa, Jack Kerouac massacrando a sua máquina de datilografar, *O Jogador* sendo escrito em um mês, para Dostoiévski cobrir suas dívidas. No entanto, na história da criação literária é feito vista grossa para os oito anos de gestação de *Madame Bovary*, de Gustave Flaubert, os dez demorados anos de *Guerra e Paz*, de Liev Tolstói, as décadas de *Memórias de Adriano*, de Marguerite Yourcenar; e mesmo no caso das obras sonhadas, ignora-se todas aquelas horas silenciosas vividas por seus autores, horas de leitura, de tentativa e erro, de maturação das ideias, de angústia, horas de trabalho não remunerado, não reconhecido, horas que antecederam o nobre momento da produção concentrada e veloz. Muitas vezes esse trabalho é apagado pelas intempéries da História, por quem deseja vender uma narrativa, às vezes pelos próprios escritores, que talvez prefiram passar a imagem de únicos e geniais, em detrimento da figura de reles operários das artes escritas. É importante ressaltar isso aqui, porque, do mesmo modo, não existe tradução espontânea.

O primeiro desafio de se traduzir Stevenson é a relação com todas as suas traduções anteriores. Ainda que não tenham sido necessariamente consultadas, antecede este projeto a leitura de algumas versões de *O Médico e o Monstro* e de vários dos contos aqui presentes, publicadas em antologias de horror, de mistério, de textos borgianos. *O Médico e o Monstro*, por exemplo, faz parte do imaginário coletivo; é inevitável que se conheça alguma de suas adaptações, homenagens, paródias, ou, ao menos, seu enredo. O confronto com essas versões já começa no próprio título. *The Strange Case of Dr. Jekyll and Mr. Hyde* é popularmente conhecido no Brasil como *O Médico e o Monstro*, ainda que existam traduções mais literais. Por não se anularem, não causar eco e nem serem redundantes, optou-se aqui por manter as duas opções, *O Médico e o Monstro*, sua forma consagrada, seguida de um subtítulo, *O Estranho Caso do Dr. Jekyll e o Sr. Hyde*, tradução mais próxima do título original.

Aprofundando-se mais, talvez o maior desafio desta tradução foi a tentativa de se apresentar um texto em português que unisse a precisão e o cálculo com esse sabor romanesco, fluente e popular, tão celebrado *chez* Stevenson — a *mot juste*, a palavra exata, a serviço da rapidez —, numa prosa que recriasse suas idiossincrasias estilísticas e que não soasse demasiado contemporânea. Como nos mostra Borges em "Pierre Menard, autor do Quixote", ou Roland Barthes em "Romanos no Cinema", por mais cuidadoso que seja o criador, seria impossível não deixar pegadas de contemporaneidade nesta tradução. Na pior das hipóteses, muda-se o contexto no qual estas histórias serão lidas. Mesmo assim, é possível manter certo controle.

Embora muitos de seus personagens de outros países basicamente se comuniquem em seus próprios idiomas, Stevenson é quem conta — em seu próprio idioma; ou seja, apesar de os diálogos estarem em inglês, pontuados aqui e ali com estrangeirismos, sabemos que, dentro da história, Felipe fala em espanhol, Keawe em nativo. Stevenson às vezes sugere idiomas, sotaques e dialetos com discretas expressões e alterações sintáticas inseridas nas falas ou na narração, sem itálico, como "señor" e "kanaka", e outras nem tão discretas: o escocês dr. Macfarlane menciona uma "auld lang syne", e a samoana Uma explica que "God he big chief, got too much work"; no conto "Janet, a Entortada" (Thrawn Janet), isso é escancarado:

> When folk tauld him that Janet was sib to the deil, it was a' superstition by his way of it; an' when they cast up the Bible to him an' the witch of Endor, he wad threep it doun their thrapples that thir days were a' gane by, and the deil was mercifully restrained.[5]

Esse conto é a concretização do desejo pessoal de Stevenson de escrever no dialeto escocês, o que explicita em carta a Henry James datada de 23 de dezembro de 1886: "Estou pensando em um volume de versos,

---

[5] *The Complete Stories of Robert Louis Stevenson*. Nova York: Modern Library Classics, 2002, p. 412. Org. Barry Menikoff.

boa parte deles será cunhado com minha fala natal, aquela linguagem obscura e oracular: suponho que isso seja uma loucura, mas e aí?".[6] Por ser um dos mais famosos contos de horror de Stevenson, ele se fez indispensável a esta antologia.

São várias as abordagens possíveis para a tradução desse conto: uma delas seria transformá-lo em prosa corrente, em essência, nada diferente dos outros deste volume; no entanto, nas coleções consultadas para esta tradução, estava apresentado no original, em *scots*, acompanhado de glossário, e tal abordagem foi descartada. Note-se, que essa não seria uma opção "errada", e que seria completamente justificável, não fosse o interesse, como dito antes, de se recriar as idiossincrasias estilísticas, os "ruídos" linguísticos que Stevenson usa para destacar a *diferença*.

Restava, portanto, tentar recriá-lo em português com sua devida oralidade. Abre-se com essa escolha, mais algumas possibilidades: é possível tentar criar um texto que ecoasse nossa fala, um tanto hermético, à maneira de *Macunaíma*, de Mário de Andrade, *Sargento Getúlio*, de João Ubaldo Ribeiro, de todo o Guimarães Rosa, e ainda de nossas traduções de James Joyce e Anthony Burgess, algo que talvez requeresse um glossário para ser compreendido. Nossa última edição de *O Som e Fúria*, de William Faulkner, seguida dos comentários do tradutor Paulo Henriques Britto, serviu de estrela-guia para a transcriação de "Thrawn Janet": optou-se por um texto oralizado, com marcações de diversas regiões, alternando-se palavras inusitadas com corriqueiras, de acordo com uma lógica sintática própria, mas de modo geral compreensível. Talvez um termo ou outro escape ao leitor, e isso é uma das intenções, mas não precisará de glossário para entender:

> Quando as pessoa contaro pra ele que Janet era mancomunada com o cramunhão, ele deixou isso pra lá como se fosse super'tição; e quando eles mostraro a Bíblia pr'ele e a bruxa de Endor, ele respondia pra eles que aqueles dia tinha se acabado, e que o cramunhão tinha sido controlado pela fé.

[6] *A Aventura do Estilo*, p. 95.

É preciso ainda ressaltar que as notas aqui presentes são instrumento para o enriquecimento da leitura, não auxílio indispensável para a compreensão, e as histórias poderão ser lidas sem sua consulta. Tentou-se que todas as questões — as blagues, os jogos linguísticos, os sotaques, as alterações sintáticas, os versos, os trocadilhos, os estrangeirismos, em suma, tudo o que se apresentasse como um desafio específico, para além daquele que é verter histórias consagradas, populares, constantemente retraduzidas, e, de modo geral, para além do desafio que é verter qualquer texto literário a outro idioma — que fossem resolvidas no texto em si.

O LADO ESCURO

Este livro inclui um volume de contos em sua forma integral, *Entretenimentos das Noites nas Ilhas*, a novela *O Médico e o Monstro*, e mais quatro contos "soltos", "O Apanhador de Corpos", "Markheim", "Janet, a Entortada" e "Olalla"; todos os contos foram primeiramente publicados em revistas e periódicos antes de Stevenson reuni-los, com exceção de "O Apanhador de Corpos", que só saiu em livro após sua morte. Os outros três contos soltos entraram no volume *The Merry Men*, cuja heterogeneidade é ressaltada por seu próprio criador:

> Stevenson sentia que eles formavam um grupo bem "esquisito". Sua Nota aos leitores declarava que "os contos aqui presentes compõem um conjunto um tanto desigual" [...] Pouquíssimos leitores compartilhavam de sua alta estima por "Will o' the Mill", mas muitos elogiaram "Janet, a Entortada" e "Markheim".[7]

Esses três contos, portanto, foram selecionados por representarem pontos altos na literatura clássica de horror.

---

[7] "Introduction", Tom Middleton. In: R.L. Stevenson. *Dr. Jekyll and Mr. Hyde with The Merry Men & Other Stories*. Hertfordshire: Wordsworth Classics, 1999, p. XIV-V.

Sem qualquer dúvida, o texto mais conhecido deste livro é *O Médico e o Monstro*; simbólico, metafórico, polifônico, plural, infinito, essa novela mostra a trágica história do Dr. Jekyll, que produz um composto capaz de separar de seu corpo a sua parte má, personificada no Sr. Hyde, sujeito atarracado que desperta a repulsa em qualquer um que olhe para ele. O horror em *O Médico e o Monstro* é potencializado por ser contado a partir de diversos pontos de vista, com trechos em primeira e terceira pessoa, seja pela jovem que presencia um assassinato, seja pelos testemunhos legados pelo Dr. Lanyon e pelo próprio Dr. Jekyll em contraste com as desventuradas suspeitas do advogado Utterson, que ignora que Jekyll e Hyde são a mesma pessoa. *O Médico e o Monstro* tem o seu horror intensificado aos olhos desse advogado, talvez o olhar dos primeiros leitores da novela (uma vez que essa dualidade é revelada apenas no final), e esse é um exercício possível aos que a lerão pela primeira vez.

Os "contos soltos" desta coleção estão entre os mais brilhantes exemplares de ficção de horror do século XIX. "O Apanhador de Corpos" é inspirado no célebre caso de Burke e Hare, *serial killers* escoceses que matavam para fornecer cadáveres a um professor de anatomia. Em "Markheim", conto de horror psicológico, Stevenson evoca alguns dos grandes assassinatos ingleses do século XIX para narrar o desespero de um homicida imediatamente após o seu ato. "Janet, a Entortada" é exploração linguística que, se em primeiro plano conta uma história de possessão demoníaca, mais a fundo sugere quão terrível pode ser uma multidão assustada e supersticiosa, mal que afligira a Europa durante a Inquisição, e atualmente apenas mudou de forma. "Olalla" é o soturno relato do enfermo que decide passar uma temporada na *villa* de uma nobre, porém decadente família espanhola. Se fosse original dos dias de hoje, talvez seu horror atmosférico e sugestivo pudesse ser classificado com "pós-terror".

Abre este volume o livro *Entretenimentos das Noites nas Ilhas*, coleção de histórias escritas e passadas em ilhas do Pacífico, onde Stevenson viveu os seus últimos anos. "A Praia de Falesá" é uma novela sobre o comerciante britânico que desembarca numa ilha e deve enfrentar um conterrâneo ardiloso e inescrupuloso. "O Demônio da Garrafa" é a revisitação da história da lâmpada dos desejos; mas aqui os desejos são ilimitados, e aquele em posse da garrafa deve se livrar dela antes da morte, sob o risco de padecer eternamente no inferno. "A Ilha das Vozes" é a aventura de Keawe e seu sogro, o feiticeiro Kalamake, em uma ilha onde o dinheiro é literalmente catado na praia, como conchas.

Dada a heterogeneidade dos contos e novelas aqui apresentados, o leitor poderá se perguntar se existe alguma relação entre eles. No mesmo volume, estão presentes contos de ambientação urbana, noturna, invernal, como *O Médico e o Monstro* e "Markheim", em contraponto com os solares e marítimos *Entretenimentos das Noites nas Ilhas*. Alterados os critérios de relação, podemos contrapor contos explicitamente fantásticos como "A Ilha das Vozes", "O Demônio da Garrafa" e *O Médico e o Monstro*, com "A Praia de Falesá" e "O Apanhador de Corpos", mais calcados no realismo. Pode-se alternar ainda textos de horror com os de outros gêneros, os contos britânicos com os de outros países; os personagens anglófonos com os nativos de outros idiomas; há sempre um contraste possível. Sendo assim, o que têm em comum essas histórias aqui apresentadas?

A resposta, de certa forma, está implícita nos comentários à obra ficcional de Stevenson. Davi Arrigucci Jr., por exemplo, ao discorrer sobre a narrativa romanesca ressalta que "um de seus polos permanentes de atração é o sonho sem fundo das descidas do homem ao inferno da divisão e da duplicidade do ser".[8] Jane Rogers vaticina que "o esnobismo, a ganância e a crueldade dos brancos, a hipocrisia religiosa e a eventual destruição das culturas e vidas nativas, tudo é grão para o moinho de Stevenson".[9] Barry Menikoff, na introdução do volume que serviu de base para esta tradução, afirma ser inquestionável

---

[8] "A Poesia da Circunstância", Davi Arrigucci Jr. In: Robert Louis Stevenson. *O Clube do Suicídio e Outras Histórias*. São Paulo: Cosac Naify, 2011, p. 27.

[9] "Why Robert Louis Stevenson's South Sea Tales Go Against the Tides", Jane Rogers. *The Guardian*, 9 dez. 2016.

que "a natureza do mal é um dos maiores temas de Stevenson, de suas primeiras obras ficcionais aos textos que deixou inacabados".[10]

Assim, podemos afirmar que esses relatos estão unidos por nos apresentarem a morte, a influência do acaso, as facetas obscuras do ser humano — o mal herdado, o mal induzido, o mal inconsciente, o mal puro. Obviamente, os personagens têm desígnios e motivações que não nos são completamente explicitados, e não raro, como também é na vida, podem ter mais de uma motivação, podem se contradizer, podem mentir. De qualquer maneira, não é ilícito afirmar que em "O Apanhador de Corpos", "Markheim", "A Praia de Falesá", "A Ilha das Vozes", o princípio-motor do mal é a ganância, a ira, o desprezo; já em "Olalla" temos o orgulho, a tradição, a ignorância; em "Janet, a Entortada", a superstição, o medo, o diferente, Satã em pessoa; em *O Médico e o Monstro*, o vício e a busca pelo prazer; e até mesmo o amor pode desvelar esse lado obscuro, em "O Demônio da Garrafa". As diversas facetas do mal e as maneiras de se combatê-las — eis, portanto, o que define este volume.

---

[10] "Introduction", Barry Menikoff. In: Barry Menikoff (org.). *The Complete Stories of Robert Louis Stevenson*. Nova York: Modern Library Classics, 2002, p. XLII.

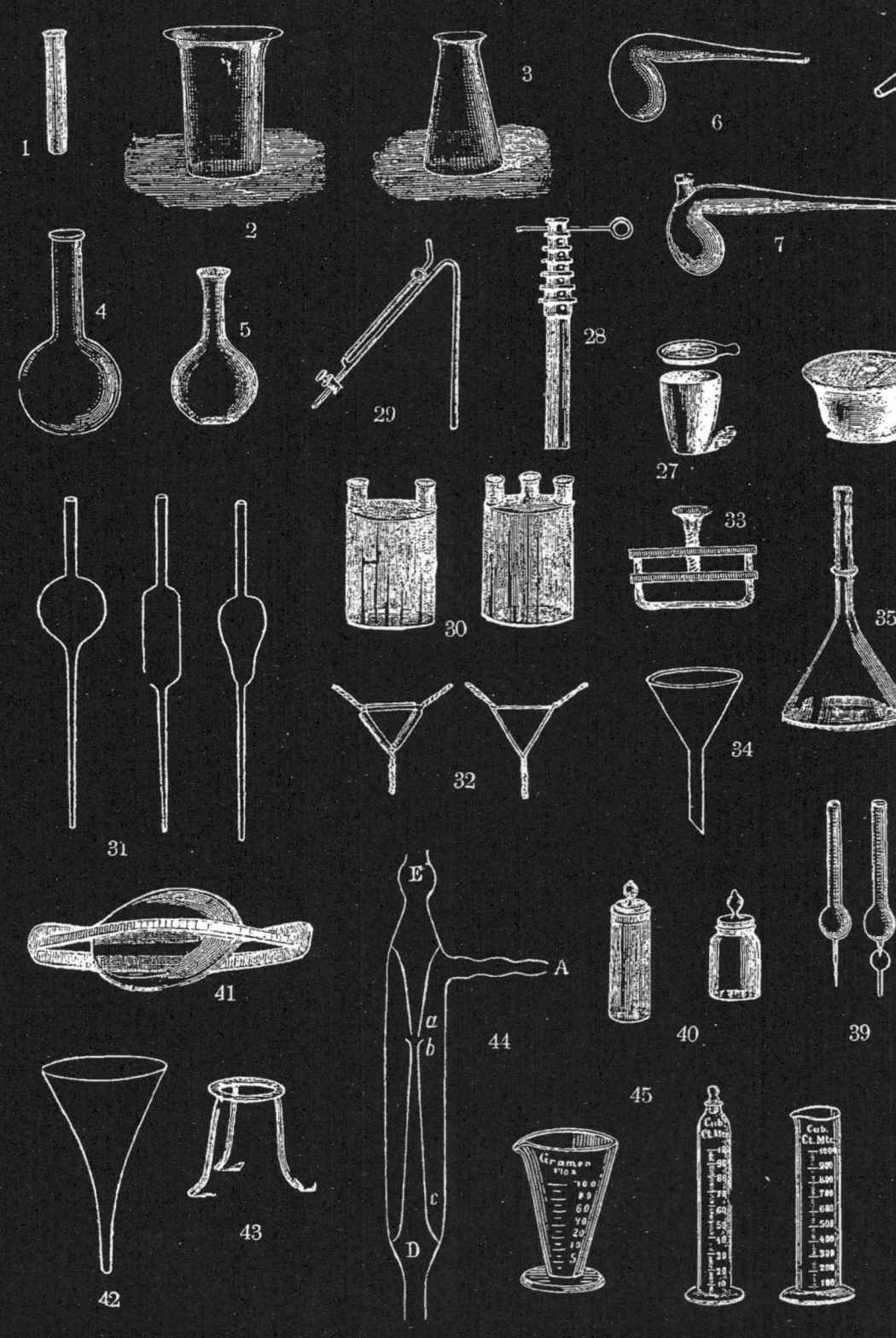

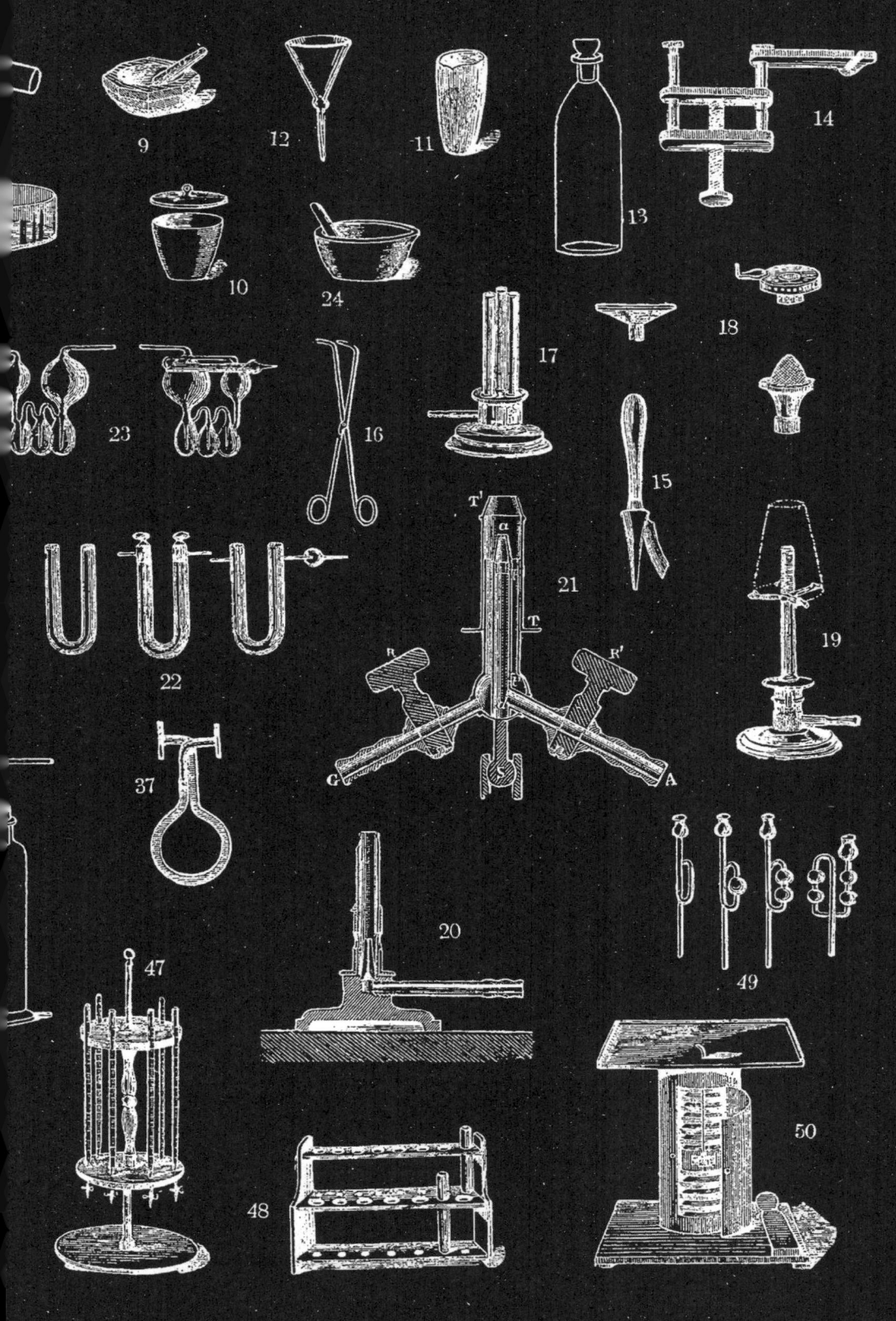

ENTRETENIMENTOS DAS NOITES NAS ILHAS

A PRAIA DE FALESÁ

ROBERT LOUIS STEVENSON

1891

Para três velhos marinheiros das ilhas
Harry Henderson, Ben Hird e Jack Buckland
Seu amigo R.L.S.

CAPÍTULO I
UM CASAMENTO NO MAR DO SUL

a primeira vez que vi a ilha não era nem noite nem manhã. A lua estava ao oeste, sumia, mas ainda grande e brilhante. A leste, e à direita, a meia-nau do alvorecer, completamente rosado, a estrela do dia reluzia como diamante. A brisa terrestre assoprava em nossos rostos e exalava forte odor de coentrilho e baunilha: além de outras coisas, mas essas eram as mais evidentes; e o frio me fez espirrar. Devo falar que antes havia passado anos numa ilha baixa próxima da linha do equador, vivia a maior parte do tempo sozinho entre os nativos.

Já aquela era experiência nova; mesmo com a língua muito diferente para mim; e a vista daquelas matas e montanhas, e seu raro odor, renovaram o meu sangue.

O capitão assoprou o lampião da caixa da bússola.

"Ali", disse, "ali há um pouco de fumaça, sr. Wiltshire, depois da quebra do recife. É Falesá, onde fica a sua estância, a última povoação ao leste; ninguém vive a barlavento, não sei por quê. Pegue minha luneta, e poderá ver as casas."

Peguei a luneta; e a enseada se aproximou de vez, e vi o emaranhado da mata e a quebra da rebentação, e os tetos amarronzados e os interiores negros das casas entrevistas em meio às árvores.

"Você consegue ver um pouco de branco ali ao leste?", prosseguiu o capitão. "É a sua casa. Feita de coral, de pé alto, varanda que três podem andar um ao lado do outro: a melhor estância no Pacífico Sul. Quando o velho Adams viu, segurou e balançou a minha mão; 'Eu me deparei com uma coisa boa aqui', disse. 'Você também', digo, 'e com tempo também!' Pobre Johnny! Nunca o vi novamente, depois daquela vez, e então mudou o tom — não conseguiu se entender com os nativos, ou os brancos, ou nada; e na vez seguinte que viemos nessas redondezas, estava morto e enterrado. Peguei e ergui um mastro para ele: 'John Adams, óbito em mil oitocentos e sessenta e oito. Vá e faça o mesmo'. Senti falta daquele homem; nunca via maldade em Johnny."

"Do que ele morreu?", indaguei.

"Alguma espécie de doença", disse o capitão. "Aparentemente o pegou de súbito. Parece que se levantou de noite, se encheu de Anestésicos e da Descoberta de Kennedy:[1] sem chances — não podia tomar Kennedy. Então, tentou abrir a caixa de gim; sem chances também — não tinha força o bastante. Então, deve ter se virado e corrido na varanda, e passado por cima do corrimão. Quando o encontraram no outro dia, estava completamente louco — repetia o tempo inteiro alguma coisa sobre alguém molhar a copra. Pobre John!"

"Alguém pensou que foi por causa da ilha?", perguntei.

[1] Remédios com grande porcentagem de álcool.

"Bem, alguém pensou que foi por causa da ilha, ou do problema, ou alguma coisa", respondeu. "Nunca ouvi falar outra coisa além de que era lugar saudável. Nosso último homem, Vigours, não moveu uma palha. Saiu por causa da praia; alegou temer Black Jack e Case e Whistling Jimmie, ainda vivo na época, mas se afogou logo depois, bêbado. Quanto ao velho capitão Randall, está aqui desde mil oitocentos e quarenta, quarenta e cinco. Nunca vi maldade em Billy, nem muita mudança. É como se quisesse viver para ser a velha Kafoozleum.[2] Não, creio que seja saudável."

"Mas agora há um barco a caminho", disse. "Está exatamente na passagem; parece um baleeiro de cinco metros; dois brancos nas velas da popa."

"Esse é o barco que afundou Whistling Jimmie!", exclamou o capitão. "Passe-me a luneta. Sim: é Case, sem dúvidas, e o escurinho. Têm a má reputação das galés, mas sabe como a praia é lugar de conversa. Minha opinião é que Whistling Jimmie era o pior do problema; e alcançou a glória, vê. Quer apostar que estão atrás de gim? Aposto cinco contra dois que levam seis caixas."

Quando esses dois comerciantes subiram a bordo, me agradou de imediato a sua aparência; ou melhor, a aparência de ambos, e a conversa de um. Estava louco pela companhia de brancos após quatro anos na linha do equador, que sempre contei como anos de prisão; receber um tabu e se dirigir até a assembleia para ver e retirá-lo; comprar gim, e tirar folga, e então se arrepender; sentar-se em casa durante a noite com o lampião de companhia; ou andar na praia e pensar em como era tolo por me dispor a ficar em tal lugar. Não havia outro branco na ilha; e quando naveguei até a próxima, a maior parte de minha companhia era de clientes grosseiros. Então, ver aqueles dois que subiam a bordo era agradável. Um, na verdade, era um negro; mas os dois estavam bem arrumados em pijamas[3] listrados e chapéus de palha, e Case seria

---

[2] Nome de personagem de várias canções e peças da época. De acordo com o poema mencionado por Rudyard Kipling, Ka-Foozle-Um é a filha de um baba de Jerusalém.

[3] Calças largas e leves usadas em algumas regiões da Índia.

dispensado na inspeção urbana. Era amarelado e baixo; tinha nariz de falcão, olhos opacos, e a barba aparada à tesoura. Homem algum sabia o seu país de origem, apenas que era de língua inglesa; e era evidente que vinha de boa família e era esplendidamente educado. Também era talentoso; tocava acordeão com habilidade; e lhe dê um barbante ou rolha ou jogo de cartas, e poderia lhe mostrar truques iguais aos de profissional. Quando quisesse, era capaz de manter conversa adequada para a sala de estar; e quando quisesse podia proferir blasfêmias piores que as de contramestre ianque e falar obscenidades capazes de repugnar um kanaka. O seu modo de pensar se adequava ao momento da melhor maneira, esse era o perfil de Case; e isso sempre lhe pareceu vir naturalmente, como se fosse nascido assim. Tinha coragem de leão e sagacidade de rato; e se hoje não está no Inferno, esse lugar não existe. Mas sei de uma característica do homem; gostava da esposa e era gentil com ela. Era mulher de Sãmoa, e pintava o cabelo de vermelho, o estilo de Sãmoa; e quando ele veio a morrer (o que haverei de narrar), encontraram uma coisa estranha, que havia feito testamento como cristão e que a viúva ficou com tudo. Tudo o que era dele, disseram, e tudo o de Black Jack, e a maioria do que era de Billy Randall estava incluído no negócio; pois era Case que ficava com os livros. E, assim, ela foi para casa na escuna *Manu'a*, e até hoje é a senhora de seu próprio lar.

Mas de tudo isso, naquela primeira manhã, não sabia mais que mosca. Case me tratou como cavalheiro e amigo, me deu as boas-vindas a Falesá, e deixou os seus criados à disposição, o que me era bastante útil devido a meu desconhecimento do idioma nativo. Por todo o começo daquele dia, nos conhecemos melhor ao beber na cabine, e nunca ouvi alguém falar mais certeiramente. Não havia comerciante mais esperto, e nem mais arisco, nas ilhas. Eu me lembro do breve conselho que deu aquela manhã, e da história que contou. O breve conselho era o seguinte. "Sempre que tiver algum dinheiro em mãos", disse, "qualquer dinheiro cristão, digo — a primeira coisa a fazer é zarpar para Sydney e colocá-lo no banco. Não passa de tentação para os mercadores de copra; um dia, vai para a galeria com outros comerciantes, e tirará a própria camisa para comprar copra com ela. E o nome do homem que usa ouro para comprar copra é Imbecil", disse. Esse foi o conselho, e esta foi a história, que poderia ter aberto os meus olhos para o perigo da companhia daquele homem, caso suspeitasse de qualquer coisa. Aparentemente Case comerciava em algum lugar das Ilhas Ellices. Havia um homem chamado Miller, holandês por lá, que mantinha os nativos com mão firme e comandava a massa do que fosse. Então, um belo dia, uma escuna naufragou na lagoa, e Miller a comprou (à maneira como geralmente se lida com essas coisas) por pechincha, o que foi a sua ruína. Por ter em mãos muitos negócios que não lhe custavam praticamente nada, o que faz, se não cortar as taxas? Case se aproximou de outros comerciantes. "Quer abaixar os preços?", diz Case. "Tudo bem, então. Haverá de compensar cinco vezes para qualquer um de nós; e se comprar com prejuízo é o lance, perderá cinco vezes mais. Mostremos a ele o fundo do poço; afundemos o---!" E assim fizeram, e cinco meses depois, Miller teve de vender o barco e a estação, e recomeçar em algum lugar nas Carolinas.

Toda essa conversa me interessava, e minha nova companhia me interessava, e achei que Falesá parecia ser o tipo de lugar ideal; quanto mais bebia, mais leve ficava o coração. Nosso último comerciante havia fugido do lugar com aviso prévio de meia hora, adquiriu passagem ao acaso para o navio de trabalhadores no oeste; o capitão, quando chegou, havia encontrado a estação fechada, as chaves entregues ao pastor nativo, e a carta do fugitivo confessava que temia bastante pela vida. Desde então, a firma não estivera representada e evidentemente não tinha cargas; além disso, o vento estava favorável, o capitão esperava poder chegar no alvorecer do dia seguinte, com boa maré; e a tarefa de desembarcar minha mercadoria estava um tanto empolgante. Não tinha necessidade de perder tempo com isso, disse-me Case; ninguém tocaria em minhas coisas, todos eram honestos em Falesá, exceto algumas galinhas, alguma faca diferente ou maço de tabaco estranho; e o melhor que podia fazer era me sentar calmamente até a embarcação partir, então seguir diretamente até a sua casa, ver o velho capitão Randall, o patriarca da praia, participar da refeição coletiva, e voltar para casa dormir quando escurecesse.

Era meio-dia em ponto, e a escuna seguiu o caminho, quando pus os pés na enseada de Falesá.

Tomei uns dois copos a bordo, acabara longo percurso, e o chão se movia sob mim como o deque de navio. O mundo parecia recém pintado; meu pé acompanhou a música; Falesá poderia ser Fiddler's Green,[4] caso tal lugar exista, e que grande pena se não existir! Foi gostoso pisar na grama, olhar para as montanhas verdejantes acima, ver os homens com as grinaldas verdes e as mulheres com os brilhantes vestidos vermelhos e azuis. Seguimos em frente, sob o sol forte e a sombra fresca, e aproveitamos ambos; e todas as crianças da cidade trotaram atrás de nós com as cabeças raspadas e os corpos morenos, e levantando os queixos finos à nossa aproximação, como aves a cacarejar.

"Por sinal", fala Case, "precisamos lhe arranjar uma esposa."

"É verdade", disse, "havia me esquecido."

Havia uma multidão de moças em volta de nós, então me levantei de vez e olhei para elas como um paxá. Estavam todas arrumadas por ocasião da chegada do navio; e as mulheres de Falesá eram muito agradáveis de se ver. Se têm algum defeito, são um pouquinho cadeirudas; e pensava exatamente nisso quando Case tocou em mim.

"Aquela é bonita", diz.

Vi uma sozinha do outro lado. Pescava; não usava mais que o vestido minúsculo, completamente encharcado. Era jovem e bastante magra para uma donzela da ilha, com rosto comprido, testa alta e olhar perspicaz, estranho e opaco, entre o de gato e o de bebê.

"Quem é ela?", disse. "Ela serve."

"Aquela é Uma", disse Case, então a chamou e conversaram no idioma nativo. Não sei o que ele disse; mas quando estava no meio, ela olhou para mim rápida e timidamente, como criança que desvia de pancada; então desviou os olhos novamente; e logo sorriu. Possuía boca larga, os lábios e o queixo entalhados como os de estátua; e o sorriso sumiu por um momento e desapareceu. Ali ficou com a cabeça curvada e ouviu Case até o fim; e respondeu na bela voz

---

[4] Espécie de paraíso dos marinheiros, onde sempre toca um violino ou rabeca.

polinésia, olhou diretamente em seu olho; escutei responder de volta; e então começou a sair em obediência. Vi apenas um pouco de seu cumprimento, mas não tive outro vislumbre do olho; e não houve mais palavra de sorriso.

"Creio que está tudo certo", disse Case. "Acho que poderá ficar com ela. Acertarei com a mãe. Poderá ficar com a sua parte por um bloco de tabaco", completou, com sorriso zombeteiro.

Suponho que foi o sorriso que ficou na lembrança, pois respondi afiado. "Ela não parece esse tipo", exclamei.

"Não sei o que ela é", disse Case. "Acredito que seja certa como o correio. Fica sozinha, não anda com a choldra, essas coisas. Oh, não, não me entenda mal — Uma é correta." Falou ansioso, pensei, e aquilo me surpreendeu e me agradou. "Na verdade", prosseguiu, "não estou tão certo de que ficará com ela, apenas se gostar do corte de sua lança. Tudo o que precisa fazer é continuar na sombra e me deixar trabalhar com a mãe ao meu próprio modo; e trarei a garota para se casar na casa do capitão."

Não me importava com a palavra casamento, e o mencionei.

"Oh, não há nada de mal no casamento", disse ele. "Black Jack é o capelão."

A essa altura a casa podia ser vista por esses três homens brancos; pois um negro conta como branco — e um chinês também! Uma ideia estranha, mas comum nas ilhas. A pousada tinha varanda comprida e precária. A loja era voltada para a frente, com balcão, balanças e paupérrimo mostruário de produtos: uma ou duas caixas de carnes enlatadas; um barril de pão duro; alguns rolos de produtos de algodão, nada comparáveis aos meus; a única coisa bem representada era o contrabando — armas de fogo e bebida. "Se esses forem os meus únicos rivais", pensei, "não terei problemas em Falesá." Na verdade, ali estava a única maneira que podiam tocar em mim, e era com as armas e a bebida.

No quarto dos fundos estava o velho capitão Randall, acocorado no chão ao modo dos nativos, gordo e pálido, nu da cintura para cima, grisalho como texugo e olhos pesados pela bebida. Seu corpo era cheio de pelos grisalhos e estava coberto por moscas; uma estava no canto do olho — e ele não se dava conta; e os mosquitos zumbiam como abelhas a sua volta. Qualquer homem de cabeça boa, teria levado a criatura para fora de uma vez e a enterrado; e vê-lo, e pensar que tinha setenta anos, e lembrar que chegou a comandar um navio, e a desembarcar em trajes elegantes, e a se vangloriar em bares e consulados, e a ficar em varandas de clubes, me deixou enjoado e sóbrio.

Tentou se levantar quando cheguei, mas era impossível; então me estendeu a mão e tropeçou na saudação.

"Papa está bem encharcado hoje", observou Case. "Tivemos epidemia aqui; e o capitão Randall toma gim como profilático — não é, Papa?"

"Nunca tomei um negócio desses na vida!", gritou o capitão, indignado. "Tomo gim por causa da saúde, sr. Sei-lá-o-seu-nome. É uma medid'e precaução."

"Tudo bem, Papa", disse Case. "Mas o senhor terá de melhorar. Haverá casamento, o sr. Wiltshire aqui entrará em união."

O velho perguntou com quem.

"Com Uma", disse Case.

"Uma?", exclamou o capitão. "P'ra que é que ele quer Uma? E, por sinal, veio aqui por causa de minha saúde? P'ra que diabos ele quer Uma?"

"Melhore, Papa", disse Case. "N'é o senhor quem vai se casar com ela. Creio que o senhor não seja nem padrinho nem madrinha dela; acredito que o sr. Wiltshire gostará."

Com isso, se desculpou comigo por ter de ir cuidar do casamento, e me deixou sozinho com o pobre miserável do seu parceiro e (para falar a verdade) seu bobo. Tanto o comércio como a estação pertenciam a Randall; Case e o negro eram parasitas; rastejavam e se alimentavam dele como as moscas, ele igualmente tolo. Na verdade, não tenho nada de ruim a dizer de Billy Randall, além de que o meu refluxo subia por sua causa, e que o tempo que passei em sua companhia foi um pesadelo.

O quarto era sufocante e cheio de moscas, pois a casa estava suja e era baixa e pequena, e ficava em lugar ruim, atrás da vila, nos limites da mata, e protegida do comércio. As camas dos três homens eram no chão, e havia bagunça de panelas e louça. Não havia mobília de pé, pois Randall, enfurecido, a destruíra em pedaços. Ali me sentei, e comi a refeição servida pela esposa de Case; e ali fui entretido durante todo o dia por aquele resquício de homem, sua língua embolada com velhas piadas sujas e velhas histórias longas, e a própria gargalhada ofegante sempre pronta, de modo que não tinha nenhuma noção de meu desagrado. Bebericou gim o tempo inteiro; às vezes caía no sono e despertava novamente, aos soluços e com tremedeira; volta e meia me perguntava por que diabos queria casar com Uma. "Meu amigo", disse a mim mesmo o dia inteiro, "você não deve se tornar um cavalheiro como esse."

Talvez fosse quatro da tarde, quando a porta dos fundos se abriu lentamente, e uma nativa velha e estranha se arrastou para dentro da casa quase que de barriga. Estava envolta em coisas pretas até os calcanhares; o cabelo tinha tufos grisalhos, o rosto era tatuado, o que não era comum naquela ilha; seus olhos eram grandes e brilhantes e insanos. Ela os fixou em mim com expressão acaçapada que notei ser em parte encenação; não dizia palavra clara, mas estalava e resmungava com os lábios, cantarolava alto como criança diante do pudim de natal. Atravessou a casa direto até mim, e assim que chegou ao meu lado, pegou a minha mão e ronronou e sussurrou nela como um grande gato. Depois, começou uma espécie de canção.

"Quem diabos é ela?", exclamei, pois aquilo me incomodava.

"É Faavao", diz Randall, e vi que havia atravessado o aposento para o recanto mais distante.

"O senhor não tem medo dela!?", exclamei.

"Eu, medo?", gritou o capitão. "Meu caro, eu a desafio! Não permito que ponha um pé aqui. Mas acho que hoj'é diferente por conta do casamento. Ela é a mãe d'Uma."

"Bem, supondo que seja, o que está fazendo?", perguntei, mais irritado, talvez mais preocupado do que me importei em saber; e o capitão me contou que fazia alguns versos poéticos em meu louvor porque me casaria com Uma. "Tudo bem, velha senhora", disse com certo riso falho. "O que a senhora quiser. Mas quando terminar com a minha mão, faça o favor de me avisar."

Agiu como se entendesse; a canção chegou num grito e parou; a mulher rastejou para fora da casa do mesmo modo que havia entrado, e devia ter se enfiado diretamente na moita, pois quando a segui até a porta, já havia desaparecido.

"Isso é influência do rum", afirmei.

"É um povo adepto ao rum", disse o capitão e, para a minha surpresa, persignou o seu peito descoberto.

"Olha só!", digo, "o senhor é papista?"

Repudiou a ideia com desprezo. "Batistas casca-grossas", disse. "Mas, meu caro amigo, os papistas têm boas ideias tam'ém; e ess' é uma das boas deles. Ouça meu conselho, sempre que cruzar com Uma ou Faavao ou Vigours ou qualquer pessoa desse povo, faça o que digo, e faça o que faço: entende?", diz, repetiu o sinal, e piscou com um dos olhos opacos para mim. "Não, *senhor*!", irrompeu novamente, "papista nenhum aqui!", e por longo tempo me entreteve com opiniões religiosas.

Devia ter tido com Uma desde o começo, ou certamente deveria ter saído daquela casa e ido ao ar fresco, e o mar limpo, ou algum rio conveniente. Apesar de na verdade ter combinado com Case; além disso, jamais poderia andar de cabeça erguida naquela ilha, se fugisse da garota na noite de meu casamento.

O sol se pôs, o céu inteiro queimava, e em algum momento o lampião foi aceso, quando Case voltou com Uma e o negro. Ela estava arrumada e perfumada; seu saiote era de *tapa* fina, parecia mais elegante que as dobras de qualquer seda; seu busto, da cor de mel escuro, estava nu, exceto por meia dúzia de colares e de sementes e flores; e atrás das orelhas e cabelo, tinha as flores escarlates do hibisco. Demonstrava o melhor porte concebível para a noiva, séria e quieta; e pensei na vergonha que era ficar com ela naquela casa terrível atrás daquele negro de sorriso sinistro. Digo que pensei na vergonha, pois o charlatão usava grande colar de papel, o livro que me fazia acreditar ler era o estranho volume de um romance, e as palavras do serviço religioso não eram adequadas. Minha consciência me castigou quando juntamos as mãos; e quando ela pegou o certificado, fiquei tentado a cancelar a barganha e confessar. Aqui está o documento: foi Case quem o escreveu, com assinatura e tudo, numa folha do livro

Certifica-se com esta que *Uma*, filha de *Favaao* da ilha de Falesá de _____, está ilegalmente casada com o *sr. John Wiltshire* por uma semana, e o Sr. John Wiltshire está liberado para mandá-la ao inferno na manhã seguinte,

John Blackamoor
Capelão dos Navios.

Extraído do registro
Por William T. Randall
Mestre Marinheiro.

Aquele era um belo documento para se colocar na mão de uma garota e vê-la esconder como se fosse ouro. Um homem pode facilmente se sentir ordinário por menos, mas essa era a prática naquelas partes, e (como disse a mim mesmo) longe de ser a menor falta de nós brancos, ou dos missionários. Caso deixassem os nativos agirem, jamais precisaria dessa decepção, mas poderia possuir quantas esposas desejasse, e largá-las ao meu prazer, com a consciência tranquila.

Quanto mais envergonhado ficava, mais tinha pressa de que aquilo terminasse; e os nossos desejos assim se uniram, fiz mínimo comentário da mudança dos comerciantes. Case estava bastante interessado em me manter lá; agora, embora me mantivesse com um propósito, parecia bastante interessado em que me fosse. Uma, disse, poderia me mostrar a casa, e os três se despediram de nós lá dentro.

A noite logo chegou; a vila cheirava a árvores, a flores e a mar, e a cozimento de fruta-pão; ali chegava um belo barulho de mar dos recifes, e à distância, entre a mata e as casas, muitos belos sons de adultos e crianças. Respirar ar fresco me fez bem; parar de falar com o capitão e ver, em vez disso, a criatura ao meu lado me fez bem. Senti pelo mundo inteiro como se ela fosse a garota em casa no velho país, e me esqueci de mim naquele minuto, peguei a sua mão para conduzi-la. Seus dedos se entrelaçaram nos meus; a escutei respirar profunda e rapidamente; e levou minha mão ao seu rosto de vez e o pressionou. "Você bom!", exclamou, correu a minha frente, parou e olhou para trás e sorriu, e voltou a correr adiante; assim me guiou pelos limites da mata e de maneira quieta até a minha casa.

A verdade é que Case fizera com estilo a corte para mim; lhe contou que estava louco para tê-la e não me importava com as consequências; e a pobre alma, que sabia aquilo que eu ainda ignorava, acreditou em cada palavra, e teve a mente quase mudada devido à vaidade e à gratidão. Não fazia ideia de nada disso; era completamente contra qualquer baboseira das mulheres nativas, pois vi tantos brancos devorados pelos parentes das esposas e feitos de bobo na barganha; e disse a mim mesmo que deveria aguentar de vez e me comportar de modo adequado. Mas parecia tão exótica e bela ao fugir e então me esperar, e tudo foi feito de modo tão parecido como uma criança ou cão manso faria, que o melhor que podia fazer era simplesmente segui-la onde ela fosse, ou escutar as pancadas dos pés descalços, e assistir no alvorecer o seu corpo a brilhar. Então, outro pensamento me veio à cabeça. Ela brincava de gatinha comigo agora que estávamos sós, mas na casa se comportou como condessa, orgulhosa e humilde. E que vestido — pois, afinal, havia tão pouco dele, e aquilo era bastante nativo — e que bela *tapa* e ótimos perfumes, e as flores vermelhas e sementes que brilhavam quase como joias, apenas maiores — me ocorreu que ela, na verdade, era uma espécie de condessa, vestida como grandes cantoras no concerto, e nada comparável a comerciantes como eu.

Ela entrou primeiro na casa, e enquanto ainda estava fora, vi o fósforo acender e o lampião reluzir nas janelas. A estância era lugar maravilhoso, feito de corais, varanda bastante espaçosa e o cômodo principal largo e alto. Meus baús e caixotes estavam empilhados lá dentro, em grande bagunça; e ali, no meio da confusão, Uma diante da mesa, me esperava. Sua sombra subia por trás até o vão do teto de ferro; brilhava de pé, a luz do lampião iluminou a sua pele. Parei diante da porta, olhou para mim, sem falar, com olhos ansiosos e apreensivos. Então tocou o próprio seio.

"Mim — espousa você", disse. Jamais me sentira assim antes, porém o desejo por ela me dominou e abalou por completo, como o vento a barlavento no veleiro.

Não conseguiria falar, se quisesse; e se pudesse, não o faria. Fiquei envergonhado por me comover tanto por uma nativa, envergonhado pelo casamento também, e o certificado que ela guardava com cuidado no saiote; e me virei de lado e fingi revistar as caixas. A primeira coisa que iluminei foi a caixa de gim, a única que havia levado; e, em parte por causa da moça, em parte por causa do horror em me lembrar do velho Randall, tomei súbita resolução. Arranquei a tampa; uma a uma, abri as garrafas com o saca-rolhas de bolso, e mandei que Uma derramasse aquilo na varanda.

Voltou com a última, e olhou para mim atordoada.

"Por quê?", perguntou.

"Nada bom", disse, pois agora estava no controle de minha língua. "Homem bebe, nada bom."

Concordou com isso, mas continuou a refletir. "Por que traz?", perguntou em seguida. "Não quer beber, não trazer."

"Você está certa", disse. "Uma vez, querer muito beber; agora não querer. Ver, não saber arrumar espousinha. Se beber gim, minha espousinha medo de eu."

Falar gentilmente com ela era o mínimo que podia fazer; jurei nunca ceder à fraqueza com nativos; e não tinha nada a fazer, a não ser parar.

Ela me observou com gravidade, sentado com a caixa aberta. "Penso você homem bom", disse. E, de repente, ficou ao meu lado no chão "Eu pensar vocês tudo porco, tudo igual!", exclamou.

CAPÍTULO II
O BANIMENTO

Vim para a varanda pouco antes de o sol surgir na manhã. Minha casa era a última a leste; atrás havia o cabo com mata e penhascos que escondiam a aurora. A oeste, corria rio veloz e gelado e, para além, estava o verde da vila, pontilhada por coqueiros e fruta-pão e casas. Algumas venezianas estavam fechadas e algumas abertas; vi as telas de mosquito ainda esticadas, com sombras de pessoas que acabavam de acordar, sentadas lá dentro; por todo o verde, outros andavam em silêncio, enrolados nas roupas de dormir multicoloridas, como beduínos em imagens bíblicas. A quietude era mortal e solene e gélida; e a luz do alvorecer na lagoa cintilava como fogo.

No entanto, o mais incômodo estava mais perto de mim. Cerca de uma dúzia de jovens e crianças em semicírculo, flanquearam a minha casa; o rio os dividia, alguns do lado mais próximo, outros do mais distante, e um deles no pedregulho em meio à névoa; todos sentados em silêncio, envoltos por lençóis, e me escrutinavam e a minha casa, firmes como perdigueiros. Ao sair, achei estranho. Quando tomei banho e voltei, e os encontrei todos ali, e mais dois ou três com eles, pensei ser ainda mais estranho. O que poderiam ver para se fixar em minha casa, me perguntei antes de entrar.

Mas o pensamento desses observadores ficou na cabeça, e em seguida saí novamente. Agora havia sol, mas ainda estava atrás da mata no cabo: havia se passado cerca de quinze minutos. O grupo aumentou substancialmente, o mais distante dos bancos de areia do rio de certo modo se alinhou; talvez trinta adultos, e duas vezes mais crianças, algumas de pé, outras acocoradas, todos observavam a minha casa. Havia visto uma casa rodeada do mesmo modo numa vila do Mar do Sul, mas, naquela ocasião, um comerciante açoitava a esposa, e ela berrava. Aqui, não havia nada: o fogão com o fogo baixo, a fumaça subia de modo cristão; tudo em ordem, em nada diferente de Bristol. Na verdade, havia o forasteiro; mas tiveram a chance de ver aquele forasteiro um dia antes e ficaram bem quietos. O que os incomodava agora? Repousei os braços no corrimão e encarei de volta. Havia um inferno de gente ali. De vez em quando, via as crianças trocarem palavras, mas falavam tão baixo que nem o murmúrio da fala me alcançava. Os outros eram como imagens entalhadas, me encaravam, mudos e melancólicos, com olhos brilhantes; e então me ocorreu que as coisas não seriam tão diferentes se estivesse na plataforma das galés, e essas pessoas viessem para ver meu enforcamento.

Senti que era intimidado, e receava olhar para aquilo, o que não fiz. Fiquei de pé, fingi me alongar, desci as escadas da varanda, e passeei em direção ao rio. Ali, havia sussurro curto de um e de outro, como o que se ouve no teatro quando a cortina sobe; e alguns — os mais próximos — continham espécie de ritmo. Vi uma garota pôr a mão sobre um jovem e gesticular para outro adiante; ao mesmo tempo, disse algo no idioma nativo com voz arfada. Três garotinhos se sentavam ao lado de meu caminho, onde passaria a um metro deles. Enrolados em lençóis, com as cabeças raspadas e pequenos topetes, e rostos esquisitos, pareciam bonecos na lareira. Se sentavam no chão, solenes como juízes; ergui o punho, fechei os cinco dedos, como quem quisesse machucá-los; e pensei ver uma espécie de piscadela e engolida seca nos três rostos. Então um deles saltou (o mais distante) e correu para a sua mamãe. Os outros dois, tentaram seguir o exemplo, ficaram mal, vieram ao chão berraram juntos, se contorceram para fora dos lençóis — e num momento os três, dois desprovidos de mãe, corriam pelas vidas e guinchavam como porcos. Os nativos, que não perderiam a piada sequer no enterro, gargalharam curto como o latido de um cão e pararam.

Dizem que um homem tem medo de ficar só. Nada disso. O que o assusta na escuridão ou na mata fechada é não ter certeza, pois pode haver um exército em seu calcanhar. O que mais o assusta é estar exatamente no meio da multidão, e não ter ideia do que ruminam. Então, quando a gargalhada parou, também parei. Os garotos ainda não haviam fugido de fato; ainda estavam em terreno aberto, seguiam pelo único caminho, quando já estava perto do navio em direção ao outro. Como um tolo saíra de punho fechado; como um tolo voltava. Deve ter sido visão hilária; mas, o que me deixou atordoado, dessa vez ninguém riu; apenas uma velha fez algo como lamento devoto, daqueles ouvidos por dissidentes nas capelas durante o sermão.

"Jamais vi kanakas tão idiotas quanto vocês daqui", falei para Uma, enquanto espiava os observadores pela janela.

"Saber nada", diz Uma, com certo ar desgostoso em que era boa.

E essa foi toda a conversa sobre o assunto; pois eu estava indignado, e Uma recebeu aquilo com tanta naturalidade que fiquei levemente envergonhado.

O dia inteiro, de quando em quando, ora menos, ora mais, os tolos se sentaram do lado oeste de minha casa e do outro lado do rio, esperavam uma apresentação, fosse o que fosse — fogo do céu, suponho, que consumisse meus ossos e coisas. Mas durante a noite, como verdadeiros ilhéus, se cansaram da atividade; e, em vez disso, foram a uma grande casa na vila e dançaram; os ouvi cantar e bater palmas até talvez dez da noite; e no dia seguinte, pareciam ter esquecido que eu existia. Se o fogo descesse do céu ou se a terra se abrisse e me engolisse, não haveria ninguém para ver ou aprender a lição, se é que podemos falar assim. Mas intuía que eles tampouco haviam me esquecido, e mantive o olho atento para qualquer fenômeno pelo caminho.

Tive dificuldades nesses dois dias para organizar o meu comércio e estocar o que Vigours deixara. Era trabalho que irritava bastante, e me impedia de pensar em qualquer outra coisa. Ben tomou conta do estoque na viagem anterior, sabia que podia confiar em Ben; mas estava claro que alguém havia se aproveitado nesse meio-tempo. Descobri que faltava o bastante para cobrir facilmente seis meses de salário e lucro; poderia ter me chutado por toda a ilha por ser um asno tão estúpido, ali me embriagar com Case em vez de prestar atenção nos negócios e tomar conta do estoque.

No entanto, não adiantava chorar sobre o leite derramado. O que estava feito não podia ser desfeito. Tudo o que podia fazer era pegar o que restava, e as coisas novas (minha própria escolha) e organizá-las, procurar os ratos e baratas, e organizar a loja ao modo comum de Sydney. Fiz uma bela apresentação de tudo; e na terceira manhã, quando acendi o cachimbo e fiquei na frente da porta e olhei lá dentro — e virei e observei as montanhas ao longe, e vi os cocos balançarem, e calculei toneladas de copra — e para o verde acima da povoação e vi os fanfarrões das ilhas, e reconheci os metros de tecido que queriam para os saiotes e vestidos —, senti que estava no lugar ideal para fazer fortuna, e voltar para minha terra e abrir uma taverna. Ali, sentado na varanda, em cenário tão belo quanto possível, sol esplêndido, um negócio novo saudável que renovava o sangue do homem como banho de mar; e todo o negócio estava pronto para mim, e sonhava com a Inglaterra, que afinal é um buraco nojento, frio e lamacento, sem luz o suficiente para a leitura — e sonhava com a aparência de minha taverna, à beira de estrada larga como avenida e placa em árvore verde.

Muitas coisas para a manhã, mas o dia passou sem que qualquer diabo olhasse para mim, e pelo que sabia dos nativos de outras ilhas, achei estranho. As pessoas riam um pouco de nossa empresa, das belas estações, e da estação de Falesá em particular; nem toda a copra do distrito pagaria por isso (ouvi dizerem) em cinquenta anos, o que supus ser exagero. Mas quando o dia passou e não fizemos nenhum negócio, comecei a desanimar, e por volta das três da tarde fui passear para ver se me animava. No verde, vi um homem branco vir em minha direção, de batina, o que me levou a deduzir que era padre. Via-se que se tratava de uma velha alma de boa natureza, um pouco grisalho, e tão sujo que poderia ser usado para riscar um pedaço de papel.

"Dia, senhor", digo.

Ele me respondeu empolgado, no idioma nativo.

"Não fala inglês?", disse.

"Francês", diz.

"Bem", disse, "peço desculpas, mas não posso fazer nada aqui."

Tentou por um tempo falar comigo em francês, e depois no idioma nativo novamente, que pensou ser a melhor chance. Deduzi que tentava mais que passar o tempo comigo, mas tinha algo a comunicar, e escutei com o máximo de atenção. Ouvi os nomes de Adams e Case e Randall — o de Randall com mais frequência; e a palavra "veneno" ou algo parecido; e uma palavra nativa que repetiu bastante. Fui para casa falando-a para mim mesmo.

"O que significa *fussy-ocky*?", perguntei a Uma, pois era o mais próximo que conseguia de pronunciá-la.

"Fazer morrer", explicou.

"Mas que diabos!", digo. "Já ouviu a conversa de que Case envenenou Johnny Adams?"

"Todos saber isso", diz Uma, sarcástica. "Dar areia branca — areia ruim. Ele ter garrafa ainda. Dizer que dá gim você, não pegar."

Já havia escutado basicamente a mesma história em outras ilhas, e o mesmo pó branco sempre, o que me fez pensar mal dele. Por tudo isso, fui até a casa de Randall, ver o que podia descobrir, e encontrei Case, que limpava a arma, no degrau da porta.

"Deu uns tiros bons?", digo.

"Um", disse. "A floresta tem toda a espécie de pássaros. Queria que tivesse tanta copra assim", disse e, então, pensei com malícia, "mas parece que não tem ninguém fazendo isso."

Podia ver Black Jack na loja atender um cliente.

"Mas me parece que seu negócio está indo mesmo assim", disse eu.

"É a primeira venda que fazemos em três semanas", respondeu.

"É verdade?", digo. "Três semanas? Olha só."

"Se não acredita em mim", exclama um pouco esfuziado, "pode ir ver na loja de copra. Está meio vazia agora mesmo."

"Isso não serve muito de justificativa, vê", digo. "Até onde posso dizer, talvez estivesse completamente vazia ontem."

"Também", falou com sorrisinho.

"De qualquer forma", disse "que tipo de pessoa é aquele padre? Ele me pareceu bem simpático."

Com isso Case riu alto. "Ah", comentou, "agora vejo o que o incomoda! Galuchet esteve com você." *Padre Galoshes* era o nome que usava na maior parte do tempo, mas Case sempre usava francês com sarcasmo, que era outra razão para pensar que não era normal.

"Sim, estive com ele", disse. "Pelo visto não gosta muito de você ou do capitão Randall."

"Não gosta mesmo!", falou Case. "Foi o problema com o pobre Adams. No último dia, quando estava morrendo, o jovem Buncombe estava lá por perto. Já conheceu Buncombe?"

Eu lhe disse que não.

"É um cura, Buncombe!" Case riu. "Bem, Buncombe enfiou na cabeça que não havia nenhum outro clérigo nas redondezas, além dos pastores kanaka, e tínhamos a obrigação de chamar o padre Galuchet, e fazer o velho administrar e coordenar o sacramento. Era tudo a mesma coisa para mim, como pode imaginar; mas disse que achava que Adams deveria ser consultado. Ele mascava copra molhada e tinha ar estulto. 'Olha aqui', falei. 'Você está muito doente. Quer ver Galoshes?' Estava sentado, apoiado no cotovelo. 'Chama o padre', diz, 'chama o padre, não me deixa morrer aqui como um cachorro.' Sua fala estava um tanto ansiosa e febril, mas bem racional; não havia nada a dizer quanto a isso; então mandamos alguém perguntar a Galuchet se viria. Pode apostar que sim! Pulou dentro das roupas encardidas de linho assim que pensou nisso. Mas havíamos presumido isso tudo sem Papa. Ele é um batista casca-grossa, o Papa; nenhum papista precisa pedir nada; e então trancou a porta. Buncombe lhe chamou de fanático, e pensei que teria um ataque. 'Fanático!', diz, 'Eu, fanático? Não vivi isso tudo para lidar com primatas como você!' Então, avançou até Buncombe, e tive que separar os dois — e ali estava Adams no meio, delirante novamente, azucrinava sobre copra como um idiota nato. Foi divertido como uma peça, e perdi a noção do tempo, de tanto gargalhar, quando, de repente, Adams se sentou, bateu as mãos no peito, e ficou aterrorizado. Que morte atroz, a de John Adams", diz Case com espécie de severidade repentina.

"E o que aconteceu com o padre?", perguntei.

"O padre?", diz Case. "Oh, não parou de bater na porta para entrar, e gritou para os nativos se aproximarem e derrubá-la, e alardeou que havia uma alma para salvar, essas coisas. Estava numa apreensão dos infernos, o padre. Mas o que você faria? Johnny havia perdido a mão; nada de mercado pra Johnny! E o clamor da administração acabou com aquilo. Em seguida, Randall ouviu falar que o padre rezava no túmulo de Johnny. Papa estava bem encharcado, e pegou um bastão e disparou até o local; e ali estava Galoshes ajoelhado, e vários nativos observavam. Ninguém pensava que Papa se importasse com alguma coisa, a não ser com a bebida; mas o padre e ele ficaram ali duas horas, xingaram-se no idioma nativo; e sempre que Galoshes tentava se ajoelhar, Papa ia até ele com o bastão. Nunca houve cena assim em Falesá. Terminou que o capitão Randall caiu com algum tipo de crise ou ataque, e o padre enfim fez o que queria. Mas foi o padre mais enfurecido que já se ouviu falar; e reclamou com os chefes desse ultraje, como chamou aquilo. De nada serviu, pois nossos chefes aqui são protestantes; mesmo assim, já tinha arrumado confusão por causa do tambor da escola matinal, e ficaram contentes por se livrar dele. Agora, jura que o velho Randall deu a Adams veneno ou coisa parecida e, quando se encontram, trocam sorrisos sarcásticos, como babuínos."

Contou essa história com a maior naturalidade possível, como quem apreciasse diversão; agora que penso nisso após tanto tempo, me parece um relato deveras repugnante. No entanto, Case nunca demonstrou ser gentil, apenas um quadrado, impetuoso e habilidoso; e, na verdade, me intrigava completamente.

Fui para casa, e perguntei a Uma se ela era Popey, que havia descoberto ser a palavra nativa para católicos.

"*E le ai!*", disse — sempre usava o idioma nativo quando queria dizer "não" mais forte que o normal e, na verdade, tinha mais. "Nada bom, popey", completou.

Então lhe perguntei de Adams e do padre, e me contou o mesmo relato, mas à sua maneira. De modo que não me restou muito por onde seguir; mas diante do todo, as únicas questões eram a querela por causa do sacramento, e a conversa sobre envenenamento.

O dia seguinte era domingo, quando não havia negócios a se tratar. Uma me perguntou se pretendia "rezar" de manhã; lhe respondi que apostasse que não; e ela mesma parou em casa sem dizer mais. Pensei que aquilo era incomum a nativos, e uma mulher nativa, que possuía roupas novas para exibir; no entanto, me era muito conveniente e não dei muita atenção. O irônico foi que afinal saí em direção à igreja, algo que sou um tanto predisposto a esquecer. Havia planejado passear, quando escutei o hino. Sabe como é; você escuta pessoas cantarem, e isso parece atraí-lo; e logo já está a caminho da igreja. Era lugar baixo e pouco comprido, de corais, com ambos os cantos arredondados à maneira de baleeiro, grande teto nativo no topo, janelas sem vidro e corredores sem portas. Enfiei a cabeça na janela, e a visão me era tão nova — pois as coisas eram muito diferentes nas ilhas que conhecia — que fiquei e observei. A congregação se sentava em carpetes no chão, as mulheres de um lado, os homens do outro; todos aparelhados para matar, as mulheres com vestidos e chapéus de negócios, os homens em jaquetas brancas e camisas. O hino acabou; o pastor, kanaka grande e corpulento, diante do púlpito, pregava pela vida; e pelo modo como abanava a mão, e trabalhava a voz, e argumentava, e parecia discutir com as pessoas, deduzi que era uma arma no negócio. Bem, olhou para cima de repente e me encarou; e lhe dou a minha palavra que hesitou no púlpito. Seus olhos se estufaram para fora da cabeça, a mão se ergueu e apontou para mim como que contra a vontade, e o sermão parou exatamente nesse momento.

Não é algo legal de se dizer de si mesmo, mas fugi; e se a mesma espécie de choque me ocorresse amanhã, fugiria novamente. Ver aquele palavroso kanaka se atordoar simplesmente por me ver, me deu a sensação de que o fundo do mundo havia desabado. Fui direto para casa, e fiquei lá, e não disse nada. Podem pensar que contaria a Uma, mas isso era contra o meu sistema. Podem pensar que iria me consultar com Case; mas a verdade é que sentia muita vergonha de falar disso, pensei que todos riram de mim. Então, segurei a língua e, ademais, pensei. E quanto mais pensava, menos gostava daquilo.

Por volta da noite de segunda, ficou claro em minha mente que estava com um tabu. A nova loja aberta por dois dias na vila, e sequer um homem ou mulher aparece para ver os produtos, estava além da crença.

"Uma", disse, "creio que estou com um tabu."

"Poder ser", respondeu.

Pensei por um momento se devia perguntar mais, mas era má ideia deixar nativos com qualquer sensação de conhecedor, então fui até Case. Estava escuro, e estava sentado sozinho, como fazia na maior parte do tempo, fumava na escada.

"Case", disse, "eis uma coisa estranha. Estou com um tabu."

"Oh, impossível!", falou. "Iss' n'é comum nestas ilhas."

"Pode ser que sim, ou que não", retruquei. "É comum onde estava antes; pode apostar que sei como é; e digo com certeza: estou com um tabu."

"Bem", disse, "o que você fez?"

"É o que quero descobrir", respondi.

"Oh, não pode", falou; "não é possível. Porém lhe contarei o que farei; descansa, não faça outra coisa, e darei uma volta e certamente descobrirei. Você só sai e conversa com Papa."

"Obrigado", disse, "é melhor ficar aqui na varanda: sua casa é tão perto."

"Então chamarei Papa aqui para fora", falou.

"Meu caro", respondi, "acho melhor não. O fato é que não aprecio o sr. Randall."

Case riu, pegou a lanterna da loja, e saiu para a vila. Ficou fora por cerca de quinze minutos; parecia extremamente sério quando voltou.

"Bem", disse e bateu a lanterna no degrau da varanda, "jamais teria acreditado. Não sei aonde pode chegar a impudência desses kanakas, mas parecem ter perdido qualquer noção de respeito pelos brancos. O que precisamos é de um homem de guerra; um alemão, se pudéssemos — sabem lidar com kanakas."

"Então estou mesmo com um tabu?", exclamei.

"Algo assim", disse. "É a pior coisa do tipo que já ouvi. Mas ficarei do seu lado, Wiltshire, de homem para homem. Venha aqui amanhã por volta das nove e esclareceremos com os chefes. Eles têm medo de mim; ou tinham, mas andam tão arrogantes agora que não sei o que esperar. Entenda-me, Wiltshire, não considero isso uma luta sua", prosseguiu com muita resolução; "conto como luta de todos nós, conto como Luta do Homem Branco, e dou minha palavra que passarei por cima de pau e pedra para enfrentar isso."

"Você descobriu o motivo?", perguntei.

"Ainda não", disse Case. "Mas resolveremos isso amanhã."

De modo geral, fiquei bastante satisfeito com a atitude, e quase mais no dia seguinte, quando nos encontramos para ir ter com os chefes, por vê-lo tão severo e decidido. Os chefes esperavam por nós numa das casas grandes e ovais, que chamou nossa atenção já a grande distância, devido à multidão em volta dos beirais, talvez uma centena de homens, mulheres e crianças. Muitos dos homens estavam a caminho do trabalho e vestiam grinaldas verdes; e isso me fez pensar no Primeiro de Maio em casa. Essa multidão abriu caminho e zumbiu para nós dois com agitação súbita e raivosa quando entramos. Cinco chefes estavam lá, quatro homens imponentes, o quinto velho e enrugado. Sentavam-se em capachos de saiotes brancos e jaquetas; tinham leques, como moças refinadas; e dois dos mais jovens usavam medalhas católicas, o que me fez refletir. Nosso lugar estava arrumado e os capachos colocados para nós contra essas lideranças no lado da casa mais próximo; o meio, vazio; a multidão, perto de nossas costas, murmurava e se esticava e se acotovelava para observar, e as sombras se projetavam em nossa frente nas pedrinhas limpas no chão. Era apenas um fio de cabelo arrancado pela excitação dos comuns, mas a aparição quieta e civilizada dos chefes me deu confiança: assim, o porta-voz começou e fez longo discurso em voz baixa, às vezes acenava para Case, às vezes para mim, e às vezes batia com as falanges no capacho. Uma coisa estava clara: não havia sinal de raiva nos chefes.

"O que ele falou?", perguntei, após terminar o discurso.

"Oh, apenas que estão felizes por vê-lo, e entendem por mim que deseja fazer alguma espécie de reclamação, e que deve falar tudo, e farão o que é certo."

"Precisou de um tempo precioso para dizer isso", comentei.

"Oh, o resto era lisonja e *bonjour* e essas coisas", diz Case, "sabe como são os kanakas!"

"Bem, de mim não recebem muito *bonjour*", disse. "Fale quem sou. Sou branco, e cidadão britânico, além de grande líder em minha terra; e vim aqui para lhes fazer bem e trazer a civilização; porém mal separei minhas mercadorias, vêm e me lançam um tabu e ninguém ousa se aproximar da minha loja! Fale que não pretendo contradizer nada legal; e se o que desejam é um presente, farei o justo. Não culpo qualquer um que cuide de si, fale para eles, pois é da natureza humana; mas se pensam que poderão impor a mim uma de suas ideias nativas, estão enganados. E fale abertamente para eles que desejo conhecer o motivo para esse tratamento, enquanto homem branco e cidadão britânico."

Foi o que disse. Sei lidar com kanakas; lhes ofereça explicação clara e negociação razoável e, não posso mentir, sempre colaboram. Não têm governo verdadeiro ou lei verdadeira, é o que tem que enfiar na cabeça deles; e mesmo que tivessem, seria uma grande piada se fosse aplicado ao homem branco. Seria muito estranho se viéssemos até aqui e não conseguíssemos fazer o que quiséssemos. Só de pensar nisso, fiquei como bicho, e praguejei por um bom tempo. Então Case, por sua vez, traduziu, ou fingiu fazer isso; e o primeiro chefe respondeu, e então o segundo e o terceiro, todos no mesmo estilo, calmo e gentil, mas no fundo solenes. Uma pergunta foi feita a Case, que a respondeu, e todos (tanto os chefes como as pessoas comuns) gargalharam alto e olharam para mim. Por último, o velho enrugado e o chefe grande e jovem que havia falado primeiro fizeram espécie de catecismo com Case. Às vezes, deduzia o que Case tentava evitar esgrimir, e o encurralavam como cães de caça, e o suor descia por seu rosto, e que não era visão agradável para mim; e a algumas das respostas, a multidão resmungava e sussurrava, o que era o pior de se ouvir. Era a verdade cruel que não sabia nada do idioma nativo; de modo que (agora acredito) perguntavam a Case de meu casamento, e ele deve ter tido muito trabalho para tirar seus pés dali. Mas olhei para Case: tinha cabeça para comandar um parlamento.

"Bem, isso é tudo?", perguntei, quando houve pausa.

"Vamos", disse com uma careta. "Eu lhe contarei lá fora."

"Quer dizer que não vão retirar o tabu?", exclamei.

"É uma coisa estranha", respondeu. "Eu lhe contarei lá fora. Melhor vir logo."

"Não deixarei isso nas mãos deles", exclamei. "Não sou esse tipo de homem. Você não me verá recuar por causa de um punhado de kanakas."

"Melhor fazer isso", disse Case.

Olhou para mim com um sinal no olhar; e os cinco chefes olharam para mim com civilidade, mas um tanto contundentes; e as pessoas olhavam para mim e se esticavam e se acotovelavam. Eu me lembrei das pessoas que observaram a minha casa, e de como o pastor saltou do púlpito só de me ver; e todo o negócio parecia tão deslocado que me levantei e segui Case. A multidão novamente abriu espaço para passarmos, porém mais que antes, e as crianças corriam e gritavam; e quando nós dois brancos saímos, todos ficaram e nos observaram.

"E agora", disse, "por que tudo isso?"

"A verdade é que não sei dizer bem. Não gostam de você", respondeu Case.

"Colocar um tabu num homem porque não gostam dele!", gritei. "Nunca ouvi nada assim."

"É pior que isso, vê", disse Case. "Você não está com um tabu, lhe disse que não podia ser isso. As pessoas simplesmente se recusam a se aproximar de você, Wiltshire; eis o problema."

"Se recusam a se aproximar de mim? O que quer dizer com isso? Por que se recusam a se aproximar de mim?", exclamei.

Case hesitou. "Parece que estão com medo", disse em voz baixa.

Parei de vez. "Com medo?", repeti. "Está louco, Case? Do que estão com medo?"

"Queria poder dizer", Case respondeu e balançou a cabeça. "Parece alguma das superstições imbecis que têm. É com isso que não concordo", disse; "é como o negócio a respeito de Vigours."

"Gostaria de saber o que quer dizer com isso, e insisto que me conte", falei.

"Bem, sabe, Vigours fugiu e deixou todos esperando", disse. "Era alguma espécie de assunto supersticioso — nunca entendi bem —, mas começou a parecer ruim antes mesmo que acabasse."

"Escutei uma história diferente sobre isso", disse, "e é melhor lhe contar. Ouvi dizer que fugiu por sua causa."

"Oh, bem, suponho que tenha ficado com vergonha de contar a verdade", diz Case, "imagino que a tenha achado tola. E, de fato, o mandei embora. 'O que fará, meu velho?' falei; 'Vá', disse, 'e não pense duas vezes nisso.' Fiquei extremamente contente por vê-lo partir. Não é de meu feitio dar as costas a um camarada quando está em situação complicada; mas havia tanto problema na vila que não podia ver onde aquilo daria. Fui um imbecil por passar tanto tempo com Vigours. Hoje me culpam; você não ouviu Maea — é o chefe jovem, o grandalhão — resmungou algo sobre 'Vika'? Estavam atrás dele; de algum modo não conseguem esquecer."

"Tudo isso é muito interessante", disse, "mas não me explica o que há de errado; não me explica do que têm medo — qual a ideia deles."

"Bem, gostaria de saber", disse Case. "Mas não posso afirmar mais que isso."

"Poderia ter perguntado, penso", cutuquei.

"Eu perguntei", diz, "mas deve ter visto, a não ser que seja cego, que as perguntas levaram para outro caminho. Vou até onde posso por outro homem branco; mas quando vejo que eu mesmo estou na roda, penso no meu couro primeiro. Minha ruína é ter a natureza boa demais. E tomarei a liberdade de lhe dizer: você mostra generosidade muito estranha por alguém que entrou em toda essa confusão ao defender os seus interesses."

"Há algo em que estou pensando", falei. "Você foi tolo por se importar tanto com Vigours. Um conforto, porém, é que não se importou tanto comigo. Percebo que jamais entrou em minha casa. Confesse, agora: você sabia disso antes?"

"É um fato que não", respondeu. "Foi um erro, e me desculpe por isso, Wiltshire. Mas a respeito do que virá agora, serei bastante sincero."

"Quer dizer que não tem sido?", perguntei.

"Mil desculpas, meu velho, mas é o tamanho disso", diz Case.

"Em suma, está com medo?", disse.

"Em suma, estou com medo", confirmou.

"Haverei de continuar com o tabu, ou algo assim?", perguntei.

"Você não está com um tabu", disse. "Os kanakas se recusam a se aproximar de você, isso é tudo. E quem haverá de forçá-los? Nós comerciantes temos que ralar muito, devo dizer; obrigamos esses pobres kanakas a contradizer suas leis, a desfazer seus tabus, e isso, da maneira que melhor nos aprouver. Esperava uma lei que obrigasse as pessoas a comprarem em sua loja, querendo elas ou não? Quer me dizer que não pretendia ralar para isso? E se quisesse, seria algo bizarro a me propor. Gostaria apenas de mencionar, Wiltshire, que também sou comerciante."

"Se eu fosse você, creio que não falaria de ralar", disse. "Eis o que acontece, até onde posso compreender. Nenhuma das pessoas haverá de negociar comigo, e todas negociarão com você. Você terá a copra, e eu terei de me chacoalhar com o diabo. Não falo nada do idioma nativo, e você é o único homem digno de menção aqui que fala inglês, e tem a impudência de me pedir para ralar e sugerir que minha vida está em perigo, e tudo o que tem para dizer é que não sabe o motivo?"

"Bem, de fato é o que tenho para lhe dizer", disse. "Não sei; gostaria de saber."

"E assim me dá as costas e me deixa sozinho: essa é a posição?", falei.

"Se quiser ver isso desse modo negativo", respondeu. "Não o diria assim. Digo simplesmente que vou ficar longe de você, e se não fizer isso, trarei perigo para mim."

"Bem", disse, "que ótima espécie de branco!"

"Oh, entendo que esteja nervoso", respondeu. "Também estaria. Posso me escusar."

"Tudo bem", falei, "vá fazer as suas escusas em algum outro lugar. Aqui está o meu caminho, aí está o seu."

Com isso nos separamos, e fui diretamente até em casa, mau-humorado, e Uma experimentava um lote de bens de comércio como um bebê.

"Agora", disse, "você para com essa idiotice. Isso aqui está uma bagunça — já estou irritado! E não disse para você arranjar o jantar?"

E então creio que lhe dei um pouco do lado áspero da língua, como ela merecia. Se levantou de vez, como a sentinela ao seu oficial; pois devo dizer que sempre estava bem apresentável e tinha grande respeito pelos brancos.

"E agora", continuei, "você pertence a este lugar, devia entender isso. Por que me puseram um tabu, afinal? Ou, se não estou com um tabu, por que o seu povo tem medo de mim?"

Ela parou e me observou com olhos parecidos com dois pires.

"Você não saber?", por fim arfou.

"Não", disse. "Como espera que eu saiba? Não existe essa maluquice no lugar de onde venho."

"Ese não contar?", perguntou novamente.

(*Ese* era o nome que os nativos usavam para Case; pode significar forasteiro, ou extraordinário; ou poderia significar abrigo; mas certamente era apenas o seu nome entendido mal e soletrado no modo kanaka.)

"Não muito!", respondi.

"Ese desgraçado", exclamou.

Parece engraçado ouvir essa garota kanaka soltar um grande xingamento. Nem tanto. Não havia xingamento nela; não, nem raiva; ela estava acima da raiva, e via o mundo com simplicidade e seriedade. Ela ficou lá parada ao dizer isso; não posso simplesmente dizer que já vi uma mulher com sua aparência antes ou depois, e isso me emudeceu. Então ela fez uma espécie de reverência, mas era do tipo mais orgulhoso, e arregaçou os braços.

"Eu vergonha", disse. "Eu pensar você esperto. Ese falar mim você esperto, falar mim não preocupar — falar mim você amar mim muito. Tabu mim", disse e se tocou no peito, como fizera na noite do casamento. "Agora eu sair, tabu sair também. Então ganhar muita copra. Você gostar mais, acho. Tofâ, alii", disse no idioma nativo: "Adeus, chefe!"

"Espera", exclamei. "Não tenha tanta pressa."

Ela me olhou de lado com um sorriso. "Vê, você ganhar copra", falou de modo com que se poderia oferecer doces a uma criança.

"Uma", afirmei, "escute a razão. Não sabia, de verdade; e Case parece ter feito uma brincadeira terrível com nós dois. Mas agora sei, e não me importo; amo você bastante. Você não sair, não deixar eu, desculpa muito."

"Você não amar mim!", gritou, "você dizer coisas ruins!" E se lançou no canto do chão, e chorou.

Bem, não sou um intelectual, mas não nasci ontem, e pensei que o pior do problema já havia passado. Mas, ali estava ela — as costas viradas, o rosto para a parede — tremia e soluçava como criancinha, que seus pés até balançavam. É estranho como isso atinge um homem quando está apaixonado; porque picotar as coisas não serve para nada; kanaka e tudo, estava apaixonado por ela, ou algo semelhante. Tentei pegar sua mão, mas não fazia nada disso. "Uma", disse, "não faz sentido agir assim. Quero você para aqui, quero espousinha, eu contar verdade."

"Não contar mim verdade!", choramingou.

"Tudo bem", falei, "esperarei até você parar com isso." E me sentei ao lado dela no chão, e alisei o seu cabelo com a mão. No começo, se contorceu quando a toquei; depois, pareceu não me notar mais; então os soluços diminuíram gradualmente até parar; e notei em seguida que levantou o rosto até o meu.

"Você me falar verdade? Quer eu parar?", perguntou.

"Uma", disse, "prefiro ficar com você que ter todo a copra dos Mares do Sul", o que era expressão bem grandiosa, e o mais estranho era que era sincera.

Lançou os braços em minha volta, saltou para perto, e pressionou o rosto contra o meu, me beijou ao modo da ilha, e fiquei completamente molhado por suas lágrimas e meu coração lhe foi entregue completamente. Jamais tive algo tão próximo de mim quanto aquela moreninha. Muitas coisas se juntaram, e todas me ajudaram a virar a cabeça. Era tão bela que poderia devorá-la; parecia ser a minha única amiga naquele lugar bizarro; senti vergonha por lhe falar com aspereza; e era mulher, e minha esposa, e uma espécie de criança por quem sentia pena; e o sal das lágrimas entrou em minha boca. E me esqueci de Case e dos nativos; e me esqueci que não sabia de nada da história, e apenas me lembrei de banir a lembrança; e me esqueci de que não conseguiria copra nem um modo de viver; e me esqueci dos empregadores, e do estranho tipo de serviço que lhes fazia, ao preferir meu devaneio aos negócios; e me esqueci até que Uma não era minha esposa de verdade, apenas a camareira enganada, e naquele estilo tão esfarrapado. Mas isso é antever muito longe. Irei ao momento seguinte.

Já era tarde quando a gente pensou em fazer o jantar. O fogão apagou e havia esfriado completamente; mas o acendemos após um tempo, e cada um preparou um prato, ajudou e atrapalhou ao outro, e fizemos disso diversão, como crianças. Estava tão necessitado de sua proximidade que me sentei para jantar com a minha namorada no meu joelho, tocava nela com uma mão, e comia com a outra. Ah, mais que isso. Creio que ela seja a pior cozinheira feita por Deus; as comidas nas quais punha a mão enojariam um cavalo; e, ainda assim, minha refeição aquele dia foi a comida de Uma, e desde então nunca comi tão bem.

Não fingi a mim mesmo, e não fingi para ela. Vi que havia terminado; e se quisesse me enganar, o faria. E suponho que foi isso que a fez falar, pois agora tinha certeza de que éramos amigos. Muito me contou, sentada em meu colo e comeu do meu prato, assim como comia do dela, de brincadeira: muito sobre ela e a mãe e Case, tudo o que seria muito tedioso e preencheria folhas inteiras se a deixasse na Praia de *Mar*, mas que sugeri em inglês claro — e uma coisa a respeito de mim, que teve um grande efeito em minhas preocupações, como logo se ouvirá.

Parece que havia nascido numa das ilhas Line; passara apenas dois ou três anos naquelas partes, onde fora com um homem branco casado com sua mãe que depois morreu; e apenas aquele ano em Falesá. Antes disso, haviam passado um bom tempo em movimento, viajavam com o homem branco, que era uma dessas pedras a rolar que continuavam a dar voltas após trabalho leve. Fala-se sobre procurar por ouro no fim do arco-íris; mas se alguém quer emprego para se manter até a morte, deixe que comece a procura por um trabalho leve. Tem carne e bebida nele também, e cerveja e jogo de pinos; pois jamais se ouve falar de algum deles passar fome e raramente são vistos sóbrios; e, quanto à atividade contínua, rinha de galos não está na mesma lista. De qualquer forma, esse mandrião carregava a mulher e a filha por toda a loja, mas, na maioria das vezes, para longe das ilhas, onde não havia polícia e pensou que talvez houvesse trabalho leve. Tenho minha própria visão desse velho sujeito; mas fiquei muito feliz por ele ter mantido Uma longe de Apia e Papeete e essas cidades depravadas. Ao menos, manteve Fale-alii na ilha, arranjou alguns negócios Deus sabe como! E estragou tudo conforme seu hábito, e morreu sem quase nada, além de um pedaço de terra em Falesá que adquirira ao cobrar uma dívida, o que usou para convencer a mãe e a filha a viverem lá. Aparentemente, Case as encorajou ao máximo, e as ajudou a construir a casa. Era muito gentil naqueles dias, e fez uma pechincha a Uma, e não há dúvida que punha o olho nela desde o começo. No entanto, mal se assentaram, quando surgiu um jovem, nativo, e desejava se casar com ela. Era um pequeno chefe, e tinha alguns belos capachos e canções antigas na família, e era "muito bonito", disse Uma; e de modo geral era um pretendente extraordinário para a garota sem um centavo, ainda por cima, forasteira.

Com a primeira palavra, fiquei doente de ciúmes.

"E quer dizer que teria se casado com ele!", exclamei.

"*Ioe*", disse. "Gostar demais!"

"Bem!", respondi. "E pelo visto cheguei logo depois."

"Gostar mais de você agora", falou. "Mas supor casar Ioane, eu espousa boa. Eu não kanaka comum: moça boa!", diz.

Bem, tive de me contentar com aquilo; mas juro que não me importava nem um pouco com o caso, e gostava do fim daquele relato mais que do começo. Pois, aparentemente, essa proposta de casamento foi o princípio de toda a confusão. Parece que, antes disso, Uma e a mãe haviam sido menosprezadas por não terem família e virem de outras ilhas, mas nada grave; e mesmo quando Ioane foi em frente, no começo não havia tanto problema. Então, de repente, cerca de seis meses antes de minha chegada, Ioane partiu e abandonou aquela parte da ilha e desde esse dia, Uma e a mãe ficaram sozinhas. Ninguém as chamava em casa, ninguém falava com elas nas estradas. Caso fossem à igreja, as outras mulheres tiravam os capachos e as deixavam sós em local vazio. Era a excomunhão usual, como aquelas das quais lemos a respeito da Idade Média; e a causa ou motivo disso não se podia adivinhar. Era alguma *tala pepelo*, disse Uma, alguma mentira, alguma calúnia; e tudo o que sabia era que as garotas tiveram inveja de sua sorte com Ioane e reprovam-na pela deserção, e lhe gritavam, quando a encontravam só na mata, que jamais se casaria. "Elas dizer homem nenhum casar comigo. Eles também muito medo", contou.

A única alma que interviera por elas após essa deserção foi mestre Case; até ele estava relutante em se mostrar, e aparecia principalmente à noite; e logo deu as suas cartas e cortejou Uma. Ainda estava incomodado por causa de Ioane, e quando Case surgiu pela mesma linha, cortei bruscamente.

"Bem", disse, escarnecido, "imagino que pensou que Case era 'muito bonito' e 'gostava demais'."

"Agora falar bobagem", respondeu. "Homem branco vem aqui, eu casar mesma coisa kanaka; muito bem, ele casar comigo mesma coisa mulher branca. Imaginar ele não casar, ele ir embora, ele parar mulher. Mesma coisa ladrão; mão vazia, coração de Tonga — não poder amar! Agora você casar comigo; você coração grande — você não vergonha moça ilha. Motivo eu amar você tanto. Eu orgulho."

Não sei se já me senti pior em qualquer outro dia da vida. Deitei o garfo e soltei a "moça da ilha"; tampouco parecia de algum modo ter qualquer utilidade; e andei para cima e para baixo na casa, e Uma me seguia com os olhos, pois estava incomodada, e um pouco surpresa! Mas incomodada não era palavra para isso; assim desejava, e assim temia, para deixar claro como havia sido um pulha.

E nesse momento ressoou a cantoria vinda do mar; surgiu muito clara e próxima, como se o barco desse a volta no cabo; Uma correu para a janela e gritou que era "Misi" que vinha de suas voltas.

Achei estranho ficar contente por ver um missionário; mas se era estranho, não deixava de ser verdade.

"Uma", disse, "fica aqui neste quarto, e não tira o pé dele até eu voltar."

CAPÍTULO III
O MISSIONÁRIO

Quando saí para a varanda, o barco da missão ia rapidamente para a embocadura do rio. Era um grande baleeiro pintado de branco, com espécie de cobertura na popa; um pastor nativo agachado na plataforma da popa conduzia o timão; vinte e quatro remos brilhavam e batiam na água, no ritmo da canção do barco; e o missionário sob a cobertura, em roupas brancas, lia um livro e os animava! Era bonito ver e ouvir; não há vista mais interessante nas ilhas que barco missionário com boa tripulação e boa fanfarra; e pensei nisso por cerca de meio minuto com uma pontada de inveja, e então, caminhei para o rio.

Do lado oposto ia outro homem para o mesmo lugar, mas correu e chegou lá antes. Era Case; sem dúvida a ideia era me afastar do missionário que poderia ser meu intérprete; mas tinha outras coisas em mente, e pensei em como havia nos logrado a respeito do casamento, e tentara pôr as mãos em Uma antes; e ao vê-lo, a raiva fluiu por minhas narinas.

"Saia daí, ladrão miserável. Embusteiro", gritei.

"O que foi que disse?", falou.

Eu lhe repeti e acrescentei com um bom insulto. "E se alguma vez o pegar a dez metros de minha casa", gritei, "enfiarei uma bala na sua carcaça asquerosa."

"Aja como quiser em sua casa", respondeu, "lugar que, lhe digo, não me interessa ir. Mas este local é público."

"É lugar onde tenho um assunto em particular", disse. "E não quero um cão como você escutando, e lhe aviso para ficar longe."

"Não aceito, no entanto", respondeu Case.

"Então, mostro pra você", falei.

"Veremos", retrucou.

Era ágil com as mãos, mas não tinha nem altura nem peso, uma criatura frágil, diante de um homem como eu; e, além disso, eu ardia com tanta ira que quebraria um cinzel ao meio. Primeiro, lhe desferi um e então o outro, de modo que pude ouvir sua cabeça chacoalhar e estalar, e, então, caiu direto.

"Quer mais?", gritei. Mas apenas olhou para cima, branco e vazio, e o sangue se espalhou pelo rosto como vinho em guardanapo. "Quer mais?", gritei de novo. "Responda, e não fique aí fingindo, ou lhe mostrarei os pés!"

Com isso, se sentou e segurou a cabeça — pelo olhar podia-se dizer que girava — o sangue se derramou na roupa.

"Basta por hoje", disse antes de se levantar cambaleando e voltar pelo caminho que veio.

O barco estava próximo; vi que o missionário havia posto o livro de lado, e sorria para mim mesmo. "Pelo menos saberá que sou homem", penso.

Era a primeira vez, em todos os meus anos no Pacífico, que trocaria duas palavras com qualquer missionário; veja lá lhes pedir por um favor. Não gostava da tarefa, nenhum comerciante gosta; olham com desdém para você e nem disfarçam; e, além disso, você está em parte 'kanakeado', e lida com nativos em vez de brancos como eles. Eu vestia um pijama listrado, pois obviamente saíra com decência para ter com os chefes; mas quando vi o missionário do barco no uniforme comum, roupas de lona brancas, chapéu de safári, camisa branca e gravata, e botas amarelas, poderia ter apedrejado ele. Ao se aproximar, me examinou com muita curiosidade (suponho que por conta da luta), vi que parecia fatalmente doente, pois, na verdade, estava febril e acabava de pegar resfriado no barco.

"Sr. Tarleton, creio?", disse, pois sabia o seu nome.

"E o senhor, como suponho, é o novo comerciante?", respondeu.

"Primeiro, gostaria de contar que não me dou com missões", prossegui, "e que penso que o senhor e seus semelhantes criam imagem de perigo, alimentam os nativos com arrogância e contos de velhas matronas."

"O senhor tem todo o direito de emitir sua opinião", comentou olhando feio, "mas não preciso ouvi-las."

"Acontece que o senhor precisa ouvi-las", disse, "não sou missionário nem adorador de missionário; não sou kanaka nem defensor de kanakas: sou apenas comerciante, sou apenas um maldito branco ordinário e baixo e cidadão britânico, do tipo que esfregaria as suas botas. Espero que isso esteja claro."

"Sim, meu camarada", falou. "Está mais claro que convincente. Quando o senhor ficar sóbrio, se arrependerá disso."

Tentou passar, mas o parei com a mão. Os kanakas rosnaram; creio que não gostaram de meu tom, pois usei da liberdade para falar com aquele homem como falaria com vocês.

"Não poderá dizer que o enganei", disse, "e posso seguir em frente. Quero um serviço, na verdade quero dois serviços; e o senhor os fará para mim, e talvez terei em melhor conta o que chama de cristianismo."

Ficou em silêncio por um momento. Então, sorriu. "O senhor é um rapaz bem estranho", falou.

"Sou como Deus me fez", respondi. "Não sirvo para cavalheiro."

"Não tenho tanta certeza", disse. "E como posso lhe ajudar, senhor...?"

"Wiltshire", falei, "apesar de ser quase sempre chamado de Welsher; mas Wiltshire é a maneira de se soletrar, se as pessoas na praia conseguissem acertar a língua. E o que eu quero? Bem, é a primeira coisa que lhe contarei. Sou o que se chama de pecador — o que chamo de pulha — e quero que o senhor me ajude a compensar uma pessoa que enganei."

Ele se virou e falou com a tripulação no idioma nativo. "Agora, estou a seu serviço", disse, "mas apenas enquanto a tripulação estiver jantando. Preciso descer a costa antes da madrugada. Estou atrasado, pois fiquei em Papa-mālūlū até esta manhã, e tenho um compromisso em Fale-alii amanhã à noite."

Fui até a minha casa em silêncio e muito satisfeito comigo mesmo pelo modo como conduzi a conversa, pois gosto de quem mantém o respeito próprio.

"Uma pena vê-lo brigar", falou.

"Oh, aquilo é parte da história que gostaria de contar", disse. "É o serviço número dois. Após ouvir, quero saber se o senhor achará uma pena ou não."

Andamos direto para a loja, e fiquei surpreso por ver que Uma havia arrumado as coisas do jantar. Era tão incomum em relação aos seus modos, que vi que fizera isso por gratidão, e apreciei o gesto. Ela e o sr. Tarleton se chamavam pelo nome, e, aparentemente, era muito gentil com ela. Mas pensei pouco nisso; sempre é possível encontrar gentileza num kanaka; são quem nos comandam, brancos. Além disso, não queria Tarleton somente para aquilo: ainda daria o meu lance.

"Uma", disse, "nos entregue o certificado de casamento." Parecia abatida. "Vamos", falei. "Confie em mim. Pegue-o."

Estava com ele, como de costume; creio que pensava ser o passe para o paraíso, e que se morresse sem ele na mão iria para o inferno. Não pude ver onde o colocara a primeira vez, e agora não pude ver de onde o pegou; ele parecia pular na mão como aquele truque de Blavatsky[5] dos papéis. Mas é assim com todas as mulheres da ilha, e acredito que isso lhes é ensinado quando jovens.

"Então", disse com o certificado na mão, "o negro Black Jack me casou com essa garota. O certificado foi escrito por Case, e garanto que é fanfarronice literária. Desde que descobri que neste lugar há um tabu contra a minha esposa, enquanto estiver com ela, não posso fazer negócios. Agora, o que qualquer um faria em meu lugar, se fosse um homem?", perguntei. "A primeira coisa que faria

---

[5] Helena Blavatsky (1831-1891), fundadora da teosofia.

seria isso, penso." Então peguei o papel e o despedacei e joguei os pedaços no chão.

"*Aué!*", gritou Uma, e bateu as mãos, mas segurei uma delas.

"E a segunda coisa que faria", falei, "se fosse o que chamo de homem, e o que o senhor chamaria de homem, sr. Tarleton, seria trazer a garota até você ou qualquer outro missionário, se levantar e dizer: 'Me casei de modo errado com a minha esposa, mas a tenho em alta conta, e agora quero me casar com ela da maneira correta'. Comece, sr. Tarleton. E imagino que o fará melhor no idioma nativo; agradará a velha", disse e dei a ela o nome próprio de marido local.

Assim, com dois membros da tripulação por testemunha, fomos unidos em nossa própria casa; o clérigo rezou um pouco, devo dizer, mas não por tanto tempo como alguns, e apertou as mãos de nós dois.

"Sr. Wiltshire", falou após pronunciar as linhas e dispensar as testemunhas, "devo agradecer-lhe por prazer tão vivaz. Poucas vezes realizei cerimônia de casamento com emoções tão verdadeiras."

Foi o que se podia chamar de conversa. Ele continuou a falar mais, e seguia com água na boca, querendo mais, pois me sentia bem. Mas algo incomodou Uma no meio do casamento e ela o interrompeu diretamente.

"Como machucar mão?", perguntou.

"Perguntar cabeça Case, senhora", disse.

Saltou com alegria e cantarolou.

"Essa daí não é muito cristã para o senhor", comentei ao sr. Tarleton.

"Não pensamos que era das piores", falou, "quando estava em Fale-alii; e se Uma tem malícia, fico tentado a imaginar que tem uma boa causa."

"Bem, agora chegamos ao serviço número dois", disse. "Quero lhe contar nossa história, e ver se o senhor faz entrar um pouco de luz do sol aqui."

"É demorado?", perguntou.

"Sim", falei, "é um caso e tanto."

"Bem, lhe darei todo o tempo que puder", disse e olhou para o relógio. "Mas devo deixar claro que não como desde as cinco desta manhã; e a não ser que me consiga algo, não haverei de comer novamente até as sete ou oito desta noite."

"Por Deus, lhe daremos jantar!", exclamei.

Fiquei um pouco receoso pela blasfêmia, logo quando tudo ia bem; o missionário também, suponho, mas fingiu olhar para a janela e nos agradeceu.

Então lhe preparamos uma pequena refeição. Estava disposto a deixar a senhora tocar nela, para me exibir; então a ordenei que preparasse o chá. Não creio que vi aquele chá novamente, afinal. Mas aquilo não foi o pior, pois pegou o sal, que considerava um toque europeu a mais, e transformou a minha carne cozida em água do mar. De modo geral, o sr. Tarleton teve um jantar dos infernos; mas se divertiu bastante por um lado, durante todo o tempo em que cozinhamos, e depois ao fingir comer, falei sobre mestre Case e a praia de Falesá, e ele perguntou como quem presta muita atenção.

"Bem", falou por fim, "receio que seja inimigo perigoso. Afinal, esse tal de Case é muito esperto e parece realmente temível. Devo lhe dizer que estive de olho nele há cerca de um ano, e na verdade tive o pior dos encontros. Na época em que o último representante de sua firma fugiu de modo tão repentino, recebi carta de Namu, o pastor nativo, e me implorou que viesse a Falesá na primeira oportunidade, já que todo o seu rebanho 'adotava práticas católicas'. Confiava bastante em Namu; receio que isso mostre o quão facilmente somos enganados. Ninguém poderia ouvi-lo pregar sem se convencer de que tinha talentos extraordinários. Todos os ilhéus facilmente adquirem espécie de eloquência, e são capazes de desenrolar e ilustrar sermões de segunda mão com grande vigor e charme; mas os sermões de Namu são dele mesmo, e não posso negar que os ouvi em estado de graça. Ademais, tinha curiosidade ativa pelas coisas seculares, não temia o trabalho, era carpinteiro inteligente, e se fez tão respeitado entre os pastores da vizinhança que o chamamos, com chiste que em parte é sério, de o Bispo do Oriente. Em suma, sentia orgulho do homem; fiquei muito intrigado com a carta dele e dei um jeito de vir até aqui. Na manhã anterior à minha chegada, Vigours estivera a bordo do *Lion*, e Namu estava completamente calmo, aparentemente com vergonha da carta, e sem nenhuma vontade de explicá-la. Isso não permitiria de modo algum; e acabou por confessar que andava muito preocupado por encontrar o seu povo persignando-se, mas desde que encontrou a explicação, a sua mente estava tranquila. Pois Vigours tinha o Olho Mau, algo comum no país europeu chamado Itália, onde os homens frequentemente morriam fulminados por espécie de diabo; e parecia que o sinal da cruz era encanto contra esse poder.

"'E posso explicar isso, Misi', disse Namu a seu modo. 'O país na Europa é papal, e o diabo do Olho Mau talvez seja diabo católico, ou ao menos acostumado com os modos católicos. Então, assim raciocinei: se esse sinal da cruz fosse usado ao modo do santo Papa, seria pecaminoso; mas quando é usado apenas para proteger homens de um diabo, o que é em si inofensivo, o sinal também haverá de ser inofensivo. Pois o sinal não é bom ou mau, assim como a garrafa não é boa ou má. Mas se a garrafa estiver cheia de gim, o gim é mau; e se o sinal é feito por idolatria, do mesmo modo, a idolatria é má'. Assim como pastor muito nativo, tinha um texto adequado de como exorcizar diabos.

"'E quem lhe falou do Olho Mau?', perguntei.

"Admitiu ter sido Case. Agora, receio que me ache muito limitado, sr. Wiltshire, mas devo lhe contar que me desagradou, e não consigo aceitar que um comerciante seja de algum modo bom para aconselhar ou influenciar os meus pastores. E, além disso, circulava na região uma conversa do velho Adams e seu envenenamento, que não dei muita importância; mas voltou a mim agora.

"'E esse Case é homem de vida santa?', perguntei.

"Admitiu que não era; pois apesar de não beber, era libertino com as mulheres e não tinha religião.

"'Então', disse, 'creio que quanto menos ficar com ele, melhor.'

"Mas não é fácil dar a última palavra a alguém como Namu; num momento estava pronto com uma ilustração. 'Misi', falou, 'o senhor me contou que homens sábios, não pastores, nem mesmo sagrados, conheciam muitas coisas úteis de serem ensinadas, por exemplo, das árvores, e animais, e a imprimir livros, e das pedras a queimar para se fazer facas. Tais homens ensinam em suas faculdades, e o senhor aprende com eles, mas toma cuidado para não aprender a ser profano. Misi, Case é a minha faculdade.'

"Não soube o que dizer. O sr. Vigours havia claramente conduzido para fora de Falesá por causa das maquinações de Case e com algo não muito diferente dos conluios de meu pastor. Veio à minha mente que fora Namu que havia me informado sobre Adams e contado o rumor da má conduta do padre. Então, vi que devia me informar melhor com alguma fonte imparcial. Há um chefe que é um velho patife aqui, Faiaso, que arrisco dizer que o senhor conheceu hoje no conselho; por toda a vida foi turbulento e astuto, grande fomentador de rebeliões, e espinho no lado da missão e da ilha. Apesar de tudo isso, é bastante perspicaz e, exceto quanto à política ou a seus próprios delitos, sempre fala a verdade. Fui a sua casa, lhe relatei o que ouvi, e implorei que fosse franco. Não creio jamais ter tido outra conversa tão desagradável. Talvez o senhor entenderá, sr. Wiltshire, se lhe disser que levo totalmente a sério esses contos de matronas pelos quais me reprova, e anseio por fazer o bem nestas ilhas tanto quanto o senhor por agradar e proteger a bela esposa. E haverá de se lembrar que eu tinha Namu como exemplo, e sentia orgulho de o homem ser um dos primeiros frutos maduros da missão. E agora sou informado de que tinha certa dependência de Case. O começo disso não havia sido corrupto; começou sem dúvida no medo e no respeito produzidos pela trapaça e a afetação; mas fiquei chocado por descobrir outro elemento acrescentado nos últimos tempos, que Namu comprava à vontade na loja e acreditava-se que estava afundado em dívidas com Case. O que quer que o comerciante dissesse, Namu acreditava tremendo. Não estava sozinho nisso; muitos na vila viviam sujeição semelhante, porém o caso de Namu era o mais influente; foi por Namu que Case forjara os maiores males; e com certa influência entre os chefes, e o pastor no bolso, o homem era tão bom quanto o mestre da vila. O senhor sabe algo a respeito de Vigours e Adams; mas talvez nunca tenha ouvido falar do velho Underhill, o predecessor de Adams. Era velho sujeito quieto e brando, bem me lembro, e nos contaram que havia morrido de repente: brancos morrem de repente em Falesá. A verdade, conforme agora a escutava, fez o meu sangue gelar. Parece que foi afligido por paralisia geral, completamente morto, exceto por um olho, que piscava continuamente. A conversa surgida era que o velho era um demônio; e que esse sujeito vil, Case, trabalhava com base nos medos dos nativos, que professava compartilhar, e fingia não ousar ir para casa sozinho. Por fim um túmulo foi cavado, e o corpo vivo enterrado nos limites da vila. Namu, o meu pastor, que havia ajudado a educar, ofereceu reza nessa cena detestável.

"Eu me senti em posição muito complicada. Talvez também fosse dever meu denunciar Namu e depô-lo; talvez pense isso agora; mas na época, não me parecia tão evidente. Tinha grande influência, que podia se provar maior que a minha. Os nativos eram suscetíveis à superstição; talvez ao instigá-los, pudesse apenas semear e espalhar essas ideias fantasiosas. E, além disso, Namu, com exceção da influência nova e maldita, era bom pastor, capaz e de mentalidade espiritual. Onde poderia procurar por um melhor? Como encontrar um tão bom? Naquele momento, com o fracasso de Namu fresco em minha visão, o trabalho de minha vida pareceu chacota; a esperança havia morrido em mim; preferia consertar as ferramentas que possuía, que sair em busca de outros que certamente se provariam piores; e o escândalo é, na melhor hipótese, algo a se evitar quando humanamente possível. Certo ou errado, então, optei pelo silêncio. Por toda a noite, discuti com o pastor em erro e o censurei; denunciei sua ignorância e desejo de fé; denunciei seu comportamento lamentável, deixei claro o lado externo da taça e da travessa, ajudei com indiferença no assassinato, saltei de excitação de modo infantil por causa de gestos infantis, desnecessários e inconvenientes; e muito antes do dia nascer, o coloquei de joelhos e banhei em lágrimas o que parecia arrependimento genuíno. No domingo, fui ao púlpito pela manhã e preguei com o primeiro livro dos Reis, capítulo décimo nono, sobre o fogo, o terremoto e a voz: distingui o verdadeiro poder espiritual, e me referi com o máximo de clareza aos recentes eventos em Falesá. O efeito produzido foi grandioso; e aumentou bastante quando Namu se levantou por sua vez, e confessou que estivera em falta quanto à fé e à conduta, e estava convencido do pecado. Até então, tudo estava bem; mas houve circunstância desafortunada, pois se aproximava a época de nosso 'maio' na ilha, quando as contribuições dos nativos para a missão eram recebidas; caiu em meu dever fazer a notificação do assunto; e isso deu chance ao meu inimigo, a qual não tardou em se aproveitar.

"Notícias de todos os procedimentos foram passadas a Case assim que a missa acabou; e, na mesma tarde, organizou-se para me encontrar no meio da vila. Veio com tanto ímpeto e animosidade que pressenti ser perigoso evitá-lo.

"'Então', falou no idioma nativo, 'eis o homem santo. Pregou contra mim, mas aquilo não estava no coração. Pregou o amor de Deus, mas aquilo não estava no coração — aquilo estava entre os dentes. Quer saber o que estava no coração?', gritou. 'Eu vou mostrar.' Estendeu a mão na minha cabeça, subitamente fingiu retirar um dólar, e o segurou no ar.

"Dali surgiu o rumor na multidão de quando os polinésios testemunham um prodígio. Quanto a mim, fiquei impressionado. A coisa era truque de mágica ordinário, que em minha terra vi uma dezena de vezes; mas como haveria de convencer os habitantes da vila? Desejei ter estudado prestidigitação em vez de hebraico, e assim poderia pagar o sujeito com sua própria moeda. Mas ali estava, sem suportar o silêncio, e o melhor que podia pensar em dizer era fraco.

"'Peço que não coloque as mãos em mim novamente', disse.

"'Não farei isso', respondeu, 'nem o privarei de seu dólar. Aqui está', disse e o jogou nos meus pés. Ouvi dizer que ficou por três dias no lugar que caiu."

"Devo admitir que foi bem encenado", falei.

"Oh, é esperto", disse o sr. Tarleton, "e agora o senhor pode ver por si mesmo como é perigoso. Fez parte da horrível morte do paralítico; é acusado de envenenar Adams; levou Vigours a sair do local com mentiras que podem ter levado ao assassinato; e não há dúvida de que agora decidiu se livrar do senhor. Como pretende fazer isso, não temos ideia; saiba apenas que certamente é algo novo. A sua disposição e invenção não têm fim."

"Dá a si mesmo um vislumbre de problema", digo a ele. "E, afinal, para quê?"

"Oras, quantas toneladas de copra conseguem produzir neste distrito?", perguntou o missionário.

"Ouso dizer que umas sessenta toneladas", respondi.

"E qual o lucro para o comerciante local?", perguntou.

"Pode-se dizer que três libras", falei.

"Eis então por quanto ele faz isso", disse o sr. Tarleton. "E a coisa mais importante é desafiá-lo. Está claro que espalhou alguma história contra Uma, de modo a isolá-la e satisfazer o desejo doentio por ela; como falhou e viu novo rival no cenário, a usou de modo diferente. Agora a primeira questão a descobrir é sobre Namu. Uma, quando as pessoas evitavam você e sua mãe, o que Namu fazia?"

"Parar igual todos", respondeu.

"Receio que o cão voltou ao vômito", disse o sr. Tarleton. "E agora o que devo fazer por você? Falarei com Namu, o alertarei que é observado; será estranho se deixar qualquer coisa passar despercebida quando estiver em alerta. Ao mesmo tempo, essa precaução pode falhar, e então devem ir em outra direção. Vocês têm duas pessoas em mãos a quem podem acorrer. Antes de todos há o padre, que pode protegê-los pelo interesse católico; são um pequeno corpo e mirrado, mas contam com dois chefes. E então há o velho Faiaso. Ah, e se fosse há dois anos, não precisariam de mais ninguém; mas a influência dele diminuiu muito, e passou para as mãos de Maea, e Maea, receio, é um dos valetes de Case. Em suma, caso o pior aconteça, devem mandar alguém ou ir pessoalmente a Fali-alii, e embora não deva vir a esta parte da ilha por um mês, verei o que pode ser feito."

Assim o sr. Tarleton disse adeus; meia hora depois, a tripulação cantava e os remos brilhavam no barco missionário.

CAPÍTULO IV
TRABALHO DO DIABO

Quase um mês se passou sem que nada acontecesse. Na mesma noite do nosso casamento, Galoshes apareceu, se comportou com extrema civilidade, e pegou o hábito de sair no escuro e fumar seu cachimbo com a família.

Obviamente conseguia conversar com Uma, e começou a me ensinar o idioma nativo e francês ao mesmo tempo. Era uma espécie de velho gentil e bem-humorado, embora sujo demais para qualquer um, e com suas línguas estrangeiras me deixou mais confuso que a Torre de Babel.

Essa era a atividade que tínhamos, e me fez sentir menos solitário; mas não havia lucro nisso; pois apesar do padre vir, se sentar e contar histórias, ninguém de seu pessoal foi atraído até a minha loja; e se não fosse pela outra ocupação a que me dediquei, não haveria um quilo de copra na casa. Eis a ideia: Fa'avao (mãe de Uma) tinha uma dezena de árvores produtivas. Obviamente, não conseguíamos trabalho, sofríamos o tabu todos do mesmo modo. Então, as duas mulheres e eu começamos a fazer a copra com as próprias mãos. Era copra para fazer a boca salivar enquanto era feita — nunca percebi como era enganado pelos nativos até fazer quatrocentos libras com as próprias mãos — e pesava tão pouco, que senti ganas de pegar e molhar eu mesmo.

Quando estávamos no trabalho, muitos bons kanakas passavam o melhor do dia na observação, e uma vez aquele negro apareceu. Ficou atrás com os nativos, gargalhou, imitou o grande senhor e o cachorrinho engraçado, até que me irritei.

"Aqui, você, negro!", exigi.

"Eu não tô falando com o siô", disse o negro. "Só falo com cavaieros."

"Sei", falei, "mas acontece que falei com você, sr. Black Jack. E tudo o que quero saber é o seguinte: viu como estava a cabeça de Case há cerca de uma semana?"

"Não, siô", disse.

"Tudo bem, então", respondi; "porque vou lhe mostrar a irmã dela, mas preta, e em menos de dois minutos."

E andei na direção dele, bem devagar e com as mãos para baixo; haveria problema à vista, se alguém se desse o trabalho de olhar.

"O siô é sujeito baixo e recarcitrante", disse.

"Pode apostar!", respondi.

Naquele momento, percebeu que eu já estava mais perto que o conveniente, e disparou, de modo que me agradou observá-lo partir; e foi tudo o que vi daquela turma preciosa, até o que estou prestes a contar a vocês.

Era um de meus principais empreendimentos nesses dias caçar nas matas, pois achava (como Case me dissera) diversão muito interessante. Já mencionei o cabo, que se limitava com a povoação e o meu local no leste. Uma trilha saía no fim dela e dava na próxima baía. Um vento forte soprava ali diariamente, e como a linha da barreira de recifes terminava no fim do cabo, a rebentação pesada batia na enseada da baía. Um pequeno despenhadeiro, perto da baía, cortava o vale em duas partes; com a maré alta, o mar se quebrava diretamente em face dele, de modo que a passagem era interrompida. Montanhas com floresta margeavam todo o local; a barreira ao leste era particularmente íngreme e cheia de folhas; as partes mais baixas caíam em profundos desfiladeiros negros riscados por cinabre; a parte superior ficava grumosa com os topos das grandes árvores. Algumas das árvores eram de verde brilhante, outras avermelhadas, e a areia da praia era preta como o sapato de vocês. Muitos pássaros planavam em volta da baía, alguns deles brancos como neve; e a raposa-voadora (ou vampiro) voava ali em plena luz do dia, rangendo os dentes.

Por muito tempo, fui apenas até lá, atirava, sem ultrapassar esse ponto. Não havia sinal de trilha além dali; e os coqueiros em frente ao pé do vale eram os últimos nesse caminho. Todo o "olho" da ilha, como os nativos chamam o limite a barlavento, ficava deserto. De Falesá até a região de Papa-mālūlū, não havia nem casa, nem homem, nem árvore frutífera plantada; e como o recife, em sua maior parte era ausente, e as enseadas escarpadas, o mar batia diretamente nas falésias, e mal havia algum lugar para desembarcar.

Deveria contar que, após começar a ir para as matas, embora ninguém ousasse se aproximar da loja, encontrei pessoas dispostas a passar o dia em minha companhia, se ninguém as visse. E como começava a aprender o idioma nativo, e a maioria delas sabia uma ou duas palavras em inglês, mantive conversas triviais, sem muito propósito, para falar a verdade, mas que tiraram o pior daquela sensação. Pois é terrível ser tratado como leproso.

Calhou que um dia, quase no fim do mês, sentado na baía, no limite da mata, olhava para o leste, com um kanaka. Havia lhe entregue suprimento de tabaco, e tentávamos conversar da melhor maneira possível; na verdade, ele sabia inglês melhor que a maioria dos outros.

    Eu lhe perguntei se não havia estrada que dava ao leste.

    "Uma vez uma estrada", disse. "Agora morta."

    "Ninguém ir ali?", perguntei.

    "Não bom", falou. "Muito diabo parar ali."

    "Oho!", respondi, "cheia diabo, aquela mata?"

    "Homem diabo, mulher diabo: muito diabo", disse o meu amigo. "Parar ali tempo inteiro. Homem ir ali, não voltar."

    Pensei que, se aquele sujeito estava tão bem informado dos diabos e falava deles tão abertamente, o que não é comum, seria melhor pescar um pouco de informações de Uma e eu.

    "Você achar eu diabo?", perguntei.

    "Não achar diabo", disse com tranquilidade. "Achar tolo igual todos."

    "Uma, ela diabo?", perguntei novamente.

    "Não, não; não diabo; diabo parar mata", disse o jovem.

    Olhava para o outro lado da baía à minha frente, e vi a frente suspensa da mata abrir de repente, e Case avançou, armado, para praia negra sob o sol. Vestia pijamas claros, quase brancos, a arma brilhava, e parecia extremamente distinto; e os caranguejos escapuliam de volta para os seus buracos.

    "Hum, meu amigo", disse, "você não falar toda verdade. Ese vai, e volta."

    "Ese não igual; Ese *Tiapolo*", diz o meu amigo; então, se despediu e se enfiou em meio às árvores.

    Observei Case em volta da praia, onde a maré estava baixa; e deixei que passasse por mim a caminho de casa em Falesá. Estava absorto em pensamentos; e os pássaros pareciam saber disso, passeavam muito perto dele na areia ou davam voltas e piavam em seu ouvido. Quando chegou o mais perto de mim, pude ver pelo movimento dos lábios que falava consigo mesmo e, o que me agradou imensamente, que ainda levava a minha marca registrada na sobrancelha. Para dizer toda a verdade, quis lhe dar um tiro na carranca horrível, mas pensei melhor.

Por todo esse tempo, e por todo o tempo em que segui para casa, repeti aquela palavra nativa, que me lembrava por "Polly é o nome de minha tia", tia-Polly.

"Uma", perguntei quando cheguei, "o que significa 'Tiapolo'?"

"Diabo", respondeu.

"Pensei que a palavra para isso fosse *aitu*", falei.

"*Aitu* outro diabo", disse; "parar mata, comer kanaka. Tiapolo grande chefe diabo, parar casa; mesmo diabo cristão."

"Então", falei. "Não insistir nisso. Como Case ser Tiapolo?"

"Não mesma coisa", explicou. "Ese pertence Tiapolo; Tiapolo muito parecido; Ese filho dele. Pensa Ese quer coisa, Tiapolo faz."

"Isso é conveniente demais para Ese", disse. "E que coisas lhe faz?"

Bem, dali saiu lenga-lenga com história de tudo quanto é tipo, muitas delas (como o dólar que tirou da cabeça do sr. Tarleton) estavam muito claras para mim, mas de outras não tinha noção; e o que mais surpreendia os kanakas era o que menos me surpreendia; saber que podia entrar no deserto entre todos os *aitus*. Alguns dos mais corajosos, no entanto, o acompanhavam, e o ouviam falar com os mortos e lhes dar ordens, e seguros em sua proteção, retornavam incólumes. Alguns disseram que lá tinha igreja onde adorava o Tiapolo, e o Tiapolo aparecia para ele; outros juravam que não havia feitiçaria, que realizava os milagres com o poder da reza, e que a igreja não era igreja, mas prisão onde havia confinado os *aitu* perigosos. Namu havia entrado na mata com ele uma vez, e retornou glorificando a Deus por aquelas maravilhas. No todo, tive um vislumbre da posição dele, e dos meios com que a havia adquirido, e embora visse que ele seria noz difícil de se quebrar, não desanimei de modo algum.

"Muito bem", afirmei, "eu mesmo darei uma olhada no lugar de adoração do Mestre Case, e veremos o que há nessa glorificação."

Nesse momento, Uma sentiu apreensão terrível; se fosse para a mata alta, talvez jamais voltasse; ninguém podia ir lá sem a proteção do Tiapolo.

"Arriscarei a de Deus", falei. "Na medida do possível, Uma, sou boa pessoa; e creio que Deus me ajudará a passar por isso."

Ficou em silêncio por um tempo. "Achar", disse com muita solenidade; e em seguida: "Victorea grande chefe?".

"Pode apostar", respondi.

"Gostar muito de você?", perguntou novamente.

Eu lhe disse com sorriso sarcástico que acreditava que a velha dama era um tanto parcial para comigo.

"Tudo bem", respondeu. "Victorea grande chefe, gostar muito você; não poder ajudar aqui Falesá; não poder, muito longe. Maea chefe pequeno; parar aqui; imaginar gostar você, fazer você tudo bem. Mesma coisa Deus e Tiapolo. Deus grande chefe, trabalho demais. Tiapolo chefe pequeno, gostar muito mostrar, trabalhar muito."

"Terei de mandá-la para o sr. Tarleton", disse. "Sua teologia está fora dos limites, Uma."

Apesar de falarmos desse assunto a noite inteira, e de ela me contar histórias do deserto e seus perigos, se assustou a ponto de quase ter um ataque. Claro que não me lembro de um quarto delas, pois não dei muita atenção; mas duas voltam a mim com certa clareza.

A cerca de dez quilômetros costa acima existe esconderijo protegido que chamam de *Fanga-anaana*, "o ancoradouro cheio de cavernas". Eu havia visto do mar, tão próximo quanto consegui fazer os meus garotos se aventurarem até lá; é uma pequena faixa de areia amarela. Penhascos negros o ladeavam repletos pelas bocas negras das cavernas, e grandes árvores sobrepunham os penhascos com cipós pendurados, e em local, próximo ao meio, grande riacho cai na cascata. Bem, havia um barco por ali com seis jovens de Falesá, "todos muito bonitos", Uma disse, que lhes foi a perdição. Ventava forte, e o mar adiante estava tumultuoso; e quando ficaram de frente para Fanga-anaana, e viram a cascata branca e a praia ensombrecida; estavam todos cansados e com sede, pois a água havia acabado. Um deles propôs desembarcar e beber um pouco; e, por serem imprudentes, todos pensaram a mesma coisa, exceto o mais jovem. Seu nome era Lotu; era jovem muito bom e inteligente; e lhes falou que estavam loucos, avisou que o lugar era dominado por espíritos e demônios e os mortos, e que não havia vivos a menos de dez quilômetros numa direção e talvez uns vinte na outra. Mas riram de suas palavras; e por ser cinco contra um, continuaram, ancoraram o barco, e desembarcaram. Era lugar maravilhoso, agradável, disse Lotu, e a água excelente. Deram a volta na praia, mas não conseguiam ver nenhum lugar para escalar o penhasco, o que os acalmou; e por fim se sentaram para comer o que haviam trazido consigo. Mal se assentaram, quando surgiu da boca das cavernas negras seis das mulheres mais bonitas que já haviam visto; tinham flores nos cabelos, e os seios mais bonitos, e colares de sementes escarlates; e gracejaram com os jovens cavalheiros, e eles gracejaram de volta, todos menos Lotu. Quanto a Lotu, viu que não poderia haver mulher em local assim, correu, e se lançou no fundo do barco, cobriu o rosto, e rezou. Por todo o tempo enquanto o evento durou, Lotu rezou sem parar um segundo; e foi tudo o que soube disso, até os amigos retornarem, o sentarem, e voltarem ao mar na saída da baía, agora bem deserta, e nenhuma palavra sobre as seis moças. Porém, o que mais apavorou Lotu, nenhum dos cinco se lembrava do que havia acontecido, mas todos pareciam bêbados, e cantavam e riam no barco, e pandegavam. O vento esfriou e veio a borrasca, o mar subiu a altura extraordinária; era clima que nenhum homem ignoraria, nem fugiria para Falesá; mas esses cinco enlouquecidos prepararam as velas e levaram o barco ao mar. Lotu escoava a água; nenhum dos outros pensou em ajudá-lo, apenas cantavam e pandegavam e seguiam, e falavam singularidades, além da compreensão humana, e gargalhavam alto enquanto as diziam. Então, pelo resto daquele dia, Lotu escoou a água do fundo do barco por sua vida, completamente encharcado de suor e da água gelada do mar; e ninguém se importou com ele. Contra todas as expectativas, chegaram salvos, na assustadora tempestade, a Papa-mālūlū, onde os coqueiros se agitavam e os cocos voavam como bolas de canhão na grama da vila; e, na mesma noite, os cinco jovens cavalheiros adoeceram e nunca mais falaram uma palavra razoável até a morte.

"E quer me dizer que engole uma história como essa?", perguntei.

Ela me contou que era bem conhecida, e com jovens bonitos sozinhos, até mesmo comum. Mas esse era o único caso onde cinco haviam sido abatidos no mesmo dia e na companhia do amor de mulheres-demônio; e havia causado grande agitação na ilha; e ela seria louca se duvidasse.

"Então, pelo menos", disse, "não precisa ficar com medo por minha causa. Mulheres-demônio não me servem para nada; você é todas as mulheres que desejo, e todos os demônios também, senhora."

A isso respondeu que haviam outras espécies, e que tinha visto um com os próprios olhos. Certo dia, havia ido sozinha à baía ao lado, e talvez se aproximou demais dos limites do lugar ruim. A sombra dos galhos da mata alta encobria a beira do penhasco, mas ela estava fora, em lugar plano, muito pedregoso e com bastantes abricós, entre um metro e um metro e meio de altura. Era dia escuro na estação chuvosa; e ora vinham rajadas de vento que arrancavam as folhas e as faziam voar, ora tudo ficava quieto como dentro de casa. Estive nessas quietudes algumas vezes, em que todo um bando de pássaros e raposas-voadoras se atiravam para fora da mata como criaturas assustadas. Em seguida, o farfalhar de algo nas proximidades, e viu sair da margem das árvores entre os abricós, um suíno magro, cinzento e velho. Pareceu pensar, enquanto ele vinha, que era como pessoa; então de súbito, enquanto o via se aproximar, notou que aquilo não era suíno, mas homem com os pensamentos de homem. Então, correu dele e o porco atrás, guinchava alto e corria, de modo que o local ressoava com isso.

"Queria estar lá com a arma", falei. "Aposto que o porco guincharia de surpresa."

Mas me disse que a arma era inútil em situações assim, que aqueles eram os espíritos dos mortos.

Bem, esse tipo de conversa bastou por aquela noite, que foi o melhor disso; mas é claro que não mudava o meu propósito; e no dia seguinte, com a arma e boa faca, parti em viagem de descoberta. Cheguei o mais perto possível do lugar de onde vira Case sair; pois se era verdade que possuía algum empreendimento na mata, sabia que encontraria a trilha. O começo do deserto era marcado por um muro — por assim dizer, pois era mais uma grande pilha de pedras; dizem que dá para o outro lado da ilha, mas como sabem disso é outra questão, pois duvido que alguém tenha feito essa jornada nos últimos cem anos; os nativos ficam principalmente ao mar e nas pequenas colônias ao longo da costa, e aquela é a parte alta, fatal, íngreme e repleta de desfiladeiros. Segui pela direção oeste do paredão, o chão fora limpo, e haviam coqueiros, e abricós, e goiaba, e muitas plantas delicadas. Já do outro lado, a floresta começava de verdade; mata densa ali: árvores eretas como mastros de navios, e cordas de cipó penduradas como cordames de navio, e orquídeas desagradáveis cresciam nas forquilhas como fungos. No chão, sem vegetação rasteira, parecia haver uma pilha de seixos. Vi muitos pombos-verdes que conseguiria acertar, caso não estivesse ali com intenção diversa; grande número de borboletas subia e descia pelo chão como folhas mortas; às vezes, escutava um pássaro piar, às vezes, o vento acima, e sempre o mar ao longo da costa.

    Mas a estranheza do lugar é mais difícil de se descrever; a não ser para alguém que já esteve sozinho na mata densa. O dia mais brilhante é sempre opaco lá dentro. Uma pessoa não consegue ver o final de nada; para onde olhar, a mata estará fechada, um ramo se funde ao outro, como os dedos da mão; e sempre que tentar escutar, ouvirá algo novo — conversas, risos infantis, batidas de machado bem ao longe, e, às vezes, espécie de corrida furtiva e veloz muito próxima, que o fará saltar e checar as armas. É muito fácil contar a si mesmo que está sozinho, com exceção das árvores e dos pássaros; não consegue acreditar nisso: não importa para onde se virar, todo o lugar parece vivo e que o observa. Não pense que foram as histórias de Uma que me assustaram; não dou quatro vinténs pela história de nativo: isso é algo natural na mata, nada mais.

    Conforme me aproximava do topo da montanha, uma vez que o solo da mata se inclinava e ficava íngreme como escada, o vento soava mais forte, e as folhas caíam e se abriam para deixar o sol entrar. Isso me agradava mais; era o mesmo barulho o tempo inteiro, e nada que me assustasse. Bem, encontrei um lugar onde havia a vegetação que chamam de coqueiro selvagem — extremamente bonito, com frutos avermelhados — quando veio pelo vento espécie de som que não me lembrava de já haver escutado. Seria muito bom dizer a mim mesmo que eram os galhos; mas sabia que não eram. Seria muito bom dizer a mim mesmo que era um pássaro; mas nunca ouvi pássaro cantar daquele modo. Aumentava, e fica alto, e enfraquecia, e alto novamente; ora pensava que era como choramingo, porém mais belo; ora pensava que era como harpa; e havia uma coisa da qual tinha certeza, era muito doce para ser natural naquele lugar. Podem rir se quiserem; mas admito que me recordei das seis jovens damas que apareceram, com colares escarlates, na caverna em Fanga-anaana, e me perguntei se cantavam assim. Rimos dos nativos e suas superstições; mas veja como muitos comerciantes as adotam, homens brancos esplendidamente educados, guarda-livros (alguns deles) e escriturários no velho país! Acredito que a superstição cresce como diversas espécies de ervas; fiquei ali, escutava aquele lamento e tremia em meus sapatos.

Podem me chamar de covarde por ter me assustado; percebi que tinha coragem o bastante para seguir em frente. Mas fui com cuidado extremo, com a arma engatilhada, atento a tudo ao redor como caçador, com expectativa de ver a jovem bonita sentada em algum lugar na mata, e completamente determinado (se conseguisse) a testá-la com rajada de chumbo grosso. E, com certeza, não havia ido longe, quando me deparei com algo esquisito. O vento veio de cima da mata em lufada forte, as folhas à frente se abriram de vez, e vi por um segundo algo pendurado na árvore. Desapareceu num piscar de olhos, a lufada bateu e as folhas se fecharam. Contarei a verdade; estava convicto de ter visto um *aitu*; se a coisa se parecesse com porco ou mulher, eu não teria a mesma reação. O problema era que me parecera um tanto quadrado; e a ideia de algo quadrado que vivesse e cantasse me deixava nervoso e atordoado. Devo ter ficado ali um tempo; estava bastante seguro de que foi exatamente da mesma árvore que vinha a cantoria. Então, refleti um pouco.

"Bem", digo, "se realmente é isso, se este é onde há coisas quadradas que cantam, já subi até aqui mesmo. Que se divirta às minhas custas."

Mas pensei que também seria bom aproveitar a estranha possibilidade para rezar; então caí de joelhos e rezei em voz alta; e durante todo o tempo em que rezava, os sons estranhos vinham da árvore, e subiam e desciam, e se transformavam, pois o mundo inteiro gosta de música; apenas não podia ver se era humana — não havia ninguém para quem assobiar.

Assim que terminei de modo apropriado, abaixei a arma, prendi a faca entre os dentes, andei direto até a árvore, e a escalei. Meu coração estava gelado, mas, conforme subia, tive outro vislumbre daquilo, o que me aliviou, pois achei parecido com uma caixa; e quando o alcancei, quase caí da árvore de tanto gargalhar. Certamente era caixa, e caixa de velas, com a marca na lateral; e tinha cordas de banjo esticadas para tocar quando o vento assoprasse. Acredito que chamam isso de harpa tirolesa, seja lá o que significa.

"Bem, sr. Case", falei, "me assustou uma vez. Mas o desafio a me assustar novamente", disse e desci da árvore, e me preparei novamente para encontrar a sede do inimigo, que imaginei não estar longe.

O matagal era espesso nesse trecho, não conseguia enxergar além do meu nariz, e tive de abrir o caminho pela força bruta e empregar a faca enquanto seguia, fatiava as fibras dos cipós e talhava árvores inteiras com um golpe só. Chamo de árvores pelo tamanho, mas, na verdade, não passavam de grandes matos e plantas fáceis de cortar, como cenoura. Devido àquela vegetação de tal espécie e quantidade, pensava exatamente que o local poderia ter sido aberto uma vez, quando me deparei com a pilha de pedras, e vi num momento alguma espécie de trabalho manual. O Senhor sabe quando havia sido feito ou abandonado, pois tal parte da ilha estava sem perturbação desde antes de os brancos chegarem. Alguns passos depois, encontrei a trilha que procurei o tempo inteiro. Era estreita, mas muito usada, e vi que Case tinha muitos discípulos. Parece que, na verdade, era amostra de coragem corrente se aventurar ali com o comerciante; e um jovem mal se via como adulto até que por um lado, ter as nádegas tatuadas, e pelo outro ter visto os demônios de Case. Isso é muito forte entre os kanakas; mas, se pensarmos direito, isso é muito forte entre os brancos também.

Um pouco adiante, cheguei em área limpa e tive de esfregar os olhos. Havia uma parede no caminho, a trilha passava por ela, através de uma fenda; derrubada e claramente muito antiga, construída com grandes pedras muito bem colocadas; e naquela ilha não havia nativo vivo que pudesse sonhar com construção daquela qualidade. Ao longo do topo, havia uma fileira de figuras bizarras, ídolos, ou espantalhos, ou o que for. Os rostos entalhados e pintados, feios de se ver; olhos e dentes feitos de conchas; cabelos e roupas coloridas assopravam no vento, e alguns deles resistiam ao puxão. Existem ilhas ao oeste, em que ainda hoje fazem esse tipo de imagem; mas se já foram feitas nesta ilha, a prática e a lembrança delas estão esquecidas faz muito tempo. E o singular é que todos esses truques eram recentes como brinquedos de loja.

Então me ocorreu o que Case havia comentado comigo no primeiro dia, que era bom forjador de curiosidades das ilhas: algo pelo qual muitos comerciantes pagam dinheiro honesto. E, com isso, vi todo o negócio, e como aquele arranjo lhe servia para duplo propósito: primeiro, fornecer suas curiosidades; depois, assustar aqueles que vinham visitá-lo.

Mas preciso lhes contar (o que deixava a questão mais inusitada) que por todo o tempo as harpas eólicas tocavam nas árvores a minha volta, e mesmo com minha observação, algum pássaro verde e amarelo (supus que fazia ninho) começou a arrancar o cabelo da cabeça de uma das imagens.

Um pouco adiante, encontrei a última curiosidade do museu. O que vi primeiro foi o comprido monte de terra com curva. Cavei a terra com as mãos, encontrei uma lona revestida por breu esticada em tábuas, de modo que aquilo claramente era o teto do porão. Ficava no topo da montanha, e a entrada era do outro lado, entre duas rochas, como entrada de caverna. Entrei até a curva, olhei em volta do canto, e vi um rosto brilhante. Era grande e feio como máscara de pantomima, e o seu brilho se expandia e diminuía, e às vezes soltava fumaça.

"Oho", digo, "tinta luminosa."

E devo admitir que me admirei com o engenho do homem. Com uma caixa de ferramentas e algumas ideias extremamente simples, havia logrado fazer um diabo de templo. Qualquer pobre kanaka trazido aqui no escuro, com o lamento das harpas ao redor, ao olhar para aquele rosto fumegante no fundo do buraco, não teria dúvida de que vira e ouvira demônios demais na vida. É fácil descobrir o que os kanakas pensam. Simplesmente, volte a si quando tinha entre dez e quinze anos de idade, e ali está um kanaka médio. Alguns são religiosos, assim como existem garotos religiosos; e a maioria, mais uma vez como garotos, é razoavelmente honesta e ainda pensa em brincar em vez de roubar, e provavelmente se assusta com facilidade e não acha isso ruim. Eu me recordei do rapaz que frequentava a escola comigo em minha terra, cheio de artimanhas como as de Case. Não sabia de nada, aquele rapaz; não podia fazer nada; não tinha tinta luminosa nem harpas tirolesas; apenas afirmava na coragem que era feiticeiro, e nos dava sustos de gelar a espinha, e amávamos isso. E então me ocorreu como o professor uma vez havia açoitado aquele garoto, e a surpresa que todos tivemos ao ver o feiticeiro receber aquilo e lacrimejar como qualquer outro. Penso: "Preciso encontrar um modo de armar algo assim para mestre Case". E, no momento seguinte, tive a ideia.

Voltei pelo caminho que, uma vez descoberto, era bem visível e fácil de percorrer; e quando pisei nas areias negras, quem encontro, se não o próprio mestre Case? Engatilhei a arma e a mantive em punho; avançamos e passamos sem dizer nada, cada um com rabo do olho para o outro; e mal passamos, nós dois giramos como sujeitos que cavassem um buraco, e ficamos face a face. Cada um tinha o mesmo pensamento, veja, de que um haveria de descarregar a arma nas costas do outro.

"Você não atirou em nada", disse Case.

"Não vim aqui atirar hoje", respondi.

"Bem, de minha parte, que o diabo siga com você", falou.

"O mesmo para você", devolvi.

Mas ficamos exatamente onde estávamos; sem chance de qualquer um dos dois se mexer.

Case riu. "Podemos ficar aqui parados o dia inteiro, então", disse.

"Não me deixe detê-lo", retruquei.

Riu novamente.

"Olha aqui, Wiltshire, pensa que sou idiota?", perguntou.

"Mais para patife, se quer mesmo saber", falei.

"Bem, não pense que acho bom atirar em você aqui nesta praia aberta", afirmou, "porque não acho. As pessoas aparecem para pescar o dia inteiro. Deve haver uma dezena deles bem agora, fazendo copra; deve haver meia dúzia na montanha atrás de você, caçando pombos; podem nos ver agora mesmo, não duvido. Eu lhe dou minha palavra que não quero atirar. Por que iria querer? Você não me atrapalha nem um pouco; não tem uma libra de copra além da que você mesmo fez, como um escravo negro. Está vegetando, é assim que chamo; e não me importo onde vegete, nem por quanto tempo. Se me der a palavra de que não vai atirar em mim, lhe darei vantagem e vou embora."

"Bem", respondi, "você é franco e agradável, não é? Serei também. Não pretendo atirar em você hoje. Por que iria? Esse assunto está no começo; ainda não terminou, sr. Case. Já lhe dei uma sova, posso ver as marcas de meus dedos na sua cabeça agora mesmo; e tem mais esperando por você. Não sou paralítico como Underhill; meu nome não é Adams e nem é Vigours; e pretendo lhe mostrar que encontrou alguém à altura."

"Essa é uma maneira imbecil de falar", disse. "Não é a conversa que me fará ir adiante."

"Tudo bem", falei. "Fique onde está. Não tenho pressa, e sabe disso. Posso passar o dia nesta praia, não me importo. Não tenho copra com que me preocupar. Tampouco, tenho alguma tinta luminosa para ver."

Eu me arrependi de dizer isso, mas saiu antes de me dar conta. Pude ver que isso tirou o vento de suas velas, e ficou parado, me encarou de rosto franzido. Então, acho que decidiu checar isso a fundo.

"Acredito em sua palavra", falou, deu a volta e caminhou direto para a mata do diabo.

Claro que o deixei ir, pois havia dado a palavra. Mas o observei enquanto estava à vista, e, após sumir, disparei com o máximo de velocidade em busca de cobertura, segui o resto do caminho para casa sob a mata. Pois não confiaria seis vinténs a ele. Uma coisa notei: havia sido estúpido o suficiente para lhe dar um aviso; e o que for que pretendesse fazer, faria logo.

Podem pensar que tive excitação demais para a manhã, mas havia outra surpresa para mim. Assim que me afastei do cabo o bastante para ver a minha casa, percebi estranhos por lá; um pouco mais longe, e sem dúvida, haviam duas sentinelas armadas agachadas na porta. Podia apenas imaginar o problema que Uma devia ter em frente, com a estância dominada. Só consegui pensar que Uma já havia sido capturada, e esses homens armados esperavam fazer o mesmo comigo.

Entretanto, conforme me aproximava, o que fiz com o máximo de velocidade, vi que havia um terceiro nativo sentado na varanda como convidado, e que Uma falava com ele como anfitriã. Ainda mais perto, percebi que era o grande jovem chefe Maea, e que sorria e fumava; e o que ele fumava? — nenhum de seus cigarros europeus adequados para gato; nem mesmo o artigo nativo, genuíno, de derrubar um bichano, com o qual um sujeito de fato pode passar o tempo, caso o cachimbo tenha quebrado; mas um charuto, e um de meus mexicanos, podia jurar. Ao ver isso, meu coração se acelerou; minha mente sentiu grande esperança de que o problema houvesse terminado, por causa de Maea.

Uma me apontou para ele, enquanto subia, e ele me encontrou no topo da escada como um completo cavalheiro.

"Vilivili", disse, pois esta era a melhor maneira que conseguia pronunciar o meu nome, "eu agradecido."

Não há dúvida de que quando um chefe ilhéu deseja ser gentil, ele consegue. Vi como as coisas estavam pelo andar da conversa. Não havia necessidade de Uma me dizer: "Ele não medo Ese agora; aqui trazer copra". Afirmo que apertei a mão daquele kanaka como se fosse o melhor branco da Europa.

O fato era que Case e ele tinham ido atrás da mesma garota, ou Maea suspeitava disso e decidiu aproveitar a chance e tirar vantagem do comerciante. Havia se vestido, arrumou um par de capatazes limpos e armados para tornar o assunto mais público, e apenas esperava que Case saísse da vila, foi até lá para me pôr a par da questão. Era rico e poderoso, suponho que aquele homem produzia cinquenta mil unidades por ano. Eu lhe passei o preço da praia com desconto de vinte e cinco centavos, e por crédito, teria lhe oferecido como adiantamento o interior da loja e os acessórios, de tão satisfeito que estava por vê-lo. Devo dizer que comprou como um cavalheiro: arroz e enlatados e biscoito o suficiente para um banquete de uma semana, além de produtos no carretel. Além disso, era agradável e muito divertido; e nós trocamos piadas, em sua maioria com Uma de intérprete, pois seu inglês era mínimo, e o meu domínio do idioma nativo ainda estava muito desbotado. Uma coisa descobri: jamais pensaria em fazer mal a Uma; jamais poderia ter realmente se assustado, e deve ter fingido por esperteza e por que Case tinha muita influência na vila e poderia ajudá-lo.

Isso me pôs a pensar que tanto eu como ele estávamos em posição complicada. O que ele fizera foi fugir diante de toda a vila, e isso podia lhe custar a a autoridade. Mais que isso, após falar com Case na praia, pensei que podia muito bem me custar a vida. Case teria atirado em mim exatamente como dissera, caso tivesse copra; haveria de chegar em casa e descobrir que o melhor negócio da região mudou de mãos; e a melhor coisa que eu podia fazer era atirar primeiro.

"Vê aqui, Uma", disse, "fala para ele que sinto por fazê-lo esperar, mas procurei a casa do Tiapolo de Case na floresta."

"Ele querer saber você não medo?", traduziu Uma.

Ri alto. "Não muito!", respondi. "Diga-lhe que o lugar é uma grande loja de brinquedos! Diga-lhe que na Inglaterra nós damos aquelas coisas para as crianças brincarem."

"Querer saber você escutar música diabo?", perguntou em seguida.

"Veja bem", falei, "não consigo fazer isso aqui porque não tenho cordas de banjo; mas da próxima vez que o navio passar, terei uma geringonça igual àquelas bem aqui na varanda, e poderá ver o quanto de diabo há nisso. Diga-lhe que assim que conseguir as cordas, farei um para os pirralhos dele. O nome do objeto referido é harpa eólica; e pode lhe dizer o que o nome significa na Inglaterra, que ninguém além de imbecis se importa com isso."

Dessa vez, ficou tão satisfeito que tentou seu inglês mais uma vez. "Você falar verdade?", perguntou.

"Claro!", respondi. "Falar mesmo com Bíblia. Traga-me a Bíblia, Uma, se tiver algo assim, e a beijarei. Ou lhe direi algo ainda melhor", disse e mexi a cabeça. "Pergunte-lhe se tem medo de ir lá de dia."

Pareceu não ter; aceitaria se aventurar nisso de dia e acompanhado.

"Eis boa resposta!", falei. "Diga-lhe que o homem é uma fraude e o lugar, uma bobagem, e que se subir até lá amanhã, verá o que sobrou disso. Mas lhe diga isso, Uma, e faça com que compreenda: se falar demais, pode chegar a Case, e serei um homem morto. Jogo com as cartas dele, diga-lhe, e se falar uma palavra, meu sangue estará em sua porta e será sua danação aqui e depois."

Ela lhe repetiu isso, e apertou a minha mão como se fosse cabo de faca, e disse: "Não falar; subir amaniã. Você meu amigo?".

"Não, senhor!", digo. "Sem tais bobagens. Vim aqui a negócios, diga-lhe, e não para fazer amigos. Mas quanto a Case, mandarei aquele homem para a glória."

Assim partiu Maea, muito satisfeito, como pude ver.

CAPÍTULO V
NOITE NA FLORESTA

Bem, agora estava comprometido; Tiapolo haveria de ser esmagado antes do dia seguinte; e tive muito trabalho, não apenas com preparos, mas com argumentos. Minha casa era como sociedade de debate de física mecânica; Uma estava bastante convencida de que não devia entrar na mata durante a noite, ou de que se entrasse, jamais voltaria. Vocês conhecem seu estilo de argumentar, algo entre a rainha Vitória e o diabo; e deixo-lhes que deduzam se me cansei disso antes de escurecer.

Ao fim, tive uma boa ideia; qual a utilidade de jogar as minhas pérolas para ela? Pensei: um pouco de palha cortada dela tinha mais chances de fazer o serviço.

"Então, lhe direi o que fazer", disse. "Pegue a Bíblia, e partirei com a minha. Assim dará certo."

Ela jurou que a bíblia era inútil.

"Isso é culpa da sua ignorância kanaka", falei. "Traga a Bíblia."

Ela a trouxe, e abri na folha de rosto em que pensei haver um pouco de inglês, e ali estava. "Aqui!", exclamei. "Olha isso! *Londres: impressa para os britânicos e a Sociedade Bíblica Estrangeira, Blackfriars*'; e a data, que não consigo ler, porque está nesses X. Não há nenhum diabo no inferno que seja capaz de se aproximar da Sociedade Bíblica, Blackfriars. Ora, sua bobinha!", disse, "como acha que lidamos com nossos *aitus* lá em casa? Tudo com a Sociedade Bíblica!"

"Não achar vocês ter eles lá", respondeu. "Branco contar vocês não ter."

"Parece que sim, não é?", perguntei. "Por que nestas ilhas existe um bocado deles, mas nenhum na Europa?"

"Bem, vocês não ter fruta-pão", disse.

Podia arrancar os meus cabelos. "Agora, olhe aqui, senhora", falei, "acabou, pois já me cansei de você. Levarei a Bíblia, o que me deixará tão seguro quanto o correio; e é a última coisa que tenho a dizer."

A noite ficou extraordinariamente escura, as nuvens chegaram com o crepúsculo e se espalharam por toda a região; não apareceu uma estrela sequer; havia apenas ponta da lua, e isso não haveria de mudar antes das primeiras horas da manhã. Ao redor da vila, com luz e fogueira nas casas abertas e as tochas de muitos pescadores no recife, se manteve alegre como iluminação; mas o mar e as montanhas e as florestas haviam sumido completamente. Suponho que eram oito horas quando peguei a estrada, carregado como um burro. Primeiro, aquela Bíblia, livro grande como uma cabeça, que carregava por estultice minha. Então, havia a arma e a faca e a lanterna e os fósforos, tudo necessário. E levava na mão a verdadeira carga para a ocasião: quantidade mortal de pólvora, um par de bananas de dinamite para pescaria, e dois ou três exemplares de cordel para acender, que havia tirado das caixas de latão e dividido da melhor maneira possível; pois o cordel era apenas para comércio, e um homem seria louco se confiasse nele. No todo, vê, tinha o material para uma bela explosão. O custo não era nada para mim. Precisava fazer aquilo o quanto antes.

Enquanto estava no campo aberto, e tinha o lampião de casa para me guiar, estava bem. Mas assim que entrei na trilha, estava tão escuro que não conseguia seguir direto, trombava com árvores e proferia injúrias, como alguém que procura os fósforos no quarto. Sabia que era arriscado acender a luz; pois a lanterna seria visível dali até o pontal do cabo; e como ninguém ia ali após escurecer, as pessoas comentariam e isso chegaria aos ouvidos de Case. Mas o que deveria fazer? Ou desistia da empreitada e perdia o respeito de Maea, ou acendia, corria o risco, e enfrentava aquilo da melhor maneira possível.

Enquanto seguia pela trilha, caminhei com esforço; mas quando cheguei à praia negra, tive de correr. A maré estava quase cheia; e para atravessar com a pólvora seca entre a rebentação e a subida íngreme, me lancei a toda velocidade. Como o nível estava alto, bateu em meus joelhos e quase caí numa pedra. Por todo esse tempo, com muita pressa, o ar livre e o cheiro do mar mantiveram o meu espírito jovial; e uma vez que cheguei na mata e escalei a trilha, ficou mais fácil. O terror da floresta me ficara um tanto apagado pelas cordas de banjo e as imagens entalhadas do mestre Case, mas, ainda assim, achei a caminhada apavorante, e imaginei que quando os discípulos subiam ali, deviam ficar terrivelmente assustados. A luz da lanterna batia entre todos aqueles troncos e galhos enforquilhados, e pontas de cipós torcidas, transformava todo o lugar, ou tudo o que se podia ver dele, em espécie de jogo de sombras que se moviam. Vinham encontrá-lo, sólidas e rápidas como gigantes, então giravam e desapareciam; pairavam sobre sua cabeça como porretes e voavam para dentro na noite como pássaros. O chão da mata reluzia com a madeira morta, como a caixa de fósforos brilha quando se acende o luzeiro. Grandes gotas geladas caíam feito suor em mim, dos galhos acima da cabeça. Não havia vento digno de menção, apenas pequena lufada de ar na brisa terrena que não balançava nada; e as harpas em silêncio.

A primeira parada que fiz foi ao atravessar a floresta de coqueiros selvagens, e minhas vistas alcançaram os bonecos sobre o muro. Pareciam extremamente bizarros ao brilho da lanterna, com os rostos pintados, olhos de concha, roupas e cabelos soltos. Um após o outro, puxei todos e os empilhei no teto do porão, de modo que pudessem desaparecer com o resto. Então, escolhi um lugar atrás de uma das grandes pedras da entrada, enterrei a pólvora e as duas bananas, e arrumei o cordel ao longo da passagem. Depois, dei uma olhada para a ponta fumegante, apenas por despedida. Tudo ia bem.

"Anime-se", disse. "Você tem tempo."

A minha intenção inicial era acender e partir para casa; pois a escuridão, e o vislumbre da madeira morta, e as sombras da lanterna me deixaram solitário. Mas sabia onde uma das harpas estava; me parecia uma pena que ela não se fosse com o resto; e, ao mesmo tempo, não conseguia evitar me sentir fatalmente cansado do empreendimento, e queria mais que tudo voltar para casa e fechar a porta. Saí do porão, e discuti os prós e contras disso comigo mesmo. Havia barulho de mar na costa abaixo; perto de mim, sequer uma folha se movia; podia ser a única criatura viva naquele lado do cabo Horn. Bem, enquanto ficava ali a pensar, pareceu que a floresta despertou e se encheu de pequenos ruídos. Pequenos ruídos, nada que machucasse — breve estalo, breve arrastão — mas o meu fôlego suspendeu e a a garganta secou como biscoito. Não era Case o que temia, como qualquer um acharia; nem pensei nele; o que me dominava, forte como cólica, era o conto de velhas matronas, as mulheres-demônio e os homens-porco. Estava a ponto de correr; mas me controlei, saí, peguei a lanterna (como um idiota) e olhei em volta.

Na direção da vila e da trilha, não havia nada a ser visto; mas ao me virar para o lado interno da ilha, foi uma surpresa como não caí. Lá — do deserto e da pavorosa floresta — lá, com certeza, havia a mulher-demônio, exatamente como imaginei que seria. Vi a luz brilhar em seus braços descobertos e olhos cintilantes. E dali saiu grito tão alto que pensei que seria a minha morte.

"Ah! Não gritar!", falou a mulher-demônio, em espécie de sussurro alto. "Por que falar voz grande? Apagar luz! Ese vem."

"Deus do Céu, Uma, é você?", disse.

"*Ioe*", respondeu. "Chegar rápido. Ese aqui logo."

"Você chegar sozinha?", perguntei. "Não medo?"

"Ah, medo demais!", sussurrou e me agarrou. "Achar morrer."

"Bem", digo, com espécie de sorriso fraco, "não posso rir de você, sra. Wiltshire, pois eu mesmo devo ser o homem mais assustado do Pacífico Sul."

Ela me contou em duas palavras o que a levara até lá. Mal havia saído, parece, Faavao chegou; e a velha havia encontrado Black Jack correndo o mais rápido possível de nossa casa para a de Case. Uma nem falou nada ou mesmo parou, mas saiu em disparada para me alertar.

Estava tão próxima de meu rastro que a lanterna a havia guiado pela praia, e depois, pelo brilho nas árvores, achou o caminho montanha acima. Foi apenas quando estava no topo ou no porão, que andou sem visão alguma — o Senhor sabe por onde! — e perdeu tempo precioso, pois receava me chamar e Case estar perto, e, então, caiu na floresta e ficou atordoada e machucada. Deve ter sido assim que foi muito pro sul, e, por fim, me alcançou no flanco, me assustou de modo que não tenho palavras para descrever.

Bem, qualquer coisa era melhor que mulher-demônio; mas achei a história preocupante. Black Jack não tinha motivos para estar perto de minha casa, a não ser que fosse até lá para me espiar; e me pareceu que minhas palavras idiotas a respeito da tinta e talvez alguma conversa de Maea tivesse nos metido num ponto sem nó. Uma coisa estava clara: Uma e eu haveríamos de passar a noite ali; não ousaríamos voltar para casa antes de amanhecer, e, mesmo nessa hora, seria mais seguro dar a volta na montanha e entrar pelos fundos da vila, senão podíamos cair numa emboscada. Também estava claro que a mina deveria ser destruída imediatamente, ou Case poderia voltar a tempo de salvá-la.

Segui para o túnel, Uma me apertava com força, abri a lanterna e acendi o cordel. A primeira parte queimou como papel enrolado; fiquei estupefato, vendo queimar, e pensei que íamos nos livrar do Tiapolo, o que não estava nas minhas previsões. O segundo foi melhor que o planejado, embora mais rápido; e com isso recuperei o senso, puxei Uma para que saísse do caminho, corri para longe e deixei a lanterna cair; e tateamos nosso caminho na floresta até achar que estávamos seguros e nos deitarmos ao lado de uma árvore.

"Senhora", disse. "Não me esquecerei desta noite. Você é boa, e é isso o que há de errado com você."

Ela se arqueou para ficar mais perto de mim. Havia corrido por todo esse caminho sem vestir nada além do saiote; ainda estava completamente molhada pelo orvalho e o mar na praia negra, e tremia bastante de frio e pavor do escuro e dos demônios.

"Ter muito medo", era tudo o que dizia.

O lado distante da montanha de Case descia quase tão íngreme quanto o precipício que dava no vale seguinte. Estávamos na extremidade, e pude ver a madeira morta brilhar e escutar o mar ressoar lá embaixo. Não me importava com a posição, que não me permitia a fuga, mas tinha medo de mudar. Então, vi que cometera um engano pior com a lanterna, que deveria ter deixado acesa, de modo a vislumbrar Case quando cortasse a luz. E mesmo que não tivesse a sagacidade de pensar nisso, não parecia fazer sentido deixar uma boa lanterna para explodir com as imagens entalhadas; aquilo me pertencia, afinal, e valia dinheiro, e poderia ser útil. Se pudesse confiar no cordel, teria corrido até lá e a apanhado. Mas quem confiaria no cordel? Sabem o que está em jogo; o objeto era bom o suficiente para os kanakas pescarem, e, de qualquer forma, precisam ficar animados, e o máximo que arriscam é a ter a mão estourada; mas para alguém que quisesse causar explosão como a minha, aquele fósforo era ninharia.

De modo geral, o melhor que podia fazer era me deitar e ficar parado, deixar a espigarda em mãos, e esperar a explosão. Mas era tarefa um tanto solene; e o negrume da noite estava quase sólido; só era possível ver o brilho vil e funesto da madeira morta, o que não significava nada mais; quanto aos sons, afinei os ouvidos até acreditar ouvir o cordel queimar no túnel, e aquela floresta silenciosa como caixão. Volta e meia havia um pequeno estalo, mas se estava próximo ou longe, e se era o tropeço de Case a alguns metros ou árvore que quebrou a quilômetros, tinha a resposta tanto quanto um bebê na barriga da mãe.

Então o Vesúvio estourou. Demorou bastante para acontecer, mas quando aconteceu (embora diga que não deveria) nenhum homem poderia pedir para ver um melhor. No começo, foi apenas uma barulheira desgraçada, e o esguicho de fogo, e a mata se iluminou de modo que se poderia até mesmo ser lida. E, então, o problema começou. Uma e eu ficamos em parte soterrados por uma leva de terra, e fico contente por não ter sido pior; pois uma das rochas da entrada do túnel foi disparada para o ar, e caiu a duas braças de onde deitávamos, desceu para o limite da montanha, e rolou para o vale ao lado. Percebi que, das duas uma, ou havia calculado errado a distância, ou exagerado na dinamite e na pólvora.

E, em seguida, vi que havia cometido outro deslize. O barulho desaparecia, e balançara a ilha; o ofuscamento se acabara; e ainda assim a noite não recomeçara da maneira que imaginei. Pois toda a mata estava coberta por brasas vermelhas da explosão; estavam todas em volta de mim na parte plana, algumas caídas no vale abaixo, e algumas se enganchavam e chamejavam nos topos das árvores. Não temia o incêndio, pois essas florestas eram muito úmidas para queimarem. O problema foi que o lugar ficou completamente iluminado, não muito brilhante, mas o bastante para se levar um tiro; e como as brasas haviam se espalhado, estava exatamente da maneira que Case podia se aproveitar tanto quanto eu. Olhei em volta em busca de seu rosto redondo, obviamente; mas não havia sinal dele. Quanto a Uma, a vida pareceu arrancada dela com o estrondo e o brilho daquilo.

Havia um ponto negativo em meu lance. Uma das malditas imagens entalhadas havia caído completamente em chamas, cabelo e roupas e corpo, a menos de três metros de mim. Olhei em volta com atenção extrema; ainda nada de Case; então me convenci de que deveria me livrar daquele pau em chamas antes que chegasse ali, ou seria alvejado como um cão.

Minha primeira ideia foi rastejar; então, pensei que a velocidade era muito mais importante, e me abaixei para ir mais rápido. Na mesma hora, de algum lugar entre mim e o mar, veio o clarão e o ruído, e a bala de rifle zuniu em meu ouvido. Dei a volta de pé, com a arma. Mas o animal tinha uma Winchester; e mal pude vê-lo, seu segundo tiro me derrubou como pino de boliche. Pareci flutuar no ar, então caí de vez e fiquei atordoado por trinta segundos; então, vi que as minhas mãos estavam vazias e a arma havia voado por cima da cabeça quando caí. Um homem fica bastante desperto numa situação como aquela. Mal sabia onde havia sido atingido, ou se havia sido atingido ou não, mas virei o corpo para baixo, para me arrastar até a arma. A não ser que tenham tentado se mover com a perna esmagada, vocês não sabem o que é a dor, e uivei como boi.

Foi o barulho mais infeliz que já fiz na vida. Até aquele momento, Uma havia se prendido à árvore como mulher racional, sabia que apenas estaria no caminho. Mas assim que me ouviu gritar, correu para a frente — a Winchester estalou mais uma vez — e ela caiu.

Havia me levantado, com a perna e tudo, para pará-la; mas quando a vi tombar, tateei novamente até onde estava, me deitei imóvel, e senti o cabo de minha faca. Já havia me precipitado e subscrito antes. Nada mais daquilo para mim; havia acertado a minha garota, e eu haveria de descontar; e ali fiquei e rangi os dentes, e pesei as probabilidades. A perna estava quebrada, a arma sumida, Case ainda tinha dez tiros com a Winchester, parecia caso perdido. Mas não me desesperei nem pensei em me desesperar; aquele homem tinha de partir.

Por um bom tempo, nenhum de nós avançou. Então escutei Case se aproximar na floresta cuidadosamente. O ídolo havia se queimado de todo; havia apenas algumas brasas aqui e ali; e a mata estava quase que um breu total, mas havia espécie de luminosidade baixa nela, como fogueira prestes a extinguir. Foi por isso que discerni a cabeça de Case me procurar em grande ramalhete de samambaias; e, na mesma hora, o animal me viu e pôs a Winchester no ombro. Fiquei completamente parado enquanto olhava para o cano; era a minha última chance; mas pensei que o coração sairia pela boca. Então, atirou. Por sorte não era espingarda, pois a bala passou a um centímetro de mim e sujou meus olhos.

Apenas tente ficar deitado imóvel, e deixe um homem tentar atirar em você e errar por um fio de cabelo! Mas consegui, e também dei sorte. Case ficou com a Winchester em posição de ataque por um tempo; em seguida, deu risadinha para si mesmo, e rodeou as samambaias.

"Ria!", pensei. "Se tivesse a inteligência de um piolho, rezaria!"

Estava tão tenso quanto cabo de reboque de navio ou mola de relógio; e assim que chegou ao meu alcance, o acertei no tornozelo, atirei meus pés debaixo dele, o deitei, e subi nele, mesmo com a perna quebrada, antes que respirasse. A Winchester havia tido o mesmo destino que minha espingarda; não era nada para mim; agora o desafiei. De qualquer forma, sou muito forte, mas nunca soube o quanto até dominar Case. Ele perdeu a noção do tempo com a pancada que o derrubou, e jogou para cima as mãos juntas, mais como mulher assustada, de modo que as agarrei com a esquerda. Isso o despertou, e enfiou os dentes em meu antebraço como fuinha. Pouco me importei! A perna já me causava toda a dor que precisava; então puxei a faca, e a coloquei no lugar.

"Agora", afirmei, "o capturei; é o seu fim, e um bom trabalho também. Sente a ponta disso? Esta é por Underhill. E esta é por Adams. E agora esta é por Uma, e isso haverá de lhe arrancar a alma."

Com isso, lhe enfiei o aço frio com toda a força. Seu corpo me empurrou como sofá de molas; soltou espécie de lamento longo e horripilante, e caiu imóvel.

"Não sei se está morto. Espero que sim", pensei, pois sentia tontura. Mas não correria riscos; tinha o seu próprio exemplo perto demais para isso; tentei retirar a faca para lhe enfiar novamente. O sangue subiu em minha mão, me lembro bem, quente como chá; e assim desmaiei de vez e caí com a cabeça na boca do homem.

Quando voltei a mim, estava completamente escuro; as cinzas haviam se apagado, e não havia nada a ser visto, exceto o brilho da madeira morta; e não consegui me lembrar onde estava, nem por que sentia tanta dor, nem por que estava tão molhado. Então tudo voltou; e a primeira coisa que tratei de fazer foi lhe enfiar a faca até o cabo mais meia dúzia de vezes. Creio que já estava morto; mas não lhe faria nenhum mal e me fez bem.

"Aposto que agora está morto", disse e então chamei por Uma.

Ninguém respondeu; fiz movimento para tatear até ela, mas senti a perna quebrada, e desmaiei novamente.

Quando voltei a mim pela segunda vez, todas as nuvens haviam sumido, exceto algumas que flutuavam ali, brancas como algodão. A lua estava à vista, lua tropical. A lua em minha terra natal parece madeira negra; mas ali mesmo aquela velha bituca mostrava o verde da floresta como se fosse dia. Os pássaros noturnos — ou talvez fosse algum pássaro do começo da manhã — cantavam notas longas e decrescentes como rouxinóis. E pude ver o morto no qual ainda descansava, olhando diretamente para o céu com olhos abertos, não mais pálido que quando vivo; e, um pouco adiante, Uma estava tombada de lado. Fui até lá da melhor forma possível; e quando cheguei, estava bem acordada, chorava e soluçava para si mesma sem fazer mais barulho que insetos. Aparentemente, tinha medo de chorar alto por causa do *aitus*. Não estava muito machucada, mas inacreditavelmente assustada; havia retomado os sentidos muito tempo antes, me chamado, não escutado nada em resposta, deduzido que estávamos os dois mortos, e ficado lá desde então, com medo de mover um dedo. A bala havia perfurado o seu ombro; e perdera grande quantidade de sangue; mas logo amarrei aquilo com a ponta da camisa e cachecol que eu vestia, pus a cabeça no joelho são, as costas contra um tronco, e repousei para esperar a manhã. Uma estava em frangalhos; apenas me apertava com força, tremia, chorava; suponho que jamais alguém ficou tão assustado, e para lhe fazer justiça, havia passado noite intensa. Quanto a mim, sentia muita dor e febre, mas não era tão ruim quando ficava parado; e sempre que olhava para Case, faltava cantar e assobiar. Falar de carne e bebida! Ver aquele homem adiante, morto como arenque, me causava júbilo.

Os pássaros noturnos pararam após um tempo; e então a luz mudou, o leste se tornou laranja, toda a floresta zunia em cantoria, como caixa de música, e o dia começara.

Não esperei Maea por muito tempo; e, na verdade, pensei que havia chance de que desistisse da ideia e sequer fosse lá. Fiquei muito contente quando, cerca de uma hora após o amanhecer, escutei paus quebrarem e muitos kanakas rirem e alardearem a sua coragem. Uma se sentou bastante ativa com a primeira palavra; e, em seguida, vimos um grupo aparecer na trilha, Maea na frente e atrás dele um branco com chapéu de safári. Era o sr. Tarleton que havia chegado em Falesá no fim da noite, deixou o barco e caminhou o último trecho com a lanterna.

Enterraram Case para o campo da glória, exatamente no buraco onde guardava a cabeça fumegante. Esperei até que tudo terminasse; e o sr. Tarleton rezou, o que pensei ser bobagem, mas estou inclinado a afirmar que deu uma olhada bastante enojada para os restos do caro falecido, e parecia ter ideias próprias a respeito do inferno. Conversei com ele depois, lhe falei que negligenciara o seu dever, e o que deveria ter feito seria agir como homem e contar aos kanakas abertamente que Case estava condenado, e boa sorte; mas não consegui que visse isso ao meu modo. Então, me fizeram uma maca de paus e me carregaram até a estância. O sr. Tarleton cuidou da minha perna, e fez a sutura missionária regular, de modo que manco até hoje. Isso feito, pegou meu testemunho, o de Uma, e o de Maea, escreveu tudo com clareza, e nos fez assinar; então, juntou os chefes e caminhou até a casa de Papa Randall para apreender os documentos de Case.

Tudo o que encontraram foi espécie de diário, mantido por boa quantidade de anos, sobre o preço da copra e galinhas roubadas e essas coisas; e os livros do negócio, e o testamento do qual lhes contei no começo, e pelos quais todo o negócio (tudo quanto é coisa) parecia pertencer à mulher de Sāmoa. Fui eu quem a trouxe, figura extremamente razoável, pois tinha pressa para voltar para casa. Quanto a Randall e o negro, tiveram de fugir a pé; entraram em alguma espécie de estação no lado Papa-mālūlū; fizeram negócio muito ruim, pois a verdade é que nenhum dos dois estava preparado para isso; e viveram principalmente de peixe, o que foi o motivo da morte de Randall. Aparentemente, houve um belo cardume um dia, e Papa foi atrás deles com dinamite; ou o pavio queimou rápido demais ou Papa estava embriagado, ou as duas coisas, mas a banana explodiu (como o normal) antes que a jogasse; e onde estava a mão do Papa? Bem, não há nada muito grave nisso; norte acima as ilhas estão cheias de manetas, como os personagens das *Mil e Uma Noites*; mas ou Randall estava velho demais ou havia bebido demais, e resultado disso é que morreu. Pouco tempo depois, o negro foi capturado nas ilhas por roubar de brancos, e fugiu para o oeste, onde encontrou homens de sua cor, que apreciou, e os homens de sua cor o comeram em alguma espécie de ritual, e tenho certeza que ele lhes apeteceu!

Então, fui deixado sozinho ali, para a minha glória em Falesá; e quando a escuna aparecia, a enchia e lhe dava carga de deque tão alta quanto uma casa. Devo dizer que o sr. Tarleton fez a coisa certa conosco; mas teve vingança um tanto maldosa.

"Agora, sr. Wiltshire", disse, "resolvi sua situação com todos aqui. Não foi difícil com a partida de Case; mas fiz isso, e, além do mais, jurei que negociaria de modo justo com os nativos. Devo pedir-lhe que mantenha a minha palavra."

Bem, assim o fiz. Costumava me incomodar com o saldo; mas resolvi isso dessa maneira. Todos temos balanças estranhas, e todos os nativos sabem disso e molham a copra numa proporção; de modo que seja justo em todos os lugares. Mas a verdade é que isso me incomodava; e embora me desse bem em Falesá, ficava bastante contente quando a firma me mudava para outra estação, onde não estava sob nenhum juramento, e podia alterar as balanças.

Quanto à senhora, vocês a conhecem tão bem quanto eu. Tem apenas uma única falta: caso não mantivessem o olho erguido, daria o teto da estância. Bem, isso parece natural nos kanakas. Ela se tornou grande e forçuda agora, e poderia carregar um policial londrino no ombro. Mas isso também é natural em kanakas; e não há como duvidar que é ótima esposa.

O sr. Tarleton havia voltado para sua terra, acabada a proeza; foi o melhor missionário com quem já me deparei, e agora parece pregar nos arredores de Somerset. Bem, é o melhor para ele; ali não terá kanakas para enlouquecê-lo.

Minha taverna? Nada dela, nem mesmo algo parecido; estou preso aqui, imagino; não me agrada deixar as crianças, vê; e falar é inútil — estão melhor aqui do que estariam em qualquer país de branco. Mas Ben ao crescer foi para Auckland, onde é educado pelos melhores; o que me preocupa são as garotas. Elas são apenas mestiças, claro; sei disso tão bem quanto vocês, e não há ninguém que se importe menos com os mestiços do que eu; mas são minhas, e praticamente tudo o que tenho; não consigo conceber a ideia de que fiquem com kanakas, e gostaria de saber, por que para mim, elas são brancas.

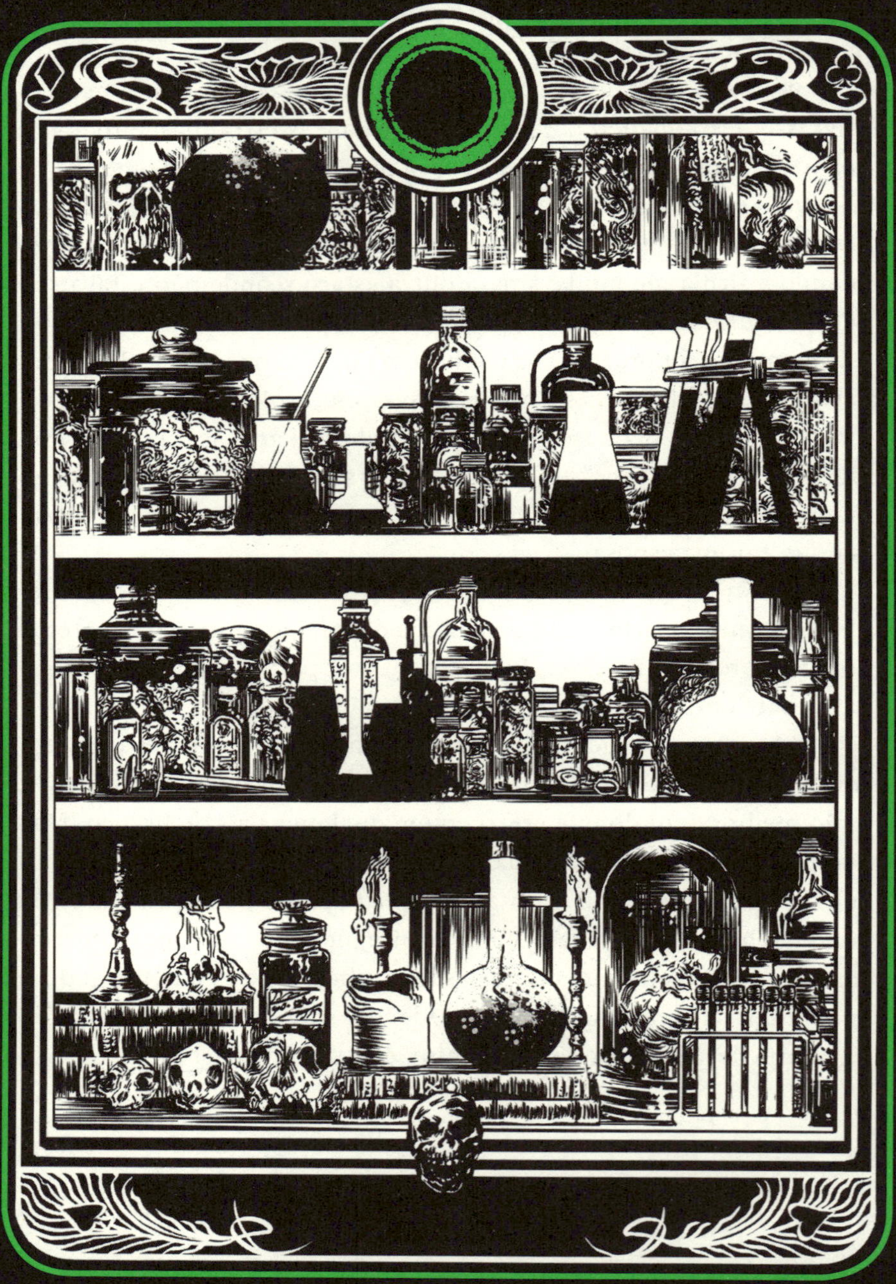

ENTRETENIMENTOS DAS NOITES NAS ILHAS

O DEMÔNIO DA GARRAFA
ROBERT LOUIS STEVENSON

1892

NOTA — Qualquer estudioso desse produto tão iletrado, o teatro inglês do começo do século, reconhecerá o nome e a ideia seminal da obra do formidável O. Smith que fizera certo sucesso. A ideia seminal está ali e é idêntica, e ainda assim espero ter criado algo novo. E o fato de o conto ter sido planejado e escrito para público polinésio pode lhe trazer algum interesse exótico mais perto de minha terra natal. — R.L.S.

Havia um homem na ilha do Havaí, que chamarei de Keawe, pois a verdade é que ainda vive, e seu nome deve permanecer em segredo; mas o local de seu nascimento não era longe de Honaunau, onde os ossos de Keawe, o Grande, jazem escondidos numa caverna. Esse homem era pobre, corajoso e ativo; sabia ler e escrever como professor de escola; ademais, era marinheiro de primeira categoria, navegara por um tempo nos barcos a vapor da ilha, conduziu um baleeiro na costa Hamakua. Por fim, Keawe decidiu conhecer o grande mundo e as cidades estrangeiras, e entrou numa embarcação com destino a San Francisco.

Eis uma bela cidade, com belo porto e inúmeros ricos; e há uma ladeira em particular repleta de palácios. Certo dia, Keawe passeava por essa ladeira com o bolso cheio de dinheiro, e observava com deleite as grandes casas de cada lado. "Que belas casas! Como devem ser felizes as pessoas que moram ali, e que não precisam se preocupar com o dia seguinte!", pensava assim quando se deparou com casa menor que algumas das outras, porém retocada e embelezada como brinquedo; os degraus da casa brilhavam como prata, e os limites do jardim floresciam como guirlandas, e as janelas brilhavam como diamantes; e Keawe parou e admirou a excelência de tudo o que via. Ao parar, deu-se conta de que um homem o observava detrás de janela tão transparente que Keawe podia vê-lo como via um peixe na poça do recife. Era um idoso, careca e de barba negra; o rosto pesado e melancólico, e suspirava com amargor. E a verdade é que quando Keawe olhou para ele, e o homem olhou para Keawe, um sentiu inveja do outro.

De repente, o homem sorriu e acenou, e indicou a Keawe que entrasse e o encontrasse na porta da casa.

"Minha casa é bem bonita", disse e suspirou com amargor. "O senhor gostaria de visitar os cômodos?"

Então Keawe conheceu toda a casa, do porão ao teto, e nela não havia nada que não fosse perfeito, e Keawe ficou impressionado.

"Realmente", falou Keawe, "esta é uma casa bem bonita; se vivesse num lugar assim, riria o dia inteiro. Por que, então, o senhor não para de suspirar?"

"Não há motivo", respondeu, "para que o senhor não tenha casa parecida com esta em todos os aspectos, e até melhor, se desejar. Deve ter algum dinheiro, suponho."

"Tenho cinquenta dólares", disse Keawe; "mas casas como esta custam mais que cinquenta dólares."

O homem fez a conta. "É uma pena não ter mais, pois isso pode lhe arrumar problemas no futuro; mas pode ser sua por cinquenta dólares."

"A casa?", perguntou Keawe.

"Não, não a casa", afirmou o homem; "mas a garrafa. Pois, devo lhe contar, embora lhe pareça tão rico e afortunado, toda a minha fortuna, inclusive esta casa e o jardim, veio de uma garrafa de pouco mais de meio litro. É isso."

Então, abriu um local trancado a chave, e retirou de lá a garrafa de pescoço comprido e corpo arredondado; o vidro era branco feito leite, com as cores do arco-íris alternadas na superfície. Do lado de dentro, algo se movia obscuramente, como sombra e fogo.

"Eis a garrafa", disse o homem; e, quando Keawe riu, "Não acredita em mim?", acrescentou. "O senhor pode tentar, então. Veja se consegue quebrá-la".

Assim, Keawe levantou a garrafa e bateu com ela no chão até se cansar; mas ela pulava no chão como bola de criança, e não sofria nada.

"Que estranho", disse Keawe. "Pois pelo toque e pela aparência, a garrafa parecia vidro."

"De vidro é", respondeu o homem e suspirou mais alto que nunca; "mas este vidro é temperado com as chamas do inferno. Um demônio vive nela, ele é essa sombra que vemos se mover lá dentro: ou assim suponho. Se qualquer um compra esta garrafa, o demônio fica sob seu comando; tudo o que desejar — amor, fama, dinheiro, casas como esta, ah, ou uma cidade como esta — tudo é seu com uma palavra proferida. Napoleão tinha esta garrafa e, por causa dela, se tornou o rei do mundo; mas no fim, a vendeu, e decaiu. O capitão Cook tinha esta garrafa e, por causa dela, encontrou o caminho para tantas ilhas; mas também a vendeu, e foi assassinado no Havaí. Pois, assim que é vendida, o poder e a proteção se vão; e a não ser que alguém permaneça contente com o que tem, o mal recairá sobre ele."

"Ainda assim, o senhor fala em vendê-la", disse Keawe.

"Tenho tudo o que desejo, estou idoso", respondeu o homem. "Há uma coisa que o demônio não consegue fazer — não consegue prolongar a vida; e, não seria justo esconder isso do senhor, há a contrapartida da garrafa; se alguém morre antes de vendê-la, haverá de queimar no inferno para sempre."

"Isso certamente é contrapartida que não deixa dúvidas", exclamou Keawe. "Não me meteria com isso. Posso passar sem a casa, graças a Deus; mas há uma coisa que não saberia lidar nem um pouco, que é ser condenado."

"Meu caro, não deveria fugir das coisas", afirmou o homem. "Tudo o que deve fazer é usar o poder do demônio com moderação, e então vendê-lo a outra pessoa, como lhe faço, e terminar a vida no conforto."

"Bem, posso observar duas coisas", disse Keawe. "O tempo inteiro o senhor suspira como donzela apaixonada, eis uma delas; a outra é que o senhor vende a garrafa por preço muito baixo."

"Já lhe falei porque suspiro", respondeu o homem. "É porque receio que minha saúde enfraquece; e, como dito pelo senhor, morrer e ir para o demônio é problema para qualquer um. Quanto a vender tão barato, devo explicar que há uma peculiaridade a respeito da garrafa. Há muito tempo, logo quando o demônio a trouxe para a terra, era extremamente cara, e primeiro foi vendida ao preste João[1] por muitos milhões de dólares; mas não poderá ser vendida sem que haja algum prejuízo. Caso alguém a venda pelo preço que pagou, retorna até ele como pombo-correio. Daí que o preço sempre diminuiu com o passar dos séculos, e a garrafa agora está notavelmente barata. Eu mesmo a comprei de um de meus grandes vizinhos nesta montanha, e o preço que paguei foi apenas noventa dólares. Eu poderia vendê-la por até oitenta e nove dólares e noventa e nove centavos, mas nenhum a menos, ou a coisa retorna para mim. Agora, há dois percalços quanto a isso. Primeiro, quando oferta uma garrafa tão singular por oitenta dólares, as pessoas supõem que esteja de brincadeira. E segundo — mas não há pressa quanto a isso — e nem preciso entrar em detalhes. Lembre-se apenas que deve ser vendida por dinheiro cunhado."

"Como poderei saber se tudo isso é verdade?", perguntou Keawe.

"Algumas coisas o senhor poderá testar agora mesmo", respondeu. "Dê-me os cinquenta dólares, pegue a garrafa, e deseje os cinquenta

---

[1] Lendário monarca e patriarca cristão da Idade Média, a quem se atribui diversas histórias prodigiosas.

dólares de volta em seu bolso. Caso isso não aconteça, juro por minha honra que cancelarei a barganha e devolverei o dinheiro."

"Não está me enganando?", perguntou Keawe.

O homem se curvou com muita reverência.

"Bem, arriscarei até esse ponto", disse Keawe, "porque isso não pode causar mal." Então, pagou o dinheiro ao homem, e o homem lhe passou a garrafa.

"Demônio da garrafa", disse Keawe, "desejo os meus cinquenta dólares de volta." Mal falou, e teve certeza de que o bolso pesava como antes.

"Certamente é uma garrafa maravilhosa", disse Keawe.

"Agora, bom dia para você, bom camarada, e que o demônio o acompanhe por mim!", disse o homem.

"Espera um pouco", disse Keawe, "Não desejo mais essa diversão. Aqui, tome a garrafa de volta."

"O senhor a comprou por menos do que paguei", respondeu o homem, e esfregou as mãos. "Agora é sua; e, de minha parte, só quero ver as suas costas." E, com isso, chamou o criado chinês, e mostrou a saída da casa a Keawe.

Assim, quando Keawe foi para a rua com a garrafa sob o braço, pensou. "Se tudo é verdade a respeito desta garrafa, talvez tenha saído perdendo com a troca. Mas, talvez, o homem esteja apenas brincando comigo." A primeira coisa que fez foi contar o dinheiro; a soma estava exata — quarenta e nove dólares em dinheiro americano e uma moeda chilena. "Parece ser verdade", disse Keawe. "Agora, tentarei outra coisa."

As ruas naquela parte da cidade eram limpas como deque de navio e, apesar de ser meio-dia, não havia nenhum transeunte. Keawe pôs a garrafa na sarjeta e saiu. Olhou para trás duas vezes, e lá estava a leitosa garrafa de corpo arredondado onde a deixou. Na terceira vez, olhou para trás e dobrou a esquina; porém, mal fizera isso, quando algo bateu no ombro, e eis que lá estava o gargalo comprido para cima, e o corpo arredondado enfiado no bolso de seu casaco de marinheiro.

"Parece que é verdade", disse Keawe.

A próxima atitude foi comprar um saca-rolhas na loja e se isolar em lugar afastado. E lá tentou retirar a rolha, porém, por mais que enfiasse o parafuso, ele saía novamente, e a rolha permanecia intacta.

"Este é um novo tipo de rolha", disse Keawe e tremeu e suou, pois tinha medo daquela garrafa.

Em seu retorno à área do porto, viu a loja que vendia conchas e bastões das ilhas selvagens, antigas deidades pagãs, moedas antigas, imagens da China e do Japão, toda sorte de objetos que os marinheiros traziam de baús de viagem. E ali teve uma ideia. Então entrou e tentou vender a garrafa por cem dólares. O homem da loja primeiramente riu dele, e lhe ofereceu cinco; mas, de fato, era garrafa curiosa — aquele vidro não poderia ter sido forjado em vidraria humana, as cores reluziam com muita beleza sob o branco leitoso, e a sombra pairava no meio de modo muito estranho; assim, após discutirem por um tempo que espécie de garrafa era aquela, o lojista deu a Keawe sessenta dólares de prata pelo negócio, e a colocou na estante no meio da janela.

"Agora", disse Keawe, "vendi por sessenta o que comprei por cinquenta — ou, para dizer a verdade, por um pouco menos, já que um de meus dólares era do Chile. Agora haverei de saber a verdade a respeito da outra questão."

Então, subiu a bordo do navio novamente e quando abriu o baú lá estava a garrafa, que conseguiu chegar antes que ele. Keawe tinha um amigo a bordo de nome Lopaka.

"O que incomoda você?", disse Lopaka, "por que fica olhando para o baú?"

Estavam sozinhos no castelo de proa do navio, então Keawe lhe pediu segredo, e contou tudo.

"É uma história muito estranha", disse Lopaka; "e temo que arrume problemas por causa dessa garrafa. Mas há um ponto muito claro — que você sabe do problema, então, é melhor desfrutar do lucro na barganha. Decida o que deseja com isso; faça o pedido, e caso seja realizado conforme desejou, eu mesmo comprarei a garrafa, pois tenho a intenção de adquirir uma escuna e fazer comércio nas ilhas."

"Não é a minha intenção", disse Keawe; "em vez disso, desejo uma bela casa e um jardim em Kona Coast, onde nasci, com o sol brilhante na porta, flores no jardim, vidro nas janelas, pinturas nas paredes, e brinquedos e tapetes finos nas mesas, exatamente como a casa em que estive hoje — porém, com um andar a mais, e com varandas iguais ao palácio do rei; e viver lá, sem preocupações, e ser feliz com meus amigos e parentes."

"Bem", disse Lopaka, "devemos levá-la conosco até o Havaí; e se tudo acontecer como pensa, comprarei a garrafa, já disse, e pedirei a escuna."

Acordaram isso, e não tardou até o navio retornar a Honolulu, com Keawe e Lopaka e a garrafa. Mal pisaram na enseada, encontraram um amigo na praia, que consolou Keawe de repente.

"Não sei por que preciso ser consolado", estranhou Keawe.

"Será possível que não soube", falou o amigo, "que o seu tio — aquele velho generoso — está morto, e o seu primo — aquele belo rapaz — se afogou no mar?"

Keawe ficou pesaroso, chorou e se lamentou, e esqueceu da garrafa. Mas Lopaka refletia, e em seguida, quando a aflição de Keawe se amenizou um pouco, "estive pensado", disse. "O seu tio não tinha terras no Havaí, no distrito de Kaü?"

"Não", disse Keawe, "não em Kaü: são do lado da montanha — um pouco ao sul de Hookena."

"Essas terras agora serão suas?", perguntou Lopaka.

"Agora serão", respondeu Keawe, e recomeçou a lamentar seus parentes.

"Não", disse Lopaka, "não lamente neste momento. Tenho algo em mente. E se isso foi causado pela garrafa? Pois aí está um lugar pronto para a sua casa."

"Se for isso", exclamou Keawe, "matar meus parentes é maneira muito ruim de me servir. Mas, de fato, pode ser verdade; pois foi num lugar como esse que imaginei a minha casa."

"A casa, no entanto, ainda não foi construída", falou Lopaka.

"Não, nem deve ser", disse Keawe, "pois apesar de meu tio ter café e goiaba e banana, isso me permitirá apenas viver em conforto; e o resto daquela terra é lava negra."

"Vamos ao advogado", disse Lopaka; "tenho outra ideia."

Agora, quando chegaram na casa do advogado, parecia que o tio de Keawe ficara extremamente rico nos últimos dias, e havia fundo monetário.

"Eis então o dinheiro para a casa!", gritou Lopaka.

"Se pensa em casa nova", disse o advogado, "aqui tenho o cartão de um novo arquiteto, de quem me contam coisas grandiosas."

"Cada vez melhor!", gritou Lopaka. "Aqui, tudo se esclarece. Devemos obedecer às ordens."

Então, foram ao arquiteto, e ele tinha desenhos de casas na mesa.

"O senhor quer algo diferente", disse o arquiteto. "O que acha disto?", e entregou um desenho a Keawe.

Quando Keawe pôs os olhos nele, gritou alto, pois era exatamente a imagem que visualizara.

"Ficarei com a casa", pensou. "Por mais que não goste do modo como a adquiri, ficarei com ela agora, e também poderei unir o bem com o mal."

Então, explicou ao arquiteto tudo o que desejava, como gostaria que a casa fosse mobiliada, e as pinturas da parede e os adereços das mesas; e perguntou abertamente quanto cobraria para fazer tudo.

O arquiteto fez muitas perguntas, pegou a pena e calculou; quando acabou, mostrou a mesma soma que Keawe havia herdado.

Lopaka e Keawe olharam um para o outro e acenaram.

"Está muito claro", pensou Keawe, "que terei esta casa, ou não. Ela vem do demônio, e temo que não conseguirei muitas coisas boas com isso; mas de uma coisa estou certo, não farei mais pedidos enquanto possuir esta garrafa. Mas com a casa está selado, e posso também aproveitar o bem com o mal."

Então, combinou com o arquiteto e assinaram contrato; e Keawe e Lopaka embarcaram novamente e viajaram para a Austrália; haviam decidido não interferir de modo algum, para que o arquiteto e o demônio da garrafa construíssem e adornassem a casa a seu bel-prazer.

A viagem foi boa, mas durante todo o período Keawe estava com o fôlego suspenso, pois jurou não proferir mais desejos nem receber mais favores do demônio. O prazo havia se acabado quando voltaram.

O arquiteto contou que a casa estava pronta, Keawe e Lopaka passaram pelo *Hall*, desceram a estrada de Kona para ver a casa, e conferir se tudo estava conforme o pensamento de Keawe.

A casa ficava na lateral da montanha, visível dos navios. Acima, a floresta seguia até as nuvens de chuva; abaixo, a lava negra dos penhascos, onde os reis antigos jaziam enterrados. O jardim florescia ao redor da casa, com flores de todos os tons; e havia o pomar de mamão num lado e o pomar de fruta-pão no outro, e bem na frente, na direção do mar, um mastro de navio havia sido erguido e portava bandeira. Quanto à casa, tinha três andares, com grandes aposentos e varandas espaçosas em cada um deles. As janelas eram de vidro, tão luxuosas e claras como água e brilhantes como o dia. Toda classe de mobília adornava os aposentos. Nas paredes, pinturas em molduras douradas; pinturas de navios, e de lutas de homens, e das mulheres mais bonitas, e de lugares singulares; em nenhum lugar do mundo havia pinturas de cores tão vibrantes quanto as que Keawe encontrou penduradas em casa. Quanto aos adornos, eram extraordinariamente finos; pêndulos e caixas de música, homenzinhos de cabeça curvada, livros cheios de ilustração, custosas armas de todos os recantos do mundo, e elegantes quebra-cabeças para entreter um solitário. E como ninguém se importaria em viver naqueles aposentos, só de percorrê-los e olhá-los, as varandas eram tão espaçosas que a cidade inteira poderia viver nelas com deleite; e Keawe não sabia o que preferir, se a sacada dos fundos, onde havia a brisa terrestre e se via os pomares e as flores, ou a varanda da frente, onde era possível sorver o vento marítimo e observar o íngreme paredão da montanha e olhar o *Hall* passar cerca de uma vez por semana entre Hookena e as colinas de Pele, ou as escunas percorrerem a costa por madeira e kava e bananas.

Depois de verem tudo, Keawe e Lopaka se sentaram na sacada.

"Bem", disse Lopaka, "é do jeito que imaginou?"

"As palavras não servem para descrever", respondeu Keawe. "É melhor do que sonhei, e estou zonzo de satisfação."

"Há apenas uma coisa a pensar", disse Lopaka; "tudo isso pode ser natural, e o demônio da garrafa não ter qualquer coisa a ver. Se comprasse a garrafa e, no final das contas, não conseguisse a escuna, teria colocado a mão no fogo por nada. Dei-lhe a minha palavra, sei disso; mas ainda assim creio que não se ressentiria em me dar mais uma prova."

"Jurei que não pediria mais favores", falou Keawe. "Já fui longe demais."

"Não é em favores que penso", respondeu Lopaka. "É apenas para ver o próprio demônio. Não há nada a se ganhar com isso, então não há nada do que se envergonhar; e ainda assim, se o visse uma vez, confirmaria tudo. Então, me ceda até aí, e me permita ver o demônio; e, após isso, aqui está, em minha mão, o dinheiro para comprá-la."

"Há apenas uma coisa que temo", falou Keawe. "O demônio pode ser visão horrível; depois que o ver, pode perder o desejo pela garrafa."

"Sou homem de palavra", confirmou Lopaka. "E aqui está o dinheiro."

"Muito bem", respondeu Keawe. "Também tenho essa curiosidade. Então venha, deixe-nos dar uma olhada em você, sr. Demônio."

Tão logo isso foi dito, o demônio saiu da garrafa e retornou para dentro, rápido como lagarto; Keawe e Lopaka ficaram duros como pedra. A noite chegou antes que qualquer um dos dois pensasse algo ou tivesse voz para mencioná-lo; então, Lopaka empurrou o dinheiro e pegou a garrafa.

"Sou homem de palavra", disse, "e tinha que ser assim, ou não tocaria nesta garrafa nem com o pé. Bem, haverei de conseguir a minha escuna e uns dois dólares no bolso; e então me livrarei deste demônio o mais rápido possível. Porque, para dizer a verdade crua, o olhar dele me entristeceu."

"Lopaka", falou Keawe, "tente ao máximo não pensar mal de mim; sei que é noite, e as estradas são ruins, e a passagem pelas tumbas é lugar horrível para se ir tão tarde, mas declaro que desde que vi aquele rostinho, não consigo comer ou dormir ou rezar até que fique longe de mim. Eu lhe darei lanterna e cesto para guardar a garrafa, e qualquer pintura ou objeto agradável da minha casa; mas vá embora de vez, e durma em Hookena com Nahinu."

"Keawe", disse Lopaka, "muitos homens pensariam mal disso; sobretudo quando lhe faço oferta tão amigável, como manter a palavra e comprar a garrafa; e quanto a isso, a noite e a escuridão, e o caminho pelas tumbas, devem ser dez vezes mais perigosos a um homem que tal pecado em sua consciência, e tal garrafa sob o seu braço. Mas, de minha parte, eu mesmo estou extremamente assustado, e não tenho coragem de culpá-lo. Então, me vou; rogo a Deus para que seja feliz em sua casa, e que eu dê sorte com a escuna, e ambos cheguemos ao paraíso apesar do demônio e da garrafa."

Então, Lopaka desceu a montanha; e Keawe ficou na varanda da frente, e escutou o tilintar das ferraduras do cavalo, e observou a lanterna brilhar caminho abaixo, e ao longo do penhasco de cavernas onde os mortos antigos estavam enterrados; e, por todo o tempo, tremeu e fechou as mãos com força, e rezou por seu amigo, e deu glória a Deus por ele mesmo ter escapado do problema.

Mas o dia seguinte começou resplandecente, e a nova casa era tão agradável que se esqueceu dos terrores. Um dia se seguiu ao outro, e Keawe morava ali em alegria perpétua. Tinha seu lugar na sacada dos fundos; ali comia e vivia, lia as matérias nos jornais de Honolulu; e, de vez em quando, alguém passava, entrava e olhava os aposentos e as pinturas. E a fama da casa se espalhou para longe; era chamada *Ka-Hale Nui* — a Grande Casa — em toda Kona; e, às vezes, a Casa Brilhante, pois Keawe mantinha um chinês para lustrar e tirar pó o dia todo; e o vidro, e o ouro, e os objetos finos, e as pinturas, tudo brilhava com a resplandecência da manhã. Quanto ao próprio Keawe, não conseguia andar pelos aposentos sem cantar, tão grande estava o coração; e quando os navios passavam pelo mar, subia as suas cores no mastro.

Então o tempo passou, até que um dia Keawe foi até Kailua visitar certo amigo. Ali festejou bastante; e partiu assim que pôde na manhã seguinte, cavalgou com esforço, pois estava impaciente para voltar à sua bela casa; e, além disso, a noite que começava era a noite na qual os mortos dos velhos dias saem na região de Kona; e por já ter se imiscuído com o demônio, tinha muita prudência para não se deparar com os mortos. Um pouco depois de Honaunau, olhou ao longe em frente, percebeu uma mulher se banhar na beira do mar; parecia garota crescida, e não pensou mais nisso. Então, viu seu vestido branco flutuar quando o vestia, e o holoku vermelho; e, na hora que se aproximou, já vestida, saíra do mar, e estava diante da trilha no holoku vermelho, e sentia-se refrescada com o banho, e seus olhos brilharam e eram gentis. Keawe a contemplou e puxou as rédeas.

"Pensei que conhecia todos neste lugar", disse. "Como é possível que não a conheça?"

"Sou Kokua, filha de Kiano", respondeu a garota, "e acabei de retornar de Oahu. Quem é o senhor?"

"Logo lhe direi", falou Keawe, e apeou do cavalo, "mas não agora. Pois pensei aqui, e se soubesse quem sou, pode ter ouvido falar de mim, e não me daria uma resposta honesta. Mas conte-me, antes de tudo, uma coisa: é casada?"

E Kokua riu alto com isso. "É o senhor quem faz as perguntas", disse. "Mas e o senhor, é casado?"

"Na verdade, Kokua, não sou", respondeu Keawe, "e jamais havia pensado nisso até este momento. Mas eis a verdade nua. Eu a encontrei aqui na beira da estrada, e vi os seus olhos, que são como estrelas, e meu coração se acelerou como pássaro por sua causa. Então agora, se não quiser nada comigo, diga, e irei ao meu lugar; mas se não me acha pior que qualquer outro jovem, diga, também, e esta noite mudarei minha rota para a casa de seu pai, e amanhã falaremos com o bom homem."

Kokua não disse palavra, mas olhava para o mar e sorria.

"Kokua", insistiu Keawe, "caso não diga nada, entenderei como resposta favorável; então andemos até a porta de seu pai."

Ela foi na frente, ainda sem falar; e às vezes olhava para trás e espiava novamente, e mantinha os fios do chapéu na boca.

Assim, quando chegaram a porta, Kiano saiu da varanda, e gritou e cumprimentou Keawe pelo nome. E com isso a garota o examinou, pois a fama do casarão havia chegado aos seus ouvidos; e, para falar a verdade, era grande tentação. Tiveram noite bem divertida; e a garota era firme como bronze sob os olhos dos pais, e gracejou com Keawe, pois tinha o pensamento rápido. No dia seguinte, ele conversou com Kiano, e encontrou a garota sozinha.

"Kokua", disse, "gracejou comigo a noite inteira, e ainda há tempo para me ordenar que me vá. Não lhe contei quem era, pois tenho casa muito elegante, e temi que tivesse em alta conta a casa e em baixa o homem que a ama. Agora, que sabe de tudo, se não quiser me ver mais, me diga de uma vez."

"Não", falou Kokua; mas dessa vez não riu, nem Keawe pediu mais nada.

Esse foi o cortejo de Keawe; as coisas aconteceram velozmente; mas assim como a flecha vai, a bala de rifle vai mais rápido, e ambos podem atingir o alvo. As coisas aconteceram rapidamente, mas também foram longe, e o pensamento de Keawe alcançou a cabeça da donzela; ela escutou a sua voz na quebra da rebentação na lava, e por esse jovem que não vira mais que duas vezes, deixaria pai e mãe e a ilha nativa. Quanto ao próprio Keawe, seu cavalo disparou na trilha nas montanhas sob o penhasco das tumbas, e o som dos cascos, e o som de Keawe cantando de prazer para si mesmo, ecoou nas cavernas dos mortos. Chegou na Casa Brilhante, e ainda cantava. Ele se sentou e comeu na sacada espaçosa, e o chinês perguntou ao amo como conseguia cantar de boca cheia. O sol desceu no mar, e a noite chegou; e Keawe andava pelas sacadas com a luz do lampião, no alto das montanhas, e a voz da cantoria chamava a atenção dos homens nos navios.

"Agora estou no ponto mais alto", disse a si mesmo. "A vida não pode melhorar; este é o topo da montanha; e todas as estantes a minha volta antecipam o pior. Pela primeira vez acenderei todos os aposentos, e me banharei no luxuoso banheiro com água quente e fria, e dormirei sozinho na cama do quarto nupcial."

Assim o chinês ouviu, e teve de se levantar do sono e acender as fornalhas; enquanto labutava lá embaixo, ao lado das caldeiras, escutou o amo cantar e encher de alegria os aposentos iluminados. Quando a água esquentou o chinês gritou para o amo, e Keawe entrou no banheiro; e o chinês o ouviu cantar ao ocupar a bacia de mármore; e o ouviu cantar, e a cantoria continuava enquanto se despia; até que cessou de repente. O chinês escutava e escutava; e gritou acima perguntando para Keawe se tudo estava bem, e Keawe lhe respondeu "Sim", e lhe ordenou que fosse para a cama, mas não houve mais cantoria na Casa Brilhante; e por toda a noite, o chinês ouviu os pés do amo darem voltas e mais voltas nas varandas sem repouso.

Eis a verdade: ao se despir para o banho, Keawe entreviu na pele mancha como mancha de líquen na rocha, e foi então que parou de cantar. Pois conhecia aquela mancha, e sabia que era vítima do Mal Chinês.[2]

Então, é bem triste para qualquer homem adoecer. E seria triste para qualquer um deixar casa tão bonita e confortável, e abandonar todos os amigos e partir para a costa norte de Molokai, entre o penhasco profundo e os quebra-mares. Mas no caso do homem Keawe, que conhecera apenas um dia antes o amor de sua vida, e a conquistara apenas naquela manhã, e agora via todas as expectativas se estilhaçarem, num momento, como vidro?

Assim, estava sentado na beira da tina; saltou, gritou e correu para fora; de um lado para o outro, de um lado para o outro, ao longo da varanda, como alguém desesperado.

"De bom grado poderia abandonar o Havaí, terra de meus pais", Keawe pensava. "Com muita calma poderia abandonar a casa, localizada no alto, com muitas janelas, aqui nas montanhas. Com muita coragem poderia ir para Molokai, para os penhascos de Kalaupapa, viver com os aflitos e dormir lá, longe dos pais. Porém, que mal cometi, que pecado habita a minha alma, para encontrar Kokua se refrescando na água do mar a tardinha? Kokua, a enredadora de almas! Kokua, a luz de minha vida! Com ela jamais me casarei, para ela não poderei mais olhar, não mais tocarei com minha mão amorosa; e é por isso, é por você, ó, Kokua!, que despejo os meus lamentos!"

E é preciso observar que espécie de homem era Keawe, pois poderia ter morado na Casa Brilhante por anos, e ninguém descobriria sua doença; no entanto, não aceitaria isso ao custo de Kokua. Poderia ter se casado com Kokua mesmo em sua situação; e assim muitos teriam agido, pois têm almas de porcos; mas Keawe amava a donzela bravamente, e não lhe machucaria ou lhe traria perigo.

---

2   Lepra, palavra sem equivalente direto no idioma havaiano.

Pouco depois do meio da noite, veio-lhe a recordação da garrafa. Deu a volta para a sacada dos fundos, e relembrou do dia em que o demônio o observou; e com o pensamento, o gelo percorreu as suas veias.

"Pavorosa é a garrafa", pensou Keawe, "e pavoroso é o diabo, e pavoroso é se arriscar às chamas do inferno. Mas que outra chance tenho de cura da doença ou de me casar com Kokua? Qual?", pensou, "enfrentei o diabo uma vez, apenas para ganhar a casa, mas não o encararia novamente para conseguir Kokua?"

Em seguida, se lembrou que era no dia seguinte que *Hall* passaria de retorno a Honolulu. "Devo ir para lá antes", pensou, "e ver Lopaka. Pois a melhor chance que tenho é encontrar essa garrafa da qual fui muito grato por me livrar."

Não conseguia sequer fechar os olhos; a comida entalava na garganta; mas mandou carta a Kiano, em que perguntou o horário em que o vapor chegaria e passaria ao lado do penhasco das tumbas. Chovia; o cavalo seguia com dificuldade; olhou para as bocas escuras das cavernas acima, e invejou os mortos que moravam ali e não tinham mais problemas; e relembrou como havia galopado no dia anterior, e ficou espantado. Então, desceu até Hookena, e ali estavam todas as pessoas do local reunidas por causa do barco, como era o hábito. No barraco em frente à loja, se sentavam e contavam piadas e espalhavam as notícias; mas Keawe não tinha nada para falar, então sentou-se em meio a eles e olhou a chuva cair sobre as casas lá fora, e as vagas chocarem-se contra as rochas, e os suspiros que subiam pela garganta.

"Keawe da Casa Brilhante está sem ânimo", dizia um ao outro. E de fato estava, e um pouco pensativo.

Então, *Hall* chegou, e o baleeiro o levou a bordo. A parte dianteira da embarcação estava cheio de haoles que visitaram o vulcão, como é de costume; e o meio estava abarrotado de kanakas, e a parte traseira com touros selvagens de Hilo e cavalos de Kaü; mas Keawe sentou-se separado de todos em sua melancolia, e observou pela casa de Kiano. Ali estava ela, um pouco sobre a enseada nas rochas pretas, sob a sombra dos coqueiros, e perto da porta havia um holoku vermelho, não maior que uma mosca, indo de um lado a outro como mosca; "Ah, rainha de meu coração", exclamou, "arriscarei a minha alma querida para tê-la".

Logo depois, a escuridão caiu, e as cabines se iluminaram, e os haoles se sentaram, jogaram cartas e beberam uísque conforme seu costume; mas Keawe caminhou pelo deque a noite inteira; e no dia seguinte, enquanto navegavam a sotavento de Maui ou Molokai, ainda dava passos para um lado e para o outro como animal selvagem enjaulado.

À tardinha, passaram por Diamond Head, e chegaram no píer de Honolulu. Keawe saiu por entre a multidão e perguntou por Lopaka. Parecia que se tornara proprietário de escuna — a melhor das ilhas — e saíra em aventura distante para Pola-Pola ou Kahiki; assim não podia esperar nenhuma ajuda de Lopaka. Keawe se lembrou de amigo seu, advogado na cidade (não devo falar o nome), e perguntou por ele. Disseram que enriqueceu de repente, e tinha casa nova e bonita na praia de Waikiki; e isso deu uma ideia a Keawe, alugou um coche e conduziu até a casa do advogado.

A casa era nova em folha, e as árvores no jardim não eram maiores que cajados, e o advogado, ao chegar, aparentava estar muito contente.

"O que posso fazer para servi-lo?", disse o advogado.

"O senhor é amigo de Lopaka", respondeu Keawe, "e Lopaka comprou de mim certo bem. Penso que o senhor poderia me ajudar a rastreá-lo."

O rosto do advogado ficou muito sombrio. "Não declaro entendê-lo mal, sr. Keawe", falou, "apesar de este ser assunto arriscado para se cutucar. Pode estar certo de que nada sei, mas ainda assim suspeito, e se procurar em certo local, creio que descobrirá algo."

E deu o nome de um homem, que, mais uma vez, faço melhor em não repetir. E assim foi por dias, e Keawe passou de um a outro, encontrava em todos os lugares novas roupas e carruagens, e belas casas novas, e em todos os lugares homens em grande contentamento, embora, na verdade, quando mencionava seu negócio, os rostos se ensombreciam.

"Sem dúvida, estou no rastro", pensou Keawe. "Todas as roupas e carruagens novas são presentes do diabrete, e os rostos alegres são rostos de quem ganhou os presentes e se livrou do objeto maldito em segurança. Quando vir bochechas pálidas ou ouvir suspiros, saberei que estou perto da garrafa."

Então, finalmente sucedeu de ser recomendado ao haole na Beritania Street. Quando chegou à porta, perto da hora da refeição noturna, havia as marcas usuais da casa nova, e o jovem jardim, e a luz elétrica nas janelas; mas quando o dono apareceu, um choque de medo e esperança perpassou Keawe; pois ali estava um jovem, pálido como cadáver, preto em volta dos olhos, o cabelo derramado da cabeça, e aquele semblante que um homem tem quando espera as galés.

"Está aqui, com certeza", pensou Keawe, e assim, com esse homem, falou diretamente porque estava lá. "Vim comprar a garrafa", disse.

Com a frase, o jovem haole da Beritania Street titubeou contra a parede.

"A garrafa!", gaguejou. "Comprar a garrafa!" Então pareceu engasgar, e segurou o braço de Keawe, o levou a uma sala e serviu vinho em duas taças.

"Presto meus respeitos" disse Keawe, que àquela altura havia passado tempo depois com haoles. "Sim", prosseguiu, "vim comprar a garrafa. Qual o preço agora?"

Com essa fala o jovem deixou a garrafa escorregar de seus dedos, e olhou para Keawe como fantasma.

"O preço", falou; "o preço! Então não sabe o preço?"

"É por isso que pergunto", afirmou Keawe. "Mas por que está tão preocupado? Há algo de errado com o preço?"

"Ela perdeu bastante valor desde o seu tempo, sr. Keawe", gaguejou o jovem.

"Bem, bem, então haverei de pagar menos por isso", disse Keawe. "Quanto lhe custou?"

O homem ficou branco como folha de papel. "Dois centavos", disse.

"O quê?", exclamou Keawe, "dois centavos? Ora, então o senhor só pode vender por um. E aquele que comprar..." As palavras morreram na língua de Keawe; aquele que a comprou jamais haveria de revendê-la, a garrafa e o diabo da garrafa devem ficar com ele até a morte, quando morresse haveria de ser levado ao final escarlate do inferno.

O jovem de Beritania Street caiu de joelhos. "Pelo amor de Deus, compre ela!", berrou. "Pode ficar com toda a minha fortuna em troca. Estava louco quando a comprei por esse preço. Havia desviado dinheiro da loja; estaria perdido de outro modo; teria ido preso."

"Pobre criatura", disse Keawe, "arriscou a alma por aventura assim desesperada, e para evitar a punição adequada à própria desgraça; e pensa que hesitaria com o amor em minha frente. Entregue-me a garrafa, e o troco que certamente já tem. Aqui está uma moeda de cinco centavos."

Foi como Keawe supunha; o jovem já estava com o troco pronto na gaveta; e a garrafa trocou de mãos, e mal os dedos de Keawe se fecharam no gargalo já havia assoprado o desejo de ser homem são. E, com certeza, quando entrou no quarto em casa, e se despiu diante do espelho, a pele estava íntegra como a de criança. E aqui aconteceu uma coisa estranha: mal vira o milagre, seus pensamentos mudaram, e não se preocupava nem um pouco com o Mal Chinês, e igualmente com Kokua; não tinha mais que um pensamento, que estava preso ao demônio pela vida e eternidade, e não tinha outra esperança além de incinerar para sempre nas chamas do inferno. Bem à sua frente, as visualizou reluzir, e sua alma encolheu, e a escuridão soterrou a luz.

Quando Keawe voltou a si um pouco, se deu conta de que era noite quando a banda tocou no hotel. Foi até lá, porque temia ficar sozinho; e ali, entre rostos felizes, caminhou de um lado a outro, e escutou as notas aumentarem e diminuírem, e viu Berger tocar no ritmo, e enquanto isso as chamas crepitavam, e viu o fogo escarlate queimar num poço sem fundo. De repente, a banda tocou *Hiki-ao-ao*; era a canção que cantara com Kokua, e com a tensão a coragem voltou a ele.

"Agora está feito", pensou, "e mais uma vez preciso me safar do mal."

Então aconteceu de retornar ao Havaí na primeira embarcação, e arranjar de se casar com Kokua o mais rápido possível, e levá-la para a Casa Brilhante na lateral da montanha.

Agora era assim com os dois, quando estavam juntos; o coração de Keawe estava aliviado; porém, mal ficava sozinho se afundava em horror meditativo, e ouvia as chamas crepitarem, e via o fogo escarlate queimar no poço sem fundo. A garota, na verdade, se entregara completamente a ele; seu coração palpitava com a mera visão dele, a mão se prendia à dele; e andava tão embelezada do cabelo às unhas do pé que ninguém poderia vê-la sem alegria. Tinha natureza agradável, sempre dizia a coisa certa. Era cheia de música, e andava de um lado a outro na Casa Brilhante, a coisa mais brilhante nos três andares, cantarolando como os pássaros. Ele a observava e a escutava com deleite, e então se encolhia, e choramingava e lamentava ao pensar no preço que pagara por ela; e então secava os olhos, e lavava o rosto, e ia lá se sentar com ela nas espaçosas varandas, se juntava a ela nas canções, e, com espírito doente, correspondia aos seus sorrisos.

Chegou um dia em que os pés dela começaram a pesar e as canções a rarear; e agora não era apenas Keawe que chorava escondido, mas ambos se separavam um do outro e se sentavam em varandas opostas com toda a amplitude da casa entre eles. Keawe estava tão mergulhado no desespero que mal percebeu a mudança, e ficava contente apenas quando tinha mais horas para se sentar sozinho e meditar a respeito de seu destino, e não era tão frequentemente condenado a forçar o sorriso com o coração doente. Mas um dia, atravessava a casa com suavidade, ouviu o barulho de criança prantear, e ali estava Kokua rolando o rosto no chão da varanda, chorava como os perdidos.

"Faz bem em chorar nesta casa, Kokua", disse. "E, ainda assim, tiraria a cabeça do corpo para que (ao menos) você pudesse ser feliz."

"Feliz!", gritou. "Keawe, quando vivia sozinho na Casa Brilhante, todos na ilha diziam que era feliz; que o riso e a música estavam em sua boca, e que seu rosto brilhava como a aurora. Então se casou com a pobre Kokua; e o bom Deus sabe o que falta nela — mas desde esse dia você não sorriu. Oh!", gritou, "o que me aflige? Pensei que era bonita, e sabia que o amava. O que me aflige, para que lance essa sombra sobre o meu marido?"

"Pobre Kokua", disse Keawe. Se sentou ao lado dela, e buscou segurar a sua mão; mas ela a retirou. "Pobre Kokua", disse novamente. "Minha pobre garota — minha linda. E pensei que a poupava todo esse tempo! Bem, haverá de saber de tudo. Então, ao menos, terá piedade do pobre Keawe; entenderá o quanto ele a amou no passado — que desafiou o inferno para ficar com ela — e como ainda a ama (o pobre condenado), que ainda pode sorrir quando a observa."

Com isso, contou-lhe tudo, desde o começo.

"Fez tudo isso por mim?", exclamou. "Ah, bem, então por que me preocupar com isso?" E o agarrou e chorou sobre ele.

"Ah, criança!", disse Keawe, "mesmo quando penso no fogo do inferno, sei que fiz bom negócio!"

"Não me fale isso", retrucou; "homem nenhum pode se perder por ter amado Kokua, sem nenhuma outra falta. Falo para você, Keawe, ou haverei de salvá-lo com estas mãos, ou perecerei em sua companhia. O quê! Você me amou e me deu a sua alma, e acha que não morrerei para salvá-lo em troca?"

"Ah, minha querida, você poderá morrer cem vezes, e que diferença faria?", clamou, "exceto me deixar sozinho até que chegue a danação?"

"Você não sabe de nada", falou. "Fui educada numa escola de Honolulu; não sou uma garota qualquer. E lhe digo, haverei de salvar o meu amor. O que é isso que diz sobre um centavo? Mas nem todo o mundo é americano. Na Inglaterra, eles têm uma moeda chamada farthing, que vale cerca de meio centavo. Ah! O lamento!", exclamou, "isso não melhora muito, pois o comprador terá de estar perdido, e não haveremos de encontrar um tão corajoso quanto o meu Keawe! Mas, então, tem a França; eles têm uma moedinha que chamam de cêntimo, e é preciso umas cinco delas para completar um centavo. Não podemos fazer melhor. Vamos, Keawe, vamos para as ilhas francesas; vamos para o Taiti, o mais rápido que os navios puderem nos levar, ali teremos quatro cêntimos, três cêntimos, dois cêntimos, um cêntimo; o máximo de vendas possíveis para ir e vir; e dois de nós para barganhar. Vamos, meu Keawe! Beije-me, e pare de se preocupar. Kokua o defenderá."

"Um presente de Deus!", exclamou. "Não consigo pensar que Deus me punirá por não desejar nada além do bem! Mas que seja conforme a sua vontade; leve-me para onde quiser: ponho minha vida e salvação em suas mãos."

Cedo no dia seguinte, Kokua realizou os preparos. Pegou o baú de viagem de Keawe; primeiro, colocou a garrafa no canto; depois, a encheu com as roupas mais luxuosas e os adornos mais elegantes da casa. "Pois", disse, "devemos parecer ricos, ou quem acreditará na garrafa?" Durante todo o preparo, estava alegre como pássaro; apenas quando olhava para Keawe as lágrimas jorravam de seu olho, e precisava correr e beijá-lo. Quanto a Keawe, a alma estava livre de um peso; agora que havia compartilhado o segredo, e tinha alguma esperança diante de si, pareceu novo homem, os pés passavam com leveza pelo chão, e a respiração lhe pareceu boa novamente. Mas o terror ainda o espreitava; e volta e meia, como o vento apaga a vela, a esperança morria nele, e via as chamas se agitarem e o fogo vermelho queimar no inferno.

Espalhou-se pela região que iam a lazer aos Estados Unidos, o que muitos acharam estranho, porém não tanto quanto achariam a verdade, se a soubessem. Então, foram para Honolulu no *Hall*, e daí no *Umatilla* para San Francisco com uma multidão de haoles, e em San Francisco compraram passagem para o bergantim dos correios, o *Tropic Bird*, para Papeete, o principal ponto dos franceses nas ilhas do sul. Chegaram lá, após viagem agradável, num belo dia de ventos alísios, e viram as ondas se quebrarem nos recifes, e Motuiti com suas palmeiras, e a escuna entrando, e as casas brancas da cidade, ao longo da costa, entre árvores verdes, e acima as montanhas e as nuvens do Taiti, a ilha sábia.

Julgaram ser mais inteligente alugar casa, e concordaram por uma vizinha ao consulado britânico, para ostentar a fortuna, além de eles próprios se exibirem com carruagens e cavalos. Isso era muito fácil de fazer, enquanto tinham posse da garrafa; pois Kokua era mais corajosa que Keawe, e, sempre que pensava em algo, pedia ao diabo vinte ou cem dólares. A essa altura, logo ficaram conhecidos na cidade; e os forasteiros do Havaí, a montaria e a condução, os belos holokus e o exuberante laço de Kokua, tornaram-se motivo de muitas conversas.

Logo se acostumaram com o idioma taitiano, que na verdade é bem parecido com o havaiano, com mudança em certas letras; e assim que conseguiram falar livremente, começaram a carregar a garrafa.

Imagina-se que não era assunto fácil de trazer à tona; não era fácil persuadir as pessoas que falavam a sério, quando lhes oferecia por quatro cêntimos a fonte de riquezas e saúde inesgotáveis. Além disso, era necessário explicar os perigos da garrafa; assim, ou as pessoas não davam crédito a tudo aquilo e gargalhavam, ou focavam na parte mais terrível, e se recolhiam com gravidade, e se afastavam de Keawe e Kokua por negociarem com o demônio. Longe de ganhar simpatia, os dois perceberam que eram evitados na cidade; as crianças fugiam deles aos gritos, algo intolerável a Kokua; os católicos persignavam-se quando passavam; e todas as pessoas fizeram um acordo para impedir os seus avanços.

A depressão recaiu em seus espíritos. À noite, ficavam sentados na nova casa, após o cansaço de um dia, e não trocavam palavra, ou o silêncio era rompido pelas lamúrias repentinas de Kokua. Às vezes, rezavam juntos; às vezes, colocavam a garrafa no chão, e observavam por toda a noite como ele flutuava no meio. Nesses momentos, sentiam medo de descansar. Demorava até que o sono chegasse, e, se um dos dois cochilasse, era para depois despertar e encontrar o outro chorando silenciosamente no escuro, ou, talvez, despertar sozinho, pois o outro saiu da casa e da proximidade da garrafa, para passear debaixo das bananeiras no jardim, ou caminhar na praia ao luar.

Numa noite como essa Kokua despertou. Keawe havia saído. Passou a mão na cama e o lugar estava frio. Foi tomada pelo medo, então se sentou na cama. Uma fresta de luar escapava pelas venezianas. O quarto estava iluminado, e podia entrever a garrafa no chão. Lá fora brilhava, as grandes árvores da avenida gritavam alto, e as folhas caídas farfalhavam na varanda. Em meio a isso, Kokua percebeu outro som; se de animal ou homem, não pode discernir, mas era triste como a morte, e fatiou a sua alma. Se levantou suavemente, deixou a porta entreaberta, e olhou para o quintal iluminado pela lua. Ali, debaixo das bananeiras, estava Keawe, a boca na terra, ele gemia deitado.

O primeiro pensamento de Kokua foi consolá-lo; o segundo a segurou com força; Keawe nascera para a esposa como um homem corajoso; não devia se intrometer em sua vergonha na hora da fraqueza. Com esse pensamento, retornou para dentro da casa.

"Céus!", pensou, "como fui descuidada — e fraca! É ele, e não eu, que está nesse perigo eterno; foi ele, e não eu, que trouxe a maldição para a alma. É por minha causa, e pelo amor a criatura tão pouco valorosa e de tão pouca utilidade, que agora contempla tão perto de si as chamas do inferno — ai, e já sente o cheiro da fumaça, ali deitado ao vento e ao luar. E sou tão desprovida de espírito que nunca, até este momento, havia constatado o que fazer, ou teria percebido antes e o deixado de lado? Mas agora, ao menos, elevo a minha alma com ambas as mãos de meu afeto; agora digo adeus aos degraus brancos do paraíso e as faces impacientes dos amigos. Um amor por um amor, e que o meu se iguale ao de Keawe! Uma alma por uma alma, e que seja a minha a perecer!"

Era mulher hábil com as mãos, e logo se vestiu. Pegou os trocados — os preciosos cêntimos que sempre deixaram ao seu lado; pois essa moeda é pouco usada, e haviam angariado algumas de um escritório do governo. Quando saiu para a avenida, nuvens vieram com o vento e o luar escureceu. A cidade dormia, e não sabia para onde correr até escutar alguém tossir nas sombras das árvores.

"Velho senhor", disse Kokua, "o que faz ao léu, em noite fria como esta?"

O velho mal podia se expressar de tanto que tossia, mas ela percebeu que era pobre e decadente, um forasteiro na ilha.

"O senhor me faria um favor?", disse Kokua. "De um forasteiro para outro, e de um velho para uma jovem, o senhor ajudaria uma filha do Havaí?"

"Ah", disse o velho. "Eis a bruxa das oito ilhas, busca enredar até mesmo a minha alma. Mas ouvi falar da senhora, e desafio a sua perversidade."

"Sente-se aqui", propôs Kokua, "pois desejo lhe contar uma história." E lhe contou a história de Keawe do começo ao fim.

"E agora", falou, "sou a esposa que ele conseguiu ao custo da alma. E o que deveria fazer? Se fosse diretamente até ele e me oferecesse para comprá-la, recusaria. Mas se for o senhor, a venderá com ansiedade;

esperarei aqui; compre-a por quatro cêntimos, e a comprarei novamente por três. E o Senhor fortalece uma pobre garota!"

"Se estiver mentindo", disse o velho, "creio que Deus a fulminaria."

"Ele o faria!", exclamou Kokua. "Certamente o faria. Não seria tão maliciosa — Deus não sofreria esse desgosto."

"Entregue-me os quatro cêntimos e espere aqui", disse o velho.

Agora, quando Kokua ficou sozinha na rua, seu espírito esmoreceu. O vento rugia nas árvores, e a ela pareceu investida das chamas do inferno; as sombras criadas pela luz do poste lhe pareceram as mãos estendidas dos maus. Se tivesse a força, teria corrido para longe, e se tivesse o fôlego, teria gritado alto; mas, na verdade, não podia fazer nada disso, e apenas ficou e tremeu na avenida, como criança assombrada.

Viu o velho retornar com a garrafa na mão.

"Fiz o combinado", falou, "deixei o seu marido chorando como criança; esta noite, ele dorme bem." Passou a garrafa para frente.

"Antes de me devolvê-la", tartamudeou Kokua, "extraia o bem do mal — peça para se livrar da tosse."

"Sou um velho", respondeu o outro, "e próximo demais do portão do túmulo para pedir favores ao diabo. Mas o que foi? Por que não pega a garrafa? Hesita?"

"Não hesito!", gritou Kokua. "Apenas sou fraca. Preciso de um momento. É a a mão que resiste, a carne é repelida do objeto maldito. Apenas um momento!"

O velho olhou para Kokua com gentileza. "Pobre criança!", disse, "tem medo; sua alma lhe inspira apreensões. Bem, deixe-me ficar com ela. Sou velho, e não posso mais ser feliz neste mundo, e quanto ao outro..."

"Entregue-me!", gaguejou Kokua. "Aqui está o dinheiro. Acha que sou assim tão leviana? Entregue-me a garrafa."

"Que Deus a abençoe, criança", disse o velho.

Kokua escondeu a garrafa debaixo do holoku, deu adeus ao velho e seguiu pela avenida, não se importava para onde. Pois todas as estradas lhe eram agora a mesma coisa, e levavam ao inferno do mesmo modo. Às vezes, caminhava, e às vezes, corria; às vezes, gritava alto noite adentro e, às vezes, ficava sobre a terra na beirada e chorava.

Tudo o que ouvira sobre o inferno voltava para ela; viu as chamas arderem, sentiu o cheiro do enxofre, e a pele secou com as brasas.

Quase na aurora, voltou a si, e retornou para a casa. Foi exatamente como o velho dissera — Keawe dormia como criança. Kokua ficou parada e examinou o rosto. "Agora, marido", disse, "é sua vez de dormir. Quando acordar será sua vez de cantar e sorrir. Mas quanto à pobre Kokua, oh, que nunca desejou mal a ninguém — para a pobre Kokua nada de sono, nada de cantoria, nada de prazeres, seja na terra ou no céu."

Com isso, se deitou ao seu lado na cama, e o sofrimento foi tão extremo que instantaneamente caiu em sono profundo.

Bem tarde naquela manhã, o marido a despertou e lhe deu as boas notícias. Parecia que estava bobo de alegria, e não deu atenção à angústia dela, ainda que disfarçasse mal. As palavras se enganchavam na boca, não importava; apenas Keawe falava. Ela não deu sequer uma mordida na comida, mas quem haveria de observar isso? Pois Keawe lavou a louça. Kokua o via e o ouvia, como algo estranho num sonho; havia vezes em que se esquecia ou duvidava, punha a mão na testa; saber-se condenada e escutar o marido tagarelar lhe parecia monstruoso.

Por todo o tempo, Keawe comia e falava, e planejava a hora do retorno, e a agradecia por salvá-lo, e a afagava, e chamava de a verdadeira ajudante no final das contas. Ria do velho que era idiota o bastante para comprar aquela garrafa.

"Ele me pareceu um velho valoroso", disse Keawe. "Mas ninguém pode julgar pelas aparências. Por que o velho réprobo adquiriu a garrafa?"

"Marido", disse Kokua, humildemente, "seu propósito pode ter sido bom."

Keawe gargalhou como homem enfurecido.

"Baboseira!", exclamou Keawe. "Um velho escroque, reafirmo; e ademais um velho asno. Pois a garrafa já era bem difícil de se vender por quatro cêntimos; e a três será praticamente impossível. A margem de diferença não é ampla o suficiente, e o objeto começa a cheirar a brasa — brr!", disse e deu de ombros. "É verdade que eu mesmo a comprei por um centavo, quando sabia não haver moedas menores. Estava atordoado com as minhas dores; nunca mais se encontrará outro: e quem houver comprado aquela garrafa a levará para o poço."

"Oh, marido", disse Kokua. "Não é coisa terrível se salvar às custas da ruína eterna de outro? Acho que não sou capaz de rir disso. Não me animaria com isso. Seria tomada pela melancolia. Rezaria pelo pobre proprietário."

Então Keawe, ao sentir a verdade do que ela disse, ficou ainda mais enfurecido. "Que bobagem!", gritou. "Pode se sentir melancólica se quiser, mas não é a cabeça da boa esposa. Se alguma vez pensou em mim, deveria sentir vergonha."

E, com isso, saiu de casa e Kokua ficou sozinha.

Que chance teria de vender a garrafa por dois cêntimos? Nenhuma, percebia. E se tinha alguma, aqui estava o seu marido, que queria voltar logo a um país onde não havia nada mais barato que um centavo. E aqui — no dia seguinte ao seu sacrifício — seu marido a deixava e a culpava.

Ela sequer tentaria aproveitar o tempo que lhe restava, mas ficava em casa, e ora tirava a garrafa e a observava com medo impronunciável, e ora a escondia das vistas com desprezo.

Após um tempo, Keawe voltou e ouviu ela se explicar.

"Marido, estou doente", disse. "Estou no limite. Desculpe-me, não consigo sentir prazer."

Então, Keawe ficou mais irado que nunca. Com ela, pois pensou que ruminava o caso do velho; e consigo próprio, pois pensava que ela estava certa, e sentia vergonha por estar tão feliz.

"É a sua verdade", exclamou, "e o seu afeto! Seu marido acaba de ser salvo da ruína eterna, que encontrou por amor a você — e não consegue se alegrar! Kokua, o seu coração é desleal."

E, mais uma vez, saiu furioso, e perambulou pela cidade o dia inteiro. Encontrou amigos, e bebeu com eles; alugaram carruagem e foram para o interior, e ali beberam mais. O tempo inteiro Keawe se sentia desconfortável, pois ali passava o tempo, enquanto a esposa estava infeliz, e porque no íntimo sabia que estava mais certa que ele; e saber disso o fazia beber mais ainda.

Um haole velho e grosseiro bebia em sua companhia, e já havia sido contramestre em baleeiro, fugitivo, escavador de minas de ouro, condenado a prisões. Tinha mente vil e boca imunda; amava beber e ver os outros bêbados; toda hora passava o copo para Keawe. Em pouco tempo, nenhum deles tinha mais dinheiro.

"Aqui, você!", diz o contramestre, "você é rico, sempre disse isso. Que tem uma garrafa ou alguma bobagem dessas."

"Sim", diz Keawe, "sou rico; voltarei para pegar dinheiro com a minha esposa, que cuida dele."

"É má ideia, amigo", disse o contramestre. "Jamais confie numa anágua com dólares. São todas falsas como água; fique de olho nela."

Essa fala ficou na cabeça de Keawe; pois estava confuso com a bebida.

Não devia pensar isso, mas, de fato, ela foi desleal", pensou. "Por que outro motivo ficaria tão desanimada com a minha libertação? Mas lhe mostrarei que ninguém pode me enganar. Eu a pegarei no flagra."

Por conseguinte, quando estavam de volta à cidade, Keawe ordenou ao contramestre que esperasse por ele na esquina, diante do velho calabouço, e prosseguiu sozinho pela rua, até a porta de casa. A noite já havia chegado mais uma vez; havia luz lá dentro, mas nenhum som; e Keawe rastejou até a porta, abriu a porta suavemente, e olhou.

Ali estava Kokua no chão, o lampião ao lado; atrás dela a garrafa branca, leitosa, com corpo arredondado e gargalo comprido; e quando olhava para ela, Kokua retorcia as mãos.

Keawe ficou e observou pela porta por muito tempo. Primeiro, estupefato; então, recaiu sobre ele o medo da barganha ter sido imprópria, e que a garrafa houvesse voltado até ele como acontecera em San Francisco; e com isso os joelhos se enfraqueceram, e os vapores do vinho emanaram da cabeça como as névoas de rio pela manhã. Então pensou outra coisa; e era algo estranho, que fez as bochechas arderem.

"Preciso confirmar isso", pensou.

Assim, fechou a porta e voltou à esquina com passos leves e, em seguida, entrou fazendo barulho, como se apenas agora houvesse retornado. E, oh, quando abriu a porta, a garrafa podia ser vista; e Kokua se sentou na cadeira e agiu como alguém que acabou de despertar.

"Bebi e me diverti o dia inteiro", disse Keawe. "Estive em boas companhias, e agora volto para pegar mais dinheiro, para recomeçar a beber e cantar com eles."

Tanto o rosto como a voz estavam severos como num julgamento, mas Kokua estava perturbada demais para perceber.

"Você faz bem em desfrutar do dinheiro que é seu, marido", falou, mas suas palavras tremiam.

"Oh, faço muito bem", disse Keawe, e foi direto até o baú e pegou dinheiro. Mas olhou para o lugar onde guardavam a garrafa atrás dele, e não havia garrafa alguma ali.

Com isso, o baú foi descido ao chão como vaga no mar, e a casa girou em sua volta como espiral de fumaça, pois via que agora estava perdido, e que não havia escapatória. "É o que temia", pensou. "Está com ela."

Então, voltou um pouco a si e se levantou; mas o suor jorrava do rosto, espesso como a chuva e frio como a água do poço.

"Kokua", disse, "hoje falei sobre como estava infeliz. Agora, volto a farrear com os meus companheiros animados", e com isso sorriu pouco, silenciosamente. "Peço desculpas, mas retornarei aos prazeres do copo."

Ela apertou os joelhos por um momento; os beijou esguichando lágrimas.

"Oh", exclamou, "queria apenas ouvir algo gentil!"

"Não pensemos mal um do outro", disse Keawe, e então saiu de casa.

O dinheiro que Keawe pegara era apenas daquele estoque de cêntimos que haviam posto ali na chegada. Não tinha intenção alguma de beber. Sua esposa lhe dera a alma, agora haveria de dar a sua pela dela; não pensava em mais nada no mundo.

Na esquina, diante do velho calabouço, o contramestre esperava.

"Minha esposa está com a garrafa", disse Keawe, "e, a não ser que me ajude a recuperá-la, esta noite não haverá mais dinheiro nem bebida."

"Não está querendo me dizer que fala dessa garrafa com seriedade?", bradou o contramestre.

"Aqui há um lampião", disse Keawe. "Pareço estar brincando?"

"É verdade", disse o contramestre. "Parece sério como um fantasma."

"Bem, então", disse Keawe, "aqui estão dois cêntimos; você deverá se dirigir até a minha esposa em casa, e oferecê-los pela garrafa, que (a não ser que esteja enganado), lhe dará instantaneamente. Traga-a para mim aqui, e a comprarei de volta por um; pois essa é a regra com essa garrafa, que deve sempre ser vendida por soma menor. Mas não importa o que faça, jamais deixe escapar qualquer palavra de que foi por minha causa."

"Camarada, não está tentando me fazer de imbecil?", perguntou o contramestre.

"Se estiver, não lhe causarei mal algum", respondeu Keawe.

"É verdade, meu camarada", disse o contramestre.

"E se duvida de mim", completou Keawe, "é só fazer o teste. Assim que ficar longe da casa, deseje encher o bolso de dinheiro, ou garrafa do melhor rum, ou o que quiser, e verá a virtude do objeto."

"Muito bem, kanaka", disse o contramestre. "Tentarei; mas se estiver de troça comigo, farei troça de você com cavilha de navio."

Então, o contramestre subiu a avenida; e Keawe ficou e esperou. Estava perto do mesmo local onde Kokua havia esperado uma noite antes; mas Keawe estava mais resoluto, e não hesitou em seu propósito; apenas a alma estava amarga de desespero.

Pareceu esperar por tempo demais até escutar a voz cantante se aproximar na escuridão da avenida. Conheceu a voz do contramestre; mas era estranho como soava bêbada de repente.

Em seguida, o próprio homem surgiu tropeçando sob a luz do lampião. Estava com a garrafa do diabo abotoada no casaco; outra garrafa na mão; e ao se aproximar, a erguia até a boca e bebia.

"Posso ver", disse Keawe, "que está com você."

"Tire a mão!", gritou o contramestre e saltou para trás. "Encoste em mim, e esbagaço a sua boca. Pensou que podia me engabelar, não foi?"

"Do que está falando?", perguntou Keawe.

"Falando?", gritou o contramestre. "Esta garrafa é muito boa, ela é; é disso que estou falando. Como é que comprei ela por dois cêntimos, não tenho a mínima ideia; mas tenho certeza que não a comprará por um."

"Quer dizer que não pretende vendê-la?", indagou Keawe.

"Não, *senhor*!", vociferou o contramestre. "Mas posso lhe oferecer um gole no rum, se quiser."

"Estou avisando", disse Keawe, "o homem que possui essa garrafa vai para o inferno."

"Eu sei que vou de um jeito ou de outro", respondeu o marinheiro; "e esta garrafa é a melhor coisa que já me aconteceu. Não, senhor!", gritou novamente, "Esta garrafa é minha agora, e pode tentar enganar outro."

"Será verdade?", exclamou Keawe. "Em seu favor, imploro, venda-a para mim!"

"Não me importa a sua conversa", retrucou o contramestre. "Pensou que eu era estúpido; agora pode ver que não; e é o fim. Se não quer dar um gole no rum, eu mesmo dou. Pela sua saúde, e boa noite para você!"

Assim, desceu a avenida da cidade, e assim a garrafa se foi dessa história.

E assim Keawe correu até Kokua leve como o vento; e grande foi a sua alegria aquela noite; e grande, desde então, tem sido a paz de todos os dias na Casa Brilhante.

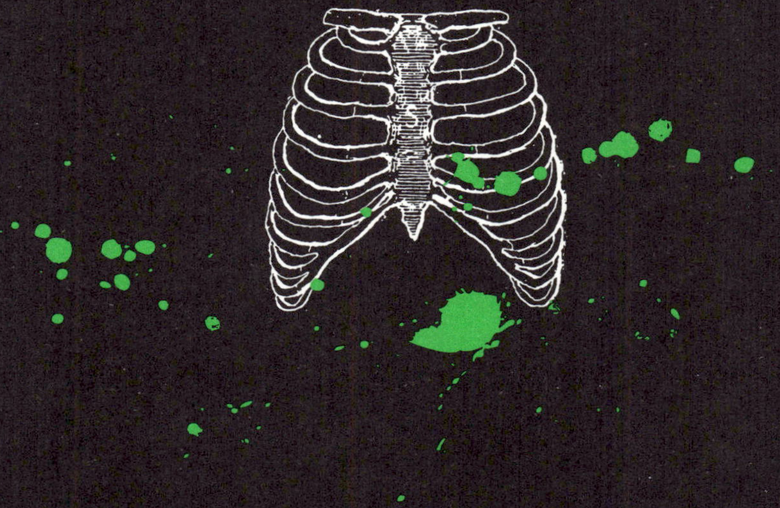

V

PAPA

ENTRETENIMENTOS DAS NOITES NAS ILHAS

A ILHA DAS VOZES
ROBERT LOUIS STEVENSON

1893

Keola era casado com Lehua, filha de Kalamake, o sábio de Molokai, e morava com o pai da esposa. Não havia homem mais astuto que aquele profeta; lia as estrelas, fazia previsões por meio de cadáveres e animais selvagens; subia sozinho até o topo das montanhas, até a região das bestas, e ali deixava armadilhas para capturar espíritos dos antigos. Por isso, nenhum homem era mais consultado em todo o Reino do Havaí; as pessoas prudentes compravam e vendiam e se casavam e organizavam as vidas de acordo com seus conselhos; e o rei o mandara duas vezes a Kona em busca dos tesouros de Kamehameha.[1] Tampouco havia alguém mais temido: dos seus inimigos, alguns adoeceram por seus encantos, outros desapareceram completamente, tanto a vida como o barro, de modo que as pessoas

---

[1] Kamehameha I, o Grande (1758-1819), monarca responsável por unificar o arquipélago havaiano e estabelecer o Reino do Havaí.

procuraram em vão por um osso que fosse de seus corpos. Dizia-se que ele tinha a arte ou o talento dos velhos heróis; viram-no sobre as montanhas, pular de um penhasco a outro; viram-no andar pela floresta, a cabeça e o ombro acima das árvores. Esse Kalamake era estranho de observar; provinha do melhor sangue dos Molokai e dos Maui, de descendência pura; e, mesmo assim, parecia mais branco que qualquer estrangeiro, o cabelo de cor da grama seca, e os olhos vermelhos e muito cegos; de modo que "Cego como Kalamake, que pode ver o amanhã" era provérbio nas ilhas.

De todos os feitos do sogro, Keola sabia um pouco, por conta da reputação dele entre as pessoas; suspeitava de mais alguns; e o resto, ignorava. Mas havia algo que o incomodava. Kalamake não economizava para nada, fosse para comer ou beber ou para se vestir; e tudo ele pagava com dólares novos e reluzentes. "Reluzente como os dólares de Kalamake" era outro ditado nas Oito Ilhas. Mesmo assim, não comerciava, não plantava, não prestava serviços — apenas de vez em quando, com suas feitiçarias — não havia fonte concebível para tantas moedas de prata.

Calhou de um dia a esposa de Keola sair em visita a Kaunakakai a sotavento da ilha, e os homens para pesca no mar. Mas Keola era cão indolente, e ficava deitado na varanda, observava a rebentação bater na costa e os pássaros voarem pelo penhasco. Em geral, sempre pensava numa coisa: nos dólares reluzentes. Ao se deitar para dormir, perguntava-se por que eram tantos; ao se levantar de manhã, perguntava-se por que eram todos novos; e o assunto nunca saía de sua mente. E, entre os dias, estava confiante de que havia descoberto algo. Aparentemente, observou o lugar onde Kalamake guardava o tesouro, uma escrivaninha fechada a chave, encostada na parede da sala de estar, sob o retrato de Kamehameha, o Quinto, e a fotografia da rainha Vitória coroada; mas eis que, exatamente na noite anterior, encontrou a ocasião para verificar dentro da mesa, e, olha só, a bolsa estava vazia. Era o dia da chegada do vapor, e podia ver a fumaça sair de Kalaupapa, que logo chegaria com as mercadorias do mês, salmão enlatado e gim e luxos de toda categoria, para Kalamake.

"Se hoje ele pagar pelas mercadorias", pensou Keola, "confirmarei que é um bruxo, e que os dólares vêm do bolso do diabo."

Enquanto pensava isso, lá estava o sogro, atrás dele, de aspecto aborrecido.

"É o vapor?", perguntou.

"Sim", disse Keola. "Deve parar ainda em Pelekunu, antes de vir para cá."

"Então, não há solução", respondeu Kalamake, "e, na falta de alguém melhor, terei de confiar em você, Keola. Entre aqui na casa."

E, assim, entraram juntos na sala de estar, que era um belo aposento, revestido de papel de parede e com imagens penduradas, e mobiliado com cadeira de balanço e mesa e sofá no estilo europeu; além disso, havia a estante de livros, e a Bíblia familiar no meio da mesa, e a escrivaninha fechada a chave recostada na parede; então, qualquer um podia ver que se tratava de um homem de posses.

Kalamake mandou Keola fechar as persianas das janelas, enquanto ele mesmo trancava todas as portas e abria o tampo da escrivaninha. Retirou dali um par de colares de amuletos e conchas, um feixe de ervas secas e de folhas secas, e outro ramo verde de palmeira.

"O que estou prestes a fazer", disse, "está além da imaginação. Os homens de antigamente eram sábios e forjavam maravilhas diante dos outros; mas isso ocorria à noite, no escuro, com as estrelas adequadas, e no deserto. Farei o mesmo, aqui em minha própria casa, e sob o olho claro do dia."

Falando isso, pôs a Bíblia debaixo da almofada do sofá, de modo que ficasse completamente encoberta, retirou dali capacho de textura fina e magnífica, e socou as ervas e folhas na areia dentro duma panela de latão. Então, ele e Keola puseram os colares, e ficaram de pé em lados opostos do capacho.

"É chegada a hora", disse o bruxo. "Não tenha medo."

Em seguida, tacou fogo nas ervas, e balbuciou e sacudiu o ramo de palmeira. No começo, a luz estava fraca devido às persianas fechadas; mas as ervas geraram labareda, e as chamas iam mais alto que Keola, e a sala brilhava com a queima; em seguida, a fumaça subiu e fez sua cabeça rodar, os olhos escurecerem, e o som dos murmúrios de Kalameke percorreu os seus ouvidos. De repente, no capacho em que estavam houve um puxão ou espasmo que pareceu mais rápido que o trovão. No mesmo piscar de olhos, o quarto desapareceu, e a casa e a respiração fugiram completamente do corpo de Keola. Intensos raios solares rolavam por seus olhos e cabeça; e foi transportado para a praia, sob sol forte, com o rugir de grande rebentação: o bruxo e ele estavam lá no mesmo capacho, sem fala, resfolegavam e se seguravam um no outro, e passavam as mãos nos olhos.

"O que foi isso?", exclamou Keola, o primeiro a voltar a si, por ser mais jovem. "Achei que ia morrer de tanta agonia!"

"Não importa", arfou Kalamake. "Agora, já passou."

"Mas, pelo amor de Deus, onde estamos?", exclamou Keola.

"Não é a questão", replicou o feiticeiro. "Aqui, temos uma tarefa na mão, e é a isso que devemos atentar. Enquanto recupero o fôlego, vá até a beira da mata e me traga as folhas de tal e tal erva, e de tal e tal árvore, que vai achar em abundância por lá; três punhados de cada. E rápido. Devemos voltar para casa antes que o vapor chegue; seria estranho se estivéssemos desaparecidos." Então, se sentou na areia e tomou ar.

Keola foi para a praia, que era de areia brilhante e corais, com conchas singulares espalhadas; e pensou: "Como não conheço esta praia? Voltarei aqui para juntar conchas". A sua frente, uma fileira de palmeiras a céu aberto, não as palmeiras das Oito Ilhas, mas altas e novas e belas, cheias de folhas ressecadas, como ouro sobre o verde; e pensou: "É estranho nunca ter visto estas árvores. Voltarei aqui, quando estiver quente, para dormir". E pensou: "Como esquentou de vez!", porque era inverno no Havaí e antes o dia estava frio. E também pensou: "Onde estão as montanhas cinzentas? E onde está o penhasco com a floresta e os pássaros dando voltas?.." E quanto mais pensava, menos entendia em que local das ilhas estava.

Nos limites do arvoredo, onde se encontrava com a praia, a erva crescia, mas as árvores estavam mais longe. Assim, quando Keola ia até a árvore, notou uma jovem que não vestia nada, além do cinto de folhas. "Bem", pensou Keola, "não são muito reservados com as roupas nessa parte do país." Então parou, pois supôs que a jovem fugiria ao vê-lo; ao notar que ainda olhava em sua direção, se levantou e gritou alto. Ela se levantou de vez com o barulho; a face pálida; olhou para um lado e para o outro, e a boca se escancarou com o horror da alma. Mas foi estranho que os olhos não pararam em Keola.

"Bom dia", disse. "Não precisa se assustar, não a devorarei."

Mal abriu a boca, a jovem fugiu para dentro da mata.

"Que modos estranhos", considerou Keola e, sem pensar no que fazia, correu atrás dela.

Enquanto corria, a garota gritava em idioma que não era falado no Havaí; mas algumas das palavras eram as mesmas, e sabia que ela chamava e alertava outras pessoas. Logo, viu mais gente correr, umas com as outras, homens, mulheres e crianças, todos corriam e gritavam, como se estivessem num incêndio. E, com isso, ele mesmo ficou assustado, e voltou para Kalamake, com as folhas. Então, lhe contou o que viu.

"Não preste atenção nisso", disse Kalamake. "Tudo isto é como sonho e sombras: desaparecerá e será esquecido."

"Parecia que ninguém conseguia me ver", contou Keola.

"Ninguém consegue mesmo", respondeu o feiticeiro. "Mesmo com este sol, estamos invisíveis por causa dos encantos. Mas podem nos escutar; e por isso é bom falar em voz baixa, como eu."

Depois disso, fez um círculo com pedras em volta do capacho, e soltou as folhas no meio. "O seu dever", falou, "consiste em manter as folhas acesas e alimentar o fogo aos poucos. Enquanto brilharem (o que não passará de um instante) farei a minha parte; e antes que as cinzas se empreteçam, o mesmo poder que nos trouxe, nos levará de volta. Agora, fique preparado com o fósforo; e me chame antes que fogo se apague e eu fique para trás." Assim que as folhas queimaram, o feiticeiro pulou como um cervo para fora do círculo, e correu pela praia como cão perdigueiro que tomou banho; enquanto corria, se abaixava para catar conchas; e pareceu a Keola que reluziam quando ele as pegava. As folhas brilhavam com a chama clara que as consumia rapidamente; e logo Keola não tinha mais que um punhado, e o feiticeiro distante, corria e se abaixava.

"Volta!", gritou Keola. "Volta! As folhas estão quase no fim."

Com isso, Kalamake se virou e, se antes corria, agora voava. Mas por mais que corresse rápido, as folhas se queimavam ainda mais rápido. A chama estava prestes a se apagar, quando alcançou o capacho com grande salto; o sopro feito pelo salto o apagou; e com isso sumiram a praia, o sol, e o mar; retornaram à escuridão da sala de estar trancada, mais uma vez atordoados e cegos; e sobre o capacho entre os dois havia uma pilha de dólares brilhantes. Keola correu até as persianas; e lá estava o vapor, se aproximava, cada vez maior.

Na mesma noite Kalamake chamou de lado o genro, e pôs em sua mão cinco dólares. "Keola", disse, "se for sábio (o que tenho minhas dúvidas), pensará que esta tarde dormiu na varanda, e sonhou enquanto dormia. Sou de poucas palavras, e tenho como ajudantes pessoas de memória curta."

Kalamake nunca mais disse qualquer palavra, nem se referiu àquele assunto novamente. Porém, ele não saía da cabeça de Keola, que, se antes já era preguiçoso, agora não fazia mais nada.

"Por que trabalhar", pensava, "quando meu sogro cria dólares com conchas?"

Logo, gastou a sua parte, toda ela com roupas finas. E depois se arrependeu. "Pois", pensou, "seria melhor se tivesse comprado um acordeão, pois poderia me divertir o dia inteiro." E então ficou cada vez mais aborrecido com Kalamake.

"Esse homem tem a alma de cachorro" pensava. "Pode juntar dólares na praia sempre que lhe dá vontade, e me deixa definhar por causa do acordeão! Ele que se cuide; não sou criança, sou tão esperto quanto ele, e sei o seu segredo." Assim, falou com a esposa, Lehua, e reclamou dos modos de seu pai.

"É melhor deixar o meu pai quieto", disse Lehua. "É perigoso de enfrentar."

"Veja o quanto me importo com ele!", exclamou Keola, e estalou os dedos. "Eu o tenho em rédea curta, posso obrigá-lo a fazer o que quiser." Então, contou a história a Lehua.

Mas ela balançou a cabeça.

"Faça o que quiser", falou. "Mas se contrariar o meu pai, com certeza ninguém nunca mais ouvirá falar de você. Pense nessa ou naquela pessoa; pense em Hua, que era nobre da Casa dos Representantes e ia para Honolulu todos os anos; e não encontraram sequer um osso ou fio de cabelo dele. Lembre-se de Kanau, e de como definhou até se tornar um barbante, e que sua mulher o suspendia com uma mão só. Keola, você não passa de um bebê nas mãos de meu pai; ele o pegará com um polegar e um dedo, e o comerá como camarão."

Assim, Keola passou a realmente temer Kalamake, mas também sentia despeito; e as palavras da esposa o incendiaram.

"Muito bem", disse. "Se é o que pensa de mim, vou lhe mostrar como está enganada." E foi direto até onde o seu sogro estava sentado na sala de estar.

"Kalamake", falou. "Desejo um acordeão."

"Quer dizer que você deseja?", respondeu Kalamake.

"Sim", disse, "e lhe digo face a face que pretendo conseguir um. Um homem que cata dólares na praia com certeza poderá pagar por um acordeão."

"Não esperava que fosse tão corajoso", replicou o feiticeiro. "Pensei que fosse rapaz acanhado e inútil, e não consigo descrever como me agrada descobrir que estava enganado. Agora, começo a achar que encontrei um assistente ou sucessor em minha árdua atividade. Um acordeão? Você possuirá o melhor de Honolulu. E esta noite, assim que escurecer, procuraremos o dinheiro."

"Voltaremos para aquela praia?", perguntou Keola.

"Não, não", replicou Kalamake; "precisa saber mais de meus segredos. Da última vez, lhe ensinei a catar conchas; desta vez lhe ensinarei a pegar peixes. Você tem força o bastante para empurrar o barco de Pili?"

"Acho que sim", respondeu Keola. "Mas por que não pegamos o seu, que já está na água?"

"Tenho um motivo, que entenderá plenamente antes de amanhã", explicou Kalamake. "O barco de Pili é mais adequado para o meu propósito. Então, por favor, nos encontramos aqui assim que escurecer.

Enquanto isso, deixemos este colóquio entre nós, pois não há motivo para envolver a família em nossos assuntos."

O mel não é mais doce do que era a voz de Kalamake; e Keola mal podia conter a satisfação.

"Poderia ter meu acordeão há semanas", pensou, "não há nada mais útil no mundo que um pouco de coragem." Logo depois, espiou Lehua chorar e lhe passou pela cabeça contar-lhe tudo. "Melhor não", ponderou. "Devo esperar até conseguir o acordeão; veremos o que a fedelha dirá depois disso. Talvez no futuro acredite que o marido tem alguma inteligência."

Assim que escureceu, sogro e genro empurraram o barco de Pili e soltaram a vela. Havia grande mar, e ventava muito a sotavento; mas o barco ia ligeiro e leve e seco, e cortava as ondas. O mago tinha lanterna, que acendia e segurava com o dedo, pela argola; e os dois se sentaram na popa, fumaram cigarros, já que Kalamake sempre tinha provisão, e conversaram como amigos sobre mágica, e grandes somas de dinheiro que poderiam conseguir com aquele exercício, e o que deveriam comprar primeiro e em seguida. E Kalamake falava como um pai.

Depois, olhou em volta, e para as estrelas acima, e de volta para a ilha, que já estava três quartos debaixo d'água; e parecia analisar a condição com maturidade.

"Olha!", diz. "Ali atrás está Molokai, já bem longe, e Maui, como nuvem; e pela posição dessas três estrelas posso ir aonde desejar. Esta parte do mar é chamada de Mar dos Mortos. Este lugar é extraordinariamente fundo, e todo o chão é coberto por ossos de homens, e os buracos nesta parte são habitados por deuses e duendes. O fluxo do mar é para o norte, mais forte que o nado de tubarão; e leva embora qualquer homem, se por acaso cair do navio neste local, o oceano imperturbável o carrega como cavalo selvagem. Logo, cansa e desce para o fundo, e os ossos se espalham com o resto, e os deuses devoram o seu espírito."

Keola sentiu medo com essas palavras; então, observou, e à luz das estrelas e da lanterna, o bruxo pareceu se transformar.

"Algo o incomoda?", exclamou Keola, rápido e incisivo.

"Nada aqui me incomoda", disse o mago, "mas alguém está muito doente."

Então, mudou a maneira de segurar a lanterna e observou o dedo se enganchar e a argola se arrebentar enquanto tirava o dedo dela; e a mão cresceu até ter o tamanho de uma árvore.

Com essa visão, Keola gritou e cobriu o rosto.

Mas Kalamake segurou a lanterna. "É melhor olhar para o meu rosto!", falou. A cabeça estava enorme como barril; e, ainda assim, crescia e crescia, como a nuvem cresce sobre a montanha, e Keola se sentou diante dele e gritou, e o barco seguia com velocidade nos grandes mares.

"E agora", disse o mago, "o que acha daquele acordeão? Tem certeza que não prefere uma flauta? Não? Muito bem, porque não desejo que minha família se torne volúvel. Mas começo a achar melhor sair deste barco miserável, pois, estou crescendo num grau muito incomum, e se não tomarmos cuidado, logo ele inunda."

Assim, jogou as pernas para o lado. Exatamente enquanto fazia isso, o seu tamanho aumentou trinta vezes, quarenta vezes, tão rápido quanto um piscar de olhos ou pensamento; de modo que ficou nos mares profundos até o sovaco, e a cabeça e os ombros se elevavam como grande ilha, e as ondas batiam e atingiam o peito assim como batem e se quebram contra o desfiladeiro. O barco continuava a ir para o norte, mas esticou a mão, o pegou pelas laterais com o indicador e o polegar, e quebrou um lado como se fosse biscoito, e Keola foi lançado ao mar. E os pedaços do barco, o feiticeiro os esmagou com a palma da mão e os lançou a quilômetros de distância, na escuridão.

"Desculpa por pegar a lanterna", disse; "mas tenho longa caminhada pela frente, e a terra está longe, e o fundo do mar é desigual, e sinto os ossos nos dedos do pé."

Assim, se virou e andou com passos gigantes; Keola afundava no bojo e não conseguia mais vê-lo; e quando se segurava no casco, lá ia ele, andava e encolhia, e com o lampião bem acima da cabeça, e as ondas brancas se quebravam nele conforme passava.

Desde quando as ilhas foram pescadas do mar pela primeira vez, nunca um homem se assustou tanto quanto o tal do Keola. E assim nadou, mas nadou como filhotes de cães nadam em naufrágio, prestes a se afogar, e não sabia para onde. Não podia pensar em outra coisa além da enormidade do passo do bruxo, naquele rosto grande como montanha, nos ombros largos como ilha, e no mar que batia nele em vão. Também pensou no acordeão, e foi tomado pela vergonha; e nos ossos dos mortos, e o medo o abalou.

De repente, percebeu que algo escuro balançava contra as estrelas, e uma luz debaixo disso, e um brilho no mar dividido; e escutou a conversa de homens. Gritou alto e uma voz respondeu; e num instante a proa de um navio passou sobre as ondas como objeto que se equilibra, e desceu de vez. Segurou as correntes da embarcação com as duas mãos, depois afundou no mar bravio, e em seguida foi levado a bordo por marinheiros.

Eles lhe deram gim, biscoitos e roupas secas; lhe perguntaram como chegara naquele local, e se a luz que viram era o farol, Lae o Ka Laau. Mas Keola sabia que os brancos eram como crianças e acreditavam apenas nas próprias histórias; então contou de si somente o que quis, e quanto à luz (que era a lanterna de Kalamake), declarou que não a havia visto.

O navio era uma escuna com destino a Honolulu, e depois seguiria para as ilhas baixas; e, para a grande sorte de Keola, havia perdido um homem do gurupés do navio na tempestade. Falar era inútil, Keola não ousaria ficar nas Oito Ilhas. A palavra viaja com facilidade, e os homens apreciam tanto falar e levar notícias, que se ele se escondesse na ponta norte de Kauai ou na ponta sul de Kaü, o mago ouviria o rumor em menos de um mês, e o destruiria. Então, fez o que lhe pareceu mais prudente, e se alistou como marinheiro no lugar do homem afogado.

De certo modo, o navio era um bom lugar. A comida extraordinariamente saborosa e abundante, biscoito e rosbife todos os dias, sopa de ervilha e pudins de farinha e sebo duas vezes por semana, de modo que Keola engordou. O capitão também era bom, e a tripulação não era pior que outros brancos. O problema era o imediato, o homem mais difícil de agradar que Keola já conheceu, e batia nele e o xingava diariamente pelo que fazia e pelo que não fazia. As pancadas que suportava eram muito pesadas, por ser forte; e as palavras que usava eram intragáveis, já que Keola vinha de boa família e estava acostumado ao respeito. E, o pior de tudo, sempre que Keola encontrava chance de dormir, lá estava o imediato desperto, e o acertava com a corda preparada para punir marinheiros, como se fosse chibata. Keola viu que aquilo nunca daria certo; e decidiu fugir.

Estavam a cerca de um mês de Honolulu quando alcançaram a terra. Era bela noite estrelada, o mar estava calmo assim como o céu limpo, ele assoprava em rota estável; e havia a ilha a barlavento, a faixa de palmeiras enfileiradas ao longo da costa. O capitão e o imediato a observaram com a luneta noturna, disseram seu nome, e falaram dela, ao lado do timão que Keola conduzia. Parecia ser ilha que os comerciantes jamais haviam visitado. De acordo com o capitão, era ilha em que não morava ninguém; mas o imediato discordava.

"Não dou um centavo pelo *Diretório de Navegação*", disse. "Passei por aqui uma noite na escuna *Eugénie*; era noite igual a esta; eles pescavam com tochas, e a praia estava repleta de luzes, como uma cidade."

"Bem, bem", falou o capitão, "é íngreme, eis a grande questão; e de acordo com a carta de navegação não há perigo; então, apenas fiquemos a sotavento dela. Não falei para acelerar o barco!?", gritou para Keola, que ouvia com tanta atenção que esqueceu de conduzir.

E o imediato o xingou, e exclamou que kanaka não servia para nada neste mundo, e que se fosse atrás dele com a cavilha, seria um dia desgraçado para Keola.

Em seguida, o capitão e o imediato desceram juntos para a casa, e Keola foi deixado só. "Esta ilha vai me servir", pensou. "Se nenhum navio mercante para aqui, o imediato nunca virá. E quanto a Kalamake, não é possível que venha tão longe." Com isso, aproximou a escuna aos poucos. Teve que fazer isso silenciosamente, pois o problema com esses brancos, e acima de tudo com o imediato, é que nunca se pode ter certeza; poderiam estar todos em sono pesado ou fingirem, e se uma vela balançasse, poderiam se levantar e pular nele com a corda. Então, Keola se aproximou, pouco a pouco, e fez todos se aproximarem. Logo, a terra estava próxima da nave, e o barulho do mar nas laterais aumentou.

Com isso, o imediato foi até acima da casa de repente. "O que está fazendo?", rugiu. "Está levando o navio para a praia!"

Avançou contra Keola, que saltou por cima da balaustrada e mergulhou no mar estrelado. Quando emergiu de volta, a escuna havia retornado ao curso verdadeiro, e o próprio imediato conduzia o timão, e Keola o escutou proferir injúrias. O mar estava calmo a sotavento da ilha; além disso, quente; e Keola estava com a faca de marinheiro, então não temia tubarões. Pouco adiante dele, as árvores acabavam; havia quebra na linha da terra, como a boca de cais; e a maré, que fluía naquele momento, o levantou e levou. Num minuto estava fora; no outro dentro, e flutuou na água brilhante, rasa e ampla com dez mil estrelas; perto dele, a baía — com a fileira de palmeiras. Ele ficou encantado, pois aquele era o tipo de ilha que jamais havia ouvido falar.

O tempo de Keola naquela ilha teve dois períodos: o período em que estava sozinho, e o período em que viveu com a tribo. No começo, procurou por todos os lados e não encontrou ninguém; apenas algumas casas numa aldeia e as marcas de fogueiras. Mas as cinzas das fogueiras estavam frias e as chuvas as tinham lavado; os ventos haviam soprado, e algumas das cabanas caíram. Foi nesse local que fez morada; cavou buraco para o fogo, e gancho de conchas, e pescava e assava o peixe, e subia para pegar cocos verdes, cuja água bebia, pois não havia água em lugar algum da ilha. Os dias eram longos, e as noites, assustadoras. Fez um lampião com casca de coco, tirou óleo dos coquinhos, preparou pavio com o talo; e quando a noite chegava, fechava a cabana, acendia o lampião, se deitava e tremia até a manhã. Muitas vezes, pensou que estaria melhor no fundo do mar, os ossos rolando com os outros.

Por todo esse tempo, permaneceu no interior da ilha, uma vez que as cabanas eram na beira da lagoa, onde as palmeiras cresciam mais, e na própria lagoa abundavam bons peixes. Foi apenas uma vez do outro lado, e observou apenas uma vez a praia diante do oceano, e voltou tremendo. Pela aparência, pela areia brilhante, e as conchas espalhadas, o sol forte e a rebentação, se irritou com suas suspeitas.

"Não pode ser", pensou, "mas se parece demais. E como poderia saber? Esses brancos, apesar de fingirem saber para onde navegam, devem tentar a sorte como os outros. Pois, no final das contas, navegamos em círculo, e devo estar muito perto de Molokai, e esta deve ser exatamente a mesma praia em que meu sogro cata seus dólares." Então, depois disso ficou prudente, e se manteve no interior da ilha.

Cerca de um mês depois, as pessoas do lugar chegaram, lotavam seis grandes barcos. Eram uma bela raça e falavam língua que soava muito diferente da língua do Havaí, mas muitas das palavras eram iguais, então, não era difícil compreender. Além disso, os homens eram bastante corteses, e as mulheres muito dispostas: e deixaram Keola confortável, lhe construíram a casa, e lhe deram uma esposa; e, o que o surpreendeu mais, nunca era mandado para trabalhar com os mais jovens.

E, assim, Keola teve três períodos. Primeiro, um de muita tristeza, depois um período bem alegre. Por último, o terceiro, em que era o homem mais assustado dos quatro oceanos.

A causa do primeiro período foi a garota que desposou. Tinha dúvidas a respeito da ilha; e pode ter tido dúvidas a respeito da língua, que ouvira tão pouco quando fora ali com o mago no capacho. Mas sobre a esposa não havia engano concebível, pois era a mesma mulher que correra dele, aos gritos, na mata. Então, navegara tudo aquilo e poderia apenas ter ficado em Molokai; deixara a casa e a esposa e todos os amigos, por nenhum outro motivo além de escapar do inimigo; e o lugar para onde fora era o local assombrado pelo mago, e o lugar onde havia andado invisível. Nesse período, se manteve mais próximo da lagoa, e até onde ousava, ficava na cobertura da cabana.

A causa do segundo período foi a conversa que escutou entre sua esposa e o chefe dos ilhéus. Keola mesmo falava pouco; nunca sabia muita coisa de seus novos amigos, pois se julgava civilizado demais para se integrar; e desde que conhecera melhor o sogro, ficara mais cauteloso. Não lhes contou nada de si mesmo; além do nome e linhagem, e que vinha das Oito Ilhas, e como essas ilhas eram agradáveis, e sobre o palácio do rei em Honolulu, e como era grande amigo do rei e de seus missionários. Mas fez muitas perguntas, e aprendeu bastante. A ilha onde estava se chamava Ilha das Vozes; pertencia à tribo, mas estabeleceram residência a três horas de barco ao sul. Ali viviam e tinham casas permanentes, e era ilha rica, onde havia ovos e galinhas e porcos, e navios iam negociar com rum e tabaco. Foi até ali que a escuna seguira após Keola desertar; ali também o imediato havia morrido, como o branco estúpido que era. Parece que, quando o navio chegou, era o começo da temporada de doenças naquela ilha, quando os peixes da lagoa ficam venenosos, e todo aquele que os come incha e morre. O imediato foi informado disso; viu o preparo dos barcos, porque naquela estação as pessoas deixam a ilha e vão à Ilha das Vozes. Mas era um branco estúpido, e não acreditava em nenhuma história além das suas; então pescou um desses peixes, o cozinhou, o comeu, e inchou e morreu: o que era boa notícia para Keola. Quanto à Ilha das Vozes, ficava vazia a maior parte do ano; apenas de vez em quando uma tripulação aparecia de barco em busca de copra; e na má estação, quando os peixes na ilha principal ficam venenosos, toda a tribo se movia para lá. Seu nome vinha duma maravilha. Porque parecia que a costa era ocupada por demônios invisíveis; dia e noite era possível escutá-los conversarem uns com os outros em línguas estranhas; dia e noite pequenas fogueiras se acendiam e se apagavam na praia; e o que causava essas ocorrências homem algum podia explicar. Keola perguntou a eles se também era assim na ilha onde ficavam, e lhe disseram que não, ali não; nem em nenhuma das centenas de ilhas em volta deles naquele mar; mas era algo específico à Ilha das Vozes. Eles lhe contaram que as fogueiras e vozes só ficavam na costa e na beira da mata do lado do mar; e que se podia morar na lagoa por dois mil anos (caso vivesse tanto) e jamais ser incomodado por isso. E, mesmo na costa, os demônios não faziam mal a ninguém, caso fossem deixados em paz. Apenas uma vez um chefe jogou a lança nas vozes e, na mesma noite, caiu do coqueiro e morreu.

Keola pensou bastante. Viu que ficaria bem quando a tribo retornasse à ilha principal; se ficasse exatamente onde estava, se permanecesse ao lado da lagoa; ainda assim pretendia acertar as coisas, se possível. Então, disse ao líder que uma vez estivera em ilha empesteada da mesma maneira, e o povo encontrou o meio de curar o problema. "Havia uma árvore que crescia num arbusto lá", falou, "e parece que esses demônios surgiam para catar as folhas dela. Então, as pessoas da ilha arrancavam a árvore onde quer que houvesse uma, e os demônios pararam de ir." Perguntaram que espécie de árvore era, e lhes mostrou a árvore da qual Kalamake queimava as folhas. Acharam difícil acreditar nisso, mas ainda assim ficaram empolgados com a ideia. Noite após noite, os velhos debatiam o tema em seus conselhos; mas o líder (embora corajoso) estava com medo, e lhes lembrava diariamente do chefe que havia jogado a lança contra as vozes e morreu: e pensar naquilo deixou todos num impasse.

Embora ainda não os houvesse convencido a destruir as árvores, Keola ficou bem satisfeito, e prestou atenção a sua volta, e a aproveitar os dias. Entre outras coisas, ficou mais gentil com a esposa, de modo que a garota passou a amá-lo fortemente. Um dia, foi até a cabana, e ela se lamentava deitada no chão.

"O que foi?", disse Keola, "o que há de errado?"

Ela disse que não era nada.

Na mesma noite, ela o acordou. O lampião queimava muito baixo, mas viu no rosto que ela sofria.

"Keola", falou, "ponha o ouvido em minha boca porque preciso falar baixo, para que ninguém escute. Dois dias antes de os barcos se prepararem, vá para o lado do mar da ilha e se deite no mato. Devemos escolher esse lugar antes, você e eu, e esconder comida, e todas as noites me aproximarei com um chamado. Então, quando chegar a noite em que não me ouvir, saberá que partimos da ilha, e poderá circular em segurança novamente."

A alma de Keola morreu dentro dele. "O que é isso?", exclamou. "Não posso viver entre demônios. Não serei deixado nesta ilha. Estou ansioso para sair dela."

"Você jamais conseguiria sair daqui vivo, meu pobre Keola", disse a garota. "Porque, para lhe dizer a verdade, meu povo se alimenta de homens; mas mantém isso em segredo. E o motivo pelo qual o matarão antes de partirmos é que em nossa ilha param navios, e Donat-Kimaran vem e fala pelos franceses, e há um negociante branco aqui com varanda, e um catequista. Oh, de fato é um ótimo lugar! O negociante tem barris cheios de farinha; e o navio de guerra francês uma vez veio até a lagoa e deu vinho e biscoitos para todos. Ah, meu pobre Keola, queria levar você lá, porque meu amor é grande, e é o melhor lugar nos mares, com exceção de Papeete."

Então, agora Keola era o homem mais assustado nos quatro oceanos. Tinha ouvido falar dos comedores de humanos das ilhas do sul e o assunto sempre lhe fora aterrador; e ali batiam a sua porta. Além disso, havia escutado, por viajantes, algo sobre suas práticas, e que quando desejam comer um homem, o acolhem e mimam como a mãe faz com o filho favorito. E viu que aquele era seu caso, e, por isso, haviam lhe dado casa, comida e esposa, e o liberado de todo o trabalho, e porque os velhos e os chefes dialogavam com ele como se fosse pessoa de influência. Então, se deitou na cama e queixou-se do destino, e sua carne congelou sobre os ossos.

No dia seguinte, as pessoas da tribo estavam gentis como sempre. Eram oradores elegantes, faziam belos poemas, e durante as refeições contavam piadas para matar de rir um missionário. Mas Keola pouco se preocupava com os belos modos; tudo o que via era os dentes brancos brilharem nas bocas, e seu refluxo subiu com a visão; e quando acabaram de comer, foi até a mata e se deitou como morto. No dia seguinte, a mesma coisa e, então, sua esposa começou a segui-lo.

"Keola", disse, "se você não comer, digo francamente que será morto e cozido amanhã. Alguns dos velhos chefes já estão comentando. Acham que você adoeceu e começará a perder carne."

Com isso, Keola se levantou e a raiva queimou nele.

"Pouco me importo, mesmo assim", falou. "Estou entre o diabo e o mar profundo. Já que devo morrer, deixe-me morrer do modo mais rápido; e já que, na melhor das hipóteses, vou ser comido, melhor ser comido por bestas que por homens. Adeus", disse, a deixou, e andou até a costa da ilha.

Tudo estava vazio sob o sol forte; nem sinal de pessoas, a não ser pelas pegadas na praia; e conforme seguia, as vozes ao redor falavam e sussurravam, e as pequenas fogueiras surgiam e se apagavam. Todas as línguas da terra eram faladas ali, francês, holandês, russo, tâmil, chinês. De qualquer terra que conhecesse a feitiçaria, havia algum sussurro no ouvido de Keola. A praia estava lotada como feira ruidosa, mas ninguém era visto; e conforme andava, via as conchas sumirem diante dele, mas ninguém as pegava. Creio que o diabo sentiria medo de ficar sozinho em tal companhia; mas Keola superara o medo e cortejava a morte. Quando os fogos surgiam, os perseguia como touro; vozes sem corpo chamavam aqui e ali, mãos invisíveis derramavam areia nos fogos, e sumiam da praia antes que os alcançasse.

"Certamente Kalamake não está aqui", pensou, "ou eu já estaria morto há muito tempo."

Com isso, sentou-se na beira da mata porque se cansara, e pôs o queixo na mão. A atividade ante os olhos continuava; as vozes balbuciavam na praia, os fogos apareciam e sumiam, as conchas desapareciam e reapareciam mesmo se ele olhasse.

"Era dia comum da outra vez em que estive aqui", pensou. "Pois não era nada assim." E ficou atordoado com a ideia desses milhões e milhões de dólares, e essas centenas e centenas de pessoas os coletarem na praia e voarem mais alto e velozes que águias.

"E pensar em como me enganaram com toda aquela conversa da casa de moedas", falou, "que o dinheiro era feito lá! Quando está claro que todas as novas moedas do mundo são catadas nestas areias! Mas estarei mais bem informado na próxima vez."

Então, por fim, não sabia muito bem como ou quando, o sono recaiu sobre Keola e se esqueceu da ilha e de todos os pesares.

No começo do dia seguinte, antes que o sol surgisse, uma balbúrdia o despertou. Acordou assustado, pois pensou que a tribo o pegara no sono; mas não era nada disso. Apenas, na praia a sua frente, as vozes sem corpo chamavam e gritavam umas às outras, e parecia que todas passavam ao seu lado como vultos rápidos, à costa da ilha.

"O que está acontecendo?", pensa Keola; e lhe estava claro que era algo fora do comum, já que os fogos não estavam acesos nem as conchas eram recolhidas, mas as vozes sem corpo continuavam a surgir na praia e a chamar, se enfraquecer, e outras as seguiam, e pelo som, os magos deviam estar furiosos.

"Não é de mim que sentem raiva", pensou Keola, "pois passam direto."

Como cães na matilha, ou cavalos na corrida, ou pessoas ao saber de incêndio que se juntam e vão lá ver: também foi assim com Keola; não sabia o quê, nem por quê fazia aquilo, mas lá estava, olha só, corria junto das vozes!

Ao se virar em certo ponto da ilha, lhe veio rápido vislumbre, então, se lembrou das árvores mágicas que cresciam às dezenas na mata. Naquele local, chegava burburinho indescritível de choro de homens; e pelo som, aqueles que corriam com ele iam ao mesmo local. Um pouco mais perto, aquilo se misturou ao alarido das pancadas de vários machados. E, com isso, um pensamento finalmente lhe veio em mente, o de que o líder havia consentido, e os homens da tribo começaram a derrubada das árvores, e que a notícia chegou aos feiticeiros, e todos se juntaram para defender as árvores. Ele sentiu desejo por coisas estranhas. Parou para ouvir as vozes, cruzou a praia e foi aos limites da mata, e ficou atônito. Uma árvore havia sido derrubada, outras talhadas em parte. Ali se reunira a tribo. Estavam um de costas para o outro, e corpos jaziam e sangue fluía por entre seus pés. O aspecto temeroso perpassava cada um dos rostos; as vozes subiam para o céu tão estridentes quanto o guincho da fuinha. Já viu uma criança completamente só com espada de madeira, que luta, pula e ataca o ar vazio? Do mesmo modo, os comedores de homens se juntaram um de costas para o outro, e levantavam os machados e os abaixavam, e gritavam conforme faziam, e eis que não havia nenhum homem para lutar contra eles! Apenas aqui e ali Keola via um machado se balançar contra eles, sem mãos; e volta e meia um homem da tribo caía, dividido em dois ou despedaçado, e sua alma escapava num uivo.

Por um tempo, Keola observou esse prodígio como um daqueles sonhos, e então o medo o dominou com a força da morte, por assistir a tais ocorrências. No mesmo instante, o líder do clã o notou ali de pé, e apontou para ele e o chamou pelo nome; com isso a tribo inteira também o viu, e seus olhos brilhavam e seus dentes rangeram.

"Tempo demais aqui", pensou Keola; e correu para a mata, pela praia, sem se importar para onde.

"Keola", disse voz próxima, na areia vazia.

"Lehua! É você?", exclamou e arfou, e procurou-a em vão; pelo que via, estava completamente sozinho.

"Vi você passar antes", respondeu a voz. "Mas não me escutou. Rápido, pega as folhas e ervas, precisamos fugir daqui."

"Você veio com o capacho?", perguntou.

"Aqui, ao seu lado", disse e ele sentiu seus braços ao seu redor. "Rápido! As folhas e as ervas, antes que meu pai volte!"

Então Keola correu para salvar a vida, e buscou o combustível do mago; Lehua o guiou de volta, e pôs os pés sobre o capacho e fez o fogo. Durante todo o período de queima, o som da batalha preenchia o lado de fora da mata; a luta difícil entre magos e comedores de homens; os magos, invisíveis, rugiam alto como touros na montanha, e os homens da tribo respondiam com gritos estridentes e selvagens saídos do terror de suas almas. E durante toda a queima Keola ficou ali, e escutou, e tremeu, e observou como as mãos invisíveis de Lehua soltavam as folhas. Ela as soltou com pressa, e a chama queimou até o alto, e chamuscou as coxas de Keola; ela se adiantou e assoprou o fogo com fôlego. A última folha foi devorada, a chama se apagou, seguida pelo choque e, ali estavam, Keola e Lehua na sala de casa.

Agora que Keola finalmente podia ver a esposa, ficou extremamente satisfeito. E ficou extremamente satisfeito por voltar à casa em Molokai, e por se sentar diante da tigela de *poi* — pois não preparavam *poi* a bordo de navios e não havia na Ilha das Vozes —, e sentia muito alívio por escapar ileso das mãos dos comedores de homens. Mas havia outro assunto não tão claro, e Lehua e Keola falaram disso a noite inteira, e estavam em apuros. Kalamake havia sido deixado na ilha; se, pelas graças de Deus, lá ficasse preso, tudo bem; mas caso escapasse e voltasse para Molokai, seria dia terrível para a filha e seu marido. Falaram do poder de crescimento, e se poderia caminhar nos mares por aquela distância. Mas, àquela altura, Keola já sabia onde era a ilha, ou seja, que ficava no Arquipélago Baixo e Perigoso; então, pegaram o atlas e checaram a distância, fizeram os cálculos, e parecia distância muito grande para um velho percorrer caminhando. Ainda assim, não era bom confiar tanto, com um bruxo como Kalamake, e, por fim, decidiram receber conselho do missionário branco.

Ao primeiro que apareceu, Keola contou tudo. E o missionário foi duro com ele por arranjar segunda esposa na ilha baixa; quanto ao resto, declarou não entender patavinas.

"No entanto", disse, "se pensa que o dinheiro de seu pai é sujo, meu conselho seria que doasse parte aos leprosos, e parte aos fundos dos missionários; e quanto a essa asneira extraordinária, melhor deixar isso entre vocês."

Mas alertou à polícia de Honolulu que, até onde podia perceber, Kalamake e Keola cunhavam dinheiro falso, e não seria de todo inútil observá-los.

Keola e Lehua seguiram o seu conselho, e doaram muitos dólares para os leprosos e para os fundos. E, sem dúvida, foi um bom conselho, pois daquele dia em diante, jamais se ouviu falar novamente em Kalamake. E se foi morto na batalha pelas árvores, ou se ainda batia perna na Ilha das Vozes, quem poderia dizer?

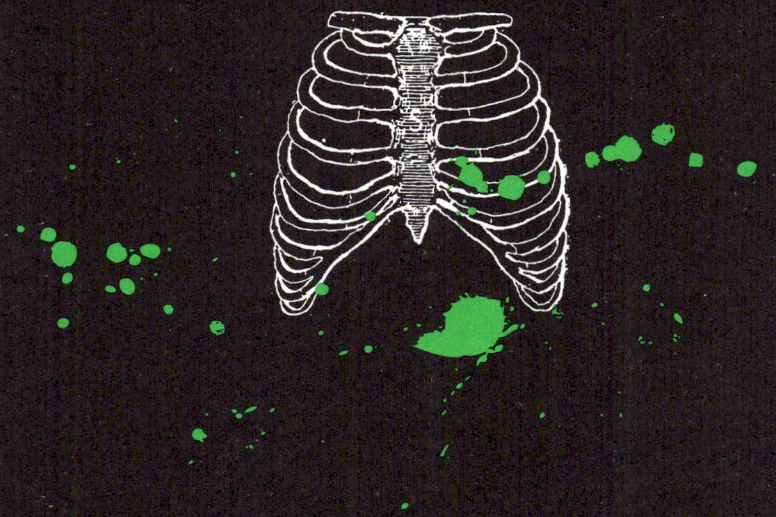

XIX

SOL

O APANHADOR DE CORPOS

ROBERT LOUIS STEVENSON

1884

Todas as noites do ano, nós quatro nos sentávamos no pequeno salão do George, em Debenham — o agente funerário, o senhorio, Fettes, e eu. Às vezes havia mais; mas a qualquer custo, fizesse chuva, neve, ou geada, nós quatro estaríamos lá, cada um sentado em sua poltrona. Fettes era um velho beberrão escocês, obviamente homem educado, e de posses, já que vivia no ócio. Chegara a Debenham alguns anos antes, quando ainda era jovem, e meramente pela convivência contínua se tornou cidadão por opção. Seu casaco de chamalote azul era relíquia local, como o pináculo da igreja. Seu lugar no salão do George, ausência da igreja, vícios antigos, disparatados e impudicos, eram aspectos da rotina de Debenham. Tinha algumas vagas opiniões radicais e algumas fugazes infidelidades, volta e meia demonstradas por tapas vacilantes na mesa. Bebia rum — exatamente cinco copos todas as noites; e durante a maior parte de sua visita noturna ao George, ficava sentado, com o copo na direita, em melancólico estado de saturação etílica. Nós o chamávamos de Doutor, pois supunha-se ter conhecimento especial de medicina, e ser conhecido por tratar fraturas ou cuidar de deslocamentos urgentes; mas além dessas pequenas particularidades, não sabíamos nada de seu caráter e antecedentes.

Em escura noite de inverno — havia soado nove horas pouco antes de o senhorio se juntar a nós — havia uma pessoa doente no George: o grande proprietário das vizinhanças de repente teve ataque de apoplexia a caminho do Parlamento; e o médico de Londres, ainda mais grandioso que o grande homem, enviou-lhe telegrama em seu leito. Era a primeira vez que algo assim acontecia em Debenham, porque não fazia muito tempo que a estrada de ferro fora aberta, e todos ficamos proporcionalmente comovidos com o ocorrido.

"Ele chegou", disse o senhorio, após encher e acender o seu cachimbo.

"Ele?", disse. "Quem — o médico?"

"Ele mesmo", respondeu nosso anfitrião.

"Qual o nome dele?"

"Dr. Macfarlane", disse o senhorio.

Fettes já estava no terceiro copo, estupidamente embriagado, e ora assentia, ora observava confuso ao redor; mas com a última palavra pareceu despertar, e repetiu duas vezes o nome "Macfarlane", com calma na primeira vez, e com emoção repentina na segunda.

"Sim", disse o senhorio, "é o nome dele, dr. Wolfe Macfarlane."

Fettes ficou sóbrio na hora; seus olhos despertaram, a voz clareou, alta, e firme, a linguagem enérgica e fervorosa. Todos nos estarrecemos com a transformação, como alguém se levantasse dos mortos.

"Desculpe-me", disse. "Receio não prestar muita atenção à conversa. Quem é esse Wolfe Macfarlane?", e então, após ouvir o senhorio, "não pode ser, não pode ser", acrescentou; "mas ainda quero vê-lo cara a cara."

"Você o conhece, Doutor?", perguntou o agente funerário, com engasgo.

"Deus ajude que não!", foi a resposta. "Mas ainda assim é nome incomum; seria demais imaginar que houvessem dois. Diga-me, senhor, ele é velho?"

"Bem", disse o anfitrião, "não é um rapaz, com certeza, e seu cabelo é branco; mas parece mais novo que você."

"Entretanto é mais velho; anos mais velho. Mas", estapeou a mesa, "é o rum que vocês veem em meu rosto — o rum e o pecado. Esse homem talvez tenha consciência tranquila e boa digestão. Consciência! Escute o que tenho a falar. Talvez pensem que eu era um cristão bom, velho e decente, não é? Mas não, eu não; nunca fui hipócrita. Voltaire talvez fosse hipócrita em meu lugar; mas minha mente" — soltou ruidoso piparote em sua cabeça careca — "a minha mente era boa e ativa, e vi, mas não fiz suposições."

"Se conhece esse médico", me aventurei a observar, após pausa um tanto terrível, "devo imaginar que não compartilha da boa opinião do senhorio."

Fettes não me deu atenção.

"Sim", disse com súbita decisão, "preciso vê-lo cara a cara."

Houve outra pausa, e então a porta bateu com força no primeiro andar, e um passo foi ouvido na escadaria.

"É o médico", exclamou o senhorio. "Olhe com atenção, e poderá vê-lo."

Não era preciso mais que dois passos para ir do pequeno salão até a porta da velha estalagem de George; a larga escadaria de carvalho dava quase para a rua; ali havia espaço para apenas um tapete turco entre o limiar da porta e o último degrau; mas este pequeno espaço todas as noites era bem iluminado, não apenas pela luz da escada acima e da grande luz sinalizadora abaixo da placa, mas pela claridade aquecida da janela do bar. Assim, o George se anunciava com esplendor aos passantes na rua fria. Fettes andou em linha reta até o ponto, e nós, atrás, observamos os dois homens se encontrarem, como um deles havia sentenciado, cara a cara. O dr. Macfarlane era alerta e vigoroso. O cabelo branco realçava sua fisionomia pálida e plácida, embora enérgica. Com opulência, vestia tecido mais fino e linho mais branco, grande relógio de ouro preso por corrente, e botões e óculos do mesmo material precioso. Usava gravata bem enlaçada, branca e salpicada de lilás, e carregava no braço confortável casaco de pele de viagem. Não havia dúvidas que passara os anos, e exalava, como mostrado, riqueza e consideração; e era contraste surpreendente ver o beberrão do salão — careca, sujo, pustulento, e paramentado no velho casaco de chamalote — confrontá-lo no fim da escada.

"Macfarlane!", disse um pouco alto, mais como arauto que amigo.

O grande médico deu passo curto no quarto degrau, como se a familiaridade da evocação o surpreendesse, e de algum modo o desrespeitasse.

"Toddy Macfarlane", repetiu Fettes.

O londrino quase cambaleou. Encarou por rapidíssimo segundo o homem diante de si, olhou para trás um tanto assustado, e então alarmado, "Fettes", sussurou, "você!".

"Sim", disse o outro, "eu mesmo! Pensou que também estava morto? Não é tão fácil esquecer um conhecido."

"Shh", exclamou o médico. "Shh! Shh! Este encontro é muito inesperado — vejo que está abatido. Confesso que mal o reconheci de primeira; mas fico radiante — radiante pela oportunidade. Porque agora deve ser tudo-bem e até-mais de uma vez só, já que meu cabriolé me espera, e não posso perder o trem; mas você deveria — deixe-me ver — sim — deveria me passar seu endereço, e logo contará com notícias minhas. Devemos fazer algo por você, Fettes. Receio que esteja na miséria; mas devemos ver isso em nome dos bons tempos, como cantávamos nas ceias."

"Dinheiro!", gritou Fettes; "Dinheiro seu! O dinheiro que recebi de você está lá onde larguei, na chuva."

O dr. Macfarlane havia falado, em alguma medida, com superioridade e confiança, mas a energia incomum daquela recusa o devolveu à confusão inicial.

O olhar horrível e temeroso perpassou sua fisionomia quase venerável. "Meu caro amigo", disse, "seja como você quiser; jamais quis ofendê-lo. Não me intrometerei em nada. Deixarei meu endereço, pelo men..."

"Não desejo — não desejo descobrir que teto o abriga", interrompeu o outro. "Ouvi seu nome; temi que fosse você; desejei saber se, afinal, existia Deus; agora sei que não existe. Vá embora daqui!"

Ele estacou no meio do tapete entre a escada e a porta; e o grande médico de Londres, para escapar, seria forçado a dar um passo para o lado. Ficou evidente que hesitava, ao pensar nessa humilhação. Branco como estava, havia brilho perigoso no óculos; mas enquanto ficava ali, parado, indeciso, percebeu que o motorista do cabriolé observava da rua tal cena incomum, e ao mesmo tempo espiou nosso pequeno grupo de testemunhas no salão, amontoados no canto do bar. A presença de tantas testemunhas fez com que decidisse sair de uma vez por todas. Ele se agachou, se esfregando no lambril, e saltou como serpente, mirando a porta. Mas sua tribulação não acabou por completo, pois quando passava, Fettes o agarrou pelo braço e estas palavras vieram em sussurro dolorosamente nítido, "Você viu aquilo novamente?"

O médico de Londres, rico e famoso, gritou agudo e sufocado; empurrou o inquiridor pelo espaço aberto e, com as mãos na cabeça, fugiu pela porta como ladrão reconhecido. Antes de qualquer um de nós pensar em fazer algo, o cabriolé já chacoalhava rumo à estação. A cena foi como sonho, mas o sonho deixara traços e provas de sua passagem. Um dia depois, o criado encontrou os belos óculos de ouro quebrados no limiar da porta, e na mesma noite ficamos, sem fôlego, diante da janela do bar, e Fettes ao nosso lado, sóbrio, pálido e de olhar resoluto.

"Que Deus nos proteja, sr. Fettes!", disse o senhorio, o primeiro a voltar aos sentidos normais. "O que diabos foi isso? Isso que nos diz é muito estranho."

Fettes se virou para nós e observou cada rosto, um a um. "Tentem manter a boca fechada", disse. "Não é seguro cruzar com esse tal de Macfarlane; aqueles que fizeram isso se arrependeram tarde demais."

E então, sem sequer terminar o terceiro copo, longe de esperar pelos outros dois, disse adeus e seguiu, sob o lampião do hotel, para dentro da noite escura.

Nós três nos viramos para nossos lugares no salão, com o grande fogo vermelho e quatro velas acesas; e conforme recapitulávamos o que havia acontecido, o primeiro calafrio de surpresa logo se transformou em fagulha de curiosidade. Estava tarde; que saiba foi a reunião mais tardia no velho George. Cada homem, antes de partir, tinha sua teoria e queria prová-la; e nenhum de nós tinha outro dever no mundo além de traçar o passado de nossa desafortunada companhia, e descobrir o segredo que compartilhava com o grande médico londrino. Não é grande vanglória, mas creio ter mais talento para desenrolar uma história que meus amigos no George; e talvez agora não haja nenhum outro homem vivo que pudesse narrar os eventos abomináveis e anormais a seguir.

Nos dias de juventude, Fettes estudou medicina nas escolas de Edimburgo. Tinha certo talento, o talento de quem capta rapidamente o que escuta e logo o retém para si. Estudava pouco em casa; mas era cortês, atento, e inteligente na presença dos mestres. Logo o identificaram como quem ouvia com atenção e se lembrava bem; ou melhor, por estranho que parecesse quando ouvi isso pela primeira vez, naqueles dias era favorecido e bajulado pela aparência. Havia, nessa época, certo professor de anatomia de extensão universitária, que devo designar pela letra K — seu nome, portanto, era muito conhecido. O homem que o levava se esgueirava disfarçado pelas ruas de Edimburgo, quando a multidão que aplaudia a execução de Burke clamava pelo sangue de seu patrão.[1] Mas o sr. K--- nessa época estava no auge da fama; gozava de popularidade, em parte devido ao próprio talento e habilidade, em parte à incapacidade do rival, professor da universidade. Os estudantes, ao menos, juravam por ele, e o próprio Fettes acreditava, e os outros acreditavam, que alcançaria o sucesso quando conseguisse a proteção desse homem de fama meteórica. O sr. K--- era tanto *bon vivant* como professor bem-sucedido; gostava tanto da alusão astuta quanto do preparo cuidadoso. Em ambas as habilidades, Fettes desfrutava e merecia sua atenção, e no segundo ano de aulas conseguiu a posição semirregular de segundo monitor ou subsecretário das aulas.

Nessa posição, o encargo do auditório e da sala de palestras em particular ficaram sobre seus ombros: era responsável pela limpeza das dependências e conduta dos outros estudantes, e era parte de seu dever suprir, receber, e separar os diversos indivíduos. Foi com o objetivo desse último — na época muito delicado — assunto que ficou

---

[1] Referência ao assassino escocês William Burke (1792-1829), que, em companhia de William Hare (ca. 1804-1829), vendia corpos para o médico e professor de anatomia Robert Knox (1793-1862). Não por acaso, o escritor francês Marcel Schwob fecha o livro *Vidas Imaginárias* com o conto "Burke e Hare, Assassinos".

alojado com o sr. K--- na mesma viela, e por fim no mesmo prédio, na sala de dissecação. Aqui, após uma noite de prazeres turbulentos, a mão ainda vacilante, as vistas ainda embaçadas e confusas, foi chamado para fora da cama de madrugada, antes da aurora invernal, pelos negocistas sujos e desesperados que supriam a mesa. Abria a porta para eles, de má-fama em toda a região. Ele os ajudava com o trágico fardo, lhes pagava o sórdido valor, e ficava sozinho, após partirem, com aquelas relíquias hostis da humanidade. De tal cena, saía para tirar mais umas duas horas de cochilo, recuperar-se dos exageros da noite, e renovar-se para os labores do dia.

Poucos sujeitos poderiam ser mais insensíveis às impressões da vida assim passada entre os emblemas da mortalidade. Sua mente estava fechada para todas as considerações gerais. Escravo dos próprios desejos e ambições baixas, era incapaz de sentir interesse pelo destino e fortuna do próximo. Frio, leve, e egoísta ao máximo, tinha aquela quantidade módica de prudência, confundida com moralidade, que mantém alguém longe da embriaguez inconveniente ou do roubo punível. Cobiçava, além disso, a consideração de mestres e colegas, e não desejava cometer erros espalhafatosos na vida pública. Assim, se esforçava para conseguir alguma distinção nos estudos, e dia após dia prestava serviços impecáveis aos olhos de seu patrão, o sr. K---. Compensava o dia de trabalho com noites de prazer selvagens e depravadas, e quando a balança se quebrava, o órgão que chamava de consciência se declarava satisfeito.

O suprimento de indivíduos era problema contínuo tanto para ele quanto para seu mestre. Naquela classe grande e ocupada, o material bruto dos anatomistas esgotava sempre; e questão fundamental como essa não era desagradável apenas em si, mas ameaçava ter consequências perigosas para todos os interessados. Era a política do sr. K--- não fazer nenhuma pergunta nas negociações. "Eles trazem o corpo, e nós pagamos o valor", dizia apoiado pela aliteração — "*quid pro quo*".[2] E, mais uma vez, de modo um tanto profano, "Não pergunte", dizia aos

---

[2] Uma coisa pela outra.

assistentes, "em nome de sua consciência". Não subentendia-se que os indivíduos eram providenciados com o crime do assassínio. Fosse aquela ideia articulada em palavras, ele teria se encolhido de horror; mas a leveza de seu discurso sobre assunto tão grave era, em si mesma, ofensa contra as boas maneiras, e tentação para os homens com quem lidava. Fettes, por exemplo, frequentemente atentava para o singular frescor daqueles corpos. Por várias vezes ficara chocado com o aspecto decrépito e abominável dos rufiões que iam até ele antes do amanhecer; e ao juntar as peças com clareza em seu pensamento, talvez atribuísse significado demasiado imoral e categórico aos conselhos aleatórios do mestre. Entendia que seu dever, em resumo, tinha três ramificações: receber o que lhe era levado, pagar o valor e evitar perceber qualquer evidência de crime.

Certa manhã de novembro, essa política do silêncio foi severamente testada. Ele passara a noite inteira acordado devido a dor de dente excruciante — andava pelo quarto como besta enjaulada e se jogava com fúria na cama — e por fim caiu naquele sono profundo e inquieto que tão frequentemente segue a noite de dor, quando foi despertado pela terceira ou quarta repetição enraivecida da batida combinada. Havia luar fino e brilhante; fazia frio terrível, com vento e geada; a cidade ainda não havia despertado, mas a agitação indefinível já prenunciava o barulho e o comércio do dia. Os saqueadores haviam chegado mais tarde que o normal, e pareciam mais ansiosos para sair que o comum. Fettes, morrendo de sono, iluminou o caminho da escada para eles, e ouviu suas vozes irlandesas resmungarem em sonho; e conforme arrancavam do saco a sua triste mercadoria, ele cochilava, inclinado, com o ombro escorado na parede; teve de se chacoalhar para encontrar o dinheiro dos homens. Ao fazê-lo, os olhos se encontraram com o rosto morto. Sobressaltou-se e aproximou-se dois passos com a vela levantada.

"Deus do Céu!", gritou. "Essa é Jane Galbraith!"

Os homens não responderam nada, mas se mexeram perto da porta.

"Eu a conheço, é o que estou dizendo", continuou. "Estava viva e saudável ainda ontem. Não é possível que tenha morrido; não é possível que tenham conseguido este corpo de maneira honesta."

"Não há dúvidas de que o senhor está completamente enganado", disse um deles.

Mas o outro olhou nos olhos de Fettes de modo sombrio, e pediu o dinheiro na hora.

Era impossível entender mal a ameaça ou exagerar o perigo. O coração do rapaz falhou; gaguejou algumas desculpas, contou a soma, e viu os odiosos visitantes partirem. Mal saíram e imediatamente foi tirar as suas dúvidas. Por uma dúzia de indícios inquestionáveis, identificou a garota com quem gracejara no dia anterior. Viu, com horror, marcas no corpo que podiam indicar violência. Foi tomado por certo pânico e se refugiou no quarto. Ali, refletiu bastante da descoberta que fizera; pensou sobriamente na consistência das instruções do sr. K--- e no perigo a si próprio de interferir em assunto tão sério, e por fim, com perplexidade pesarosa, decidiu esperar pela recomendação do superior imediato, o assistente da classe.

Tratava-se de jovem médico, Wolfe Macfarlane, muito querido entre todos os estudantes desleixados, esperto, prolixo, e inescrupuloso ao máximo. Havia viajado e estudado fora, seus modos eram agradáveis e um pouco avançados, era autoridade em público, habilidoso no gelo ou na terra com os patins ou o taco de golfe. Vestia-se com muita audácia, e, para pôr o último toque em sua glória, possuía cavalo para trotar e cabriolé. Era íntimo de Fettes; na verdade, as tarefas relacionadas faziam com que convivessem; e quando faltavam indivíduos, os dois iam bastante ao campo, no cabriolé de Macfarlane, para visitar e profanar algum cemitério solitário, e antes do amanhecer retornavam com a pilhagem à porta do salão de dissecação.

Naquela manhã em particular, Macfarlane chegou um pouco mais cedo que o habitual. Fettes o ouviu, o encontrou na escada, contou a história, e lhe mostrou o motivo do alarme. Macfarlane examinou as marcas no corpo.

"Sim", disse com aceno, "parece suspeito."

"Bem, o que devo fazer?", perguntou Fettes.

"Fazer?", repetiu o outro. "Você quer fazer alguma coisa? Quem pouco fala, muito faz, devo dizer."

"Alguém mais pode reconhecê-la", objetou Fettes. "Era tão conhecida quanto Castle Rock."

"Esperemos que não", disse Macfarlane, "e que se alguém reconhecer — bem, você não reconheceu, não vê, e acabou. O fato é, isso vem acontecendo há muito tempo. Fuce na lama, e colocará K--- na maior desgraça; você mesmo acabará num caixão horripilante. Eu também, por sinal. Gostaria de saber como ficaria o estado de qualquer um de nós, ou o que diabos contaríamos para nós mesmos em qualquer testemunho cristão. Para mim, você sabe que uma coisa é certa — que, falando de modo prático, todos os nossos indivíduos foram assassinados."

"Macfarlane!", gritou Fettes.

"O que é isso!", zombou o outro. "Como se você nunca houvesse suspeitado!"

"Suspeitar é uma coisa..."

"E provar é outra. Sim, eu sei; e lamento tanto quanto você que tenha chegado a este ponto", e deu pancadinha no corpo com a bengala. "A melhor coisa para mim é não o reconhecer; e", acrescentou com frieza, "não o reconheço. Você pode, se quiser. Não ordenarei isso, mas acho que um homem do mundo deve agir como eu; e, posso acrescentar, imagino que seja isso o que K--- procuraria em nossas mãos. A pergunta é, por que escolheu nós dois como assistentes? Eu respondo: porque não queria velhas matronas."

Entre todos, era justamente esse o tom que afetava a mente de um sujeito como Fettes. Concordou em imitar Macfarlane: o corpo da infeliz garota foi devidamente dissecado, e ninguém comentou ou pareceu reconhecê-la."

Certa tarde, quando a jornada de trabalho havia se acabado, Fettes entrou numa taverna popular e encontrou Macfarlane com um estranho, que era pequeno, muito pálido e sombrio, olhos negros como carvão. As linhas de seus traços prometiam intelecto e refinamento, não exatamente apresentado por seus modos, pois se mostrou, após maior aproximação, rude, vulgar e estúpido. Exercia, no entanto, memorável controle sobre Macfarlane; proferia ordens como o

Grande Paxá; inflamava-se com a menor discussão ou atraso, e tecia comentários grosseiros a respeito do servilismo com que era obedecido. Essa pessoa tão agressiva gostou de Fettes de imediato, o encheu de bebida, e o honrou com confidências incomuns de sua carreira regressa. Se um décimo do que confessou fosse verdade, era poltrão bastante desprezível; e a vaidade do rapaz era atiçada pela atenção de alguém tão experiente.

"Sou mesmo sujeito muito ruim", observou o estranho, "mas Macfarlane é o maior — Toddy Macfarlane, o chamo. Toddy, peça outra bebida para seu amigo." Ou talvez, "Toddy, levante-se e feche a porta." "Toddy me odeia", disse novamente. "Oh, sim, Toddy, odeia sim!"

"Não me chame com esse nome ridículo", grunhiu Macfarlane.

"Escuta isso! Você já viu os rapazes brincarem com a faca? Ele tem vontade de fazer isso com o meu corpo inteiro", observou o estranho.

"Nós médicos temos maneira melhor de fazer isso", disse Fettes. "Quando não gostamos de um camarada, o dissecamos."

Macfarlane fitou-o com olhar incisivo, embora mal tivesse pensado na piada.

A tarde passou. Gray, o nome do estranho, convidou Fettes a se juntar a eles para jantar, pediu um banquete tão suntuoso que a taverna entrou em comoção, e quando tudo acabou, mandou que Macfarlane acertasse as contas. Era tarde quando se separaram; o tal do Gray caía de bêbado. Macfarlane, sóbrio de fúria, mastigou o maço de dinheiro que foi forçado a desperdiçar e o desrespeito que foi obrigado a engolir. Fettes, com a cantoria de diversas bebidas na cabeça, voltou para casa com passos tortuosos e a mente inteiramente em suspensão. No outro dia, Macfarlane não foi à aula, e Fettes sorriu para si mesmo ao imaginá-lo ainda escoltando de taverna a taverna o insuportável do Gray. Assim que soou a hora de sair, passou de um lugar ao outro em busca das companhias da noite anterior. No entanto, não conseguiu encontrar ninguém em lugar algum; então voltou logo ao dormitório, deitou-se cedo, e dormiu o sono dos justos.

Às quatro da manhã, foi despertado pela conhecidíssima batida. Desceu até a porta e foi dominado pelo espanto ao encontrar

Macfarlane com o cabriolé, que continha um daqueles pacotes compridos e pavorosos que conhecia tão bem.

"O quê?", gritou. "Você foi sozinho? Como conseguiu?"

Mas Macfarlane o silenciou com aspereza e ordenou que trabalhasse. Quando subiram as escadas com o corpo e o puseram na mesa, Macfarlane primeiro indicou que sairia. Então parou e pareceu hesitar; e: "É melhor você olhar o rosto", disse, em tom algo constrangido. "É melhor", repetiu, pois Fettes apenas o encarou com surpresa.

"Mas onde, e como, e quando o encontrou?", exclamou o outro.

"Olhe o rosto", foi a única resposta.

Fettes ficou estupefato; dúvidas estranhas o assaltaram. Olhou do jovem médico para o corpo, e mais uma vez para Macfarlane. Por fim, com sobressalto, obedeceu. Meio que esperava a imagem que se encontrou com seus olhos, e ainda assim o choque foi cruel. Ver, fixado na rigidez da morte e nu naquela camada ordinária de aniagem, o homem que deixara bem-vestido e cheio de carne e de pecado na porta da taverna, despertou, mesmo no distraído Fettes, alguns dos terrores da consciência. Era *cras tibi*[3] que ecoava mais uma vez em sua alma, que dois conhecidos dele jazessem naquelas gélidas mesas. Ainda assim, aqueles eram apenas pensamentos secundários. A primeira preocupação era com Wolfe. Despreparado para desafio tão importante, não sabia como olhar para o rosto de seu camarada. Evitou seus olhos, e não tinha nem palavras nem voz em seu comando.

Foi o próprio Macfarlane quem agiu primeiro: chegou calmamente por trás e gentil, porém com firmeza, pousou a mão no ombro do outro.

"Richardson", disse, "poderá ficar com a cabeça."

Richardson era o estudante que há tempos ansiava por dissecar aquela parte do corpo humano. Não houve resposta, e o assassino continuou: "Por falar em negócios, você me deve; pague suas contas, vê, elas devem bater".

Fettes encontrou uma voz, fantasma de sua própria: "Pagá-lo!", exclamou. "Pagá-lo por isso?"

---

[3] Corruptela de *"Hodie mihi, cras tibi"* (Hoje para mim, amanhã para ti), frase bastante usada em túmulos.

"Ora, sim, claro que deve. De todo modo e afinal de contas, deve sim", respondeu o outro. "Não ouso deixá-lo por nada, você não ousa pegá-lo por nada; isso comprometeria nós dois. É outro caso como o de Jane Galbraith. Quanto mais as coisas estiverem erradas, mais agimos como se estivessem certas. Onde o velho K––– guarda o dinheiro?"

"Ali", respondeu Fettes com a voz rouca, apontando para o armário no canto.

"Então me dê a chave", disse o outro, calmamente, segurando sua mão.

Houve um instante de hesitação, e o molde fundiu. Macfarlane não pôde deixar de sentir o espasmo nervoso, sinal infinitesimal de alívio imenso, ao toque da chave entre os dedos. Abriu o armário, tirou caneta e tinta e o caderno de notas que ficava em um compartimento, e separou dos fundos da gaveta a soma adequada à ocasião.

"Agora, olha aqui", disse, "ali está o pagamento feito — a primeira prova de sua boa-fé: o primeiro passo para a sua segurança. Agora tem que confirmá-la por uma segunda. Dê entrada do pagamento no livro, e então por sua parte pode desafiar o diabo."

Os poucos segundos que se seguiram foram uma agonia para Fettes; mas ao balancear os medos, foi o mais imediato que triunfou. Qualquer dificuldade futura parecia quase bem-vinda, se pudesse evitar disputa com Macfarlane naquele momento. Baixou a vela que segurava por todo aquele tempo, e com mão firme deu entrada na data, natureza, e quantia da transação.

"E agora", disse Macfarlane, "nada mais justo que embolse o lucro. Já peguei a minha parte. Por sinal, quando um homem do mundo tromba com um pouco de sorte, e tem uns xelins a mais no bolso — sinto vergonha em afirmá-lo, mas há regra de conduta para a ocasião. Nada de festejar, nada de comprar livros escolares caros, nada de quitar dívidas antigas; pegue emprestado, não empreste."

"Macfarlane", começou Fettes, ainda um pouco rouco, "pus a corda em meu pescoço para favorecê-lo."

"Para me favorecer?!", exclamou Wolfe. "Ah, o que é isso? Você fez, até onde posso ver, exatamente o que precisava para se proteger.

Digamos que arrumasse problemas, onde estaria? Essa segunda bagatela deriva claramente da primeira. O sr. Gray é a continuação da srta. Galbraith. Você não pode começar e depois parar. Se começa, deve seguir começando; eis a verdade. Sem descanso para os malvados."

Uma horrível sensação de escuridão e perfídia do destino assaltou a alma do infeliz estudante.

"Meu Deus!", gritou, "mas o que eu fiz? E quando comecei? Tornar-se assistente da classe — em nome da razão, qual o mal nisso? O Serviço precisava da posição; o Serviço poderia ter conseguido. Estaria *ele* onde *eu* estou agora?"

"Meu caro amigo", disse Macfarlane, "não seja infantil! Qual *foi* o seu prejuízo? Qual prejuízo que *poderá* lhe acometer, caso segure a língua? Ora, homem, sabe o que é a vida? Existem dois esquadrões entre nós — os leões e os cordeiros. Se você é cordeiro, haverá de se deitar nessas mesas, tal qual Gray ou Jane Galbraith; se é leão, viverá e conduzirá o cavalo, que nem eu, que nem K---, que nem todos no mundo com alguma inteligência ou coragem. No começo, gaguejou. Mas olhe para K---! Meu caro amigo, você é esperto, tem espírito. Gosto de você, e K--- gosta de você. Nasceu para liderar a caça; e lhe conto, por minha honra e experiência de vida, daqui a três dias você rirá desses espantalhos como um colegial de uma farsa."

E com isso Macfarlane partiu e conduziu até o beco o cabriolé para chegar a um teto antes da luz do dia. Assim, Fettes foi abandonado com seus remorsos. Viu o perigo miserável em que estava envolvido. Viu, com desânimo inexprimível, que não havia limites para a sua fraqueza, e que, de concessão a concessão, fora de árbitro do destino de Macfarlane a cúmplice pago e desamparado. Daria o mundo para ser mais corajoso na hora, mas não lhe ocorreu que ainda poderia ser corajoso. O segredo de Jane Galbraith e o maldito registro no livro fecharam sua boca.

Horas se passaram; a classe começou a chegar; os membros do desgraçado Gray passaram de uma mão a outra, e foram recebidos sem atenção. Richardson ficou feliz com a cabeça; e antes de tocar a hora para saírem, Fettes tremeu de exultação ao perceber como já haviam se distanciado em segurança.

Por dois dias, observou, com alegria crescente, o horripilante processo de disfarce.

No terceiro dia Macfarlane apareceu. Estivera doente, disse; mas compensou o tempo perdido com a energia que se dirigiu aos estudantes. Para Richardson em particular, fornecera assistência e conselho valiosíssimos, e o estudante, encorajado pelo elogio do monitor, ardeu com ambições e esperanças, e vislumbrou de antemão a medalha em seu palmo.

Antes de a semana terminar, a profecia de Macfarlane fora concretizada. Fettes superou os temores e esquecera a humilhação. Começou a se vangloriar de sua coragem, de modo que organizou uma história em sua mente para que pudesse retomar esses eventos com um orgulho insalubre. De seu cúmplice, viu apenas um pouco. Eles se encontraram, obviamente, por causa da classe; juntos recebiam as ordens do sr. K---. Às vezes trocavam uma ou duas palavras em particular, e Macfarlane era da primeira à última especialmente gentil e jovial. Mas estava claro que evitava qualquer referência ao segredo comum; e mesmo quando Fettes lhe sussurrava que se juntara ao seu destino de leão e que repudiava os cordeiros, apenas sinalizava sorridente para ficar em paz.

Com o tempo, surgiu a ocasião para aproximar a dupla mais uma vez. O sr. K--- estava com poucos indivíduos novamente; os alunos estavam ansiosos, e era parte das pretensões do professor estar sempre bem suprido. Ao mesmo tempo, chegou a notícia de enterro no rústico cemitério de Glencorse. O tempo pouco alterou o lugar. Naquela época ficava, como agora, numa encruzilhada, longe da atenção das habitações humanas, e coberto por braças das folhas de seis cedros. Os berros das ovelhas nas montanhas vizinhas, os regatos em cada lado, um que chia alto entre seixos, o outro goteja furtivo de lago a lago, a agitação do vento em velhos castanheiros em flor sobre a montanha, e uma vez em sete dias a voz do sino e as velhas cantigas do corifeu, eram os únicos sons que perturbavam o silêncio em volta da igreja rural. O Homem da Ressurreição — para usar apelido da época — não devia ser intimidado por qualquer uma das santidades da devoção costumeira. Era parte de seu trabalho ignorar e profanar os arabescos e os laudatórios de túmulos antigos, os caminhos abertos pelos pés de adoradores e enlutados, e as oferendas e inscrições de afeição desolada. As rústicas vizinhanças, onde o amor é mais tenaz que o comum, e onde alguns laços de sangue ou camaradagem unem toda a sociedade da paróquia, o apanhador de corpos, longe de ser repelido por respeito natural, era atraído pela facilidade e segurança da tarefa. Aos corpos postos sob a terra, na alegre expectativa de despertar bem diferente, lhes vinha aquela ressurreição pela pá e a picareta, apressada, assombrada e iluminada por lampiões. O caixão era forçado, a mortalha rasgada, as tristes relíquias, revestidas por aniagem, após chacoalhadas por horas em pequenas estradas sem lua, eram por fim expostas a indignidades extremas diante da classe de garotos boquiabertos.

Assim como dois abutres podem atacar um cordeiro prestes a morrer, Fettes e Macfarlane avançavam sobre o túmulo naquele lugar de descanso verde e tranquilo. A esposa de um fazendeiro, mulher que vivera por sessenta anos, e não fora conhecida por nada além da boa manteiga e a conversa divina, era arrancada de seu túmulo à meia-noite e carregada, morta e nua, para aquela distante cidade que sempre havia honrado com a melhor roupa de domingo; o lugar ao lado de sua família ficaria vazio até o despontar do julgamento; seus membros inocentes e quase veneráveis eram expostos à última curiosidade dos anatomistas.

No fim de uma tarde, os dois pegaram a estrada, bem agasalhados em capotes e abastecidos com uma garrafa das boas. Chovia sem trégua — a chuva fria e densa os chicoteava. Volta e meia assoprava lufadas de vento, mas essas camadas de água desciam direto. Mesmo com a garrafa, era viagem triste e silenciosa até Penicuik, onde passariam o começo da noite. Pararam uma vez, para esconder as ferramentas em arbusto não muito distante do pátio da igreja, e mais uma vez se dirigiram até o Fisher's Tryst, para brindar diante do fogo da cozinha e alternar as doses de uísque com um copo de *ale*. Quando finalmente chegaram, estacionaram o cabriolé, alimentaram o cavalo e puseram o animal para descansar, e os dois jovens médicos se sentaram em cômodo privado para o melhor jantar e o melhor vinho da casa. As luzes, o fogo, a chuva na janela, o trabalho frio e absurdo ia diante deles, acrescentavam sabor à refeição. A cada copo, a cordialidade aumentava. Logo, Macfarlane entregou pequena pilha de ouro ao companheiro.

"Um cumprimento", disse. "Entre amigos essas acomodações pequenas de m----a devem passar como o brilho de cachimbo."

Fettes embolsou o dinheiro, e aplaudiu o sentimento até ecoar. "Você é um filósofo", exclamou. "Eu era um asno até conhecê-lo. Você e K---, pelo lorde Harry! Serei homem por causa de vocês."

"Claro", aplaudiu Macfarlane. "Homem? Digo a você, foi preciso um homem para me ajudar na manhã de ontem. Existem covardes grandes e brigões de quarenta anos que ficariam enjoados só de ver esses m----s; mas você não, você manteve a cabeça firme. Eu percebi."

"Bem, e por que não?", Fettes se gabou. "Não era de minha conta. Por um lado, não havia nada a ganhar além de perturbação, e pelo outro, podia contar com sua gratidão, não vê?" E estapeou o bolso até as moedas de ouro tilintarem.

Macfarlane de algum modo se alarmou um pouco com essas palavras desagradáveis. Talvez se arrependesse por ensinar tão bem o jovem companheiro, mas não tinha tempo para interferir, porque o outro ruidosamente continuou a fanfarronice:

"O grande segredo é não ter medo de nada. Agora, entre mim e você, não desejo ser enforcado — é questão prática; mas de todos os defeitos, Macfarlane, nasci com o desprezo. Inferno, Deus, Diabo, certo, errado, pecado, crime, toda a velha galeria de curiosidades — essas coisas podem assustar garotos, mas homens do mundo, como você e eu, as desprezam. Este é em memória a Gray!"

Nesse momento, já estava um pouco tarde. O cabriolé, de acordo com a ordem, foi levado para perto da porta com ambos os lampiões bem acesos, e os jovens tiveram de pagar a conta e pegar a estrada. Anunciaram que se dirigiam a Peebles, e seguiram nessa direção até estar longe das últimas casas da cidadezinha; então, apagaram os lampiões, voltaram à rota, e seguiram por estradinha paralela em direção a Glencourse. Não havia som além daquele da própria passagem, e da incessante e estridente queda da chuva. Estava completamente escuro; aqui e ali um portão branco ou pedra branca na parede os guiavam pela noite por espaço curto; mas na maior parte era no ritmo de pedestres, e quase tateando, que seguiram a estrada na escuridão ressonante até seu destino solene e isolado. Na mata inundada que atravessava a vizinhança da necrópole, o último vislumbre se apagou, e se tornou necessário acender fósforo e iluminar novamente uma das lanternas do cabriolé. Assim, sob as árvores gotejantes, e envoltos por sombras gigantescas em movimento, chegaram ao cenário de seus labores profanos.

Ambos eram acostumados àquele trabalho, e fortes com a pá; apenas vinte minutos após começarem, foram recompensados com a pancada surda na tampa do caixão. No mesmo momento, Macfarlane, que machucou a mão na pedra, a jogou com cuidado por cima da cabeça. A tumba, em que agora estavam quase até os ombros, era próxima dos limites do platô do cemitério; o lampião do cabriolé estava escorado, para iluminar melhor o trabalho, contra uma árvore, exatamente na beira do íngreme barranco de areia que dava para o regato. Por acaso, a mira com a pedra fora certeira. Então soou o ruído de vidro quebrado; a noite os engoliu; sons alternados surdos e estridentes anunciaram que a lanterna descia o barranco de areia, até a eminente colisão com as árvores. Uma ou duas pedras, que deslocadas com a descida, bateram no fim do vale; e então o silêncio, como a noite, continuou seu ritmo; poderiam tentar escutar ao máximo, mas não havia nada para ouvir além da chuva, ora deslocada com o vento, ora caindo direto, por quilômetros de terra aberta.

Estavam tão perto de terminar essa tarefa abominável, que julgaram ser mais inteligente completá-la no escuro. O caixão foi exumado e arrombado; o corpo inserido no saco gotejante e carregado até o cabriolé; um subiu para ajustá-lo no lugar, e o outro puxou o cavalo pela boca, tateou pelo muro e arbusto até alcançar a estrada principal, ao lado da Fisher's Tryst. Ali havia resplendor fraco e difuso, que saudaram como a luz do dia; com isso conduziram o cavalo até a um ritmo bom e chacoalharam alegres em direção à cidade.

Ambos se encharcaram durante a operação, e agora, conforme o cabriolé pulava entre os profundos sulcos da estrada, a coisa escorada entre eles ora caía sobre um, ora sobre o outro. Sempre que aquele contato horrendo se repetia, cada um institivamente o repelia depressa; e o processo, embora natural, começou a enervar os companheiros. Macfarlane fez piada obscena a respeito da esposa do fazendeiro, mas saiu vazia de seus lábios, e tudo ficou em silêncio. Assim, aquele fardo anormal batia de um lado a outro; e ora a cabeça caía, como em confidência sobre seus ombros, ora o saco encharcado os acertava no rosto, e os esfriava. Um frio horripilante possuiu a alma de Fettes. Espiou o embrulho, e, de algum modo, aquilo lhe pareceu maior que antes. Por todo o interior, e de todas as distâncias, os cães de fazenda acompanhavam sua passagem com ululações trágicas; e cresceu cada vez mais em sua mente a noção de que algum milagre sobrenatural havia acontecido, que alguma mudança inominável havia recaído no corpo morto, e que era por medo da carga profana que os cães uivavam.

"Pelo amor de Deus", disse, em grande esforço para começar a falar, "pelo amor de Deus, precisamos acender a luz!"

Pelo visto Macfarlane estava igualmente afetado, pois, embora não respondesse, parou o cavalo, passou as rédeas ao companheiro, desceu, e acendeu o outro lampião. Àquela altura não haviam passado do cruzamento que dava em Auchenclinny. A chuva ainda caía como se o dilúvio recomeçasse, e não era fácil acender fogo naquele mundo de umidade e escuridão. Quando a oscilante chama azul finalmente foi transferida ao pavio, expandiu e clareou, e verteu grande círculo de brilho enevoado em volta do cabriolé, foi possível aos dois jovens observarem um ao outro e a carga que levavam. A chuva havia modelado na rústica sacaria os contornos do corpo ali dentro; a cabeça distinta do tronco, a forma dos ombros bastante evidente; algo ao mesmo tempo espectral e humano fixou os olhos sobre seu pavoroso companheiro de viagem.

Por algum tempo Macfarlane ficou imóvel, o lampião na mão. Um horror sem nome envolvia, como lençol molhado, o corpo, e esticava a pele branca diante do rosto de Fettes; um medo inexplicável, pavor do que não podia existir, continuou a subir à cabeça. Outra batida no relógio, e teria falado. Mas seu camarada o comunicou.

"Isso não é mulher", disse Macfarlane em voz baixa.

"Era mulher quando a colocamos aqui dentro", sussurrou Fettes.

"Segure o lampião", disse o outro. "Preciso ver o rosto."

Após Fettes pegar o lampião, o companheiro desamarrou as travas do saco e abaixou a cobertura da cabeça. A luz caiu com muita clareza nos traços escuros e bem formados, e as bochechas barbeadas de fisionomia demasiado familiar, vista com frequência nos sonhos de ambos os homens. Um grito selvagem ressoou na noite; cada um saltou de seu lado para a estrada; o lampião caiu, se quebrou, e apagou; e o cavalo, assustado com a comoção incomum, disparou e seguiu até Edimburgo a galope, e levou consigo o único ocupante do cabriolé, o corpo dissecado há tempos do finado Gray.

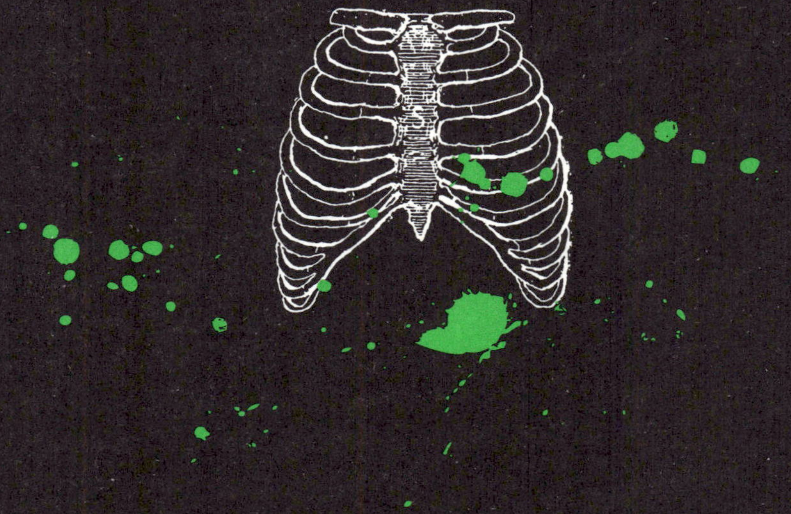

XI

FORÇA

OLALLA

ROBERT LOUIS STEVENSON

1885

"Agora", disse o médico, "a minha parte está feita, e, posso dizer com alguma vaidade, benfeita. Falta apenas tirar você desta cidade fria e venenosa e lhe providenciar dois meses de ar puro e consciência tranquila. Esse último quesito é encargo seu. Quanto ao primeiro, creio que posso ajudá-lo. Na verdade, é bem esquisito; mas ontem mesmo o Padre veio do interior; e como somos velhos amigos, apesar das profissões opostas, ele veio até mim por conta de algo que anda perturbando alguns de seus párocos. Era uma família — mas você não sabe muito sobre a Espanha, e mesmo o nome de nossos nobres lhe são pouco conhecidos; basta dizer, então, que já foram pessoas importantes, agora decaídos à beira da miséria. Agora nada mais lhes pertence, além da residência e de certas léguas de montanha deserta, na maior parte das quais nem mesmo um bode sobreviveria. Mas a casa é antiga e elegante, e fica a boa altura entre as colinas, e é bastante salubre; e mal escutei o relato de meu amigo, me lembrei de você. Contei-lhe que tinha um oficial ferido, ferido por boa causa, que agora podia fazer a mudança; e propus que amigos dele o hospedassem. O rosto do Padre escureceu no mesmo instante, como eu maliciosamente previra. Estava fora de questão, ele disse. Então, deixe-os morrer de fome, eu disse, pois não tenho nenhuma simpatia pelo orgulho maltrapilho. Depois disso nos separamos, não muito contentes um com o outro; mas ontem, para o meu espanto, o Padre retornou e fez uma proposta: a dificuldade, disse, descoberta após perguntar, era menor que o esperado; ou, em outras palavras, essas pessoas orgulhosas tiveram de guardar o orgulho no bolso. Aceitei a oferta; e, sujeito à sua aprovação, aluguei quartos da residência para você. O ar dessas montanhas renovará o seu sangue; e a tranquilidade com a qual viverá por lá é equivalente a todos os remédios do mundo."

"Doutor", disse eu, "você tem sido o meu anjo da guarda por todo esse tempo, e seu conselho é uma ordem. Mas, por favor, me conte algo a respeito da família com quem viverei."

"Já ia chegar lá", respondeu o meu amigo; "e, na verdade, há um problema no caminho. Esses mendicantes são, como disse, de linhagem muito nobre e enfatuados por vaidades sem qualquer fundamento; viveram por algumas gerações em isolamento crescente, evitando, por um lado, os ricos que agora se tornaram nobres demais para eles, e os pobres, que ainda tinham como muito baixos; e mesmo hoje, quando a pobreza os força a destrancarem suas portas para um convidado, não conseguem fazer isso sem alguma condição extremamente descortês. Você deverá permanecer, dizem, um forasteiro; lhe darão assistência, mas recusam desde já a menor intimidade que seja."

Não nego que fiquei curioso, e talvez essa sensação fortaleceu o desejo de ir, pois estava confiante que poderia quebrar a barreira, se desejasse. "Não há nada de ofensivo nessa condição", falei; "chego até a simpatizar com o sentimento que a inspirou."

"É verdade que nunca viram você", afirmou o médico educadamente; "e se soubessem que é o homem mais bonito e agradável que já surgiu na Inglaterra (de onde me dizem que homens bonitos são comuns, mas agradáveis nem tanto), sem dúvidas lhe receberiam com mais cortesia. Mas já que aceita isso tão bem, não importa. A mim, na verdade, parece deselegante, mas você se mostrará o favorecido, e a família não o tentará tanto. Uma mãe, um filho, uma filha; uma velha que dizem ser lenta da cabeça, um tabaréu do campo, uma garota do campo, que se dá muito bem com o confessor, e, portanto", o médico riu abafado, "muito provavelmente sem nenhuma graça; não há muito o que atiçar as fantasias do impetuoso oficial."

"Mas, ainda assim, você diz que são bem-nascidos", objetei.

"Bem, quanto a isso, deveria fazer uma distinção", replicou o médico. "A mãe é; os filhos, nem tanto. A mãe era a última representante da linhagem de uma princesa, degenerada tanto nos genitores como na fortuna. Seu pai não apenas era pobre, ele era louco; e então a garota viveu sem controle nos arredores da residência até a morte dele. Assim, boa parte da fortuna morreu com ele, e com a família quase extinta, a garota ficou mais selvagem que nunca, até que finalmente casou, Deus sabe com quem; um muleiro, alguns dizem, um contrabandista, de acordo com outros, enquanto alguns sustentam que sequer houve casamento, e que Felipe e Olalla são bastardos. A união, seja como for, foi tragicamente dissolvida há alguns anos; mas vivem em tal reclusão, e o local naquela época estava em tamanha desordem, que o modo preciso de como o homem se foi é conhecido apenas pelo clérigo — se chega a tanto."

"Começo a achar que terei experiências estranhas", afirmei.

"Eu não romantizaria isso se fosse você", respondeu o médico; "encontrará, acredito, realidade bastante baixa e ordinária. Felipe, por exemplo, eu vi. E o que deveria dizer? É muito rústico, muito hábil, muito bruto, e, devo dizer, um inocente; os outros provavelmente devem ser a mesma coisa. Não, não, señor comandante, procure socialização apropriada com as grandes vistas de nossas montanhas; e com essas, ao menos, se você for um amante dos trabalhos da natureza, prometo que não se desapontará."

No dia seguinte, Felipe veio me buscar em carroça grosseira, levada por mula; e pouco antes de atingir o meio-dia, após dar adeus ao médico, ao estalajadeiro, e a diversas almas boas que fizeram amizade comigo durante minha doença, seguimos para fora da cidade pelo portão leste, e subimos a Sierra. Havia ficado preso por tanto tempo, desde que fora deixado para morrer após a perda do comboio, que o mero cheiro da terra me fez sorrir. A estrada por onde seguíamos era malfeita e pedregosa, parcialmente coberta por árvores selvagens, ora o sobreiro, ora o grande castanheiro espanhol, e frequentemente interseccionada pelos leitos de torrentes das montanhas. O sol estava forte, e o vento sibilava com alegria; havíamos avançado alguns quilômetros, e a cidade já havia diminuído até parecer um montinho insignificante na planície atrás de nós, antes que a minha atenção se dirigisse ao companheiro de viagem. Ao olhar, parecia mero sujeito do campo, diminuto, rústico, e bem constituído, assim como o médico havia descrito, extremamente ágil e ativo, mas desprovido de qualquer cultura; e essa primeira impressão, para a maioria dos observadores, era definitiva. O que chamou a minha atenção foi a conversa íntima e tagarela; tão estranhamente diversa dos termos com que esperava ser recebido; e em parte por conta dessa enunciação imperfeita, em parte por conta da vivaz incoerência do assunto, foi difícil acompanhá-lo com clareza sem esforço mental. É verdade que antes já havia conversado com pessoas de constituição mental similar; pessoas que pareciam viver (como ele) pelos sentidos, tomados e possuídos pelo objeto visual do momento e incapazes de descartarem das mentes aquela impressão. A sua me pareceu (eu sentado, ouvindo com distanciamento) espécie de conversa apropriada a condutores, que passam boa parte do tempo sem utilizar o intelecto, atando as visões de região familiar. Mas esse não era o caso de Felipe; de acordo com o seu próprio relato, era caseiro; "queria estar lá agora", disse; e então, espiou a árvore na beira do caminho, irrompeu a me contar que certa vez vira um corvo em seus galhos.

"Corvo?", repeti, espantado com a ineptidão do comentário, que acreditei ouvir errado.

Mas, nessa altura, já estava absorto por nova ideia; escutava com atenção arrebatada, a cabeça de lado, o rosto franzido; e me atingiu com pancada forte, para que me calasse. Então sorriu e balançou a cabeça.

"Ouviu alguma coisa?", perguntei.

"Oh, está tudo bem", disse; e começou a impulsionar a mula com gritos que ecoaram inumanamente pelos paredões de montanha.

Olhei para ele com mais atenção. Era superlativamente bem constituído, leve, flexível e forte; era apessoado; os olhos amarelos eram muito grandes, embora, talvez, não muito expressivos; no todo, era sujeito de aparência agradável, e não encontrei defeito nele, além da coloração sombria, e certa tendência a ser peludo; duas características que não gostava. Era a sua mente que me intrigava, até mesmo, me atraía. A frase do médico — um inocente — me voltou à cabeça; e me perguntava se aquilo era, afinal, descrição verdadeira, quando a estrada desceu em abismo estreito e vazio de aguaceiro. As águas trovejavam tumultuosamente no fundo; e a ravina era preenchida pelo ruído, o espirro fino, e as pancadas do vento que acompanhavam a descida. A cena certamente era impressionante; mas a estrada naquele trecho era bem protegida pelos paredões; a mula seguiu em frente sem vacilar; e fiquei atônito ao perceber a palidez do rosto aterrorizado de minha companhia. A voz daquele rio selvagem era inconstante, ora enfraquecia como que por cansaço, ora duplicava os tons roucos; inundações momentâneas pareciam aumentar o seu volume, lavavam a garganta, rugiam e batiam-se contra as paredes da barreira; e observei que era particularmente quando o clamor aumentava que o meu condutor piscava e empalidecia. Passaram pela minha mente o Kelpie dos rios[1] e alguns pensamentos de superstição escocesa; perguntei-me se porventura algo parecido prevalecia naquela parte da Espanha; me virei para Felipe, e tentei retirá-lo daquilo.

"Qual o problema?", perguntei.

"Oh, estou com medo", respondeu.

"Medo de quê?", devolvi. "Este parece um dos lugares mais seguros nesta estrada tão perigosa."

"Ela faz barulho", disse com simplicidade de espanto que acalmou as minhas dúvidas.

---

[1] No folclore escocês, o Kelpie é espírito das águas que surge em forma de cavalo, às vezes de humano.

Quanto ao intelecto, o rapaz não passava de criança; a mente era como o corpo, ativo e ágil, mas de desenvolvimento atrofiado; e daquele momento em diante comecei a sentir certa pena dele, e a escutar primeiro com indulgência, e depois até com algum prazer, a sua ladainha desarticulada.

Por volta das quatro da tarde, havíamos cruzado o pico da montanha, dado adeus ao sol poente, e descemos pelo outro lado, na beira do limite de muitas ravinas e nos movíamos por entre a sombra de florestas sombrias. Ali se elevava por todos os lados a voz da água que caía, não condensada e formidável como na garganta do rio, mas dispersa e alegre e musical de grota a grota. Aqui, também, o espírito de meu condutor se emendou, e cantou com voz alta de falsete, com singular obtusidade quanto à percepção musical, nunca encaixando o tom ou a melodia, mas mudava à vontade, e ainda assim, aquilo de certo modo era natural e agradável, como o canto dos pássaros. Com a proximidade do crepúsculo, ficava cada vez mais enfeitiçado por esse gorjeio sem arte, escutava e esperava por alguma melodia articulada e ainda desapontado; e quando finalmente lhe perguntei o que cantava — "Oh", exclamou, "só estou cantando!". Acima de tudo, fui arrebatado por truque que repetia incansavelmente a mesma nota em pequenos intervalos; não era tão monótono quanto parece, ou, ao menos, não tão desagradável; e parecia exalar maravilhoso contentamento em si mesmo, como o que amamos imaginar na atitude das árvores ou na mansuetude do lago.

A noite havia escurecido antes que chegássemos num lugar plano, e paramos pouco depois, em certo bloco de negrume intenso que só pude presumir ser a residência. Aqui, o guia desceu da carroça, uivou e assobiou em vão por longo tempo; até que por fim um velho camponês veio em nossa direção de algum lugar na escuridão que nos rodeava, com uma vela. Por essa luz consegui perceber grande passagem arqueada, de estilo mourisco: estava fechada por portões com barras de ferro, em um dos lados Felipe abriu a portinhola. O camponês levou a carroça para alguma construção externa; mas o guia e eu passamos pela portinhola, fechada novamente atrás de nós; e com a luz das velas, atravessamos o pátio, subimos a escadaria de pedra, percorremos a seção da galeria aberta, e mais escadas acima, até que finalmente chegamos à porta de aposento grande e, de certa forma, vazio. Esse cômodo, que entendi ser o meu, era perfurado por três janelas alinhadas com algumas madeiras lustrosas envolta de vidros, e tinha o chão coberto por várias peles de animais selvagens. O fogo reluzia na chaminé, e espalhava fulgor tremeluzente; próximo ao clarão, a mesa preparada para a ceia; e, no canto oposto, a cama estava pronta. Apreciei esses preparos, e o mencionei a Felipe, que então, com a mesma simplicidade de disposição que já havia percebido nele, repetiu os meus elogios calorosamente. "Um quarto agradável", disse, "quarto muito agradável. E fogo, também; fogo é bom; derrete o prazer nos ossos. E a cama", continuou e levou a vela naquela direção — "veja que lençóis agradáveis — que macio, liso, liso"; e passava e passava a mão, sentia a textura, e então abaixou a cabeça e esfregou as bochechas com contentamento repulsivo que de certo modo me incomodou. Tirei a vela de sua mão (pois temia que tacasse fogo na cama) e voltei até a mesa da ceia, onde, notei um pouco de vinho, servi uma taça e o chamei para se aproximar e tomar. Saltou de vez e correu até mim com forte expressão de esperança; mas quando viu o vinho, deu de ombros visivelmente.

"Oh, não", disse, "isso não; é para você. Eu odeio."

"Muito bem, señor", disse, "então beberei à sua boa saúde, e à prosperidade de sua casa e família. Falando da qual", prossegui, após beber, "não terei o prazer de fazer as minhas saudações em pessoa aos pés da Señora, a sua mãe?"

No entanto, com essas palavras, a infantilidade desapareceu do rosto e foi seguida por olhar de indescritível astúcia e sigilo. Ele se afastou de mim na mesma hora, como se fosse um animal prestes a dar o bote, ou perigoso sujeito armado, e ele, ao se aproximar da porta, me encarou carrancudo, com as pupilas contraídas. "Não", disse por fim, e no momento seguinte saiu do aposento em silêncio; então ouvi os passos morrerem escada abaixo, leves como a chuva, e a quietude dominou a casa.

Após cear, saí da mesa, me aproximei da cama e me preparei para descansar; mas com a nova posição da luz, me deparei com a pintura na parede. Representava mulher, ainda jovem. A julgar pelas roupas e unidade branda que reinava no óleo, havia morrido fazia muito tempo; a julgar pela vivacidade do porte, olhos e traços, poderia estar diante de imagem viva no espelho. Seu físico era muito magro e forte, e de proporções justas; madeixas ruivas repousavam como coroa na testa; os olhos, de castanho muito dourado, dominaram os meus com um olhar; e o rosto, de forma perfeita, ainda assim era desfigurado por expressão cruel, taciturna e sensual. Algo tanto na face quanto no corpo, algo formidavelmente tangível, como o eco de um eco, sugeria os traços e o porte de meu guia; assim, fiquei parado um tempo, desagradavelmente atraído e maravilhado com a estranheza da semelhança. A linhagem comum e carnal daquela raça, que originalmente havia sido o desígnio de damas nobres como aquela que me observava da tela, fora rebaixada a usos mais ordinários, de roupas rústicas, sentado no eixo e com as rédeas da carroça de mula, para trazer um hóspede para casa. Talvez a ligação de fato existisse; talvez algum escrúpulo da carne delicada que uma vez se cobriu com o cetim e o brocado da dama morta, agora se retraía com o rude contato da baeta de Felipe.

A primeira luz da manhã brilhou inteiramente no retrato, e, deitado desperto, meus olhos continuaram a pousar sobre ele com complacência cada vez maior; a beleza formigava insidiosamente em meu coração, silenciava meus escrúpulos um após o outro; e por mais que soubesse que amar tal mulher era o sinal e o selo da própria sentença da degeneração de alguém, também sabia que, se estivesse viva, a amaria. Dia após dia, o conhecimento duplo de sua perversidade e de minha fraqueza ficava cada vez mais evidente. Ela se tornou a heroína de muitos de meus devaneios, nos quais seus olhos, suficientemente recompensados, induziam ao crime. Ela projetava sombra escura em minha fantasia; e quando saía ao ar livre, em exercícios vigorosos para renovar com saúde a minha corrente sanguínea, geralmente me era pensamento feliz que a minha feiticeira estava segura no túmulo, a varinha da beleza quebrada, os lábios fechados em silêncio, a poção derramada. Mesmo assim, sentia medo, algo hesitante, de que não estivesse morta, no fim das contas, e sim ressurgida no corpo de algum descendente.

Felipe servia as minhas refeições em meu próprio aposento; e sua semelhança com o retrato me assombrava. Às vezes, não era; às vezes, por alguma mudança de atitude ou relampejo de expressão, isso saltava diante de mim como um fantasma. Era, acima de tudo, no temperamento malvado que a semelhança triunfava. Certamente gostava de mim; ficava orgulhoso quando o notava, o que buscava estimular com muitos artifícios simples e infantis; adorava sentar-se perto de mim diante da lareira, falar de jeito fragmentado ou cantar suas canções esquisitas, intermináveis e sem palavras, e, às vezes, passar a mão em minhas roupas com modo afetado de acariciar que jamais falhava em me causar incômodo do qual me envergonhava. Além disso tudo, era capaz de rompantes de raiva desmotivada e de crises de rabugice emburrada. Vi uma vez, diante de uma palavra de reprovação, virar o prato que eu estava prestes a comer, e isso não furtivamente, mas em desafio, e também com um pouco de inquisição. Não era incomum que eu ficasse curioso, nesse lugar estranho rodeado por pessoas estranhas; mas à sombra de uma pergunta, ele se encolhia para trás, sinistro e perigoso. Foi então que, por fração de segundo, esse rústico rapaz poderia ser o irmão da dama na moldura. Mas esses humores se passaram rapidamente; e a semelhança morreu com eles.

Nesses primeiros dias não vi nada ou ninguém além de Felipe, a não ser que se conte o retrato; e uma vez que o sujeito claramente tinha a mente fraca, e momentos de furor, pode-se imaginar que suportei essa perigosa proximidade com equanimidade. Na verdade, por algum tempo foi fatigante; mas logo obtive domínio tão completo sobre ele que a minha inquietude cessou.

Aconteceu deste modo: ele era indolente por natureza, um tanto vagabundo, ainda assim ficava nos arredores da casa, e não apenas esperava por meus pedidos, mas labutava todos os dias no jardim ou no pequeno roçado ao sul da residência. Ali era acompanhado pelo camponês que vira na noite da chegada, que morava nos limites do terreno, a cerca de oitocentos metros de distância, em casebre tosco; mas estava claro para mim que, dos dois, era Felipe quem mais trabalhava; e embora às vezes o observasse jogar a pá de lado e dormir sobre as próprias plantas que labutava, sua constância e energia eram em si admiráveis, e ainda mais desde que tive certeza de que eram estranhas à sua disposição e frutos de esforço sem gratificação. Mas enquanto admirava, me perguntei o que movia um rapaz de intelecto tão limitado a esse duradouro senso de dever. Como se mantinha, perguntei-me, e até onde aquilo prevalecia sobre os instintos? O padre provavelmente era a sua inspiração; mas o padre um dia veio à residência. Eu o observei vir e ir embora no intervalo de cerca de uma hora, do montículo onde eu desenhava, e todo esse tempo Felipe trabalhou no jardim sem se perturbar.

Ao fim, em humor bastante indigno, decidi desvirtuar o rapaz das boas resoluções, o embosquei diante do portão, e facilmente o persuadi a se juntar a mim num passeio. Era belo dia, e o bosque onde o levei era verde e agradável e de cheiro doce e vivo com o zumbido dos insetos. Ali se descobriu no frescor, elevou-se a alturas de jovialidade que me deixava confuso, e exibiu energia e graça de movimentos agradáveis ao olhar. Saltava, e corria em minha volta por mero contentamento; parava, e olhava e escutava, e parecia beber do mundo com sinceridade; então, de repente, subiu na árvore de uma vez, e se pendurou e dava cambalhotas ali como se fosse a sua casa. Por pouco que falasse, isso não importa muito, pois raramente desfrutei de companhia tão ativa; a visão de seu deleite era festa contínua; a velocidade e precisão de seus movimentos me agradavam de coração; e poderia ser tão impensadamente indelicado para fazer dessas caminhadas hábito, não houvesse o acaso me preparado conclusão deveras grosseira ao meu conforto. Com alguma rapidez ou destreza o rapaz capturou um esquilo no topo de uma árvore. Ele estava um tanto à frente, mas o vi pular para o chão e rastejar ali, gritar alto de prazer como criança. O som comoveu as minhas simpatias, pois era genuíno e inocente; mas quando apertei o passo para me aproximar, o guincho do esquilo me atingiu o coração. Já havia visto e ouvido falar bastante da crueldade dos jovens, sobretudo campônios; mas o que agora contemplava me pôs em furor de raiva. Empurrei o sujeito de lado, arranquei o pobre animal de suas mãos, e num instante o matei por piedade. Então me virei para o torturador, e falei bastante com ele, no calor de minha indignação, chamando-o por nomes que pareciam fazê-lo murchar; e ao fim, apontei para a residência, lhe acenei para que se fosse e me deixasse, pois preferia andar com homens, e não com vermes. Caiu de joelhos, e, com as palavras mais claras que o normal, jorrou uma torrente das súplicas mais tocantes, me implorou que o perdoasse à sua mercê, que me esquecesse do que havia feito, que olhasse para o futuro. "Oh, tento tanto", disse ele. "Oh, comandante, fique com Felipe desta vez; ele jamais será bruto novamente!" Portanto, mais afetado do que ousei demonstrar, me deixei persuadir, e, ao fim, apertamos as mãos e fizemos as pazes. Mas o obriguei, como punição, a enterrar o esquilo; falei da beleza da pobre criatura, lhe contei como havia sofrido, e como era vil o abuso de força. "Veja, Felipe", disse, "você de fato é forte; mas em minhas mãos está tão perdido quanto aquela criatura na árvore. Dê-me a mão. Você não consegue soltá-la. Agora imaginemos que fosse tão cruel quanto você, e sentisse prazer com a dor. Basta-me apertar mais forte, e ver como sofre." Gritou alto, a face empalideceu e ele se cobriu de pontos finos de suor; e quando o soltei, caiu no chão, cuidou da mão e gemeu como um bebê. Mas entendeu bem a lição; não importa se daquilo, ou do que lhe dissera, ou a noção mais precisa que agora tinha de minha força física, sua afeição original se tornara fidelidade adoradora, canina.

Enquanto isso, minha saúde melhorou rapidamente. A residência ficava no cume de platô rochoso; as montanhas a rodeavam por todos os lados; apenas do teto, onde havia uma guarita, podia ser visto entre dois picos pequeno trecho plano e azul, a uma distância extrema. O ar nessas altitudes fluía livre e abundante; grandes nuvens se amontoavam por lá, divididas pelo vento e espalhadas pelos topos das montanhas; uma reverberação grave, porém fraca, das torrentes podia ser ouvida por toda a parte; e ali era possível estudar as características mais rústicas e priscas da natureza com um pouco de sua força imaculada. Desde o começo apreciei o cenário vigoroso e o clima instável; e não menos a mansão antiga e dilapidada onde estava hospedado. Tratava-se de retângulo comprido, flanqueado nos cantos opostos por duas projeções como bastiões, uma das quais com visão para a porta, enquanto ambas possuíam furos para mosquetes. O andar de baixo era, além disso, desprovido de janelas, de forma que a construção, se guarnecida, não podia ser tomada sem artilharia, pois guardava um pátio aberto com romãzeiras. De lá, grande escadaria de mármore terminava em galeria aberta, dava a volta e parava, de frente para o pátio, em pilares finos. Desse ponto, várias escadarias fechadas iam aos andares superiores da casa, que estavam assim repartidos em divisões distintas. As janelas, tanto por dentro como por fora, estavam bem trancadas; parte dos trabalhos em pedra na parte de cima haviam desabado; o teto, num ponto, havia sido arruinado nas ventanias que eram comuns nessas montanhas; e a casa inteira, sob o sol forte e arrebatador, em meio a alameda de sobreiros podados, bastante carregados e descoloridos com a poeira, parecia o palácio do sono da lenda. O pátio, em particular, era semelhante ao próprio lar da sonolência. Grave arrulho de pombos ocupava os beirais; os ventos não batiam ali, mas quando assopravam de fora, montanha de poeira caía lá dentro como chuva grossa, e escondia o vermelho florescente das romãs; era rodeado por janelas com venezianas, e as portas fechadas de numerosos porões, e os arcos vazios da galeria; e durante o dia inteiro, o sol fazia perfis quebrados nos quatro lados, e projetava a sombra dos pilares no chão da galeria. No nível mais baixo havia, no entanto, certo recuo dos pilares, que trazia marcas da presença humana. Apesar de aberta de frente para o pátio, dispunha de chaminé, onde o fogo de lenha sempre queimava bem; e o chão de azulejos estava sujo com peles de animais.

 Foi nesse lugar em que vi minha anfitriã pela primeira vez. Ela havia levado para fora uma das peles e se sentado sob o sol, recostada no pilar. Foi o vestido o que me chamou a atenção primeiro, pois era elegante e brilhantemente colorido, e se destacava naquele pátio empoeirado com algo do mesmo alívio causado pelas flores das romãs.

Na segunda olhada, foi a beleza física que me chamou a atenção. Ao se sentar — me observava, pensei, embora com olhos invisíveis — usava ao mesmo tempo expressão de contentamento e de bom humor quase imbecil, mostrou perfeição de traços e nobreza quieta de comportamento maiores que as de estátua. Ao passar, tirei o chapéu para ela, e seu rosto franziu de suspeita com a mesma rapidez e a leveza com que a poça se enruga na brisa; mas não deu atenção à cortesia. Segui para a minha caminhada habitual um tanto desanimado, assustado com a sua impassibilidade de estátua; ao retornar, embora ainda com a mesma postura, me surpreendi bastante por ver que ela havia se movido até o outro pilar, seguindo o sol. Desta vez, no entanto, se dirigiu a mim com saudação trivial, civilmente concebida, e murmurada ao mesmo modo, do fundo do peito, porém com tons indistintos e balbuciados, que já haviam atordoado ao máximo a delicadeza de minha audição com o filho dela. Respondi principalmente pela aventura; não apenas compreendera mal o que dissera, como a súbita revelação de seus olhos me perturbou. Eram incomumente grandes, a íris dourada como a de Felipe, mas a pupila naquele momento se dilatou e pareceu completamente preta; e o que me afetou não era tanto o tamanho quanto (talvez fosse consequência disso) a singular falta de significado daquelas vistas. Jamais vi olhar tão inexpressivamente estúpido. Meus olhos os encararam mesmo enquanto falava, e segui meu caminho escada acima para o aposento, ao mesmo tempo atordoado e envergonhado. Ainda assim, cheguei lá e vi o rosto no retrato, e mais uma vez fui lembrado do milagre da descendência familiar. Minha anfitriã era, de fato, mais velha e mais plena em pessoa; seus olhos de cor diferente; seu rosto, além disso, não era desprovido apenas do significado vil que me incomodava e me atraía na pintura; era desprovido de bondade ou maldade — vazio moral que literalmente expressa o nada. Porém ainda havia uma semelhança, não tanto ao se falar do imanente, não tanto em algum aspecto particular, mas no todo. Parecia, pensei, que quando o mestre assinou aquela grave pintura, não apenas capturou a imagem da mulher sorridente de olho falso, mas carimbou a qualidade essencial de uma raça.

Daquele dia em diante, viesse ou fosse, sabia que haveria de encontrar a Señora sentada ao sol, recostada no pilar, ou esticada no tapete diante do fogo; apenas às vezes mudava para cima da escadaria de pedra, onde se deitava com a mesma indiferença, exatamente em meu caminho. Em todos esses dias, jamais a percebi demonstrar a menor centelha de energia além da que gastava escovando e escovando novamente o copioso cabelo cor de cobre, ou para me balbuciar, com bela e esganiçada rouquidão da voz, as habituais e ociosas saudações. Esses, penso, eram os seus dois principais prazeres, além da mera tranquilidade. Sempre parecia orgulhosa dos comentários, como se fossem frases sagazes; e, na verdade, embora vazios, como a conversa de muitos respeitáveis, e voltadas à gama de assuntos bastante estreita, jamais eram sem sentido ou incoerentes; não, tinham certa beleza particular, sustentados, como eram, por todo o contentamento dela. Ora falava do calor, que (como o filho) adorava demais; ora falava das flores das romãzeiras, e ora dos pombos brancos e das andorinhas de asas compridas que planavam sobre o pátio. Os pássaros a empolgavam; quando passavam pelos beirais em voo veloz, ou encostavam nela com a lufada de vento, ela se agitava, e se sentava um pouco mais para cima, e parecia despertar do torpor de satisfação. Mas, pelo resto dos dias, se deitava luxuosamente curvada sobre si mesma e mergulhada no ócio e no lazer. No começo, o seu contentamento invencível me incomodava, mas gradualmente vim a encontrar repouso no espetáculo, até que, por fim, criei o hábito de me sentar ao lado dela quatro vezes ao dia, a cada ida e vinda, e a falar com ela sonolenta, mal sabia do quê. Passei a apreciar a sua companhia muda, quase animal; a beleza e a estupidez me acalmavam e divertiam. Notei certo bom senso transcendental nos comentários, e sua natureza insondavelmente boa me comoveu a ponto da admiração e da inveja. O apreço foi recíproco; apreciava a minha presença semiconsciente, como homem em profunda meditação é capaz de desfrutar dos sussurros do riacho. Pouco posso afirmar que se iluminava quando eu vinha, pois a satisfação estava eternamente escrita em seu rosto, como na estátua do idiota; mas percebia o seu prazer mais por comunicação íntima que pela visão. E um dia, ao me sentar perto dela no degrau de mármore, esticou a mão de vez e afagou a minha. Feito isso, voltou à atitude normal, antes que minha mente recebesse a informação da carícia; e quando me virei para encará-la, não recebi qualquer sentimento de resposta. Estava claro que não vinculava o ato a qualquer momento, e me culpei por minha própria consciência intranquila.

A visão e (se assim posso chamar) o conhecimento da mãe confirmou a impressão que já tinha do filho. O sangue da família havia empobrecido, talvez por longa endogamia, que sabia ser erro comum entre os orgulhosos e exclusivos. Nenhum declínio, na verdade, podia ser traçado no corpo, transmitido sem páreo na forma e na força; e os rostos de então foram cunhados com exatamente o mesmo molde do rosto de dois séculos de idade que me sorria do retrato. Mas a inteligência (herança mais preciosa) estava degenerada; o tesouro da memória ancestral era fraco; e foi preciso o cruzamento potente e plebeu com um muleiro ou contrabandista para trazer, o que na mãe se parecia com letargia, a ativa bizarrice do filho. Ainda assim, entre os dois, era a mãe quem eu preferia. De Felipe, vingativo e implacável, cheio de chiliques e vergonhas, inconstante como lebre, conseguia até pensar como criatura possivelmente nociva. Da mãe não tinha outros pensamentos além dos gentis. E, na verdade, como espectadores geralmente são ignorantes e aptos a escolher lados, fui um pouco partidário na inimizade que percebi latente entre eles. De fato, parecia maior da parte da mãe. Às vezes, ela respirava fundo quando ele se aproximava, e as pupilas dos olhos vazios se contraíam como que com horror ou medo. Suas emoções, tais como eram, ficavam na superfície e eram prontamente compartilhadas; e essa repulsão latente ocupava a minha mente, me trazia a dúvida em qual base se sustentava, e que o filho certamente era culpado de algo.

Já havia passado quase dez dias na residência, quando começou ventania forte e alta, com nuvens de poeira. Veio das planícies contaminadas por malária, e de diversas sierras cheias de neve. Os nervos daqueles sobre quem soprou ficaram atiçados e exasperados; os olhos irritados com a poeira; as pernas doíam com o peso do corpo; e o toque da mão sobre a outra tornou-se odioso. O vento, além disso, descia as ravinas das montanhas e batia na casa com zumbido grande e surdo que era cansativo ao ouvido e sinistramente depressivo para a mente. Não soprava em rajadas, mas como a varredura constante de cachoeira, de modo que não havia redução do desconforto enquanto soprava. Porém numa parte mais alta da montanha, provavelmente tinha força mais variável, com acessos de fúria; pois às vezes descia ao ouvido lamento distante, infinitamente melancólico; e às vezes, num dos penhascos altos ou terraços, começava, e depois se dissolvia, a torre de poeira, como a fumaça de explosão.

Mal despertei na cama e percebi tensão nervosa e depressão no clima, e o feito ficou mais forte conforme o dia avançava. Foi em vão que resisti; em vão que prossegui na caminhada matinal de costume; a fúria irracional e constante da tempestade logo derrotou a minha força e arruinou o ânimo; e voltei à residência, reluzindo com calor sequioso, e imundo e coberto de poeira. O pátio tinha aspecto desamparado; volta e meia um feixe de sol escapava até lá; volta e meia o vento atacava as romãs, e espalhava as flores, e fazia as venezianas das janelas baterem na parede. No vão, a Señora andava de um lado a outro com o semblante ruborizado e olhos brilhantes; pensei, também, que falava consigo mesma, como alguém enraivado. Mas então me dirigi a ela com a saudação de costume, e respondeu com gesto seco e continuou a andar. O clima irritou até mesmo essa criatura impassível; quando subi as escadas fiquei menos envergonhado por minha própria descompostura.

O vento continuou o dia inteiro; me sentava no aposento e fazia simulação de leitura, ou andava para cima e para baixo, e escutava o tumulto acima da cabeça. A noite caiu, e não tinha sequer uma vela. Ansiei por alguma companhia, e desci até o pátio. Agora estava mergulhado na melancolia da primeira escuridão; mas o vão era iluminado pela luz avermelhada do fogo. A madeira formava grande pilha, e foi coroada por labareda, que o esboço de chaminé brandia para lá e para cá. Nesse brilho forte e tremeluzente, a Señora continuou a andar de uma parede a outra com gestos desconectados, apertava as mãos, estirava os braços para frente, lançava a cabeça para trás como se apelasse aos céus. Nesses movimentos desordenados, a beleza e a graça da mulher se mostraram mais claras; mas havia luz no olho que me desagradou quando notei; e após assistir em silêncio por um tempo, aparentemente sem ser observado, escapuli como havia chegado, e tateei pelo caminho de volta até o meu quarto.

Quando Felipe me levou a ceia e luzes, minha paciência já estava completamente esgotada; e, estivesse o rapaz como me acostumei a vê-lo, o teria mantido (mesmo à força, se necessário fosse) para me aliviar da desgostosa solidão. Mas em Felipe, também, o vento havia exercido a influência. Estivera febril o dia inteiro; agora que a noite chegara, havia irrompido em humor baixo e vacilante que influenciava o meu. A visão de seu rosto assustado, as crises e palidez, e súbitas audições, me enervaram; e quando quebrou o prato por derrubá-lo, dei um pequeno salto no assento.

"Creio que todos ficamos loucos hoje", disse e busquei sorrir.

"É o vento negro", respondeu lúgubre. "Você sente que tem que fazer algo, mas não sabe o quê."

Percebi a prontidão da descrição; mas, na verdade, Felipe às vezes tinha estranha felicidade ao transformar em palavras as sensações do corpo. "E a sua mãe, também", disse; "parece sentir bastante este clima. Você não receia que esteja mal?"

Ele me encarou por um instante, então disse "Não", quase desafiador; e no momento seguinte, levou a mão à testa, gritou lamentavelmente a respeito do vento e do barulho que fazia a cabeça girar como a roda de moinho. "Quem poderá estar bem?", exclamou; e, na verdade, podia apenas ecoar a pergunta, pois eu mesmo estava bastante perturbado.

Fui para a cama cedo, fatigado pela falta de descanso do dia inteiro; mas a natureza peçonhenta do vento, e o rugido ímpio e intermitente, não me permitiam dormir. Fiquei deitado, rolando na cama, meus nervos e sentidos no limite. Às vezes cochilava, tinha um sonho horrível, e despertava novamente; e esses lapsos de esquecimento me confundiam a respeito do horário. Mas devia ser tarde da noite, quando fui surpreendido de vez pelo rompante de gritos odiosos e lamentáveis. Saltei da cama, supondo que havia sonhado; mas os gritos continuaram a preencher a casa, gritos de dor, pensei, mas certamente também de raiva, e tão selvagens e dissonantes que abalavam o coração. Não era ilusão; algum ser vivo, algum lunático ou algum animal selvagem, era brutalmente torturado. A lembrança de Felipe com o esquilo passou por minha mente, e corri até a porta, mas fora trancada por fora; podia bater o quanto quisesse, não tinha qualquer meio de sair. E os gritos continuavam. Agora, reduzidos a um gemido que parecia articulado, e nesses momentos tinha certeza de ser humano; e mais uma vez recomeçaram e encheram a casa com desvarios dignos do inferno. Fiquei diante da porta e escutei, até finalmente cessarem. Muito tempo depois, ainda relutava a me mover e continuava a escutá-los na imaginação, misturados com a tempestade de vento; e quando finalmente me arrastei até a cama, foi com enfermidade mortal e a escuridão de horror no coração.

Não é de se espantar que não tenha dormido mais. Por que fora trancado? O que aconteceu? Quem era o autor daqueles gritos indescritíveis e chocantes? Um ser humano? Era inconcebível. Uma besta? Os gritos eram um tanto bestiais; mas que animal, além do leão ou o tigre, conseguia abalar as sólidas paredes da residência daquele modo? E enquanto ponderava assim a respeito dos elementos do mistério, me veio à mente que ainda não havia visto a filha da casa. O que seria mais provável, além de que a filha da Señora, e a irmã de Felipe, fosse ela mesma insana? Ou, o que poderia ser mais plausível que essas pessoas ignorantes e de mente limitada a controlar com violência a parente aflita? Aqui estava a solução: ainda assim, quando me recordava dos gritos (o que jamais fiz sem estremecer com calafrios) parecia no todo insuficiente; nem mesmo a crueldade poderia arrancar tais gritos da loucura. Mas de uma coisa tinha certeza: não podia ficar na casa onde algo assim fosse levemente concebível sem tentar resolver o problema e, se necessário, interferir.

Chegou o dia seguinte, o vento havia ido embora, e não havia nada que me lembrasse o ocorrido na noite anterior. Felipe veio à beira de minha cama com evidente euforia; quando atravessei o pátio, a Señora tomava sol com a imobilidade costumeira; e quando saí pelo portão, encontrei toda a paisagem natural sorrindo austeramente, o céu de azul frio, semeado por grandes ilhas de nuvens, e os lados de montanha mapeados com províncias de luz e sombra. Uma caminhada curta me recuperou, e renovou em mim a resolução em explorar esse mistério; e quando, da vantagem do montículo de terra, vi Felipe passar para os labores no jardim, retornei imediatamente à residência para efetivar o meu plano. A Señora parecia mergulhada em sono; fiquei parado por um tempo e prestei atenção nela, mas sequer se mexeu; mesmo que meu plano fosse indiscreto, não tinha muito o que temer de vigia assim; então, me virei, subi até a galeria e explorei a casa.

Por toda a manhã, passei de uma porta a outra, e entrava em câmaras espaçosas e opacas, algumas vedadas grosseiramente, algumas com carga total da luz do sol, todas vazias e desabitadas. Era casa rica, na qual o Tempo assoprara a sua mácula e a poeira espalhara a desilusão. A aranha se pendurava ali; a tarântula empapuçada se esgueirava para as cornijas; as formigas faziam as estradas tumultuadas no chão de salões de audiência; a mosca grande e vil, que vive na imundície e frequentemente é a mensageira da morte, havia se assentado nos móveis de madeira apodrecidos, e zumbia alto pelos cômodos. Aqui e ali algumas banquetas, sofá, cama, e grande cadeira entalhada permaneciam, como ilhotas no piso vazio, para testemunharem antiga ocupação do homem; e todas as paredes estavam ornadas com retratos dos mortos. Pude perceber, por essas efígies decadentes, quão bela e grandiosa era a estirpe dos donos da casa onde perambulava. Muitos dos homens tinham o peito condecorado e ostentavam o porte dos nobres oficiais; todas as mulheres trajadas com luxo; a maioria das telas era assinada por mãos famosas. Mas não era tanto essas evidências de grandeza que ocupavam a minha mente, mesmo em contraste, tal qual estavam, com o presente despovoamento e decadência do casarão; e sim, principalmente, a parábola da história familiar que lia naquela sucessão de rostos belos e corpos de boas proporções. Nunca antes contemplei de tal forma o milagre da linhagem em sequência, a criação e a recriação, o entrelaçamento e a mudança e a transmissão dos elementos carnais. Que uma criança pudesse nascer, crescer e se revestir (não sabemos como) com humanidade, e assumir aparência herdada, e virar a cabeça da mesma maneira que um ascendente, e oferecer a mão com o mesmo gesto de outra, são dúvidas enfraquecidas para nós devido à repetição. Porém na singular unidade da observação, nos traços e nas posturas em comum de todas essas gerações pintadas nas paredes da residência, o milagre saltou para fora e me olhou no rosto. E com a oportuna aparição do espelho antigo em meu caminho, parei e examinei os meus próprios traços por longo tempo, e fiz com cada mão as linhas de descendência e os vínculos que me ligavam à minha família.

Por fim, no curso dessas investigações, abri a porta da câmara que dava sinais de habitação. Tinha grandes proporções e estava voltada ao norte, onde a aparência das montanhas era mais selvagem. As brasas do fogo ardiam e soltavam fumaça na lareira, perto do qual uma cadeira fora encostada. E, ainda assim, o aspecto do aposento era ascético ao grau da severidade; a cadeira sem acolchoamento; o piso e as paredes desguarnecidos; e com exceção dos livros espalhados confusamente aqui e ali, não havia instrumento de trabalho ou de lazer. A visão de livros na casa de tal família me deixou extremamente impressionado; e comecei com muita pressa, e com medo momentâneo de ser interrompido, a passar de um ao outro e inspecionar apressadamente no que consistiam. Eram variados, devocionais, de história, científicos, mas, na maioria, muito antigos e em latim. Em alguns podia ver as marcas de estudo constante; outros haviam sido rasgados ao meio e jogados de lado como que por petulância ou desaprovação. Por último, ao cruzar aquele aposento vazio, bisbilhotei algumas notas escritas a lápis na mesa próxima à janela. A curiosidade impensada me levou a pegar uma. Trazia a cópia de versos mal metrificados no original em espanhol, que poderiam ser entendidos por algo como:

> O prazer sobreveio com a vergonha e a dor,
> A tristeza com uma grinalda de lírios chegou.
> O prazer apontou para o sol adorável;
> Jesu querido, quão doce brilhava!
> A tristeza apontou com a mão calejada,
> Jesu querido, para ti!

A vergonha e a confusão se apossaram de mim de vez; soltei o papel e imediatamente bati em retirada do aposento. Nem Felipe nem sua mãe poderiam ter lido os livros ou escrito aqueles versos rudimentares, porém sensíveis. Estava claro que havia topado com pés sacrílegos no quarto da filha da casa. Deus sabe, meu próprio coração me puniu rispidamente por minha indiscrição. A ideia que tive assim me impulsionou secretamente a invadir as confidências de jovem em posição tão estranha, e o medo de que ela, de algum modo, pudesse saber disso, me oprimiu como acusação. Também me culpei pelas suspeitas da noite anterior; pensei que não devia atribuir aqueles gritos chocantes a alguém que agora pensava ser a santa, de aspecto espectral, devastada com a mortificação, presa às práticas da devoção mecânica, que vivia em grande isolamento de alma com seus parentes incompatíveis; e conforme me inclinava na balaustrada da galeria e olhava para o brilho próximo das romãs abaixo e a mulher sonolenta vestida com alegria, que no mesmo momento se esticou e delicadamente lambeu os lábios na sensualidade particular da preguiça, minha mente rapidamente comparou o cenário com o gélido aposento ao norte com vista para as montanhas, onde a filha ficava.

Na mesma tarde, sentado sobre o montículo, vi o Padre entrar pelos portões da residência. A revelação da personalidade da filha invadiu minha imaginação, de modo a quase apagar os horrores da noite anterior; mas com a visão daquele homem valoroso, as memórias foram revividas. Desci, portanto, do montículo, e dei a volta pelo bosque, me postei na beira do caminho para esperar por sua passagem. Assim que surgiu, dei um passo para a frente e me apresentei como o hóspede da residência. Aparentava ser muito forte e honesto, e era fácil de se ler as emoções misturadas com que me via, como forasteiro, herege, e ainda alguém ferido pela boa causa. Da família da residência falava com reservas, porém com respeito. Mencionei que ainda não tinha visto a filha, em seguida comentou que deveria ser assim, e me observou com um pouco de desconfiança. Por fim, reuni coragem para mencionar os gritos que haviam me perturbado na noite anterior. Ele me escutou em silêncio, e então parou e se virou um pouco, como que para não deixar dúvidas de que me dispensava.

"Aceita um pouco de rapé?", disse e me ofereceu a tabaqueira; e então, após a minha recusa, "estou velho", prosseguiu, "e talvez esteja autorizado lembrar-lhe que é um hóspede."

"Tenho, então, a sua autorização", respondi, com firmeza, embora houvesse ruborizado com a reprovação implícita, "para permitir que as coisas sigam o seu curso, sem interferir?"

Ele disse "sim", e com saudação bastante desconfortável deu a volta e me deixou onde estava. Porém, havia feito duas coisas: tranquilizado minha consciência, e despertado minha delicadeza. Fiz grande esforço, mais uma vez dispensei as recordações da noite, e recomecei a meditar a respeito da santa poeta. Ao mesmo tempo, não pude esquecer completamente que havia sido trancado lá dentro, quando Felipe trouxe a ceia aquela noite, o ataquei com cautela em ambas as questões de interesse.

"Nunca vejo a sua irmã", falei casualmente.

"Oh, não", disse; "é uma moça muito, muito boa", e sua mente instantaneamente desviou para outra coisa.

"Sua irmã é devota, suponho", comentei na pausa seguinte.

"Oh!", exclamou e juntou as mãos com extremo fervor, "uma santa; é ela quem me mantém de pé."

"Você tem muita sorte", disse, "porque a maioria de nós, receio, e me incluo na conta, temos mais chances de decair."

"Señor", disse Felipe com gravidade, "não falaria uma coisa dessas. Você não deve tentar o seu anjo. Se alguém decai, onde está ele para parar?"

"Ora, Felipe", disse, "não podia adivinhar que você era pregador, e me atrevo a afirmar que dos bons; mas isso é, como imagino, obra de sua irmã?"

Acenou com os olhos redondos.

"Bem, então", continuei, "ela, sem dúvida, o reprovou por seu pecado da crueldade."

"Vinte vezes!", exclamou; pois esta era a frase que a estranha criatura usava para expressar a noção de frequência. "E falei com ela que você fez isso — eu lembrei", acrescentou com orgulho — "e ela ficou feliz."

"Então, Felipe", disse, "o que foram aqueles gritos que escutei ontem à noite? Pois com certeza eram gritos de sofrimento de alguma criatura."

"O vento", respondeu Felipe e olhou para o fogo.

Peguei a sua mão, no que, penso ser uma carícia, ele sorriu com brilho de prazer que quase me fez desistir da intenção. Mas esmaguei essa fraqueza. "O vento", repeti; "pois acho que foi esta mão", a segurei, "que me trancou aqui." O rapaz, visivelmente abalado, não disse nenhuma palavra em resposta. "Bem", disse, "sou forasteiro e hóspede. Não é dever meu me intrometer ou julgar os assuntos de vocês; nisso concordo com o conselho de sua irmã, de cuja excelência não duvido. Mas no que me diz respeito, não serei prisioneiro de homem nenhum, e peço a chave." Meia hora mais tarde, a minha porta foi aberta de repente, e a chave tiniu ao ser jogada no chão.

Uns dois dias depois, voltava de um passeio um pouco depois de meio-dia. A Señora cochilava recostada no limiar do vão; os pombos cochilavam abaixo dos beirais como neve acumulada; a casa estava sob profundo feitiço de quietude vespertina; apenas o vento sem rumo e calmo da montanha circulava em volta das galerias, farfalhava entre as romãs, e prazerosamente balançava suas sombras. Algo naquela tranquilidade me estimulou à imitação, e atravessei o pátio com leveza até a escadaria de mármore. Meu pé estava na última volta, quando uma porta se abriu, e me vi face a face com Olalla. A surpresa me sufocou; sua amabilidade me atingiu o coração; ela brilhava na sombra profunda da galeria, a gema de cor; seus olhos encararam os meus e ficaram lá, e nos juntou como se déssemos as mãos; e no momento em que assim ficamos face a face, um sorveu o outro, era sacramental e o casamento de almas. Não sei quanto tempo se passou até que despertasse do transe profundo, e, acenei com pressa, passei até o degrau seguinte.

Ela não se moveu, mas me seguiu com os olhos grandes e sedentos; e quando saí da visão me pareceu que ela empalidecia e esvanecia.

Em meu quarto, abri a janela e olhei para fora, e não podia imaginar que mudança se estabelecera naquela austera cadeia de montanhas, que assim cantava e brilhava sob o céu majestoso. Eu a vira — Olalla! E os rochedos respondiam, Olalla! E o azul-celeste insondável e mudo respondia, Olalla! A santa pálida de meus sonhos havia desaparecido para sempre; e em seu lugar contemplava essa donzela na qual Deus havia esbanjado as cores mais vibrantes e as energias vitais mais exuberantes, que fizera ativa como o veado, esguia como junco, e naqueles grandes olhos iluminara as tochas da alma. A emoção de sua juventude, extrema como a de animal selvagem, se infiltrara em mim; e a força da alma que olhava para fora por seus olhos e conquistava os meus, encobria o meu coração e fluía pelos meus lábios em cantoria. Ela passou por minhas veias: comigo, era única.

Não direi que esse entusiasmo diminuiu; antes que a minha alma reduziu o êxtase como se estivesse em forte castelo, e lá foi sitiada por pensamentos frios e melancólicos. Não tinha dúvidas de que passei a amá-la à primeira vista, e já com ardor palpitante que era estranho à minha experiência. O que aconteceria em seguida? Era a criança de casa aflita, a filha da Señora, a irmã de Felipe; ela tinha essa marca mesmo em sua beleza. Possuía a leveza e a rapidez dele, rápida como flecha, leve como o orvalho; como a outra, cintilava com o brilho das flores, sobre a pálida paisagem do mundo. Eu não poderia chamar pelo nome de irmão aquele rapaz desmiolado, nem pelo nome de mãe aquela coisa de carne imóvel e amável, cujos olhos tolos e o perpétuo sorriso agora voltavam à minha mente como algo odioso. E se não pudesse me casar, o que então? Ela estava fatalmente desprotegida; os olhos, naquele único e longo olhar que foi toda a nossa relação, confessavam fraqueza igual à minha; mas em meu coração a conhecia como a estudante do frio aposento virado para o norte, e escritora dos versos tristes; era a informação para desarmar um bruto. Fugir era mais do que poderia me encorajar a fazer; então efetivei voto de insone circunspecção.

Conforme me virava na janela, meus olhos se alinharam com o retrato. Ele se apagara, como vela após a aurora; me seguia com olhos de tinta. Sabia como ele era, e fiquei maravilhado com a tenacidade do espécime, naquela estirpe em declínio; mas a semelhança era engolida na diferença. Lembrei-me de como me parecia algo inacessível na vida, a criatura mais real na habilidade do pintor que na modéstia da natureza, e me admirei com a ideia, e exultei ante a imagem de Olalla. Beleza vira antes, e não fiquei encantado, e com frequência era levado a mulheres belas apenas para mim; no entanto, em Olalla se reunia tudo o que desejava e não ousara imaginar.

Não a vi no dia seguinte, e meu coração doeu, e meus olhos ansiaram por ela, como homens anseiam pela manhã. Mas um dia depois, quando retornei, por volta da hora habitual, estava na galeria novamente, e nossos olhares novamente se encontraram e se entrelaçaram. Teria falado algo, teria me aproximado dela; porém por mais que puxasse com força o meu coração, me atraía como ímã, algo ainda mais imperioso me segurava; e pude apenas acenar e passar adiante, e ela, sem responder à minha saudação, apenas me seguiu com os nobres olhos.

Agora tinha a sua imagem por hábito, e conforme repetia seus traços na memória, me parecia ler o seu próprio coração. Ela se vestia com algo da coqueteria da mãe, e o amor por cores alegres. O manto, que deduzi ter sido feito por suas próprias mãos, a encobria com destra graça. De acordo com a moda daquele país, além disso, seu corpete ficava aberto no meio, em longa incisão, e aqui, apesar da pobreza da casa, uma moeda de ouro, pendurada por fita, sobre o tronco moreno. Essas eram provas, caso fossem necessárias, de seu apreço nato pela vida e de sua própria solidão. Por outro lado, em seus olhos que fitavam os meus, podia ler profundas camadas sobrepostas de paixão e tristeza, luzes de poesia e esperança, escuridão e desespero, e pensamentos que estavam acima da terra. Era um corpo adorável, mas o inquilino, a alma, era mais que digno daquele alojamento. Haveria eu de deixar essa flor incomparável secar despercebida naquelas rudes montanhas? Haveria de desprezar o grande presente que me foi oferecido no silêncio eloquente daqueles olhos? Eis uma alma enclausurada;

haveria de evitar destruir a sua prisão? Toda espécie de consideração me perpassou; fosse a filha de Herodes, juraria torná-la minha; e exatamente naquela noite me preparei, com senso misturado de trapaça e desonra, a cativar o irmão. Talvez o visse com olhos mais favoráveis, talvez pensar na irmã reunisse as melhores qualidades daquela alma imperfeita; mas jamais me vira tão amigável, e seu próprio apreço por Olalla, ao tempo em que me incomodava, me deixava mais gentil.

Um terceiro dia se passou em vão — vazio deserto de horas. Não perderia uma chance, e perambulei durante toda a tarde no pátio onde (para dar a mim mesmo uma fisionomia) conversei com a Señora por mais tempo que o normal. Deus sabe que era com interesse mais terno e sincero que agora a examinava; mesmo quanto a Felipe, e agora a mãe, percebia crescente tolerância. Ainda assim, pensava nisso. Mesmo quando falava com ela, cabeceava num pequeno cochilo, e logo despertava novamente, sem qualquer vergonha; e esse comportamento me impressionava. E mais uma vez, notei que fazia mudanças infinitesimais na postura, saboreava e se demorava com o prazer corporal do movimento, fui levado a refletir sobre a profundidade da sensualidade passiva. Ela vivia em seu corpo; e a consciência estava completamente mergulhada e disseminada nos membros, onde vivia luxuosamente. Ao final, não me acostumei com os olhos. A cada vez que apontava para mim aqueles orbes belos e vazios, arreganhados ao dia, mas cerrados para o inquérito humano — a cada vez que tinha a oportunidade de observar as vivazes mudanças das pupilas que se dilatavam e se contraíam num fôlego — não sei o que se passava comigo, não consigo encontrar palavra para a sensação mista de desapontamento, irritação e desgosto que abalava os meus nervos. Eu a testei em uma variedade de assuntos, igualmente em vão; e por fim conduzi o assunto da conversa para a filha. Mas, mesmo a isso, se mostrou indiferente; disse que era bonita, o que (como criança) era sua palavra enaltecedora mais elaborada, porém era claramente incapaz de qualquer pensamento mais rebuscado; e quando comentei que Olalla parecia silenciosa, simplesmente bocejou em meu rosto e respondeu que a fala não era de muita utilidade quando se não tinha o que dizer.

"As pessoas falam demais, demais", completou e olhou para mim com as pupilas dilatadas; e mais uma vez bocejou, e mais uma vez me mostrou a boca delicada como brinquedo. Dessa vez, fisguei a sugestão, deixa-a repousar, me levantei e fui até o meu quarto me sentar diante da janela aberta, olhar para as colinas sem vê-las, mergulhado em sonhos profundos e lustrosos, e escutar na imaginação o tom da voz que jamais escutara.

Na quinta manhã acordei com o brilho de antecipação que parecia desafiar o destino. Estava confiante, de pés e coração leves, e decidido a revelar o meu amor o quanto antes. Não me deitaria mais sob os entraves do silêncio, uma coisa muda, vivendo apenas pelo olho, como o amor das bestas; agora haveria de colocar o espírito, e entrar nas alegrias da intimidade humana integral. Pensava nisso com esperanças ferozes, como o viajante do El Dorado; rumo a tal desconhecido e adorável país da alma, não mais tremia diante da aventura. Porém quando efetivamente a encontrei, a mesma força apaixonada mergulhou em mim, e submergiu de vez a mente; a fala pareceu fugir de mim como hábito infantil; então apenas me aproximei dela feito o homem frívolo que se aproxima da margem do golfo. Ela se afastou um pouco quando cheguei mais perto; porém os olhos não se distanciaram dos meus, e isso me estimulou a seguir. Por fim, quando estava ao seu alcance, parei. As palavras me foram negadas; caso avançasse, poderia apenas prendê-la ao meu coração em silêncio; e tudo isso era saudável em mim, tudo aquilo permanecia inconquistado, revoltado contra o pensamento de tal saudação. Então paramos por um segundo, toda a nossa vida nos olhos, trocávamos bombardeios de atração e ainda assim resistíamos; e assim, com grande força de vontade e, ao mesmo tempo, consciente da súbita amargura do desapontamento, virei-me e saí com o mesmo silêncio.

Que poder me dominava a ponto de não conseguir falar? E ela, por que também ficava em silêncio? Por que se afastava de mim, muda, com olhos fascinados? Seria o amor? Ou era apenas atração animal, impensada e inevitável, como aquele do ímã pelo aço? Jamais havíamos nos falado, éramos completos estranhos; porém uma influência, forte como o aperto de gigante, nos aproximava silenciosamente. De minha parte, me deixava impaciente; mas ainda assim sabia que ela valia a pena; vira os seus livros, lera os seus versos, e assim, de certo modo, descobrira a alma de minha senhorita. Mas de sua parte, me atingia quase com frieza. De mim, não sabia nada, com exceção de minha constituição corporal; era impelida a mim como pedras à terra; as leis que geriam a Terra a conduziam, sem consentimento, aos meus braços; recuei ao pensar em tal noiva, e comecei a sentir ciúmes de mim mesmo. Não era assim que desejava ser amado. E então comecei a sentir muita pena da própria garota. Pensei em como devia ser intensa a sua mortificação, que ela, a estudante, a reclusa, a santa monitora de Felipe, devia, portanto, ter confessado a fraqueza enfatuada por um homem com quem jamais havia trocado uma palavra. E com a vinda da piedade, todos os outros pensamentos foram devorados; e ansiei apenas por encontrar e consolar e tranquilizá-la; e por lhe contar como era integral a correspondência de meu amor por ela, e como a sua escolha, ainda que feita às cegas, não era gratuita.

No dia seguinte, estava um clima glorioso; camadas e camadas de azul profundo envolviam as montanhas; o sol brilhava forte; e o vento nas árvores e nas diversas torrentes de água nas montanhas enchia o ar com música delicada e constante. Mesmo assim, estava prostrado com a tristeza. Meu coração chorava com a visão de Olalla, como a criança chora pela mãe. Sentei-me num pedregulho à beira dos penhascos pequenos que delimitam o platô ao norte. De lá observava o vale florestal num riacho, onde nenhum pé passava. No humor que estava, chegava a ser tocante contemplar o lugar inabitado; faltava Olalla; e pensei no deleite e na glória de uma vida inteira passada com ela naquele ar forte, e entre aquele entorno acidentado e adorável, primeiro com sentimento lamurioso, depois com aquela alegria inflamada que parecia crescer em largura e estatura, como Sansão.

De repente, percebi que Olalla se aproximava. Surgiu do aglomerado de sobreiros, e veio diretamente até mim; me levantei e esperei. Ao caminhar, parecia criatura com tal vida e fogo e leveza que me estonteava; e apenas vinha quieta e vagarosamente. Sua energia estava na lentidão; porém quanto à sua força inimitável, senti que poderia correr, que poderia voar até mim. Ainda assim, conforme se aproximava, mantinha os olhos voltados para o chão; e quando se aproximou bastante, foi sem um único olhar que se dirigiu a mim. Com a primeira nota da voz, me sobressaltei. Era por aquilo que esperava; o último teste de meu amor. E eis que sua pronúncia era precisa e clara, não balbuciada e incompleta como a da família; e a voz, embora mais grossa que o normal em mulheres, era juvenil e feminina. Falava em belo acorde, fortes notas de contralto dourados misturadas com rouquidão, e os fios vermelhos se mesclavam com o moreno entre as tranças. Não era apenas a voz que falava direto ao meu coração; mas falava dela para mim. Porém, as palavras imediatamente me devolveram o desespero.

"O senhor irá embora", disse, "hoje."

Sua sentença destruiu as conexões de meu discurso; senti como se me livrasse de um peso, como se a maldição houvesse sido desfeita. Não sei com quais palavras respondi; mas ali, ao lado dela e diante do penhasco, despejei todo o ardor de meu amor, lhe contei que vivia para pensar nela, dormia apenas para sonhar com sua solidão, e repudiaria contente o meu país, meu idioma, e meus amigos, para viver ao seu lado para sempre. E então, me controlei fortemente e mudei de tom; a confortei e a tranquilizei; lhe contei que previ nela espírito piedoso e heroico, com o qual me dignava a simpatizar, e que ansiava em compartilhar e iluminar. "A natureza", lhe falei, "era a voz de Deus, que os homens desobedecem no perigo; e se nos encontramos assim tão próximos, ah, mesmo por milagre do amor, isso deve apenas sugerir a combinação divina em nossas almas; haveremos de ser feitos", disse — "feitos um para o outro. De sermos loucos rebelados", exclamei, — "loucos rebelados contra Deus, se não obedecermos esta propensão."

Ela balançou a cabeça. "O senhor irá hoje", repetiu, em então com gesto e tom repentino e agudo: "não, hoje não", exclamou, "amanhã!"

Com esse sinal de abrandamento, o poder me acometeu numa maré. Estiquei os braços e chamei por seu nome; ela saltou em minha direção e se agarrou a mim. O penhasco balançou em nossa volta; a terra tremeu; o choque como o de pancada me atravessou e me cegou e tonteou. E, no momento seguinte, ela me soltou, rudemente livre de meus braços, e fugiu por entre os sobreiros com a velocidade do veado.

Fiquei e gritei para as montanhas; dei a volta e retornei para a residência, caminhando no ar. Ela me dispensara, e não podia fazer nada além de chamar o seu nome, e ela voltou para mim. Nada mais que a fraqueza das garotas, e mesmo ela, a mais estranha de seu sexo, não estava exclusa. Ir? Não eu, Olalla — oh, não eu, Olalla, minha Olalla! Um pássaro cantou perto de mim; e naquela estação os pássaros eram raros. Ele me deixou de bom humor, e mais uma vez todo o aspecto da natureza, das montanhas preponderantes e estáveis à folha mais leve e à menor mosca dardejava na sombra das árvores, começaram a se agitar diante de mim, e a pôr as feições de vida e a vestir rosto de alegria terrível. O sol brilhava nas colinas, forte como o martelo na bigorna, e as colinas tremiam; a terra, sob vigorosa insolação, exalava perfumes inebriantes; os bosques ardiam naquele esplendor. Senti a emoção da labuta e o deleite correrem sobre a terra. Algo elementar, algo rústico, violento e selvagem, no amor que cantava em meu coração, como chave para os segredos da natureza; e as próprias pedras que ao se estalar sob os meus pés pareciam vivas e amigáveis. Olalla! Seu toque havia me despertado, e me renovado e me levado para o velho timbre do concerto com a terra acidentada, para o crescimento das almas que os homens aprendem a esquecer nas polidas companhias. O amor queimava em mim como fúria; a ternura crescia com ardor; a odiava, adorava, deplorava, a reverenciava com êxtase. Parecia ser o vínculo às coisas mortas por um lado, e com o Deus puro e piedoso pelo outro; algo brutal e divino, e, ao mesmo tempo, semelhante à inocência e às forças desenfreadas da Terra.

Com a cabeça girando, fui até o pátio da residência, e a visão da mãe me atingiu como revelação. Estava sentada ali, em absoluta preguiça e contentamento, piscava sob o sol forte, marcada por desfrute passivo, criatura bem isolada, por quem o meu ardor se esvaiu como motivo de vergonha. Parei por um momento, controlei ao máximo o meu abalo, lhe disse uma ou duas palavras. Olhou para mim com gentileza insondável; sua voz em resposta soou vagamente no reino da paz em que cochilava, e ali me veio, pela primeira vez, um senso de respeito por alguém tão uniformemente inocente e feliz, e passei a ter certo deslumbramento por mim mesmo, por estar tão inquieto.

Em minha mesa havia um pedaço do mesmo papel amarelo que vira no quarto do norte; escrito a lápis pela mesma letra, a letra de Olalla, e o peguei com alarme repentino, e li, "Caso tenha qualquer sentimento por Olalla, caso tenha qualquer cavalheirismo por criatura forjada com tanta amargura, vá embora daqui hoje; por pena, honra, em nome Daquele que morreu por nós, suplico que vá". Estudei aquilo por um tempo, simplesmente estupefato, em seguida despertei para um cansaço e horror à vida; o sol lá fora escureceu nas colinas nuas, e tremi aterrorizado. O espaço assim aberto em minha vida me abatia como vazio físico. Não era o meu coração, não era a minha felicidade, era a própria vida que assim estava envolta. Não poderia perdê-la. Disse isso, e permaneci a repeti-lo. E então, como alguém em sonho, me movi até a janela, pus a mão para a frente para abrir o caixilho, e a enfiei no vidro. O sangue jorrou do pulso, e com autocontrole e tranquilidade instantânea, pressionei o polegar na pequena fonte, e pensei no que fazer. Naquele quarto vazio não havia nada que me servisse; senti, além disso, que precisava de ajuda. Surgiu-me em disparada a ideia de que a própria Olalla pudesse ser a ajudante, então dei a volta e desci a escadaria, com o polegar sobre o ferimento.

Não havia sinal nem de Olalla nem de Felipe, e me dirigi ao vão, de onde a Señora agora havia recuado bastante e cochilava sentada perto do fogo, pois nenhum grau de calor lhe parecia demais.

"Peço perdão", disse, "se a perturbo, mas preciso de ajuda."

Ela me olhou sonolenta e me perguntou o que era, e com exatamente essas palavras pensei que havia prendido o fôlego com alargamento das narinas e pareceu tornar-se completamente viva de súbito.

"Eu me cortei", disse, "muito. Veja!" E pus para frente as duas mãos, de onde o sangue escorria e pingava.

Seus grandes olhos se arregalaram, as pupilas se transformaram em pontos; um véu parecia ter caído do rosto e o deixado extremamente expressivo e mesmo inescrutável. E ainda fiquei parado, um tanto atordoado por sua perturbação, veio rapidamente até mim, e se agachou e segurou a minha mão; e, no momento seguinte, a minha mão estava em sua boca, e havia me mordido até o osso. O espasmo de dor, e súbito jorro de sangue, e o monstruoso horror pelo ato, me percorreu de uma vez, e bati em suas costas; e ela saltou sobre mim outra vez e mais uma vez, com gritos bestiais, gritos que reconhecia, aqueles gritos que me haviam acordado na noite da ventania. Sua força era como a da loucura, enquanto a minha baixava rapidamente com a perda do sangue; além disso, a minha mente girava com a abominável estranheza da violência, e já era forçado contra a parede, quando Olalla correu para nos separar, e Felipe, em sequência, com um golpe, prendeu a mãe no chão.

Senti fraqueza semelhante a transe; via, ouvia, e sentia, mas era incapaz de me movimentar. Ouvi a luta acontecer de um lado a outro no chão, os gritos daquela tigresa alcançavam o céu ao se empenhar em me alcançar. Senti Olalla me segurar nos braços, seu cabelo caído em meu rosto, e, com a força de um homem, me erguer, e em parte me arrastar, em parte me carregar escada acima para o meu quarto, onde me colocou na cama. Então a vi correr até a porta e trancá-la, e ficar por um instante a escutar os gritos selvagens que estremeciam a residência. Em seguida, rápida e leve como o pensamento, estava ao meu lado novamente, segurava minha mão contra seu tronco, se lamentava e choramingava por ela como o som parecido com o de pomba. Não eram palavras que lhe vinham, eram sons mais belos que a fala, infinitamente tocantes, infinitamente ternos; e enquanto eu ficava lá deitado, um pensamento atingiu o meu coração, pensamento que me feriu como espada, pensamento, como lagarta na flor, profanava a sacralidade de meu amor. Sim, eram belos sons, e inspirados pela ternura humana; mas a beleza deles era humana?

Fiquei ali deitado o dia inteiro. Por um longo tempo, os gritos daquela coisa feminina sem nome, enquanto lutava contra o filhote desmiolado, ressoaram pela casa, e me perfuravam com tristeza e desgosto desesperadores. Era o grito de morte de meu amor; meu amor havia sido assassinado; não estava apenas morto, mas me era ofensivo; e ainda, por mais que pensasse, ainda crescia em mim como tempestade de doçura, e meu coração se derretia com sua imagem e toque. Esse horror que havia emergido, essa dúvida em relação a Olalla, essa tensão selvagem e bestial que perpassava não apenas todo o comportamento da família, mas encontrava lugar na própria fundação e na história de nosso amor — que embora fosse horripilante, embora me chocasse e enojasse, não tinha força o suficiente para romper o nó de minha paixão.

Quando os gritos cessaram, houve arranhões na porta, e assim soube que Felipe estava lá fora; Olalla foi até lá e conversou com ele — não sei sobre o quê. Com exceção desse instante, ela ficou perto de mim, ora ajoelhada diante da cama, rezando com fervor, ora sentada com os olhos nos meus. Então, por essas seis horas bebi de sua beleza, e em silêncio examinei a história em seu rosto. Vi a moeda de ouro flutuar com sua respiração; vi seus olhos se escurecerem e se iluminarem, e ainda assim não falar em outra linguagem que não a da gentileza insondável; vi o rosto imaculado, e, pela manta, as linhas do corpo imaculado. A noite chegou por fim, e na escuridão crescente do aposento, a imagem dela desapareceu lentamente; mas mesmo o toque de sua mão macia se demorava na minha e dialogava comigo. Ficar deitado com essa fraqueza mortal e beber nos traços da amada é despertar novamente o amor, não importa o choque ou a desilusão. Refleti; e fechei os olhos para os horrores, e mais uma vez estava bastante firme para aceitar o pior. O que importava, se aquele sentimento imperioso sobrevivesse; se os olhos ainda gesticulavam e me prendiam; se agora, como antes, cada fibra de meu corpo ansiava e se virava para ela? Mais tarde naquela noite, recuperei um pouco da força, e falei:

"Olalla" disse, "nada importa; não peço nada; estou contente; eu te amo."

Enquanto isso, ela se ajoelhou e rezou, e devotamente respeitei a sua devoção. A lua começou a brilhar no lado de cada uma das três janelas, e a trazer claridade enevoada no quarto, de modo que a vi indistintamente. Quando se levantou novamente, fez o sinal da cruz.

"Sou eu quem devo falar", disse, "e você, escutar. Eu sei; pode apenas imaginar. Rezei, como rezei para que deixasse este lugar. Implorei, e sei que teria me assegurado disso; ou, se não, oh, o que pensar!"

"Eu te amo", falei.

"Sendo que conhece o mundo", disse ela; e após pausa, "e é inteligente; não passo de uma criança. Perdoe-me, se pareço ensinar, eu que sou ignorante como as árvores da montanha; mas aqueles que estudam demais não mais que arranham a face da sabedoria; dominam as leis, imaginam a dignidade do desígnio — o horror do fato vivo desaparece de suas memórias. Somos nós, os que sentamos com o mal em casa que nos lembramos, creio, e que somos alertados e dignos de pena. Vá, em vez disso, vá agora, e me guarde na mente. Assim terei uma vida nos lugares queridos de sua memória: vida como a minha, como a que levo neste corpo."

"Eu te amo", proferi outra vez; e com a mão fraca, peguei a dela, a levei aos lábios, e beijei. Não resistiu, mas estremeceu um pouco; pude ver que me observava e franzia o rosto, não sem gentileza, apenas triste e perplexa. E então pareceu resoluta; agarrou a minha mão, ao mesmo tempo se inclinou para frente, e a pôs a sentir a batida de seu coração. "Aqui", exclamou, "sente o próprio compasso de minha vida. Ele se move apenas por sua causa; é sua. Mas ao menos será minha? Na verdade, é minha para lhe oferecer, assim como poderia tirar a medalha de meu pescoço, poderia quebrar o galho vivo de uma árvore, e lhe oferecer. E ainda assim não é minha! Resido, ou penso residir (se é que existo mesmo), em algum lugar à parte, prisioneira impotente, levada e ensurdecida por gente que desprezo. Esta cápsula, conforme lateja contra o lado dos animais, conhece você pelo toque de seu mestre, ah, e o ama! Mas a minha alma, ela ama? Creio que não; não sei, temo perguntar. Porém, quando me falou isso as suas palavras eram da alma; é da alma que me pergunta — e é apenas pela alma que me terá."

"Olalla", disse, "a alma e o corpo são uma coisa só, ainda mais no amor. O que o corpo escolhe, a alma ama; onde o corpo se dependura, a alma se divide; corpo por corpo, alma por alma, se juntam com um sinal de Deus; e a parte mais baixa (se podemos chamar algo de baixo) é apenas o pedestal e a fundação da mais elevada."

"Chegou a ver", disse, "os retratos de meus ancestrais na casa? Olhou para a minha mãe e Felipe? Seus olhos nunca pararam diante dessa pintura ao lado de sua cama? Quem posou para ela morreu há eras; e cometeu o mal durante a vida. Mas olhe novamente: ali está a minha mão em cada linha, ali estão os meus olhos e meu cabelo. O que é meu, então, e o que sou eu? Não há uma curva sequer neste pobre corpo meu (que você ama, e motivo pelo qual sonha divinamente que me ama), sequer um gesto que possa enquadrar, sequer um tom de voz, sequer qualquer olhar meu, não, nem mesmo agora que lhe declaro o meu amor, que antes não pertenceu a outras? Outras, mortas há eras, cortejaram outros homens com os meus olhos; outros homens ouviram o juramento pela mesma voz que agora ressoa em seus ouvidos. As mãos dos mortos estão em meu tronco; elas me movem, me seguram, me guiam; sou uma boneca sob seus comandos; e apenas reafirmo os traços e atributos que há muito tempo, além do mal, têm sido postos na quietude do túmulo. Sou eu quem você ama, amigo? Ou a estirpe que me criou? A garota que não sabe e não é capaz de responder pela menor parcela de si mesma? Ou o riacho de que é redemoinho transitório, a árvore de que é a fruta passageira? A linhagem existe; é antiga, jamais é jovem, carrega o destino em seu seio; sobre ela, como ondas sobre o mar, o indivíduo sucede o indivíduo, escarnecido com a aparência de autocontrole, mas não são nada. Falamos da alma, mas a alma está na linhagem.

"Você se irrita contra a lei natural", afirmei. "Se rebela contra a voz de Deus, que fez tão vitorioso no convencimento, tão imperioso ao comando. Escute, e verá como fala conosco! Sua mão se agarra à minha, seu coração acelera ao meu toque, os elementos desconhecidos do qual somos compostos despertam e correm juntos com um olhar; o barro da terra se recorda de sua vida independente e anseia por se juntar a nós; nos juntamos como as estrelas estão distribuídas no espaço, ou como a maré sobe e baixa, por motivos mais velhos e maiores que nós."

"Ah!", falou, "o que posso lhe dizer? Os meus ancestrais, há oitocentos anos, mandavam em toda esta província: eram sábios, grandes, sagazes e cruéis; eram seleta raça de espanhóis; suas bandeiras comandavam na guerra; o rei os chamava de primos; as pessoas, quando a forca já estava armada para elas, ou quando retornavam e encontravam as cabanas fumegantes, blasfemavam os seus nomes. Logo, a mudança começou. O homem se ergueu; caso houvesse surgido dos brutos, poderia descer ao mesmo nível novamente. O fôlego da fadiga assoprou em sua humanidade e os laços se folgaram; começaram a decair; suas mentes tombavam durante o sono, sua fúria despertava em turbilhão, inebriantes e sem sentido como o vento nas valas das montanhas; a beleza ainda era transmitida, porém, não mais o bom senso ou o coração humano; a semente passou; foi envolta por carne, a carne cobria os ossos, mas eram a carne e os ossos de brutos, e a mente era a das moscas. Ouso lhe falar; mas viu por si só como a roda girou para trás em minha condenada linhagem. Fico, por assim dizer, sobre chão inclinado nesta descida desesperada, e vejo atrás e antes, o que perdemos e que estamos fadados a seguir abaixo. E haverei de — eu que moro separada na casa dos mortos, meu corpo, despreza esses modos — haverei de repetir a maldição? Haverei de aprisionar outro espírito, relutante como o meu, nesse terreno tempestuoso e amaldiçoado em que agora sofro? Haverei de passar adiante esse amaldiçoado recipiente da humanidade, enchê-lo com a nova vida assim como com o novo veneno, e salpicá-lo, como fogo, nas faces da posteridade? Mas o meu voto foi dado; minha linhagem haverá de desaparecer da Terra. Agora, meu irmão se prepara; seu pé logo haverá de pisar a escadaria; e você irá com ele e sumirá de minha visão para sempre. Às vezes, pense em mim como alguém cuja lição de vida foi ensinada de maneira muito dura, mas que a escutou com coragem; como alguém que de fato amou, mas que odiava a si mesma tão profundamente que seu amor foi odioso a si própria; como alguém que lhe mandou embora mesmo que desejasse ficar com você para sempre; que não possuía esperança mais cara que esquecê-lo, e nenhum medo maior que o de ser esquecida."

Se aproximou da porta conforme falava, a bela voz soava mais suave e distante; e com a última palavra se foi, e fiquei sozinho no aposento iluminado pela lua. O que poderia ter feito caso não estivesse preso devido a minha extrema fraqueza, eu não sei; mas enquanto estava ali, fui tomado por desespero grande e vazio. Não demorou a brilhar na porta a claridade rósea da lanterna, e à aparição de Felipe, que me colocou no ombro sem uma palavra, e me carregou até o grande portão, onde a carroça nos esperava. As colinas se destacavam vivamente ao luar, como se fossem papelão; na vista brilhante do platô, e em meio as árvores baixas que balançavam juntas e brilhavam no vento, o grande cubo negro da residência se destacava solidamente, sua massa apenas cortada por três janelas com luz fraca na frente norte, acima do portão. Eram as janelas de Olalla, e conforme a carroça sacudia em frente, mantive os olhos fixos nelas, até que, onde a estrada afundava no vale, desaparecessem de minha visão para sempre. Felipe andou em silêncio entre as hastes, mas volta e meia checava a mula e parecia olhar para mim; e, por fim, se aproximou e pôs a mão na minha cabeça. Havia tal gentileza no toque, e tal simplicidade, como a dos brutos, que as lágrimas jorraram de mim como rompimento de artéria.

"Felipe", disse, "leve-me aonde não me farão nenhuma pergunta."

Ele não disse uma palavra, mas deu a volta com a mula, mudou completamente de lado, passou novamente por parte do caminho que havíamos percorrido, entrou noutra estrada, me conduziu até a vila na montanha, que era, como dizemos na Escócia, a "paróquia" daquele distrito parcamente povoado. Tenho alguns fragmentos de memória do dia nascer na planície, da carroça parar, de braços que me ajudaram a descer, do quarto vazio onde me levaram, e do desmaio que caiu sobre mim como sono.

No dia seguinte e nos próximos, o velho padre frequentemente ficou ao meu lado com sua tabaqueira e seu livro de orações, e após um tempo, quando ganhei alguma força, me disse que agora me recuperava bem, e devia adiantar a minha partida o mais rápido possível; com o que, sem dar qualquer motivo específico, cheirou o rapé e olhou para mim de lado. Não fingi ignorar o que disse; sabia que havia visto Olalla.

"O senhor", falei, "sabe que não pergunto por devassidão. O que acontece com aquela família?"

Ele me respondeu que eram muito desafortunados; que parecia linhagem em declínio, e que eram muito pobres, abandonados fazia muito.

"Mas ela não", disse. "Graças, sem dúvidas, ao senhor, é instruída e mais inteligente que a maioria das mulheres."

"Sim", disse; "a Señorita é bem informada. Mas a família foi abandonada."

"A mãe?", indaguei.

"Sim, a mãe também", disse o Padre e cheirou. "Mas Felipe é rapaz bem intencionado."

"A mãe é peculiar?", perguntei.

"Muito peculiar", respondeu o clérigo.

"Creio, senhor, que seja algo sensível", disse. "O senhor provavelmente sabe mais do assunto do que se permite falar. Mas haverá de entender que minha curiosidade pode ser fundamentada em muitas bases. Não poderia ser franco comigo?"

"Filho", disse o velho cavalheiro, "serei bastante franco com você em relação aos assuntos de minha competência; naqueles dos quais nada sei não precisarei de discrição para ficar em silêncio. Não nos enfrentemos, pois entendo perfeitamente o que fala; e o que posso dizer, além de que estamos todos nas mãos de Deus, que os Seus desígnios não são os nossos desígnios? Cheguei até a me aconselhar com os meus superiores na Igreja, mas eles também ficaram perdidos. É um grande mistério."

"Ela é louca?", perguntei.

"Responderei de acordo com o que acredito. Ela não é", respondeu o Padre, "ou não era. Quando jovem — que Deus me ajude, temo haver abandonado aquela ovelha selvagem — certamente era sã; mesmo assim, embora não chegasse a tanto, a mesma deformação já era notável; antes já havia sido assim com o pai dela, ah, e antes dele, e isso me impeliu, talvez, a não pensar muito no assunto. Mas essas coisas crescem, não apenas no indivíduo, mas na linhagem."

"Na juventude", comecei, e minha voz falhou por um momento, e foi apenas por grande esforço que consegui completar, "ela era como Olalla?"

"Deus me livre!", exclamou o Padre. "Deus me livre que qualquer homem possa pensar de modo tão leviano a respeito de minha penitente favorita. Não, não; a Señorita (a não ser pela beleza, que desejo honestamente que tivesse menos) não tinha um fio de cabelo semelhante ao da mãe com a mesma idade. Não posso suportar que pense algo assim; embora, Deus sabe, seria melhor, talvez, que pensasse."

Com isso, me levantei da cama, e abri o coração ao velho; lhe contei de nosso amor e da decisão dela, dominei os meus próprios temores, minhas próprias fantasias passageiras, mas lhe contei que isso estava no fim; e com algo mais que uma submissão puramente formal, apelei ao seu juízo.

Ele me ouvia com muita paciência e sem surpresa; e quando terminei, permaneceu sentado em silêncio por um tempo. Então começou: "A Igreja", e instantaneamente cortou para se desculpar. "Havia esquecido, minha criança, que você não é cristão", disse. "E na verdade, quanto a questão tão incomum, mesmo a Igreja mal pode dizer que tem uma decisão. Mas quer a minha opinião? A Señorita é, em tal assunto, a melhor juíza; aceitaria a decisão dela."

Com isso, foi embora e, desde então, não foi tão assíduo nas visitas; na verdade, mesmo quando comecei a sair novamente, claramente temia e evitava a minha companhia, não por desgosto, mas como alguém disposto a fugir da enigmática esfinge. Os habitantes também me evitavam; não desejavam ser meus guias para subir a montanha. Notei que me olhavam com desconfiança, e tinha certeza de que os mais supersticiosos persignavam-se quando me aproximava. Primeiro pensei que isso se devia às minhas opiniões heréticas; mas enfim entendi que se era assim motivo de dúvida, foi por ter ficado na residência. Todos os homens desprezam as ideias selvagens daquele campesinato; e, ainda assim, estava consciente da sombra gelada que parecia cair e residir em meu amor. Não dominei, mas não posso negar que isso restringia o meu ardor.

A alguns quilômetros ao oeste da vila havia espaço na sierra, de onde o olho fincava diretamente na residência; e, desde então, se me tornou um hábito diário ir lá. O bosque ocupava o cume; e exatamente onde a trilha saía de seus limites, era ocupado por considerável penhasco de pedra, que, por sua vez, sustentava crucifixo do tamanho da vida e de desenho mais doloroso que o normal. Esse era o meu recanto; assim, dia após dia, observava o platô abaixo, e a casa grande e antiga, e podia ver Felipe, pequeno como mosca, de um lado a outro no jardim. Às vezes, a névoa atrapalhava a vista até ser quebrada pelos ventos montanheses; às vezes, a planície cochilava abaixo de mim sob o sol inclemente; às vezes, tudo era embaçado pela chuva. Esse local distante, essas visões interrompidas do lugar onde a minha vida havia mudado de modo tão estranho, combinavam com a indecisão de meu humor. Passei dias inteiros ali, debatia comigo mesmo a respeito dos variados elementos de nossa posição; ora inclinava-me às sugestões do amor, ora dava ouvidos à prudência e, por fim, permaneci irresoluto entre os dois.

Certo dia, estava sentado em minha pedra, e ali chegou um camponês algo magricela envolto em manta. Era forasteiro, e claramente não me conhecia sequer por reputação, pois, em vez de ficar do outro lado, se aproximou e se sentou ao meu lado, e puxou conversa. Entre outras coisas, me disse que havia sido muleiro, e que há tempo frequentou bastante aquelas montanhas; depois seguira o exército com as mulas, realizara façanha, e agora vivia aposentado com a família.

"O senhor conhece aquela casa?", indaguei, por fim, e apontei para a residência, pois qualquer conversa que me distanciasse do pensamento de Olalla logo me cansava.

Ele me observou obscuramente e fez o sinal da cruz.

"Bem demais", afirmou, "foi onde um dos meus camaradas se vendeu para Satã; a Virgem nos protegeu das tentações! Ele pagou o preço; agora está pagando no lugar mais vermelho do Inferno!"

Certo medo me sobrepôs; não pude responder nada; então logo depois o homem continuou, como que para si mesmo: "Sim", disse, "oh, sim, eu sei. Eu passei por aquelas portas. Havia neve na passagem, o vento a levava; certamente haveria a morte nas montanhas aquela noite, mas havia algo pior do lado da soleira. Eu o peguei pelo braço, Señor, e o puxei até o portão; implorei a ele, por tudo o que amava e respeitava, que seguisse comigo; fiquei de joelhos diante dele na neve; e pude ver que ficara comovido com a cena. E, nesse momento, ela saiu da galeria, e o chamou pelo nome; ele se virou, e ali ela segurava o lampião na mão, sorria para que voltasse. Gritei alto para Deus, lancei meus braços a sua volta, que me pôs de lado e me deixou sozinho. Foi a sua escolha; que Deus nos ajude. Rezaria por ele, mas para quê? Existem pecados que nem mesmo o Papa pode absolver".

"E seu amigo", perguntei, "o que aconteceu com ele?"

"Ah, Deus sabe", disse o muleiro. "Se for verdade tudo o que ouvimos, o fim foi como o seu pecado, algo de levantar os cabelos."

"Quer dizer que foi assassinado?", perguntei.

"Com certeza foi assassinado", respondeu o homem. "Mas como? Ah, como? Mas é pecado sequer mencionar essas coisas."

"As pessoas daquela casa...", comecei.

Mas me interrompeu com irrupção selvagem. "As pessoas?", gritou. "Que pessoas? Não há homem ou mulher naquela casa de Satã! O quê? Você viveu aqui por tanto tempo e nunca ouviu falar?" Então pôs a boca em meu ouvido e cochichou, e se mesmo as aves da montanha pudessem ouvir, endureceriam de horror.

O que me contou não era verdade, não era sequer original; na verdade, apenas nova edição, novamente ventilada pela ignorância provinciana e a superstição, de histórias quase tão velhas como a raça humana. Foi antes a aplicação o que me aterrorizou. Nos velhos tempos, disse, a Igreja queimaria aquele ninho de basiliscos; mas o braço da Igreja agora havia encurtado; seu amigo Miguel não havia sido punido pelas mãos dos homens, e fora deixado ao julgamento mais terrível de Deus ofendido. Isso era errado; mas não haveria de acontecer mais. O Padre se afundara na idade; ele mesmo havia sido enfeitiçado; mas os olhos de seu grupo agora haviam se aberto para o problema; e algum dia — ah, não tarda — a fumaça daquela casa vai aos céus.

Ele me deixou tomado pelo horror e o medo. Para qual caminho seguir, não sabia; se ia primeiro alertar o Padre, ou levar minhas más notícias diretamente aos ameaçados habitantes da residência. O destino haveria de decidir para mim; pois, enquanto ainda hesitava, percebi a figura de uma mulher de véu se aproximar pela trilha. Véu algum poderia enganar a minha percepção; em cada traço e movimento reconhecia Olalla; e permaneci escondido no canto da rocha, esperei que alcançasse o topo. Então, avancei. Ela me reconheceu e parou, mas não falou; também permaneci em silêncio; e, por um tempo, continuamos a encarar um ao outro com tristeza apaixonada.

"Pensei que havia ido embora", disse ela, por fim. "Isso é tudo o que pode fazer por mim — ir. Foi tudo o que lhe pedi. E aqui permanece. Mas sabe que todos os dias se acumula o perigo de morte, não apenas em sua cabeça, mas na nossa? Um relato tem atravessado a montanha; pensam que me ama, e as pessoas não se importarão com isso."

Vi que já estava informada a respeito do perigo, e senti prazer com isso. "Olalla", falei, "estou pronto para ir embora hoje, agora mesmo, mas não sozinho."

Ela deu um passo para o lado e se ajoelhou diante do crucifixo para rezar; fiquei parado e olhava ora para ela, ora para o objeto de adoração, ora para a figura viva do penitente, e ora para o aspecto borrado e medonho, os ferimentos pintados, e as costelas protuberantes na imagem. O silêncio só foi quebrado pelos lamentos de alguns grandes pássaros que circulavam, como se surpresos ou alarmados, em volta do cume das colinas. Logo depois, Olalla se levantou novamente, se voltou para mim, ergueu o véu, se apoiou com uma das mãos na haste do crucifixo, e olhou para mim com semblante pálido e penoso.

"Pus a minha mão na cruz", disse. "O Padre diz que você não é cristão; mas olhe nos meus olhos por um momento, e contemple o rosto do Homem das Tristezas. Somos todos como Ele — herdeiros do pecado; devemos suportar e expiar um passado que não era nosso; existe em todos nós — ah, mesmo em mim — uma fagulha do divino. Como Ele, devemos resistir um pouco, até que a manhã recomece e traga a paz. Permita-me que siga o meu caminho sozinha; assim, ao menos, não me sentirei tão solitária, ao contar Ele como amigo, que é amigo de todos que padecem; assim me sentirei mais feliz, me despedi da alegria terrena, e voluntariamente aceito a minha porção de infelicidade."

    Olhei para a frente do crucifixo, e, embora não fosse amigo de imagens, e desprezasse a arte imitativa e barata que aquela ali era exemplo grosseiro, algum senso do que a coisa implicava entrou em minha inteligência. A frente me olhou de volta com contração dolorosa e fatal; mas os raios da glória a circulavam, e me lembrei que o sacrifício era voluntário. Fiquei ali, rodeei o topo da rocha, enquanto ela ainda permanece em tantas beiras de estradas, prega em vão aos passantes, emblema das verdades tristes e nobres; que o prazer não é o fim, mas acidente; que a dor é a escolha dos magnânimos; que é melhor sofrer todas as dores e agir corretamente. Eu me virei e desci a montanha em silêncio; e, ao olhar para trás a última vez, antes de a mata fechar o caminho, vi Olalla ainda curvada diante do crucifixo.

VIII

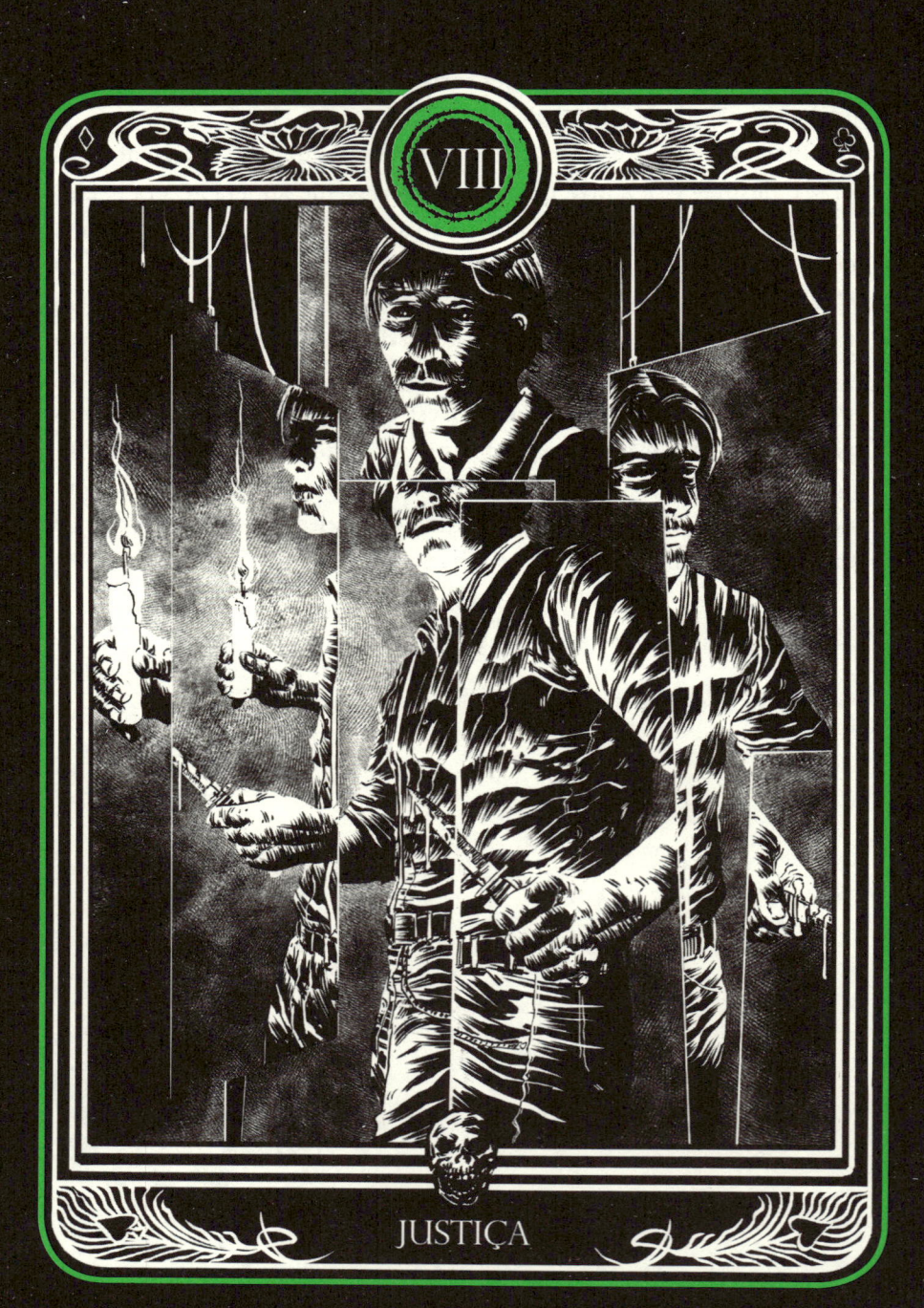

JUSTIÇA

MARKHEIM

ROBERT LOUIS STEVENSON

1885

"Sim", disse o antiquário, "nossas heranças são de diversas categorias. Alguns clientes são ignorantes, então recebo dividendos pelo meu conhecimento superior. Alguns são desonestos", e aqui suspendeu a vela, para que a luz recaísse com intensidade no visitante, "e nesse caso", continuou, "lucro por minha virtude."

Markheim acabara de sair das ruas iluminadas pelo dia e entrar lá, e seus olhos ainda não haviam se acostumado com a mistura de brilho e escuridão da loja. Com aquelas palavras mordazes, e diante da proximidade das chamas, piscou dolorosamente e olhou para o lado.

O antiquário riu abafado. "O senhor me vem no dia do Natal", prosseguiu, "quando sabe que estou sozinho em casa, fecho as venezianas, e me convenço a recusar negociações. Bem, deverá me pagar por isso; deverá me pagar pelo meu tempo perdido, pois podia estar no fechamento dos livros; e deverá pagar, além disso, pelo modo como hoje converso tão francamente. Sou a essência da discrição, e não faço nenhuma pergunta inconveniente; mas quando o cliente não é capaz de me olhar no olho, deve pagar por isso." O antiquário deu mais um riso abafado; e então, mudou para a voz de negócios normal, apesar de ainda manter laivos de ironia, "O senhor poderia me fazer, que nem sempre, relato claro de como adquiriu o objeto?", continuou. "Ainda o gabinete do tio? Um notável colecionador, senhor!"

E o pequeno negociante, pálido e de ombros arredondados, ficou quase na ponta dos pés, olhou por cima dos óculos de ouro, moveu a cabeça em sinal de descrença. Markheim devolveu seu olhar com um de compaixão infinita, e pontada de horror.

"Desta vez", afirmou, "o senhor está errado. Não vim vender, mas comprar. Não tenho raridades para me desfazer; o gabinete de meu tio já foi rapinado; mesmo que estivesse intacto, me dei bem na bolsa de valores, e prefiro acrescentar algo a ele que o contrário, meu interesse hoje é por algo muito simples. Busco presente de Natal para uma dama", continuou e aumentava sua fluidez conforme se mantinha no discurso preparado; "e certamente lhe devo todas as desculpas por assim perturbá-lo devido a motivo tão irrelevante. Mas o assunto foi ignorado ontem; devo produzir meu breve cumprimento no jantar; e, como o senhor bem sabe, um casamento rico não é algo a se ignorar."

Seguiu-se pausa, durante a qual o antiquário pareceu pesar a sentença incredulamente. Os tique-taques de diversos relógios entre as raridades de madeira na loja e o fraco ruído dos cabriolés na avenida próxima preencheram o intervalo de silêncio.

"Bem", disse o antiquário, "que seja. Antes de tudo o senhor é velho cliente; e se, como diz, tem a chance de arrumar bom casamento, longe de mim ser obstáculo. Agora veja algo bom para uma dama", seguiu, "este espelho de mão — século xv, garantido; vem de boa coleção, também; mas não menciono o nome por interesse do cliente, que do mesmo modo, meu caro senhor, era o sobrinho e único herdeiro de notável colecionador."

O antiquário, enquanto assim seguia com voz seca e perfurante, havia se abaixado para pegar o objeto; ao fazê-lo, um choque perpassou Markheim, sobressalto tanto na mão como no pé, elevação repentina de diversas paixões tumultuosas até o seu rosto. Passou com a velocidade que chegou, e não deixou rastro, a não ser certa tremedeira na mão que agora recebia o espelho.

"Espelho", disse roucamente, então pausou, e repetiu com mais clareza. "Um espelho? De natal? Será?"

"E por que não?", gritou o negociante. "Por que não um espelho?"

Markheim olhava para ele com expressão indefinida. "O senhor me pergunta por que não?", disse. "Ora, olhe aqui, — olhe dentro — olhe para si mesmo. Gosta do que vê? Não! Nem eu — nem homem algum."

O homenzinho havia recuado quando Markheim o confrontou tão repentinamente com o espelho; mas agora, ao perceber que não havia nada de pior nas mãos dele, sorriu. "Sua futura mulher, senhor, deve ser bem difícil de agradar", disse.

"Não", disse Markheim, com grande convicção. "Mas olha o senhor", disse Markheim, "peço um presente de Natal, e recebo isto — maldito lembrete dos anos, e pecados e loucuras — esta consciência de mão! Foi de propósito? Planejava algo? Fale. Será melhor se disser. Vamos, me fale de si mesmo. Por acaso acabo de descobrir que em segredo o senhor é bastante caridoso?"

O antiquário olhou atentamente para o outro; era muito estranho, Markheim não parecia rir; havia algo na face semelhante a ansiosa fagulha de esperança, mas nenhum júbilo.

"Onde quer chegar?", perguntou o antiquário.

"Nada caridoso?", replicou o outro soturnamente. "Nada caridoso; nada pio; nada escrupuloso; sem amar, sem amor; a mão para agarrar dinheiro, o cofre para guardá-lo. Isso é tudo? Meu Deus, homem, isso é tudo?"

"Eu lhe direi o que é", começou o antiquário, com um pouco de malícia, e outra vez soltou, sorriu. "Porém vejo que tem casamento por amor, e bebeu à saúde da dama."

"Ah!", exclamou Markheim, com estranha curiosidade. "Ah, o senhor já se apaixonou? Conte-me sobre isso."

"Eu", gritou o antiquário. "Eu, apaixonado! Nunca tive tempo antes, nem tenho hoje, para essas baboseiras. Vai levar o espelho?"

"Por que a pressa?", respondeu Markheim. "É muito agradável ficar aqui e conversar; a vida é tão curta e incerta que não fugiria de nenhum prazer — não, nem de um tão moderado quanto este. Devemos nos agarrar, agarrar ao pouco que conseguimos, como o homem à beira do precipício. Cada segundo é um precipício, quando pensamos no assunto — precipício de um quilômetro de altura — alto demais, se cairmos, para sairmos de cada partícula da humanidade. Portanto é melhor conversar com prazer. Conversemos um sobre o outro: por que usar máscaras? Sejamos confidentes. Quem sabe não nos tornemos amigos?"

"Tenho apenas uma palavra para lhe dizer", disse o antiquário. "Ou compre ou saia de minha loja!"

"Verdade, verdade", disse Markheim. "Chega de tolices. Aos negócios. Mostre-me outra coisa."

O antiquário se abaixou mais uma vez, agora para recolocar o espelho na estante, seu fino cabelo loiro sobre os olhos. Markheim se aproximou um pouco, com a mão no bolso do sobretudo; se recompôs e encheu os pulmões; ao mesmo tempo muitas emoções diferentes eram apresentadas em sua face — terror, pavor, e resolução, fascinação e repulsa física; e por desfigurada subida de seu lábio superior, seus dentes apareceram.

"Este talvez agrade", observou o antiquário: e em seguida, enquanto se reerguia, Markheim saltou por detrás da vítima. A adaga comprida como espada brilhou e desceu. O antiquário se debateu como galinha, acertou a têmpora na estante, então desabou no chão com estrondo.

O tempo possuía uma dezena de pequenas vozes naquela loja, algumas imponentes e lentas, como se atingissem a velhice; outras loquazes e apressadas. Tudo isso anunciava os segundos em intricado coro de tiques. Então a passagem dos pés de um rapaz que corria com passos pesados no pavimento, irrompeu sobre aquelas vozes menores e despertou a consciência de Markheim para os arredores. Olhou em volta de modo terrível. A vela ficou no balcão, a chama balançou solenemente na corrente de ar; e devido àquele movimento ínfimo, todo o aposento se preencheu com balbúrdia silenciosa e se agitou como mar; as grandes sombras acenaram, as grosseiras manchas de escuridão se dilataram e encolheram como a respiração, as faces nos retratos e os deuses nas porcelanas mudaram e ondularam como imagens na água. A porta interna permaneceu entreaberta, e espreitava aquele conjunto de sombras com comprida fenda de luz do dia, como dedo a apontar.

Depois desse vaguear movido pelo medo, os olhos de Markheim se voltaram ao corpo da vítima, que jazia arqueado e estatelado, incrivelmente pequeno e, estranhamente, ainda mais miserável que em vida. Nessas roupas pobres e esfarrapadas, naquela atitude desprovida de graça, o antiquário parecia bastante com serragem. Markheim temera olhar para isso, e oh, não era nada. Ainda assim, quando observou aquele amontoado de roupas velhas e a poça de sangue, vozes eloquentes surgiram. Ali deveriam ficar; não havia nada a fazer com as ardilosas dobradiças ou direcionar o milagre da locomoção — ali deveria ficar até alguém encontrá-lo. Encontrá-lo? Ah, e então? Então aquela carne morta daria o grito que ecoaria por toda a Inglaterra, e preencheria o mundo com os ecos da perseguição. Ah, morto ou não, esse ainda era o inimigo. "O tempo cessou quando o cérebro se apagou", pensou; e a frase ficou gravada na mente. O tempo, agora que o feito estava realizado — o tempo, que acabara para a vítima, se tornara urgente e momentâneo para o assassino.

O pensamento ainda estava na mente, quando, primeiro um depois o outro, com muita diferença no ritmo e no tom, um, profundo como o sino da torre de catedral, o outro, emitiu notas agudas do prelúdio da valsa — os relógios bateram as três da tarde.

A repentina erupção de tantas línguas naquela câmara surda o atordoou. Agitou-se, foi para um lado e para o outro com a vela, sitiado por sombras em movimento, e assustado até a alma por reflexões casuais. Em vários espelhos custosos, alguns de desenho doméstico, alguns de Veneza e de Amsterdã, viu sua face repetida, e repetida, como se tratasse de exército de espiões; seus próprios olhos o encontraram e o detectaram; e o som de seus passos, ainda que leves, acabavam com a quietude em volta. Mesmo assim, enquanto continuava a encher os bolsos, a mente o acusou com repetição doentia das mil culpas de seu desígnio. Deveria ter escolhido hora mais quieta; deveria ter preparado um álibi; não deveria ter usado a faca; deveria ter sido mais cuidadoso e apenas se aproximado e estrangulado o antiquário, e não o matado; deveria ter sido mais corajoso e matado o ajudante também; deveria ter feito todas aquelas coisas em vez disso; arrependimentos pungentes, labor mental exaustivo e incessante para mudar o imutável, para planejar o que agora era inútil, para arquitetar o passado irrevogável. Enquanto isso, por trás de toda essa atividade, terrores brutais, como ratos que invadem sótão deserto, preenchiam com tumulto os cômodos mais remotos de seu cérebro; a mão do policial cairia pesada em seu ombro, e os nervos tremeriam como peixe fisgado; ou contemplaria, em descida galopante, as docas, a prisão, as galés, e o sinistro caixão.

O pavor das pessoas na rua se assentou diante de sua mente como exército a sitiá-la. Era impossível, pensou, mas algum ruído da luta devia ter alcançado os ouvidos e despertado a sua curiosidade; e agora, em todas as casas da vizinhança, devaneava com elas sentadas imóveis, de ouvido atento: pessoas solitárias, condenadas a passar o Natal sustentadas sozinhas com memórias do passado, e agora relembrava com espanto desse terno exercício; felizes, festas de famílias em silêncio ao redor da mesa, a mãe com o dedo ainda levantado: cada gradação e idade e humor, mas todos, diante das lareiras, à espreita e na escuta e com a corda que haveria de enforcá-lo na mão. Às vezes parecia que não poderia se mover com suavidade; o tilintar de grandes cálices boêmios soou tão alto quanto um sino; e alarmado com a altura do tinido, ficou tentado a parar os relógios. E mais uma vez, com rápida transição entre os terrores, o próprio silêncio do lugar lhe pareceu fonte de perigo, algo a fazer o transeunte se incomodar e parar; então criou mais coragem, e fez grande alvoroço entre os objetos da loja e imitou, com bravata elaborada, os movimentos do homem ocupado indo calmamente à sua casa.

Mas agora estava tão abalado pelos variados alarmes que, enquanto uma porção de sua mente ainda estava alerta e desperta, outra estremecia à beira da loucura. Uma alucinação em particular dominou sua credulidade. O vizinho que escuta com a face pálida ao lado da janela, o passante tomado por suspeita horrível no pavimento — e na pior hipótese poderia suspeitar, mas não poderia saber, embora os sons pudessem apenas penetrar as paredes de tijolos e as janelas cerradas. Mas ali, dentro da casa, estava sozinho? Sabia que estava; espiara a criada sair com o coração leve, roupas belas e simples, "fico fora o dia inteiro" escrito em cada fita e sorriso. Sim, obviamente estava sozinho; e ainda assim, no volume da casa vazia sobre ele, podia sem dúvidas escutar movimento de pés delicados — certamente consciente, inexplicavelmente consciente de alguma presença. Ah, certamente; a imaginação a seguiu em cada cômodo e recanto da casa; e agora ainda era coisa sem face, e mesmo assim possuía olhos para vê-lo; e mais uma vez isso era sombra de si mesma; e novamente contemplou a figura do negociante morto, inspirou novamente a astúcia e o ódio.

Às vezes, com esforço tremendo, entrevia a porta aberta que parecia continuar a repelir os seus olhos. A casa era alta, a claraboia pequena e suja, o dia escondido pela névoa; e a luz filtrada até o andar de baixo estava excessivamente borrada, e mostrava fracamente os limites da loja. E ainda assim, naquela faixa de luminosidade duvidosa, não havia uma sombra ondulante?

De repente, vindo da rua lá fora, um cavalheiro bastante jovial bateu com bastão na porta da loja, suas pancadas acompanhadas de gritos e gracejos nos quais o antiquário era repetidamente chamado pelo nome. Markheim, congelado, vislumbrou o morto. Mas não; continuava parado; fugira para onde as batidas e os gritos não eram ouvidos; afundara-se nos mares de silêncio; e seu nome, que chamaria a sua atenção em meio ao rugido da tempestade, transformara-se em som vazio. Então o jovial cavalheiro desistiu de bater e foi embora.

Ali estava a grande sugestão para que se apressasse no que faltava fazer, fugir daquela vizinhança acusadora, mergulhar na enxurrada das multidões de Londres, e alcançar, no outro lado do dia, aquele porto de segurança e aparente inocência — sua cama. Um visitante aparecera: a qualquer momento poderia surgir outro mais obstinado.

Cometer o ato, e ainda assim não colher o lucro, seria fracasso por demais repugnante. O dinheiro, agora essa era a preocupação de Markheim; e como meio para isso, as chaves.

Entreviu a porta aberta por sobre seu ombro, onde a sombra ainda tremeluzia e balançava; e sem qualquer asco consciente, mas com tremor no estômago, se aproximou do corpo da vítima. A característica humana havia desaparecido completamente; como um saco preenchido por farelos até a metade, os membros jaziam esparramados, o tronco dobrado, sob o chão; e a coisa ainda o repelia. Embora tão sinistra e desagradável às vistas, temeu que ao toque pudesse significar mais. Pegou o corpo pelos ombros e o virou de costas. Era estranhamente leve e flexível, e os membros, como se quebrados, caíam em posições estranhas. A face estava desprovida de qualquer expressão; mas continuava pálida como cera, e com chocante mancha de sangue próximo à têmpora. Aquilo era, para Markheim, circunstância desagradável. Isso o transportou, no mesmo instante, para certa feira numa vila de pescadores: dia cinzento, vento sibilante, multidão nas ruas, fulgor das brasas, estrondo de percussões, voz nasalizada de cantor de baladas; e um garoto indo para um lado e para o outro, enterrado na multidão até a cabeça e dividido entre o interesse e o medo, até sair do principal espaço do átrio, contemplou a cabine e a grande tela com imagens desenhadas de modo sombrio, de colorido ostensivo: Brownrigg com a aprendiz; os Manning com o convidado assassinado; Weare no golpe fatal em Thurtell;[1] e mais uma dezena de crimes famosos. Aquilo lhe era tão claro quanto ilusão; mais uma vez se tornava aquele garotinho; mais uma vez observava, com o mesmo senso de revolta física, tais imagens vis; ainda atordoado pelas batidas das percussões. Partes da música daquele dia retornaram à memória; e, com isso, pela primeira vez, foi acometido por certa apreensão, fôlego nauseado, súbita fraqueza nas articulações, que na mesma hora teve de suportar e dominar.

[1] Notórios assassinos, cujas execuções causaram grande comoção na Inglaterra. Elizabeth Brownrigg (1720-1767) espancou até a morte a aprendiz de criadagem. Frederick (1820-1849) e Marie Manning (1821-1849) atiraram na cabeça de um convidado e o enterraram na cozinha. John Thurtell (1794-1824) atirou no rosto de um homem e, como ele sobreviveu ao disparo, cortou sua garganta com canivete.

Julgou mais prudente confrontar que fugir dessas considerações; olhou com o máximo de firmeza para o rosto morto, contorceu a mente para perceber a natureza e a grandeza de seu crime. Havia tão pouco tempo aquele rosto se movia a cada mudança de sentimento, aquela pálida boca conversava, aquele corpo inteiro queimava com energias governáveis; e agora, e devido a esse ato, aquele espécime de vida fora detido, como o relojoeiro, com o dedo em riste, detém a batida do relógio. Então raciocinou em vão; não era capaz de sentir remorso consciente; o mesmo coração que antes estremecia diante das efígies pintadas do crime, observava apático a sua realidade. Na melhor hipótese, sentiu vislumbre de piedade por alguém que empreendera em vão todas essas faculdades que podem transformar o mundo num jardim encantado, alguém que jamais vivera e agora estava morto. Mas por penitência, não, nem um tremor.

Com isso, se livrou dessas considerações, encontrou as chaves e avançou em direção à porta aberta da loja. Lá fora, chovia forte; e o barulho da água no teto acabou com o silêncio. Como na caverna a gotejar, os cômodos do quarto estavam assombrados por ecos fracos e incessantes, que preenchiam a audição e se mesclavam com o tique-taque dos relógios. E, conforme Markheim se aproximava da porta, pareceu escutar, em resposta à própria pisada precavida, os passos de outro pé subiam a escada. A sombra ainda palpitava livremente no limiar. Levou uma tonelada de resolução aos músculos e voltou à porta.

A luz diurna enevoada e branda brilhava com opacidade sobre a escadaria e o chão vazio; sobre o brilhante lance de armadura montado, com alabarda em mãos, em cima do patamar; e sobre as figuras esculpidas em madeira e nas pinturas emolduradas penduradas contra os painéis amarelos do lambril. A batida da chuva pela casa era tão alta que, aos ouvidos de Markheim, começou a se dividir em muitos sons diferentes. Passos e suspiros, o andar de regimentos marchando à distância, o tilintar de dinheiro na contagem, e o ranger de portas discretamente semiabertas, pareciam se misturar com a batida das gotas na cúpula e o gorgolejar da água nos canos. A sensação de que não estava sozinho chegava à beira da loucura. Em cada lado era assombrado e perscrutado por presenças. Escutou-as se moverem nos cômodos de cima; da loja, escutou o morto se levantar; e fez grande esforço para subir a escadaria, pés fugiam quietamente da frente e continuavam atrás com discrição. Se ao menos fosse surdo, pensou, quão tranquila sua alma estaria! E, mais uma vez, escutou com atenção renovada, se abençoou por aquele sentido incansável que segurava os postos e permanecia confiável sentinela em sua vida. A cabeça se virava continuamente no pescoço; os olhos, que pareciam saltar das órbitas, vigiavam todos os lados, e em cada lado havia uma meia-ocorrência como a ponta de algo sem nome que desvanecia. Os vinte e quatro passos até o primeiro andar foram vinte e quatro agonias.

No primeiro andar as portas estavam entreabertas, três delas como três emboscadas, e fizeram seus nervos estremecerem tal qual cano de canhão. Jamais novamente, sentiu, poderia se fechar e se proteger o bastante dos olhos escrutinadores dos homens; a única alegria pela qual ansiava era estar em casa, envolto por paredes, enterrado na roupa de cama, invisível para todos, além de Deus. Ele se apegou um pouco a essa ideia, relembrou contos de outros assassinos e o medo que alegadamente tinham de atiçar os vingadores celestiais. Não era, ao menos, o seu caso. Temia que as leis da natureza, em seu procedimento insensível e imutável, preservassem alguma evidência condenatória do crime. Temia dez vezes mais, com horror abjeto e supersticioso, alguma cisão da continuidade da experiência humana, alguma ilegalidade voluntária da natureza. Disputava jogo de habilidade, a depender das regras, calculava a consequência a partir da causa; e se a natureza, como o tirano derrotado que jogava para cima o tabuleiro de xadrez, resolvesse quebrar molde de sua sucessão? Os semelhantes haviam derrubado Napoleão (assim disseram os escritores) quando o inverno mudou a forma de sua chegada. Os semelhantes poderiam derrubar Markheim; as paredes sólidas podem se tornar transparentes e revelar seus feitos como abelhas em colmeia de vidro; as tábuas fortes poderiam ceder sob seus pés como areia movediça e detê-lo preso; ah, e haviam acidentes mais ordinários que poderiam destruí-lo; se, por exemplo, a casa caísse e o prendesse lá com o corpo da vítima; ou se a casa vizinha se incendiasse, e os bombeiros o invadissem por todos os lados. Essas coisas temia; e, de certo modo, essas coisas poderiam ser chamadas de ação da mão de Deus contra o pecado. Mas quanto a Deus em Si, estava tranquilo; seu ato sem dúvida era excepcional, mas também as justificativas eram, e Deus as conhecia; era lá, e não entre homens, que tinha certeza da justiça.

Quando chegou em segurança à sala de estar e fechou a porta atrás de si, estava ciente do intervalo em seus alarmes. O cômodo era deveras desguarnecido, além de carecer de carpete, e repleto de caixas de embalar e mobília inadequada; diversos tremós enormes, nos quais se contemplou em vários ângulos, como um ator no palco; muitas pinturas, com e sem moldura, de pé, voltadas para a parede; a bela mesinha de Sheraton, a cômoda de marchetaria, e a cama grande e velha, com adornos de tapeçaria. As janelas davam para o piso; mas, por muita sorte, a parte baixa das venezianas estava fechada, e isso o ocultava dos vizinhos. Aqui, então, Markheim aproximou a caixa de embalar da gaveta e procurou pelas chaves. Era trabalho demorado, porque havia muitas, e além disso enfadonho, uma vez que, afinal, poderia não haver nada na gaveta, e o tempo voava. Mas a proximidade da ocupação o deixara sóbrio. Com o rabo do olho viu a porta — volta e meia chegava a encará-la diretamente, como militar sitiado, satisfeito ao se assegurar do bom estado de suas defesas. Mas de fato estava em paz. A chuva caía na rua natural e prazerosa. Em seguida, do outro lado, notas de piano surgiram para a música de hino, e as vozes de muitas crianças tomaram o ar e as palavras. Que imponentes, que melodia agradável! Que vozes joviais, as dos jovens! Markheim lhes deu ouvidos, sorridente, enquanto procurava a chave correta; sua mente estava repleta de imagens e ideias passíveis de resposta; crianças que iam à igreja e o repique do grande órgão; crianças em campo, banhistas à beira do riacho, viandantes diante da amoreira na rua, pipas no céu cheio de vento e nuvens; e então, outra cadência do hino, de volta à igreja, e à sonolência dos domingos de verão, e a voz aguda e gentil do pastor (de quem sorria um pouco ao se lembrar), e as tumbas jacobinas pintadas, e o letreiro fosco dos Dez Mandamentos na capela-mor.

E assim sentado, ao mesmo tempo ocupado e ausente, se espantou completamente. Um lampejo de gelo, lampejo de fogo, jato repentino de sangue, subiu seu corpo, e então ficou petrificado e emocionado. Um passo subiu o degrau lentamente com firmeza, e em seguida a mão foi colocada na maçaneta, e a tranca deu clique, e a porta se abriu. O medo, como tornilho, prendeu Markheim; o que esperar, ele não sabia, se o morto a caminhar, ou os representantes oficiais da justiça humana, ou alguma testemunha ocasional o conduzindo cegamente às galés. Mas quando um rosto se introduziu pela abertura, examinou em volta do quarto, olhou para ele, acenou e sorriu com espécie de reconhecimento amigável, e então recuou novamente, e a porta se fechou atrás — seu medo fugiu de controle em grito rouco. Devido a esse barulho o visitante retornou.

"Você me chamou?", perguntou com prazer, e com isso entrou no quarto e fechou a porta.

Markheim estacou e lhe observou com atenção. Talvez houvesse um véu na visão, mas os contornos do visitante pareciam mudar e ondular como o daqueles ídolos diante da luz da vela da loja; às vezes pensava que o conhecia; e às vezes pensava que carregava alguma semelhança consigo próprio; e sempre, com massa de terror vívido, havia no peito a convicção de que aquela coisa não era da Terra nem de Deus.

Mesmo assim a criatura possuía aparência comum, enquanto observava Markheim e sorria; e quando acrescentou: "procura pelo dinheiro, certo?", foi com os tons da polidez cotidiana.

Markheim não respondeu.

"Devo lhe avisar", continuou, "que a criada deixou seu namorado mais cedo que o normal e logo estará aqui. Caso o sr. Markheim seja encontrado nesta casa, nem preciso lhe descrever as consequências."

"O senhor me conhece?", gritou o assassino.

O visitante sorriu. "Por muito tempo você tem sido um de meus favoritos", disse; "por isso, lhe observo e o ajudo com frequência."

"O que é o senhor?", exclamou Markheim: "o Diabo?"

"O que eu for", replicou, "não pode afetar o serviço que lhe proponho."

"Pode", gritou Markheim; "afeta! Ser ajudado pela sua pessoa? Não, nunca; não pela sua pessoa! Ainda não me conhece; graças a Deus, não me conhece!"

"Conhecer você?", replicou o visitante, com alguma espécie de severidade ou talvez firmeza. "Conheço até a sua alma."

"Conhece-me!", exclamou Markheim. "Quem é capaz disso? Minha vida não passa de uma farsa e calúnia comigo mesmo. Vivi para difamar a minha própria natureza. Todos os homens o fazem; todos os homens são melhores que esse disfarce que cresce a sua volta e os asfixia. É possível ver cada um deles drenados pela vida, como alguém capturado por bandidos e sufocado com capa. Tivessem controle de si — se fosse possível ver os rostos, de modo geral seriam todos diferentes, ofuscariam os santos e heróis! Sou pior que a maioria; sou mais velado; minha justificativa é conhecida por mim e por Deus. Mas, se tivesse tempo o bastante, poderia me revelar."

"A mim?", inquiriu o visitante.

"Ao senhor, acima de todos", replicou o assassino. "Pensei que fosse inteligente. Supunha — uma vez que existe de fato — que o senhor se mostraria leitor do coração. Mas propõe me julgar pelos meus atos — pense nisso — os meus atos! Nasci e vivi em terra de gigantes; gigantes me levaram nos braços desde que nasci — os gigantes da circunstância. E o senhor me julgaria pelos meus atos! Não é capaz de olhar nas profundezas? Não pode compreender que o mal me é odioso? Não pode ver dentro de mim a escrita clara da consciência, jamais embaçada por algum sofisma premeditado, embora frequentemente desconsiderado? Não poderia deixar de me ler como coisa tão comum quanto a humanidade — o pecador involuntário?"

"Tudo isso foi expresso com sinceridade", foi a resposta, "mas não me interessa. Esses argumentos casuísticos estão além de minha província, e não me importo nem um pouco com a compulsão que pode ter lhe impelido, mesmo que com isso tenha sido levado para a direção correta. Mas o tempo voa; a criada se atrasa, observa os rostos da multidão e as imagens nos painéis, mas continua a se aproximar; e lembre-se, é como se as próprias galés caminhassem em sua direção pelas ruas no Natal! Permita-me que o ajude; eu, que tudo sei? Permita-me que lhe conte onde encontrar o dinheiro?"

"Por qual preço?", perguntou Markheim.

"Eu lhe ofereço o serviço em troca de presente de Natal", respondeu o outro.

Markheim não poderia evitar sorrir com espécie de triunfo amargurado. "Não", falou, "não receberei nada de suas mãos; se estivesse morto de sede, e fosse a sua mão que colocasse o cântaro em meus lábios, encontraria a coragem para recusar. Pode soar incoerente, mas não farei nada para compactuar com o mal."

"Não tenho nenhuma objeção contra arrependimento no leito de morte", observou o visitante.

"Porque não crê na eficácia!", gritou Markheim.

"Não afirmo que sim", respondeu o outro; "mas vejo tais coisas por ângulo diferente, e quando a vida termina, o meu interesse se acaba. O homem viveu para me servir, para disseminar olhares negros sobre as cores da religião, ou para lavrar joio no trigal, como você, em jornada de fraca submissão ao desejo. Agora que se aproxima tanto de sua realização, não pode adicionar mais que um ato de serviço — se arrepender, morrer sorrindo, e assim reforçar a confiança e a esperança do mais receoso dos poderes de sobrevivência dos meus seguidores. Não sou mestre tão severo. Teste-me. Aceite a minha ajuda. Desfrute da vida como tem feito até então; desfrute de si mesmo mais abertamente, espalhe os cotovelos na mesa; e quando a noite cair e as cortinas forem fechadas, afirmo, para seu maior conforto, que lhe será mais fácil ajustar a luta com a consciência, e sujeitar-se a fazer as pazes com Deus. Acabo de vir de um leito de morte tal, e o aposento estava cheio de enlutados sinceros, que escutavam as últimas palavras do homem; e quando olhei dentro daquele rosto, arranjado como pedra contra a piedade, o encontrei a sorrir com esperança."

"Então supõe que seja criatura como essa?", perguntou Markheim. "Acha que não possuo aspirações mais generosas que pecar e pecar e pecar, e no final escapulir para dentro do paraíso? Meu coração se acelera com essa ideia. É essa, então, sua experiência com a humanidade?

Ou é por me encontrar com as mãos vermelhas que presume essas infâmias? E o crime de assassinato é assim mesmo tão ímpio a ponto de secar as próprias fontes do bem?"

"O assassinato para mim não é nenhuma categoria especial", respondeu o outro. "Todos os pecados são assassinato, assim como toda a vida é guerra. Contemplo sua raça, como marinheiros famintos na canoa, e arrancam lascas das mãos devido à fome e se alimentam das vidas alheias. Persigo os pecados além dos momentos em que são cometidos; penso que em todos a última consequência é a morte; e, para meus olhos, a bela criada que contraria a mãe com tanta graça por causa de um baile, respinga sangue humano derramado não menos visível que o de um assassino como você. Digo que persigo pecados? Persigo também virtudes; não diferem da espessura da unha, ambos são foices do anjo exterminador da morte. O mal, pelo qual vivo, consiste não na ação, mas no caráter; o homem mau me é querido, não a má ação, cujos frutos, se pudéssemos segui-los ao longo da incessante catarata dos anos, talvez pudessem ser tidos como mais abençoados que aqueles das mais raras virtudes. E não é porque matou o antiquário, mas por ser Markheim, que lhe ofereço uma saída."

"Abrirei o meu coração para o senhor", respondeu Markheim. "Este crime no qual me encontra é meu último. Ao cometê-lo aprendi diversas lições; ele próprio é lição, uma lição momentânea. Assim fui levado a me revoltar com o que não faria; era escravo ligado à pobreza, incitado e flagelado. Existem virtudes robustas que suportam tais tentações; a minha não era delas: sentia sede de prazer. Mas hoje, e fora deste ato, colho avisos e riquezas — e o poder e a nova resolução em ser eu mesmo. Entre todas as coisas, me torno ator livre no mundo; começo a ver a mim mesmo completamente transformado, estas mãos agentes do bem, este coração em paz. Algo do passado me sobrepõe; algo que sonhei em noites de sabá ao som do órgão da igreja, o que previ ao derramar lágrimas sobre nobres livros, ou que falei, ainda criança inocente, com a minha mãe. Ali jaz a minha vida; vaguei por alguns anos, mas agora vejo um pouco mais de minha cidade de destino."

"Você deve usar este dinheiro na bolsa de valores, certo?", observou o visitante; "e lá, salvo engano, já perdeu alguns milhares?"

"Ah", disse Markheim, "mas desta vez tenho algo certo."

"Desta vez, novamente, você perderá", replicou o visitante em voz baixa.

"Ah, mas segurarei a metade!", gritou Markheim.

"Que também perderá", disse o outro.

O suor surgiu na testa de Markheim. "Bem, então, que importa?", exclamou. "Digamos que perca, digamos que afunde de volta na pobreza, uma parte de mim, sendo a pior, haverá de continuar até o fim para se sobrepor à melhor? O mal e o bem têm força em mim, saudam-me de ambos os lados. Não amo apenas um deles, amo ambos. Sou capaz de conceber grandes feitos, renúncias, martírios; e embora seja inclinado a um crime como o assassinato, a piedade não é estranha aos meus pensamentos. Sinto pena dos pobres — quem conhece seus percalços melhor que eu? Sinto pena e os ajudo; valorizo o amor, amo a risada honesta; não há nada de bom ou verdadeiro na Terra, mas a amo de coração. E meus vícios são apenas para dirigir minha vida, e minhas virtudes jazem sem efeito, como pedaço de lenha da mente? Nem tanto; o bem, também, é fonte de atos."

Mas o visitante ergueu o dedo. "Pelos trinta e seis anos nos quais esteve neste mundo", disse, "através de diversas mudanças da fortuna e variedades de humor, eu o observei cair com frequência. Há quinze anos, se espantaria com roubo. Há três anos, recuaria à menção ao assassinato. Existe algum crime, existe alguma crueldade ou malvadeza da qual ainda recua? Daqui a cinco anos haverei de encontrá-lo no ato! Para baixo, para baixo, eis seu caminho; nada além da morte poderá detê-lo."

"É verdade", disse Markheim roucamente, "em algum grau compactuei com o mal. Mas assim se dá com todos; os próprios santos, no mero exercício de viver, perdem a fragilidade e alteram o tom de seus arredores."

"Quero lhe propor uma simples questão", disse o outro, "e conforme a resposta, lerei seu horóscopo moral. Você se tornou cada vez mais lasso em muitas coisas; possivelmente acerta em agir assim; e de qualquer forma, o mesmo ocorre com todos os homens. Mas ao seguir com isso, está em situação particular, embora trivial, mais difícil de agradar a si mesmo com a própria conduta, ou encara todas as coisas com rédea mais folgada?"

"Em situação particular?", repetiu Markheim, com angústia reflexiva. "Não", acrescentou, com desespero, "em nenhuma! Afundei em todas!"

"Então", disse o visitante, "contente-se com o que é, pois você jamais mudará; e as palavras de seu papel na peça estão irrevogavelmente escritas."

Markheim permaneceu quieto por longo tempo, e na verdade foi o visitante quem quebrou o silêncio. "Assim", disse, "devo lhe mostrar o dinheiro?"

"E a graça?", gritou Markheim.

"Você não já tentou?", respondeu o outro. "Dois ou três anos atrás, não o vi no patamar dos encontros da renovação, e não era a sua voz a mais alta no hino?"

"Verdade", disse Markheim; "e vejo claramente o que me resta de deveres. Obrigado por estas lições sobre minha alma; meus olhos estão abertos, finalmente me contemplo pelo que sou."

Neste momento a nota aguda da campainha soou pela casa; e o visitante, embora fosse esse o sinal pelo qual esperava, se levantou de vez.

"A criada!", gritou. "Ela voltou, como lhe alertei, e agora diante de você há a passagem mais difícil. Diga que o patrão dela está doente; deixe-a entrar, com fisionomia firme e séria — nada de sorrir, de agir demais, e lhe prometo o sucesso! Assim que a garota estiver dentro, a porta fechada, a mesma destreza que já o impeliu a se livrar do antiquário o aliviará deste último perigo no caminho. Depois disso, terá a tardinha inteira — a noite inteira, se preciso for — para saquear os tesouros da casa e garantir sua segurança. Esta ajuda lhe vem com a máscara do perigo. Avante!", gritou, "avante, meu amigo; sua vida treme pendurada na balança: avante, aja!"

Markheim encarou com firmeza seu conselheiro. "Caso seja condenado por atos maus", disse, "ainda há porta de liberdade aberta — posso evitar a ação. Se minha vida é algo doentio, posso acabar com ela. Embora esteja, como o senhor afirma com verdade, à mercê de cada mínima tentação, ainda posso, por gesto decisivo, me posicionar além do alcance de todos. Meu amor pelo bem está condenado à esterilidade; pode, e deve existir! Mais ainda possuo meu ódio pelo mal; e disso, para seu terrível desapontamento, verá que posso demonstrar possuir tanto a energia quanto a coragem."

A fisionomia do visitante começou a desaparecer em mudança agradável e maravilhosa; brilhava e se abrandava com triunfo terno, e, mesmo ao brilhar, se apagava e desvanecia. Mas Markheim não parou para assistir ou compreender a transformação. Abriu a porta e desceu a escada lentamente, pensativo. Seu passado lhe perpassou sobriamente; o contemplou tal como era, feio e estrênuo como um sonho, aleatório como engano casual; cena de desafio. A vida, na maneira como a revia, não o tentava mais; mas à distância vislumbrou refúgio tranquilo para a pele.

Parou na passagem e olhou para a loja, onde a vela ainda queimava sobre o corpo morto. Estava estranhamente silencioso. Pensamentos sobre o antiquário fervilhavam em sua mente enquanto observava. Então o sino mais uma vez irrompeu em clamor impaciente.

Confrontou a criada no limiar da porta com algo semelhante a sorriso.

"Melhor você chamar a polícia", disse: "matei o seu patrão."

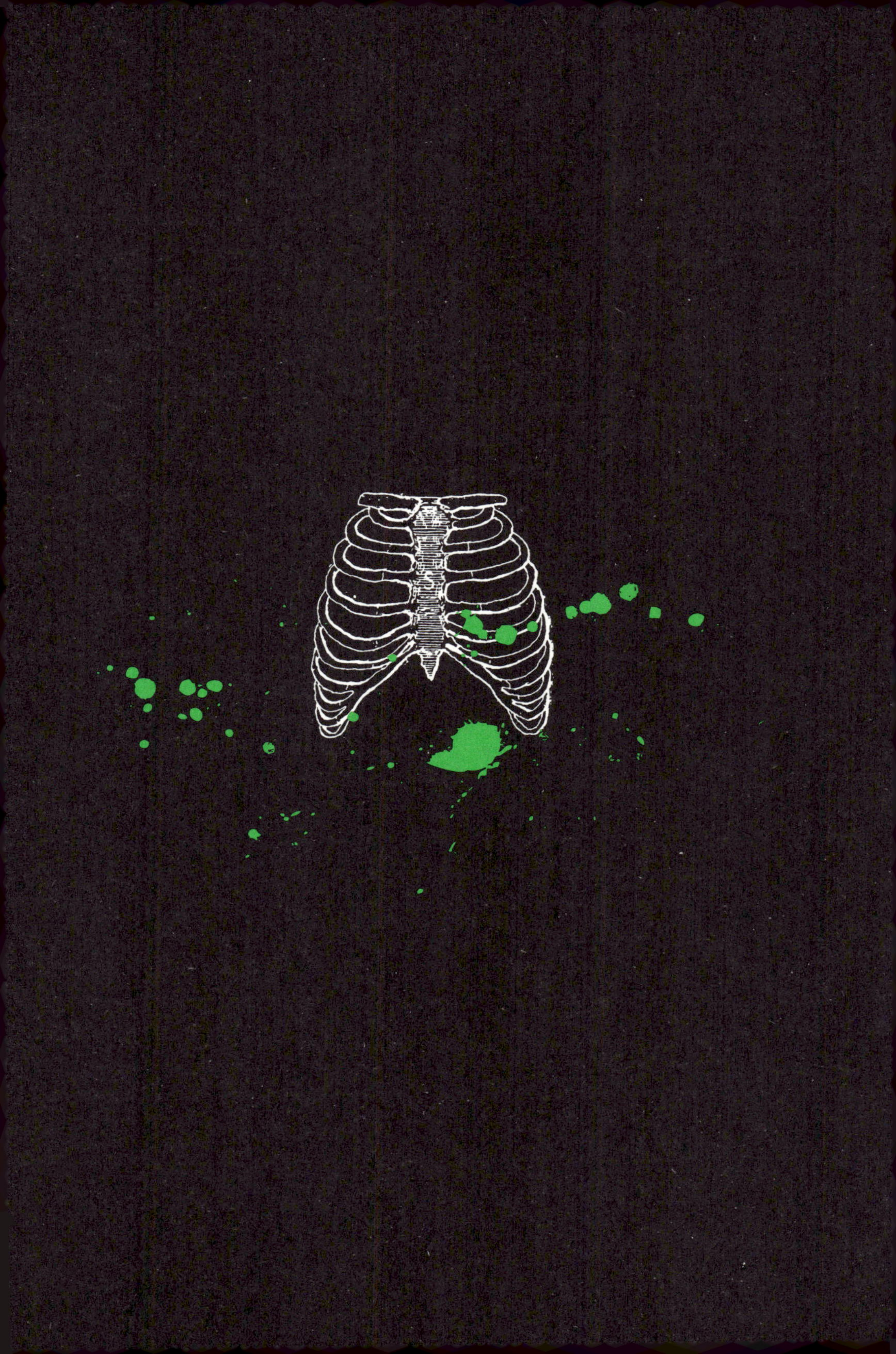

II

SACERDOTISA

JANET, A ENTORTADA
ROBERT LOUIS STEVENSON

1881

O reverendo Murdoch Soulis era pastor da paróquia na charneca de Balweary, no vale do Dule. Velho severo, rosto soturno, apavorante aos ouvintes, passava os últimos anos de sua vida, sem parente ou criado ou qualquer companhia humana, no pequeno e solitário presbitério sob o Hanging Shaw. Em contraste com a postura de ferro da aparência, o olhar era selvagem, medonho e incerto; e quando focava, em suas admoestações privadas, no futuro do impenitente, era como se o olho perfurasse as tempestades do tempo e visse os terrores da eternidade. Diversos jovens a se preparar para o período da Sagrada Comunhão ficavam terrivelmente afetados por sua conversa. Dava sermão sobre a Primeira Epístola de Pedro, capítulo 5, versículo 8, "O diabo enquanto um leão a rugir", no primeiro domingo após cada data 17 de agosto, e costumava se exceder com aquele texto, tanto pela natureza horripilante do tema, quanto pelo terror de seu comportamento no púlpito. As crianças se assustavam a ponto de terem ataques, e o velho soava mais profético que o habitual, cheio, pelo dia inteiro, daquelas alusões que Hamlet desaprovava.[1] O próprio presbitério, estando à beira da água do Dule, entre árvores grossas, num lado o bosque, Hanging Shaw, e no outro muitas colinas geladas e pantanosas apontando aos céus, logo no começo do período do sr. Soulis como pastor, o lugar passara a ser evitado nas horas do crepúsculo, por todos aqueles prudentes o bastante para se protegerem; e bons cidadãos sentados na taverna do vilarejo, juntos balançavam a cabeça à ideia de passar muito tarde pela sinistra vizinhança. Havia local, para ser mais específico, visto com temor especial. O presbitério ficava entre a estrada e as águas do Dule, com um frontão para cada; seus fundos davam para a cidadela de Balweary, a cerca de meio quilômetro de distância; à frente, humilde jardim, protegido por espinhos, ocupava o terreno entre o rio e a estrada. A casa tinha dois andares, com dois cômodos espaçosos em cada um. A porta não dava diretamente para o jardim, mas numa trilha, ou passagem pavimentada, que terminava na estrada, numa direção, e fechada na outra pelos grandes salgueiros e sabugueiros que margeavam o regato. E era essa faixa de pavimento que desfrutava de tão infame reputação entre os jovens paroquianos. O pastor com frequência caminhava por lá após escurecer, às vezes resmungava em voz alta, na urgência de seus sermões não proferidos; e quando ia para fora de casa, e a porta do presbitério ficava fechada, os estudantes mais ousados se aventuravam, com o coração acelerado, a "seguir o líder" pelo lendário local.

Essa atmosfera de terror rodeava, como acontecia, um homem de Deus de caráter e ortodoxia impecáveis, era motivo usual para a dúvida, e sujeito a questionamento entre os poucos forasteiros que, devido ao acaso ou aos negócios, eram levados àquela região remota e misteriosa. Porém, muitas pessoas da própria paróquia ignoravam os estranhos eventos que marcaram o primeiro ano de sacerdócio do sr. Soulis; e entre aqueles mais bem informados, alguns eram

---

[1] Em *Hamlet ato 1,cena 5*, o protagonista faz Horácio e Marcelo jurarem sobre sua espada que não comentarão com ninguém do fantasma de seu pai.

naturalmente reticentes, e outros acanhados quanto a esse tópico em particular. Volta e meia, somente, alguém entre os mais velhos criava coragem após o terceiro copo, e relatava a causa da vida solitária e das estranhas feições do pastor.

Faz cinquenta ano, bem quando o seu Soulis chegô ne Ba'weary pela primeira vez, ele 'inda era um jove' — um mancebo, disse o pessoal — chei' de sabedoria dos livro e bom pr'explicá as coisa, mas, o que num era normal ne alguém tão jove, ele num tinha ninhuma exp'riença de vida cum religião. Os mais jove' ficaro muito foi animado co' talento dele e c'o jeito dele de falá; mas os véio, aperreado, os home e muliér sério chegaro até memo a rezá pro jove', que eles acharo que ele ia se aperreá, pro mó de que a paróquia era um bocado desarranjada. Era antes dos tempo dos Moderado — cansativo pra eles; mas as coisa rúim são que nem as boa — as duas vêm de pouco a pouco, um bocadinho por vez; e existia gente que chegava a dizê que o Senhor tinha deixado os professor da faculdade com os assunto deles lá, e os rapaz que fosse estudá cum eles era melhor sentá numa turfeira, que nem os antecedente da perseguição, c'uma Bíblia debaixo do sobaco e um esp'rito de reza no coração. Num havia dúvida, de qua'quer jeito, mas aquele seu Soulis tinha ficado tempo demais na faculdade. Tomava cuidado demais e ficava aperreado cum muita coisa além da única necessária. Andava c'uma ruma de livro cum ele — muitos mais do que qua'quer um já tinha visto na paróquia toda; e um trabai' da moléstia pra carregá aquilo, porque parecia que eles tinha esmagado o gado do Cão no mei' entre lá e Kilmackerlie. Era tudo livro de divindades, na verdade, pelo menos era assim que se falava deles; só que os sério era de palpite de que num tinha precisão de tantos, já que a Palavra de Deus todinha dava pra cabê numa dobra dum casaco xadrez. Então ele ficava sentado metade do dia e metade da noite tam'ém, o que era num era muito direito — escrevinhando, só isso; e primeiro eles ficaro cum medo que ele lesse os sermão; mas depois que viro que ele memo estava era escrevinhando um livro, o que cum certeza num era trato nem pra ninguém cum a idade nem cum a pouca experiência dele.

De qua'quer jeito, ele ficou de arranjá uma matrona direita e véia pra arrumá o presbitério pra ele e cozinhá a janta; e recomendaro pra ele uma véia descarada — Janet M'Clour, chamava ela — e daí deixaro pra ele escolhê se queria ficá ou não. Muitos dissero pra ele que era melhor não, que os melhor cidadão de Ba'weary suspeitava de Janet. Uns anos antes ela tinha parido um dragãozinho; que ela num fazia a comunhão tinha uns trinta ano; e os moleque tinha visto ela resmungá coisa sozinha lá ne Key Loan no vale escuro numa hora suspeita pr'uma mulé temente a Deus. De qua'quer jeito, foi o próprio juiz que contô primeiro de Janet pro pastor; e naqueles dia ele fazia qua'quer coisa, até o que num gostasse, pr'agradá o juiz. Quando as pessoa contaro pra ele que Janet era mancomunada com o cramunhão, ele deixou isso pra lá como se fosse super'tição; e quando mostraro a Bíblia pr'ele e a bruxa de Endor, ele dizia pra eles que aqueles dia tinha acabado, e que o cramunhão tava controlado pela fé.

Bem, quando chegou a notícia no povoado de que Janet M'Clour ia de sê a empregada do presbitério, o povo ficou bem doido co'ela e ele, de os dois junto; e algumas das dona num tinha nada de melhor pra fazê que encostá nos batente da porta dela e acusá ela de tudo quanto era coisa que elas sabia, do filho de fora cum soldado até as duas vaca de John Tamson. Ela num era boa pra falá; o povo deixava ela normal no rumo dela, ela deixava eles no rumo deles, sem nem um "bas noite" educado, nem um "bundia" educado; mas quando ela abriu, ela tinha uma língua de deixá um moleiro assombrado. Ela se levantou, e naquele dia num tinha nenhuma véia história em Ba'weary que ela num forçasse alguém a escutá; eles num podia dizê coisa ninhuma pra ela num tê duas resposta; até que, no fim do dia, as dona se ajuntaro e pegaro ela, e tiraro o casaco das costa dela, e carregaro ela pela vila até a água do Dule, pra vê se ela era bruxa ou não — se ela nadava ou afogava. A bruaca véia esperneou de um jeito que você podia escutá ela até no Hangin' Shaw, e ela brigou que nem umas dez; teve muitas boas dona che'a de machucado no outro dia, e muitas por mais tempo ainda, e bem na hora que a briga tava pegando fogo, quem chega (por seus pecado) se não o pastor novo?

"Mulheres", disse (e tinha voz poderosa), "ordeno em nome de Deus que a deixem."

Janet correu pra ele — tava completamente doida de medo — e se pendurou nele, e implorou pra que ele, em nome de Cristo, que ele salvasse ela das cachorra; e elas, do lado delas, contou pra ele tudo o que elas sabia, e talvez mais.

"Mulher", disse pra Janet, "isso é verdade?"

"Que nem o Senhor vê eu", diz ela, "é que nem o Senhor fez eu, nem uma palavra. A num sê pelo bebê", seguiu, "eu fui muié direita a vida toda."

"Em nome de Deus", diz o seu Soulis, "e diante de mim, Seu humilde pastor, a senhora renunciará ao demônio e seus trabalhos?"

Então, pareceu que, quando ele disse aquilo, ela fez uma careta que assombrou todo mundo que olhava pra ela, e eles podia escutá os dente dela rangendo dentro das bochecha; mas num tinha mais nada o que dizê de um jeito ou de outro; e Janet levantou a mão e renunciou o diabo na frente deles tudo.

"E agora", diz o seu Soulis para as dona, "vocês vão pra casa, cada uma, e rezem pelo perdão de Deus."

E ele deu o braço pra Janet, memo tano Janet só de vestido, e levou ela pra vila pra sua própria porta como dona de verdade, e era um escândalo escutá ela guinchando e dando umas gaitada.

Tinha muita gente enfunada ocupada rezando aquela noite; mas na hora que a manhã chegou tava um medo em Ba'weary que os fedei' tudo se escondero, e memo os homes adulto ficaro e espiaro pelas porta deles. Porque ali tava Janet descendo o povoado — ela ou alguém parecida cum ela, ninguém sabia dizê — o pescoço entortado, e a cabeça dela prum lado que nem corpo enforcado e um sorriso na cara que nem a de um cadávre enforcado. Cum tempo eles se acostumaro com isso, e até perguntaro pra ela o que é que tava errado; mas daquele dia em diante ela num podia conversá que nem uma cristã, mas babava e rangia os dente que nem duas tosquia; e daquele dia em diante o nome de Deus nunca mais saiu pela boca dela. Por mais que tentava, num saía nada. Aqueles que sabia melhor falava menos; mas eles nunca dero pr'aquela Coisa o nome de Janet M'Clour; porque a véia Janet, pelo jeito, tava no mei do inferno naquele dia. Mas o pastor é que num ia se segurá e se controlá; ele num falou de mais nada a num sê da crueldade do povo que tinha feito ela tê ataque de paralisia; ele deu uma surra de cinto nos fedei que atormentaro ela; e levou ela pro presbitério na merma noite, e ficou lá na rua com ela debaixo do Hangin' Shaw.

Então, o tempo passou; e os mais preguiçoso começaro a pensá com mais calma naquele negócio horroroso. O pastor tava muito bem visto; andava sempre escrevendo — as pessoa via a vela dele acesa lá no rio Dule depois de escurecê; e ele parecia muito satisfeito e parado de novo, mas ninguém podia dizê que ele tava abatido. Já Janet ela vinha e ela ia; se ela já num falava muito antes, tinha muito menos motivo pra falá depois; ela num incomodava ninguém; mas ela era uma coisa esquisita de se vê, e ninguém maltratava ela em Ba'weary toda.

Quase no final de julho vei' um clima esquisito, do tipo que nunca tinha aparecido por ali na região; tava quente e sem nuvem e implacável; o gado num conseguia subi pra Black Hill, a fedeiada ficava cansada demais pra pinotá; mas tinha ventania também, cum o vento quente batendo nos vale, e um chuvisco que num molhava nada. A gente sempre pensô que era trovão da manhã; mas chegou a manhã, e outra manhã, e sempre aquele clima dos inferno; incomodando os home e os bicho do memo jeito. De tudo o que tinha de ruim ali, ninguém sofria mais que o seu Soulis; ele num conseguia nem dormi nem comê, disse pros mais véio; e quando num tava escrevinhando no livro véi chato dele, ficava rodando pra lá e pra cá no vale todo, que nem um possuído, quando ninguém podia ficá mais feliz que quietinho den'de casa.

Em cima de Hangin' Shaw, no abrigo do Black Hill, tinha um terreno pequeno fechado cum portão de ferro; parece que antigamente ali era o cemitério de Ba'weary, e era consagrado pelos papista antes da luz abençoada brilhá no reino. De qua'quer jeito, lá era o lugar preferido do seu Soulis; ele ficava ali sentado pensando nos sermão, e é memo um lugar gostoso. Então, um dia ele tava passando ao oeste do Black Hill e primeiro viu dois, e depois quatro, e depois sete corvo asqueroso dando volta e mais volta em cima do antigo cemitério. Eles voava alto e baixo e dava uns guincho um pro outro quando passava; e ficou claro pro seu Soulis que alguma coisa tinha chamado a atenção dos bicho. Ele num ficava assustado cum qua'quer coisa, e foi direto pro muro; e o que ele podia achá ali se não um home, ou algo parecido c'um home, sentado em cima dum túmulo. Ele era muito alto, e preto que nem o inferno, e os olho era extraordinário. O seu Soulis já tinha ouvido falá muito de homes pretos; mas nesse home preto tinha alguma coisa esquisita que assustou ele. Memo com calor, sentiu um esfriamento no miolo do espinhaço; mas falou memo assim, e disse: "Meu amigo, você é de fora aqui?" O home preto num disse nadinha. Ele levantou, e se arrastou pr'um muro lá do outro lado; mas sempre olhando pro pastor; e o pastor parado olhando de volta pra ele; aí numa piscada de olho, o home preto tava em cima do muro correndo pra debaixo das arv're. Seu Soulis num sabia nem por que direito, mas correu atrás dele; mas tava muito cansado c'a caminhada e c'o calor insuportável; e podia corrê e corrê, mas só conseguiu dá uma olhada no home preto entre as bétula, até que deu a volta pro pé da montanha, e ali viu ele mais uma vez, saltá, dá um passo, e pulá o rio Dule na direção do presbitério.

Seu Soulis num gostô muito que um vagabundo esquisito desses conhecesse assim o presbitério de Ba'weary, então ele correu mais, de sapato molhado, pelo córrego, e pela passagem; mas nada daquele diabo de home preto por lá. Foi pra estrada, mas num tinha ninguém lá; ele rodô o jardim todinho, mas não, nenhum home preto. Na saída dos fundo — e um pouquinho assustado, normal — ele arribô o ferrolho e entrô no presbitério; e lá estava Janet M'Clour na sua frente, cum a goela entortada, sem gostá muito de ver ele. Depois disso, ele sempre lembra que na primeira vez que botou o zóio nela, ele sentiu um tremelique gelado e ruim.

"Janet", diz, "você viu um homem preto?"

"Um home preto?", respondeu, "Cr'em Deus pai! Tá doido, pastor. Num tem nenhum home preto ne Ba'weary toda."

Mas ela num falô cum clareza, você entende; ela ficô ruminano que nem um burro c'a boca che'a de paia.

"Bem", diz ele, "Janet, se num tinha home preto, então eu falei com o Querelante dos Santos."

E ele sentô que nem febrento, com os dente rangeno na cara.

"Diacho", diz ela, "toma vergonha na cara, pastor"; e deu uma golada no aguardente que tava sempre cum ela.

Depois disso, seu Soulis foi pra sala dele onde ficava os livro. Era um quarto comprido, baixo e sinistro, um frio da peste no inverno, e não muito seco nem memo no mei' do verão, já que o presbitério fica perto do córrego. Então, ele sentô e começô a pensá ne tudo o que tinha acontecido desde que ele tinha vino pra Ba'weary, e ne sua cidade natal, e nos dia que ele era moleque e corria alegre em cima das montanha; e que aquele home preto sempre ficava na cabeça dele como se fosse refrão de música. Quanto mais ele pensava, mais ele pensava no home preto. Ele tentô fazer a Oração do Pai-nosso, e as palavra num vinha pra ele; e ele tentô, diz-se, escrevinhá o livro, mas num conseguia pensá em nada. Teve uma hora que ele pensô que o home preto tava ne cotovelo dele, e ele começô a suá frio que nem água de poço; e teve outras vez que ele se dava conta de que tinha sido batizado quando era bebê e num se incomodava cum nada.

O que sucedeu foi que ele foi até a janela e ficô encarano o rio Dule enraivado. A arv're tava grossa dum jeito estranho, e a água funda e escura debaixo da cúria; e ali tava Janet lavano as roupa com o manto dela preso que nem um saiote. Ela tava de costa pro pastor, nem sabia que ele tava curiando. Então ela girou e mostrou a cara; seu Soulis deu o memo tremelique gelado que já tinha dado antes aquele dia, e então ele lembrô o que as pessoa dissero: que fazia muito tempo que Janet tinha morrido, e que aquilo era um fantasma que andava na carne gelada que nem barro dela. Ele deu um passinho pra trás e ficou olhano ela cum atenção. Ela tava num bate-bate nas roupa e cantano baixinho; então, oh, que Deus nos perdoe, mas era uma cara horrorosa. E logo ela começô a cantá mais alto, e num tinha home fi' duma muié que sabia dizer uma palavra da música dela; e o tempo todo ela olhano pra baixo, de lado, e num tinha nada pra olhá lá. Então veio um desgosto de náusea na carne debaixo dos osso dele; e aquilo era o aviso do céu. Mas seu Soulis botou a culpa só nele memo, disse que tava pensano mal duma véinha pobre, acabada e aflita, que num tinha no mundo mais nenhum amigo além dele; e orou um pouco por ele e por ela, e bebeu um pouco de água fresca — memo sofrendo de azia — e foi pra cama sem nada quando escureceu.

Aquela foi uma noite que nunca foi esquecida em Ba'weary, a noite de 17 de agosto de 1712. Tava quente antes, que nem eu disse, mas aquela noite tava mais quente que nunca. O sol tinha se posto c'umas nuvem esquisita; tava escuro que nem o diabo; sem uma estrela, sem uma lufada de vento; num dava pra ver a mão na frente da cara, e até o pessoal mais véio tirô as coberta das cama e deitou tentando respirar. Cum tudo que tava passano na cabeça dele, era difícil o seu Soulis dormi. Ele ficava deitado rebolano pr'um lado e pro outro; a cama boa e fria que ele tinha deitado esquentava até os osso dele; de vez em quando ele cochilava, de vez em quando ele acordava; de vez em quando ele escutava o tempo da noite, de vez em quando um cachorro uivano no brejo, como se alguém tivesse morto; de vez em quando ele pensava que tava ouvino fantasma no seu ouvido, e de vez em quando via umas luz assombrada no quarto. Ele achô que com certeza tinha ficado doente; e doente ele tava memo — mas num desconfiava o motivo da doença.

C'o passar da noite, a mente foi clareano, então ele sentô do lado da cama de roupa de dormir, e começô a pensá de novo no home preto e em Janet. Ele num podia explicá muito bem — talvez fosse o arrepio no pé — mas chegô pra ele de repente que nem uma enxurrada que tinha alguma ligação entre os dois, e que cada um ou os dois era espectro. Bem naquela hora, no quarto de Janet, que era colado no dele, teve uma pancada de pé pareceno que tinha uns home lutando, e então uma pancada alta; e então um vento assoprano pelos quatro canto da casa; e então tudo ficou quieto que nem túmulo de novo.

Seu Soulis num tinha medo nem de home nem do Cão. Ele pegô a caixa de madeira dele, e acendeu uma vela, e com trêis pulo já tava na porta de Janet. Tava destrancada, e ele empurrô ela e espiou cum coragem lá dentro. Era um quarto grande, grande que nem o próprio quarto do pastor, e mobiliado cum uns móvel antigo e forte, porque ele num tinha mais nada. Tinha uma cama de quatro dossel, com tapeçaria antiga; e um belo armário de carvaio, que tava chei' dos livro religioso do pastor, colocado ali pra num ficar no mei' do caminho; e alguns dos traje de Janet tava jogado lá e no chão. Janet memo o seu Soulis num achô, nem sinal de luta. Ele entrô (e são poucos os que teria a corage' dele), e olhô em volta e escutô. Mas num tinha nada pra escutá den'do presbitério nem na paróquia de Ba'weary todinha, e nada pra ver a num ser pelas sombra dando volta na vela. Então, de repente, o coração do seu Soulis bateu muito forte e ele ficô travado, e um vento gelado assoprô os cabelo da cabeça dele. Que visão horrorosa pro coitado! Porque ali tava Janet pendurada numa cavilha do lado do antigo armário de carvaio; a cabeça pra cima do ombro, o zóio pocado pra fora, a língua saltano pra fora da boca, e os calcanhar a trinta centímetro pra cima do chão.

"Que Deus nos perdoe!", pensô o seu Soulis, "A coitada da Janet está morta."

Ele deu um passo na direção do corpo; então o coração dele acelerô no peito. Porque — aquela engenhoca não tinha como um homem entendê — ela tava pendurada só por um prego e só um fio de lã de remendá meia.

É uma coisa rúim demais ficar só de noite com essas assombração do escuro; mas o seu Soulis tinha muita fé no Senhor. Ele deu a volta e saiu do quarto, e trancô a porta detrás dele; e cum passo atrás do outro, ele desceu as escada, passado que nem chumbo; e botô a vela no pé da escada. Ele num conseguia rezá, num conseguia pensá, tava pingano suor frio, e nada num podia escutá a num ser o dum-dum-dum do coração dele. Ele pode tê ficado ali uma hora, ou talvez duas, não importava muito; então, de repente, ele ouviu uma zoada esquisita lá em cima; um pé ia de um lado pro outro onde o corpo tava pendurado; então abriro a porta memo ele sabeno muito bem que tinha trancado ela; e então um passo pra escada, e pareceu pra ele que o corpo tava olhano pra onde ele tava de lá de cima pelo corrimão.

Ele pegou a vela de novo (pois ele num 'guentava ficá sem luz), e, do jeito mais devagar que ele conseguia, saiu do presbitério e foi pro final do passeio. Lá fora ainda tava escuro que nem o inferno; o fogo da vela, quando ele colocou ela no chão, queimou firme e clara pareceno que tava num quarto; num mexia nada, a num ser pelo rio Dule correno e derramano pelo vale, e por aquelas passada satânica que descia bateno devagar as escada lá den'do presbitério. Ele conhecia muito bem aqueles pé, por que era de Janet; a cada vez que o passo chegava mais perto, o sangue dele ficava mais gelado. Ele confiô a alma pra Ele que tinha feito e cuidado dele; "e, Ó, Senhor", disse, "dai-me forças para enfrentar os poderes do mal esta noite".

Nessa hora os passo já tava chegano perto da passagem da porta; ele podia escutá uma mão passano na parede, como se a coisa assombrada tivesse sentino o caminho. Os salgueiro balançava e zoava junto, uma latunia demorada descia a colina, o fogo da vela apagô; e ali tava o cadáver de Janet, a Entortada, com seu vestido de gorgrão e a touca preta na cabeça ainda em cima do ombro, e ainda com a risada horríve — viva, você podia pensar —, mas morta, o seu Soulis sabia bem — na porta do presbitério.

É uma coisa estranha que a alma do home teje amarrada no corpo perecivo dele; mas o seu Soulis viu isso, e seu coração num estourô.

Ela num ficô ali muito tempo; começou a andá de novo, e agora bem devagar pra cima do seu Soulis, onde ele tava debaixo do salgueiro. A vida toda pelo corpo dele, toda a força do espírito, brilhava no zóio dele. Parecia que ele ia falá, mas num tinha palavra, e fez um sinal cum a mão esquerda. Então vei' uma rajada de vento, como o chiado dum gato; apago de vez a vela, os salgueiro gritava que nem pessoa viva e o seu Soulis sabia que, morreno ou viveno, aquilo 'cabava ali.

"Bruxa, megera, diabo!", gritou, "eu lhe rogo o poder de Deus, vá embora; caso morta, para o túmulo; caso condenada, para o inferno."

E naquela hora a própria mão do Senhor saída do Céu exterminô o horror onde ele tava; o cadávre véi' morto e profanado da bruxa véia, por tanto tempo longe do túmulo e pastoreado pelos demonho, chamejô que nem fogo de enxofre e caiu no chão transformado em cinza; em seguida um trovão, estrondo em cima de estrondo, a chuva zoadenta pro cima de tudo; e o seu Soulis pulou a cerca viva do jardim e correu, um grito atrás do outro, pelo povoado.

Na mema manhã John Christie viu o home preto passá pela Grande Tumba logo antes das seis; antes das oito, ele seguiu pela estalagem ne Knockdow, e não muito depois, Sandy McLellan viu ele descê com pressa as montanha de Kilmackerlie. Não há muita dúvida de que era ele que tinha morado tanto tempo no corpo de Janet; mas, finalmente, ele tava longe; e desde então o Cão nunca mais atormentou a gente em Ba'waery.

Mas a dispensa custô caro pro pastor, que ficou delirano na cama muito, muito tempo; e daquele momento até agora, ele é esse home que hoje você conheceu.

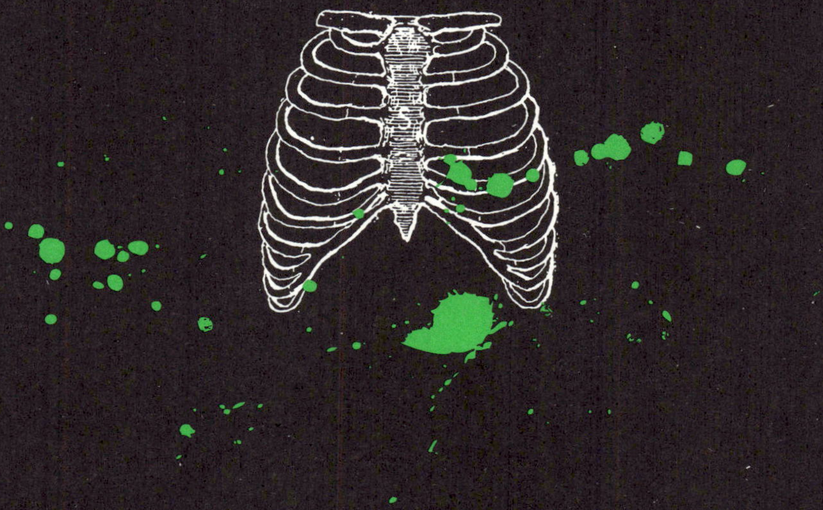

BOOK

M CORPORATION

M' HYDE "" Dr. Je

JEKYLL & MR. HYDE
Original EXPERIENCE
Robert Louis Stevenson's Great Morality Masterpiece

PIONEER ATTRACTION

XVI

TORRE

O MÉDICO E O MONSTRO

O ESTRANHO CASO DO DR. JEKYLL E O SR. HYDE

ROBERT LOUIS STEVENSON

1886

para **KATHARINE DE MATTOS**

Não convém cortar os laços no divino atados
Mas do vento e urzal somos filhos adorados
É a mim e a ti, ainda quando longe de casa
Que as giestas gentis, ao norte do país agraça.

HISTÓRIA DA PORTA

O sr. Utterson, advogado, era homem de aparência severa que jamais se iluminava com um sorriso; frio, ausente e de conversa envergonhada; retraído nos sentimentos; esguio, comprido, árido, lúgubre, e, ainda assim, um tanto agradável. Em encontros de amigos e quando o vinho lhe apetecia, algo de eminentemente humano brilhava no olho; algo que na verdade jamais se mostrava na conversa, mas que falava não apenas com aqueles símbolos silenciosos do rosto após o jantar, porém com mais frequência e clamor com as ações da vida. Austero consigo mesmo, bebia gim quando sozinho, para mortificar seu apreço por vinhos finos; e embora apreciasse o teatro, não cruzava a porta de um fazia vinte anos. No entanto, se mostrava tolerante para com os outros; às vezes refletia, quase com inveja, sobre a grande pressão que a bebida exercia nas más ações deles; e, em casos extremos, ficava mais inclinado a ajudar que a reprovar. "Curvo-me diante da heresia de Caim", dizia bizarramente: "permito que meu irmão vá até o diabo ao seu próprio modo." Com tal personalidade, não raro calhava de ser o último conhecido respeitável e a última boa influência na vida de homens em decadência. E a eles, assim que entravam em seus aposentos, nunca dava a demonstrar qualquer sombra de mudança no comportamento.

Sem dúvida, essa proeza era fácil ao sr. Utterson, pois era extremamente discreto, e mesmo as suas amizades pareciam fundadas em semelhante catolicismo da generosidade. É a marca do homem modesto aceitar seu círculo de amizades já pronto pela mão da oportunidade, e assim era o advogado. Seus amigos eram aqueles de seu próprio sangue ou quem conhecia fazia mais tempo; seus afetos, como hera, cresciam com os anos, mas não necessariamente por alguma aptidão em si. Eis, sem dúvida, o elo que o unia ao sr. Richard Enfield, parente distante e bem conhecido na cidade. Para muitos, era um enigma o que esses dois viam um no outro, ou que assunto teriam em comum. Relatava-se entre aqueles que os encontravam nas caminhadas dominicais que ambos iam em silêncio, pareciam singularmente aborrecidos, e que exclamavam alívio evidente ao surgir algum amigo. Apesar de tudo isso, os dois tinham enorme consideração por essas excursões, consideravam-nas o tesouro de cada semana, e por elas não apenas dispensavam ocasiões aprazíveis, como resistiam até mesmo às chamadas a negócios, para apreciá-las sem interrupção.

Aconteceu de, por acaso, numa dessas vagueações, passarem por rua secundária em vizinhança movimentada de Londres. A rua era pequena e pode-se afirmar que tranquila, mas seu comércio era intenso nos dias de semana. Todos os habitantes iam bem, parecia, e todos igualmente esperavam ficar ainda melhor, e despendiam o excesso dos ganhos em chamarizes; desse modo, as fachadas das lojas ao longo daquela via tinham ar convidativo, com filas de vendedoras sorridentes. Mesmo aos domingos, quando velava seus charmes mais atraentes e em comparação ficava vazia, a rua brilhava pelo contraste com a esquálida vizinhança, como fogo na floresta; e com as venezianas recém-pintadas, bronzes polidos, a limpeza geral e a notável alacridade, imediatamente capturava e agradava o olho do passante.

A duas casas da esquina, à esquerda de quem vai para o leste, a reta era interrompida pela entrada de um pátio, e exatamente naquele ponto, a construção sinistra exibia seu frontão para a rua. Tinha dois andares; nenhuma janela à vista, nada mais que uma porta no andar de baixo, e a fachada discreta com a parede descolorida no de cima; e em qualquer aspecto trazia as marcas de negligência sórdida e prolongada. A porta, que não era equipada com sineta ou batedor, estava inchada e descolorida. Vagabundos perambulavam pelo vão e acendiam fósforos nos painéis; crianças vendiam objetos nos degraus; um estudante havia testado a faca no batente; por quase uma geração, ninguém jamais aparecera para espantar esses visitantes aleatórios ou consertar as avarias.

O sr. Enfield e o advogado estavam no outro lado da rua, mas quando se aproximaram da frente da entrada, o primeiro levantou a bengala e apontou.

"Já reparou nessa porta alguma vez?", perguntou; e quando o acompanhante respondeu afirmativamente, "em minha mente está relacionada", acrescentou, "a história muito estranha."

"É mesmo?", disse o sr. Utterson, com leve alteração na voz, "e o que aconteceu?"

"Bem, foi assim", respondeu o sr. Enfield: "voltava de algum lugar no fim do mundo, por volta das três de manhã de inverno escura, e meu caminho passava por uma parte da cidade em que literalmente não havia nada para se ver além de lampiões. Rua após rua, com todas as pessoas dormindo — rua após rua, tudo iluminado como se fosse procissão, e tudo vazio como igreja —, até que enfim alcancei o estado mental em que um homem escuta e escuta e começa a ansiar pela presença de um policial. De repente vi duas pessoas: uma delas era sujeito pequenino, que seguia ao leste a passos pesados, e a outra era menina de talvez oito ou dez anos e corria o mais rápido que podia pela rua transversal. Bem, senhor, os dois inevitavelmente se trombaram na esquina; e então ocorreu a parte horrível da coisa; pois o homem pisou calmamente no corpo da criança e a abandonou, chorando no chão. Falando assim não parece nada de mais, porém era visão infernal. Não era como um homem; estava mais para um maldito Juggernaut.[1] Gritei espantado, corri, agarrei o homem pelo colarinho e o trouxe de volta para onde já havia aglomeração considerável por causa da criança que chorava. Ele estava muito tranquilo e não ofereceu qualquer resistência, mas me deu olhar tão horroroso que fez o suor descer veloz. As pessoas que estavam ali eram a família da garota; e em pouco tempo chegou o médico que alguém havia chamado. Bem, a criança não estava tão mal, apenas assustada, de acordo com o médico; e aqui se poderia imaginar que seria o fim do caso. No entanto, havia circunstância curiosa. Senti asco do cavalheiro à primeira vista. Assim também a família da criança, o que era natural. Mas o caso do médico foi o que me deixou impressionado: era farma-

---

[1] Gigantescos carros-templo hindus que tinham a má-fama de atropelar quem estivesse no caminho. No inglês moderno, a palavra adquiriu o significado de força destrutiva e incontrolável.

VII

CARRUAGEM

cêutico normal, sem cor ou idade em particular, com forte sotaque de Edimburgo, e tão emotivo quanto gaita de foles. Bem, senhor, ele reagiu como todos nós; toda vez que olhava para o prisioneiro, notei que o médico se irritava e empalidecia, com o instinto de matá-lo. Eu sabia o que se passava em sua mente, assim como sabia o que se passava na minha; e com o assassinato fora de cogitação, optamos pela segunda melhor alternativa. Dissemos ao homem que podíamos e faríamos grande escândalo por causa daquilo, e que sujaríamos seu nome de uma ponta a outra de Londres. Se tivesse qualquer amigo ou crédito, garantimos que os perderia. E por todo o tempo em que o empurramos extremamente irritados, tentamos ao máximo afastar as mulheres dele, pois estavam furiosas como harpias. Jamais vi grupo com rostos tão cheios de ódio; e eis um homem no meio, com espécie de frieza soturna e desprezível — assustado também, pude perceber — mas suportando, senhor, exatamente como Satã. 'Caso o senhor decida receber algum capital com esse acidente', falou, 'naturalmente não tenho outra escolha. Um cavalheiro não deseja nada além de evitar cena', afirma. 'Diga-me o valor.' Então lhe sugerimos cem libras para a família da criança; claramente desejava fugir, porém havia algo em nosso grupo que lhe indicava que teria problemas, e por fim cedeu. A questão seguinte foi conseguir o dinheiro; e aonde você acha que nos levou, senão a esse local com essa porta? — pegou a chave, entrou, e em pouco tempo voltou com a quantia de dez libras em ouro e cheque de uma conta no Coutt's, a ser pago ao portador e assinado com nome que não posso mencionar, embora seja um dos pontos da história, mas era nome muito bem conhecido e frequente nos jornais. A figura permaneceu rígida; mas a assinatura era boa para mais que isso, se fosse no mínimo genuína. Tomei a liberdade de comentar com o cavalheiro que toda aquela transação me parecia falsa, e que, na vida real, uma pessoa não entra num sótão às quatro da manhã e sai de lá com cheques de quase cem libras de outro homem. Mas ele estava muito calmo e sarcástico. 'Pode ficar tranquilo', diz, 'fico com o senhor até o banco abrir, e eu mesmo saco o dinheiro.' Então todos partimos, o médico, o pai da criança, nosso amigo e eu, e passamos o resto da noite em minha casa; e no dia seguinte, depois do café da manhã, fomos juntos ao banco. Eu mesmo dei o cheque, e falei que tinha tudo para acreditar que era falso. Nem um pouco: o cheque era verdadeiro."

"Tsc-tsc", disse o sr. Utterson.

"Vejo que você se sente como eu", disse o sr. Enfield. "Sim, é história terrível. Esse sujeito nada tinha a ver com ninguém, era pessoa realmente condenável; e quem passou o cheque era o indivíduo mais distinto, de boa reputação, e (o que piora tudo) pessoa que sem dúvidas pode ser chamada de boa. Chantagem, imagino; alguém honesto extorquido por alguma travessura da juventude. A Casa da Chantagem é como chamo o local daquela porta, por causa disso. Porém mesmo isso, sabe, é difícil de se explicar", acrescentou, e com essas palavras caiu na cadeia de reflexões.

Foi resgatado disso pelo sr. Utterson, que lhe perguntou de repente: "E não sabe se o portador do cheque mora aí?".

"Um lugar provável, não?", respondeu o sr. Enfield. "Mas por acaso prestei atenção no endereço; ele mora numa praça ou algo assim."

"E nunca perguntou a ninguém a respeito de — do local com a porta?", insistiu o sr. Utterson.

"Não, senhor: mantive meus escrúpulos", foi a resposta. "Tenho muito receio de perguntar; depende muito de como está o dia do julgamento. Você solta a pergunta e é como soltar uma pedra. Aí está sentado no topo da montanha; e lá vai a pedra abaixo, que solta outras; e no presente algum pássaro velho e brando (o último no qual você pensaria) é atingido na cabeça em seu próprio jardim dos fundos e a família tem que mudar de nome. Não, senhor, é regra particular que sigo: quanto mais algo se parece com a Rua Bizarra, menos pergunto."

"Regra muito boa", disse o advogado.

"Mas investiguei o lugar por conta própria", continuou o sr. Enfield. "E mal se parece com uma casa. Não há outra porta, e ninguém entra ou sai por ela, exceto, com enormes intervalos, o cavalheiro de minha aventura. Ali há três janelas que dão para o pátio no primeiro andar; nenhuma no de baixo; as janelas estão sempre fechadas, mas são limpas. Há também chaminé com fumaça constante; então alguém deve morar lá. E ainda assim, não dá para ter certeza, uma vez que as construções estão tão amontoadas ao redor do pátio, que é difícil dizer onde uma termina e a outra começa."

A dupla voltou a caminhar em silêncio por um tempo; e então, "Enfield", disse o sr. Utterson, "a sua regra é boa".

"Sim, acho que sim", respondeu Enfield.

"Apesar disso", continuou o advogado, "desejo perguntar algo; gostaria de saber o nome do homem que passou por cima da criança."

"Bem", disse o sr. Enfield, "acho que não há problema em dizer. Chamava-se sr. Hyde."

"Hum", disse o sr. Utterson. "Na aparência é que espécie de homem?"

"Ele não é fácil de descrever. Há algo de errado com sua aparência; algo desagradável, algo claramente detestável. Nunca vi homem me causar tanta repulsa, e ainda assim, não sei direito o porquê. Deve ter alguma deformação; e passa forte sensação de deformidade, embora não possa especificar exatamente qual. Tem aparência extraordinária, mas não consigo apontar nada fora do lugar. Não, senhor; não sou capaz; não consigo descrevê-lo. E não se trata de falha de memória; pois declaro que posso vê-lo neste momento."

O sr. Utterson voltou a caminhar em silêncio mais um pouco e obviamente ficou incomodado com o peso das considerações. "Tem certeza que usou chave?", acabou por inquirir.

"Meu caro senhor...", começou Enfield, surpreso consigo mesmo.

"Sim, eu sei", disse Utterson. "Sei que pode parecer estranho. O fato é que não lhe pergunto o nome da outra parte, porque já sei qual é. Veja, Richard, sua história se perdeu. Se foi inexato quanto a qualquer ponto, é o momento de corrigir isso."

"Acredito que você poderia ter me avisado antes", respondeu o outro com toque de rabugice. "Mas, me entenda, chego a soar enfadonho de tão preciso que fui. O sujeito possuía a chave: e mais, ainda está com ela. Eu o vi a usar não faz uma semana."

O sr. Utterson suspirou profundamente, mas não disse uma palavra; e o jovem logo continuou. "Acabo de aprender que não se deve conversar demais", disse. "Sinto vergonha de minha língua comprida. Combinemos de jamais nos referir a isso novamente."

"De coração", disse o advogado. "Eu o cumprimento por isso, Richard."

A BUSCA PELO SR. HYDE

Naquela noite, o sr. Utterson voltou com espírito melancólico para sua casa de solteiro e sentou-se para jantar sem apetite. Aos domingos, após a refeição, tinha o hábito de passar um tempo diante da lareira com o volume de alguma divindade sequiosa sobre a mesa de leitura, até que o relógio da igreja da vizinhança batesse doze horas, quando se deitava com sobriedade e gratidão. Nessa noite, no entanto, assim que a mesa foi desguarnecida, pegou a vela e foi para o escritório. Ali abriu o cofre, retirou de lugar bastante discreto um documento assinado no envelope como o Testamento do Dr. Jekyll, e se sentou com o rosto ensombrecido para examinar o conteúdo. O testamento era manuscrito, pois embora o sr. Utterson tomasse conta dele agora que estava pronto, se recusara a oferecer a menor assistência durante a elaboração; providenciava não apenas aquilo, mas, em caso de morte de Henry Jekyll, Doutor em Medicina, Doutor na Lei Civil, Doutor em Leis, Membro da Real Sociedade &c., todas as suas posses deveriam ir para as mãos do seu "amigo e benfeitor Edward Hyde", e no caso do "desaparecimento ou ausência inexplicável por qualquer período excedente a três meses de calendário" do dr. Jekyll, o mencionado Edward Hyde deveria tomar o lugar do mencionado Henry Jekyll sem mais delongas e livre de quaisquer encargos ou obrigações, além do pagamento de pequenas somas para os servidores da casa de Jekyll. Por bastante tempo esse documento causou ojeriza aos olhos do advogad, que o ofendia tanto como advogado quanto como apreciador dos elementos saudáveis e convencionais da vida, a quem o exagero era falta de modéstia. Então, foi o seu desconhecimento do sr. Hyde que recebera a sua indignação; agora, em movimento repentino, era de seu conhecimento. Já lhe era ruim o bastante quando o nome não passava de um do qual nada sabia; piorou quando começava a ser envolto por atributos detestáveis; e além das mudanças, névoas sem substância que por tanto tempo confundiram sua visão, agora vinha a tona de repente um delineado pressentimento que tinha um rival.

"Eu pensava que era loucura", disse, ao guardar no cofre o repulsivo documento, "e agora começo a temer que seja desgraça."

Com isso, assoprou a vela, pôs o sobretudo e saiu em direção a Cavendish Square, a cidadela da medicina, onde seu amigo, o grande dr. Lanyon, morava e atendia multidão de pacientes. "Se alguém sabe de algo, é o dr. Lanyon", pensava.

O solene mordomo o reconheceu e o cumprimentou; sem demora foi conduzido diretamente à porta da sala de jantar, onde o dr. Lanyon tomava vinho sozinho. Era cavalheiro caloroso, saudável, asseado, de rosto rubro, com cabeleira precocemente branca e comportamento enérgico e decidido. Ao ver o sr. Utterson, pulou da cadeira e o cumprimentou com as duas mãos. Sua disposição, pelo comportamento do homem, parecia deveras teatral, mas repousava em sentimento genuíno. Isso porque ambos eram velhos amigos, velhos colegas tanto na escola quanto na universidade, ambos tinham profundo respeito mútuo e por si mesmos, o que nem sempre ocorre, e ambos eram pessoas que, de fato, apreciavam a companhia um do outro.

Após divagarem um pouco, o advogado entrou no assunto que ocupava a sua mente de modo tão desagradável.

"Imagino, Lanyon", afirmou, "que você e eu sejamos os dois amigos mais velhos de Henry Jekyll."

"Quem me dera fôssemos os amigos mais jovens", gracejou o dr. Lanyon. "Mas suponho que sim. O que tem? Nos últimos tempos, não tenho o visto muito."

"Verdade?", disse Utterson. "Pensei que mantinham contato pelo interesse em comum."

"Mantínhamos", foi a resposta. "Porém faz mais de dez anos que Henry Jekyll ficou volúvel demais para meu gosto. Seguiu por caminho errado, muito errado; assim, apesar de, obviamente, continuar a me interessar por ele, em nome dos velhos tempos, como dizem, não nos encontramos muito. Tagarelice tão refutável como a dele", acrescentou o doutor, arroxeando-se de repente, "teria separado Damão e Pítias."[2]

Esse breve esguicho de sinceridade causou espécie de alívio no sr. Utterson. "Divergem apenas em alguma questão científica", pensou; e sendo homem sem qualquer paixão científica (exceto as relacionadas a transporte) afirmou: "Não há nada pior que isso!". Deu ao amigo um segundo para se recompor, então soltou a pergunta que fora até lá fazer.

"Alguma vez já se encontrou com um protegido dele — o tal de Hyde?", perguntou.

"Hyde?", repetiu Lanyon. "Não. Nunca ouvi falar. Nem na minha época."

Foi apenas essa a informação que o advogado carregou consigo, de volta à cama grande e escura na qual rolava de um lado para o outro, até que crescessem as pequenas horas da manhã. Foi noite de pouca serenidade para sua mente laboriosa, que labutou na escuridão simples e sitiada por dúvidas.

As seis horas ressoaram nos sinos da igreja, convenientemente, muito próxima da moradia do sr. Utterson, e ele continuava a escavar o problema. Antes disso, tocava apenas o lado intelectual; mas agora a imaginação também estava engajada, quiçá cativa; e conforme rolava de um lado a outro, deitado na espessa escuridão noturna do quarto acortinado, o relato do sr. Enfield cruzava a sua mente numa sequência de imagens luminosas. Tomou ciência do grande número de lampiões da cidade noturna; então a figura do caminhante em velocidade; depois a da criança correndo da casa do médico; e, em seguida, eles trombam um com o outro, e o Juggernaut humano pisoteia a criança e prossegue indiferente aos seus gritos. Ou então visualizava o aposento da mansão, onde seu amigo dormia, sonhava, e sorria em seus sonhos; e em seguida a porta do cômodo era aberta, as cortinas da cama puxadas, o dormente chamado e eis que diante dele estava a figura que o controlava, e mesmo àquela hora perdida, devia se levantar e obedecer aos seus comandos. A figura nessas duas

---

[2] Personagens históricos gregos, símbolos da amizade inquebrantável.

fases assombrou o advogado por toda a noite; e se em algum momento cochilou, foi apenas para flutuar com mais certeza pelas casas de repouso, ou para se mover cada vez mais rápido, e mais rápido, até ficar tonto, pelos vastos labirintos da cidade iluminada por lampiões, e a cada esquina esmagar a criança e abandoná-la chorando. E ainda assim a figura não tinha rosto para que pudesse reconhecê-la; mesmo em sonho não tinha rosto, ou tinha um que o confundia e derretia diante de seus olhos; foi então que surgiu e cresceu na mente do advogado curiosidade estranhamente intensa, quase excêntrica, pela chance de contemplar a fisionomia real do sr. Hyde. Se ao menos pudesse observá-lo, acreditava que o mistério se iluminaria e mesmo se resolveria, como acontece com as coisas misteriosas quando bem examinadas. Poderia encontrar algum motivo para a estranha preferência ou cativeiro (chame como quiser) do amigo, e mesmo para as espantosas cláusulas do testamento. E no mínimo seria um rosto que valeria a pena ver; o rosto de um homem sem qualquer entranha de piedade; rosto que precisou de apenas um vislumbre para despertar o duradouro espírito de ódio no imperturbável Enfield.

Desde então, o sr. Utterson ficou obcecado com a porta na rua comercial. Pela manhã, antes do horário de trabalho, ao meio-dia, quando o comércio estava cheio e o tempo era escasso, à noite, encarando o luar enevoado da cidade, em todas as luzes e nas horas mais vazias ou nas tumultuosas, o advogado podia ser encontrado naquele local.

"Se o sr. 'Hyde' é de esconde-esconde", pensou, "serei o sr. Pique que vai pegá-lo."

E sua paciência foi por fim recompensada. Era noite seca e agradável; geada no ar; as ruas limpas como o piso de salão de dança; os lampiões não bruxuleavam com o vento, o que criava padrão regular de luz e sombra. Por volta das dez horas, quando as lojas se fechavam, a rua estava bastante solitária e, apesar do grunhido de Londres ao redor, bastante silenciosa. Ouvia-se rumores baixos ao longe; rumores domésticos das casas eram ouvidos com clareza em ambos os lados da rua; e o ruído da aproximação de qualquer passante o precedia por tempo razoável. O sr. Utterson estava ali havia alguns minutos, quando percebeu passo leve e esquisito se aproximar. No curso das patrulhas noturnas, fazia muito tempo que se acostumara com o efeito pitoresco de como as batidas dos pés de uma pessoa sozinha, com longo caminho ainda a percorrer, subitamente soavam distintas do zumbido e da algazarra da cidade. Ainda assim, sua atenção jamais fora mais penetrante e detida, e de modo tão decisivo; e foi com previsão de sucesso forte e supersticiosa que recuou para a entrada da rua.

Os passos se aproximavam rapidamente, e de súbito ficaram mais altos, ao virarem a esquina. O advogado observava da entrada, e logo foi capaz de examinar a postura do homem com quem haveria de lidar. Era pequeno, se vestia de modo bastante ordinário, e de certo modo, a sua aparência, mesmo àquela distância, afrontava com intensidade o observador. Mas foi direto para a porta, após cruzar a rua para ganhar tempo; e ao chegar, tirou a chave do bolso como alguém que chegava em casa.

O sr. Utterson deu um passo e tocou em seu ombro quando passava. "Imagino que seja o sr. Hyde."

O sr. Hyde se encolheu, sibilante ao respirar. Mas seu medo era apenas momentâneo; e embora não tivesse olhado para o rosto do advogado, respondeu com bastante tranquilidade: "É o meu nome. O que o senhor deseja?".

"Vejo que vai entrar", respondeu o advogado, "sou velho amigo do dr. Jekyll — sr. Utterson, da Gaunt Street —, o senhor deve ter escutado o meu nome; e, como encontrei o senhor em momento tão conveniente, pensei que talvez pudesse me deixar entrar."

"O senhor não encontrará o dr. Jekyll aqui; pois está longe de casa", replicou o sr. Hyde, enquanto punha a chave. Então, de repente, mas ainda sem olhar para cima, perguntou, "Mas como é mesmo que o senhor sabe quem sou eu?".

"De sua parte", disse o sr. Utterson, "o senhor poderia me fazer um favor?"

"Com prazer", replicou o outro. "O que seria?"

"Poderia me permitir ver o seu rosto?", pediu o advogado.

O sr. Hyde pareceu hesitar, e então, como se por algum pensamento repentino, o afrontou com ar de desafio, e os dois se encararam por alguns segundos. "Agora serei capaz de reconhecê-lo na próxima vez", disse o sr. Utterson. "Poderá ser útil."

"Sim", respondeu o sr. Hyde, "prazer em conhecê-lo; *à propos*, anote o meu endereço." E lhe passou o número de uma rua no Soho.

"Meu Deus!", pensou o sr. Utterson, "Será que também está de olho no testamento?" Porém guardou tais sentimentos para si e apenas murmurou ao ser informado do endereço.

"Agora me diga", disse o outro, "como me reconheceu?"

"Pelas descrições" foi a resposta.

"Descrições de quem?"

"Temos amigos em comum", disse o sr. Utterson.

"Amigos em comum?", ecoou o sr. Hyde, um pouco rouco. "Quem?"

"Jekyll, por exemplo", disse o advogado.

"Não foi ele quem lhe falou de mim", gritou o sr. Hyde, ruborizado de raiva. "Não pensei que o senhor mentiria."

"Calma", disse o sr. Utterson, "essa não é uma linguagem apropriada."

O outro rosnou alto com gargalhada selvagem; e no momento seguinte, com rapidez extraordinária, destrancou a porta e desapareceu dentro da casa.

O advogado ficou parado por um tempo após o sr. Hyde deixá-lo, a imagem da inquietude. Depois, subiu a rua lentamente; parava a cada um ou dois passos e colocava a mão no rosto, indicando perplexidade. O problema que ruminava ao caminhar era daqueles que raramente se resolvem. O sr. Hyde era pálido e algo anão, passava a impressão de deformidade sem qualquer deformação visível, tinha sorriso desagradável, que surgiu ao advogado com a mistura assassina de recato e audácia, e a voz rouca, sussurrada e algo esganiçada; todos esses pontos lhe eram desfavoráveis, mas mesmo juntos ainda explicavam aquele misterioso asco, desprezo e pavor que o sr. Utterson lhe dispensava. "Deve existir algo mais", disse o perplexo cavalheiro. "*Existe* algo mais, caso encontre um nome para tal. Deus me perdoe, o sujeito mal parece humano! Algo de troglodita, talvez? Ou será aquela velha história do dr. Fell?[3] Quem sabe o mero esplendor de alma sórdida que transpira através de seu recipiente de barro e, desse modo, o transforma? Acho que a última sugestão; pois, veja, meu caríssimo Harry Jekyll, se um dia já vi a assinatura de Satã no rosto de alguém, foi no desse seu novo amigo."

Perto da esquina da rua havia a praça com casas antigas e elegantes, agora em grande parte desprovidas do alto prestígio, transformadas em apartamentos e alcovas para pessoas de todos os tipos e condições: cartógrafos, arquitetos, advogados suspeitos e agentes de empreendimentos obscuros. Uma casa, no entanto, a segunda depois da esquina, ainda era ocupada por inteiro; e na porta, que transmitia grande impressão de riqueza e conforto, embora agora mergulhada na escuridão, exceto pela luz do basculante, o sr. Utterson parou e bateu. Um criado idoso bem trajado abriu a porta.

"O dr. Jekyll está em casa, Poole?", perguntou o advogado.

"Verei, sr. Utterson", disse Poole, e convidou o visitante, enquanto falava, para o salão de teto baixo espaçoso e confortável, ornado com bandeiras, aquecido (ao modo de casa de campo) por lareira aberta e cintilante, e mobiliado com custosos armários de carvalho. "Poderia esperar diante do fogo, senhor? Ou prefere que lhe traga uma luz da sala de jantar?"

"Fico aqui mesmo, muito obrigado", disse o advogado, antes de se aproximar e se curvar diante do grande guarda-fogo. Esse salão, no qual agora estava sozinho, era capricho caro ao amigo médico; e o próprio Utterson estava acostumado a falar dele como o cômodo mais agradável de Londres. Mas naquela noite tinha tremor no sangue; o rosto de Hyde pesava na memória; sentia (o que lhe era raro) náuseas e desgosto pela vida; e, à sombra de seu espírito, pareceu ler ameaça na luz que

---

[3] Obrigado a traduzir epigrama 32 do livro do poeta latino Marcial "*Non amo te, Sabidi, nec possum dicere quare / Hoc tantum possum dicere, non amo te*" (Não te amo, Sabidius, mas não posso dizer o porquê / Só posso dizer que não te amo), o então estudante Tom Brown satirizou o professor John Fell: "*I do not like thee, Dr. Fell / The reason why I cannot tell / But this I know, and know full well / I do not like thee, Dr. Fell*" (Não gosto de você, dr. Fell / O motivo não sei bem dizer / Mas disto tenho certeza / Não gosto de você, dr. Fell); com a popularização da tradução do epigrama, "Dr. Fell" se tornou o símbolo de aversão inexplicável.

recaía da lareira sobre os armários polidos e o inquieto movimento da sombra no teto. Sentiu vergonha de seu alívio, quando Poole em seguida retornou para anunciar que o dr. Jekyll estava ausente.

"Vi o sr. Hyde entrar pela porta da velha sala de dissecação, Poole", disse. "Isso é normal, quando o dr. Jekyll não está em casa?"

"Bem normal, sr. Utterson", respondeu o criado. "O sr. Hyde tem a chave."

"Seu patrão parece depositar muita confiança naquele jovem, Poole", continuou o outro, meditativo.

"Sim, senhor, de fato", disse Poole. "Todos temos ordens para obedecê-lo."

"Acho que nunca fui apresentado ao sr. Hyde", comentou Utterson.

"Penso que não, senhor. Nunca janta *aqui*", replicou o mordomo. "Na verdade, pouco o vemos neste lado da casa; praticamente, só fica pelo laboratório."

"Bem, boa noite, Poole."

"Boa noite, sr. Utterson."

E o advogado voltou da casa com o coração pesado. "Pobre Harry Jekyll", pensou, "algo me diz que mergulhou em águas profundas! Ele era terrível na juventude; faz muito tempo, com certeza; mas na lei de Deus, não há estatuto de limitações. Ah, deve ser isso; o fantasma de algum velho pecado, o câncer de alguma desgraça dissimulada; a punição vinda, *pede claudo*,[4] anos depois de a memória esquecer e o amor-próprio perdoar a falta." E o advogado, assustado com o pensamento, ruminou um pouco o próprio passado, e tateou por todos os recantos da memória, receando a caixa-surpresa de alguma antiga iniquidade que por acaso viesse à luz de repente. Seu passado era deveras irrepreensível; poucos homens podiam ler os pergaminhos da vida com menos apreensão; ainda assim, morria de vergonha por algumas maldades que havia cometido, e se levantou em gratidão sóbria e temerosa pelas que apenas chegara perto de realizar, mas que haviam

---

[4] Expressão jurídica derivada de verso de Horácio.
O castigo claudica — nem sempre é imediato ao crime.

sido evitadas. Assim, ao retornar para a outra questão, sentiu fagulha de esperança. "Esse senhor Hyde, se investigado", pensou, "deve ter os próprios segredos; segredos tenebrosos, dada a aparência; segredos que fariam parecer raios solares as piores faltas do coitado do Jekyll. As coisas não podem continuar assim. Sinto calafrios só de pensar em tal criatura, furtiva como ladrão, ao lado da cama de Harry; pobre Harry, que despertar! E que perigo; pois se esse tal de Hyde suspeitar da existência do testamento, talvez queira adiantar a entrega da herança. Ah, preciso ajudá-lo — se Jekyll me permitir", acrescentou, "se ao menos Jekyll me permitir." E mais uma vez, observou na sua imaginação, claras como água, as estranhas cláusulas do testamento.

O DR. JEKYLL ESTAVA BEM TRANQUILO

Duas semanas depois, por sorte tremenda, o médico deu um de seus agradáveis jantares para cinco ou seis velhos amigos íntimos, todos homens inteligentes e de boa reputação, e apreciadores de bons vinhos; arguto, o sr. Utterson permaneceu após a partida dos outros. Não era ocorrência nova, mas algo que já havia acontecido dezenas de vezes. Onde o sr. Utterson era apreciado, era bem apreciado. Os anfitriões adoravam deter o grave advogado quando os homens levianos e de língua solta já cruzavam a porta; gostavam de se sentar diante de sua comedida companhia, praticar a solidão, clarear as mentes no eloquente silêncio daquele homem após o esbanjamento e a euforia acentuada. A essa regra o dr. Jekyll não era exceção; e enquanto se sentava do outro lado da lareira — homem de cinquenta anos largo e bem-apessoado, rosto liso, talvez com fisionomia um tanto marota, porém com tudo o que indicava capacidade e gentileza — pelos seus modos era perceptível que nutria afeição calorosa e sincera pelo sr. Utterson.

"Quero falar com você, Jekyll", começou o outro. "Sabe aquele seu testamento?"

Um observador atento poderia entender que o tópico seria mal recebido, porém o médico reagiu com bom-humor. "Meu pobre Utterson", disse, "este cliente não lhe traz sorte. Jamais vi alguém tão incomodado como você por meu testamento; a exceção é aquele retrógrado pedante, Lanyon, pelo que chamou de 'minhas heresias científicas'. Oh, sei que é boa pessoa — não precisa fazer careta — pessoa excelente, e sempre quis conhecê-lo melhor; mas é um retrógrado pedante por isso tudo; pedante fanfarrão e ignorante. Nunca fiquei tão desapontado com alguém como fiquei com Lanyon."

"Você sabe que nunca o aprovei", insistiu Utterson, e ignorou implacavelmente o último assunto.

"Meu testamento? Sim, de fato, sei", disse o médico, um pouco cortante. "Você me falou."

"Bem, falarei novamente", continuou o advogado. "Conheci melhor o jovem Hyde."

O rosto largo e belo do dr. Jekyll se empalideceu até os lábios, e logo a região dos olhos ficou sombria. "Não pretendo ouvir mais nada", disse. "Combinamos de evitar esse assunto."

"O que ouvi dele é abominável", disse Utterson.

"Não pode ser alterado. Você não entende a minha posição", respondeu o médico, com certa incoerência nos modos. "Estou embrenhado nisso de maneira dolorosa, Utterson: minha posição é bem estranha — estranha até demais. Não é desses casos que podem ser resolvidos com conversas."

"Jekyll", disse Utterson, "você me conhece: sou confiável. Fale comigo com sinceridade, e sem dúvidas poderei ajudá-lo."

"Meu caro Utterson", disse o médico, "isso é muito generoso de sua parte, é extremamente generoso, e não consigo encontrar palavras para agradecer a você o suficiente. Acredito em você, de verdade; confiaria mais em você que em qualquer outra pessoa viva, ah, até mais que em mim mesmo, se pudesse escolher; mas na verdade, isso não é como pensa, e nem é tão ruim assim; apenas fique tranquilo, e lhe direi algo: posso me livrar do sr. Hyde quando quiser. Posso jurar por isso; e agradeço de coração; só devo acrescentar uma palavra, Utterson, e tenho certeza de que a aceitará: isso é um assunto particular, e lhe suplico que o deixe de lado."

Utterson refletiu um pouco enquanto olhava o fogo.

"Certamente não há nenhum problema", disse por fim, e se levantou.

"Bem, uma vez que entramos nesse assunto, e espero que pela última vez", continuou o médico, "há um ponto que gostaria que entendesse. De fato, estou muito interessado no pobre do Hyde. Sei que o encontrou; ele me disse, e receio que tenha agido com grosseria. Mas estou mesmo bastante interessado naquele jovem; e se desaparecer, Utterson, desejo que me prometa que ficará do lado dele e que defenderá os seus direitos. Acho que o faria, se soubesse de tudo, e tiraria um peso de minha mente se pudesse me prometer isso."

"Não sou capaz de fingir que um dia gostarei dele", disse o advogado.

"Não pedi isso", suplicou Jekyll e repousou a mão no braço do outro; "peço apenas a justiça; peço apenas que o ajude, por minha causa, quando não estiver mais aqui."

Utterson suspirou irreprimivelmente. "Bem", falou, "eu prometo."

O CASO DO ASSASSINATO DE CAREW

Quase um ano depois, no mês de outubro de 18--, Londres foi surpreendida por crime de ferocidade singular, que se tornou ainda mais notório por conta da elevada posição social da vítima. Os detalhes eram escassos e espantosos. Uma criada que morava sozinha em casa não muito distante do rio havia subido para o quarto por volta das onze horas. Embora na calada da noite a cidade estivesse encoberta por névoa, mais cedo não havia nuvens, e a rua, que podia ser vista da janela da criada, bastante iluminada pela lua cheia. Aparentemente, era romântica, uma vez que se sentou na caixa, exatamente diante da janela, e sonhou acordada. Jamais (dizia, lágrimas escorrendo, quando narrou a experiência), jamais se sentira tão tranquila em relação a toda a humanidade, jamais sentira tanta ternura pelo mundo. E assim que se sentou, percebeu o belo cavalheiro de idade, cabelos brancos, que se aproximava pela rua; a seu encontro ia outro cavalheiro bem pequeno, a quem num primeiro momento não prestou muita atenção. Quando conversaram (o que ocorreu bem diante dos olhos da criada) o homem mais velho se curvou e saudou o outro com muita gentileza.

XIII

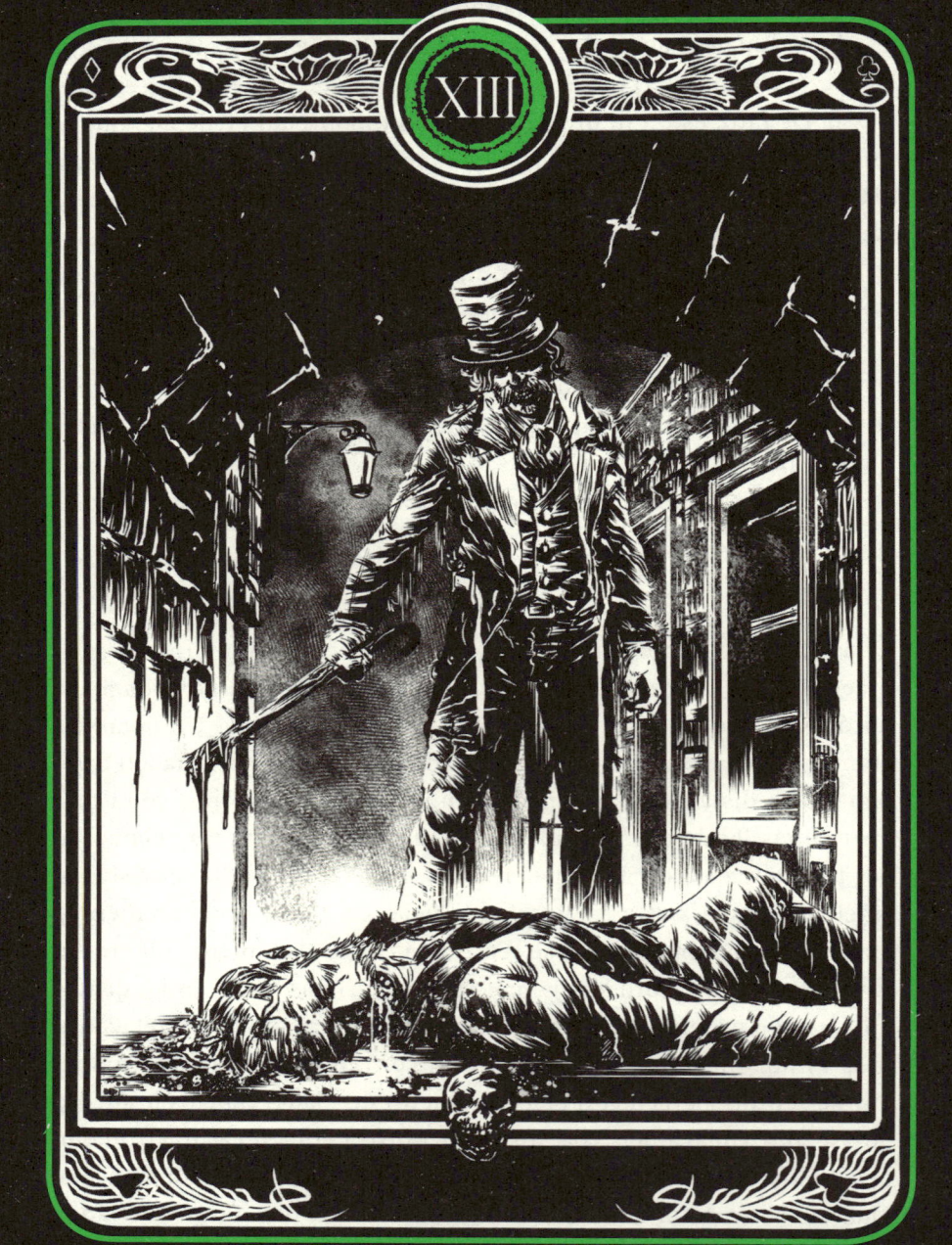

Não pensou que o receptor do gesto fosse de grande importância; na verdade, conforme relatou, lhe pareceu que apenas perguntava o caminho; mas a lua iluminou o rosto enquanto falava, e a garota ficou encantada ao vê-lo, pois parecia exalar inocência e disposição cavalheiresca do velho-mundo, ao mesmo tempo em que mantinha algo de elevado, como que de sólido contentamento consigo próprio. Em seguida, o olho dela foi até o outro, e se surpreendeu por reconhecer nele certo sr. Hyde, que uma vez havia visitado seu patrão e por quem nutria alguma repugnância. Segurava pesada bengala e brincava com ela; mas não respondeu a nenhuma palavra, e parecia escutar com impaciência incontrolável. De repente, irrompeu em labareda de fúria, batia o pé com força, brandia a bengala, e agia (conforme descrição da criada) à maneira de um louco. O velho cavalheiro deu um passo para trás, com a impressão de estar bastante surpreso e um pouco desapontado; depois disso, o sr. Hyde saiu dos limites e o derrubou no chão com o bastão. No momento seguinte, com raiva primata, esmagou a vítima com o pé, e desferiu uma tempestade de pancadas, que audivelmente quebraram os ossos, e então, o corpo foi lançado na rua. Aterrorizada com esses sons e visões, a criada desmaiou.

Eram duas da manhã quando ela voltou a si e chamou a polícia. O assassino fugira fazia muito tempo, mas ali estava a vítima, incrivelmente destroçada, no meio da pista. O bastão que havia consumado o fato, apesar de madeira rara bem pesada e resistente, havia sido quebrado ao meio com a tensão dessa crueldade irracional; uma metade lascada havia rolado para bueiro nas proximidades — a outra, sem dúvida, havia sido carregada pelo assassino. Uma bolsa e relógio de ouro haviam sido encontrados com a vítima; mas nenhum cartão ou papel, exceto o envelope selado e carimbado, que provavelmente levava ao correio e que trazia o nome e o endereço do sr. Utterson.

Isso foi mostrado ao advogado na manhã seguinte, antes de sair da cama; mal olhou para aquilo e as circunstâncias lhe foram contadas, gritou com murmúrio solene. "Não direi nada até ver o corpo", afirmou; "isso pode ser muito sério. Tenha a gentileza de esperar que me vista." E com o mesmo semblante grave, tomou o desjejum com pressa e se dirigiu até a estação de polícia, para onde o corpo havia sido levado. Assim que entrou na unidade, acenou.

"Sim", falou, "eu o reconheço. Sinto informar que este é o honorável Danvers Carew."

"Bom Deus, senhor", exclamou o oficial, "será possível?" E no momento seguinte os olhos brilharam com ambição profissional. "Isso causará uma balbúrdia", afirmou. "E talvez o senhor possa nos ajudar a encontrar o homem." Então narrou brevemente o que a criada assistira e lhe mostrou a bengala quebrada.

O sr. Utterson já havia titubeado com o nome de Hyde; porém, quando puseram o bastão na sua frente, não podia mais duvidar: mesmo quebrado e estraçalhado, o reconheceu como o presente que ele mesmo dera a Henry Jekyll muitos anos antes.

"Esse sr. Hyde, por acaso, é de baixa estatura?", indagou.

"Particularmente pequeno e de aparência particularmente sinistra, é o que a criada afirma sobre ele", respondeu o oficial.

O sr. Utterson refletiu um pouco; em seguida, ergueu a cabeça, "caso o senhor me acompanhe no coche", disse, "acho que posso levá-lo à casa dele".

Já eram quase nove da manhã, no dia da primeira névoa da temporada. Grande mortalha cor de chocolate descia do céu, mas o vento não parava de levar e conduzir esses resistentes vapores; assim, enquanto o coche se arrastava de rua em rua, o sr. Utterson contemplava o maravilhoso número de gradações e tonalidades do crepúsculo, pois estava escuro como no fim da tarde, e havia brilho de marrom belo e lúgubre, como luz de estranha conflagração; e ali, por um momento, a névoa se dispersava um pouco, e o combalido feixe de sol surgia entre as volutas ondulantes. O soturno quarteirão do Soho, sob a ótica de tais vislumbres alternados, com as vias lamacentas e os passantes desmazelados, e os lampiões, que para combater a retomada matinal da escuridão não haviam se apagado ou mesmo diminuído, parecia, aos olhos do advogado, como o distrito de uma cidade de pesadelo. Os pensamentos na cabeça, além disso, tinham coloração deveras obscura; ao vislumbrar o companheiro de viagem, sentiu a fisgada daquele medo da lei e dos oficiais da lei que às vezes assaltam os mais honestos.

Quando o coche se aproximou do endereço indicado, a névoa subiu um pouco e exibiu a rua pavorosa, a tasca de gim, o restaurante francês, a loja que vendia publicações de um vintém e saladas de dois, várias crianças esfarrapadas se amontoadas nas portas, e diversas mulheres de diferentes nacionalidades passavam por elas, chaves em mãos, para tomar a dose matinal; e no momento seguinte a névoa desceu novamente sobre a região, marrom como ocre, e os separou de afrontosos arredores. Eis o lar do protegido de Henry Jekyll; de alguém que haveria de herdar duzentos e cinquenta mil libras esterlinas.

Uma velha de cabelos grisalhos e rosto de marfim abriu a porta. Tinha o semblante feio, suavizado pela hipocrisia, mas os modos eram excelentes. Sim, disse, era a casa do sr. Hyde, entretanto ele não estava; havia chegado muito tarde naquela noite, porém saíra fazia uma hora; nada de estranho naquilo; seus hábitos eram bem irregulares, e se ausentava com frequência; por exemplo, antes do dia anterior, fazia quase dois meses que não o via.

"Tudo bem, agora desejamos ver os cômodos da casa", disse o advogado; e quando a mulher declarou que era impossível, "é melhor explicar quem é este aqui", acrescentou. "Este é o inspetor Newcomen, da Scotland Yard."

Um lampejo de contentamento odioso surgiu no rosto da mulher. "Ah!", disse, "ele está em apuros! O que ele fez?"

O sr. Utterson e o inspetor trocaram olhares. "Não parece um sujeito muito popular", observou o último. "Agora, minha boa senhora, apenas permita que este cavalheiro e eu demos uma olhada."

Em toda a extensão da casa, que com exceção da velha, ficava vazia, o sr. Hyde usava apenas dois cômodos; mobiliados com luxo e bom gosto. Um armário cheio de vinho; os utensílios de prata, os tecidos elegantes; bela pintura pendurada na parede, um presente (supôs Utterson) de Henry Jekyll, grande conhecedor; e o carpete tinha várias camadas e cor agradável. Porém, naquele momento os cômodos traziam todos os indícios de terem sido saqueados apressadamente fazia pouco tempo;

roupas no chão, os bolsos do avesso; gavetas de chave arregaçadas, e na lareira havia pilha de cinzas, como se muitos papéis tivessem sido queimados. Das brasas o inspetor desenterrou a ponta de talão de cheque verde, que resistira à ação do fogo; a outra metade do bastão foi encontrada atrás da porta; e como isso confirmou as suspeitas, o oficial se declarou agraciado. Uma visita ao banco, onde milhares de libras foram descobertas em crédito ao assassino, completou a satisfação.

"Pode acreditar nisso, senhor", falou para o sr. Utterson: "ele está em minhas mãos. Deve ter perdido a cabeça, senão jamais deixaria o bastão ou, acima de tudo, queimaria o talão de cheque. Oras, o dinheiro é a vida para o homem. Não precisamos fazer mais nada, apenas esperar que entre no banco para sacar."

Esse último, no entanto, não seria fácil de conseguir, pois o sr. Hyde tinha pouquíssimos conhecidos — mesmo o chefe da criada só ficara em sua presença duas vezes; a família não pôde ser rastreada em lugar algum; jamais havia sido fotografado; e os poucos que poderiam descrevê-lo diferiam bastante entre si, como observadores comuns o fazem. Apenas em um ponto concordavam: e era na assombrosa sensação de deformidade não expressa que o fugitivo imprimia em quem olhava para ele.

INCIDENTE DA CARTA

Era fim de tarde, quando o sr. Utterson se dirigiu à porta do dr. Jekyll, onde sem demora Poole o convidou a entrar, e foi conduzido pelos cômodos da cozinha e pelo quintal que já havia sido jardim, até o prédio conhecido como laboratório ou sala de dissecação. O médico havia comprado a casa dos herdeiros de célebre cirurgião e, mais interessado em química que em anatomia, a construção nos fundos do jardim teve a função alterada. Era a primeira vez que o advogado seria recebido naquela parte da residência do amigo; examinou com curiosidade a estrutura esquálida, desprovida de janelas, e enquanto cruzava o auditório, olhou em volta com desgostosa inquietação, antes repleto de estudantes entusiasmados, agora desolado e silencioso, as mesas abarrotadas de aparatos químicos, o piso coberto por caixotes e sujo com a palha deles, e a luz recaindo fraca na cúpula enevoada. Num ponto ao longe, a escadaria dava na porta coberta por baeta vermelha;[5] e do outro lado, o sr. Utterson finalmente foi recebido no gabinete do médico. Era um grande aposento, rodeado por estantes de vidro, mobiliada, entre outras coisas, com espelho giratório e mesa de escritório, com vista para o pátio por três janelas empoeiradas com barras de ferro. O fogo queimava na grelha; o lampião aceso estava na prateleira da chaminé, pois mesmo dentro das casas a névoa espessa se assentava; e ali, próximo do calor, estava o dr. Jekyll, que parecia terrivelmente doente. Não se levantou para cumprimentar a visita, mas ofereceu a mão gelada e lhe deu boas-vindas com voz vacilante.

"E então", disse o sr. Utterson, assim que Poole saiu, "ouviu as notícias?"

O médico deu de ombros. "Gritaram na praça", disse. "Pude ouvir da sala de jantar."

"Uma palavra", disse o advogado. "Carew era meu cliente, mas você também é, e quero saber por que estou aqui. Você não cometeu a loucura de esconder esse sujeito, não é?"

"Utterson, juro por Deus", clamou o médico, "juro por Deus que jamais olharei para ele novamente. Juro por minha honra que rompi com ele neste mundo. Tudo se acabou. E para falar a verdade, ele não deseja a minha ajuda; não o conhece como eu; ele está seguro, bem seguro; anote minhas palavras, ninguém nunca mais ouvirá falar dele."

O advogado o escutava, sorumbático; não apreciava o comportamento febril do amigo. "Você parece ter muita certeza", disse, "e para o seu bem, espero que não esteja enganado. Caso isso venha a julgamento, seu nome pode aparecer."

"Tenho muita certeza", replicou Jekyll; "minha certeza tem fundamentos que não posso dividir com ninguém. Mas há uma coisa na qual você pode me aconselhar. Recebi — recebi uma carta; não sei se deveria mostrá-la para a polícia. Queria deixá-la em suas mãos,

---

5   "Baize", no original. Tecido semelhante ao feltro. Entre os séculos XVIII e XIX, era comum que uma cobertura de baeta verde fosse colocada nas portas que separavam o espaço da criadagem das outras áreas das mansões. Entre vários significados possíveis, a baeta vermelha pode simbolizar o isolamento do dr. Jekyll do resto da humanidade.

Utterson; pois tenho certeza que decidirá com sabedoria; confio muito em você."

"Então teme, imagino, que pode levar à detenção dele?", perguntou o advogado.

"Não", disse o outro. "Não posso dizer o paradeiro de Hyde; rompi completamente com ele. Estava pensando em mim mesmo, que fiquei exposto por causa desse ato tão odioso."

Utterson ruminou um pouco; estava surpreso com o egoísmo de seu amigo, porém também ficava aliviado com isso. "Bem", por fim afirmou, "deixa eu ver a carta."

A carta estava escrita com letra estranha e perpendicular, e assinada por "Edward Hyde": isso significava, em suma, que o benfeitor de quem a escrevera, o dr. Jekyll, que havia sido pago com injustiça por seus prolongados e inumeráveis gestos de generosidade, precisava sem alarme trabalhar por sua segurança, enquanto ele possuía os meios de escapar dos quais tanto dependia. O advogado apreciou aquela carta; esclarecia um pouco da intimidade que investigava; então se culpou por algumas das suspeitas anteriores.

"Você está com o envelope?", perguntou.

"Eu o queimei", replicou Jekyll, "antes de pensar no que estava a ponto de fazer. Mas não tinha nenhuma marca postal, o recado foi entregue pessoalmente."

"Posso ficar com ela esta noite?", perguntou Utterson.

"Queria que fizesse análise completa dela", foi a resposta, "perdi a confiança em mim mesmo."

"Bem, pensarei a respeito disso", respondeu o advogado. "Só mais uma coisa: foi Hyde quem ditou aqueles termos de testamento que mencionavam o seu desaparecimento?"

O médico pareceu tomado por sensação de tontura; cerrou a boca com força e acenou.

"Eu sabia", disse Utterson. "Pretendia matá-lo e escapou por pouco."

"Recebi muito mais do que esperava", devolveu o médico com solenidade: "e tive a lição — por Deus, Utterson, que lição recebi!" E assim cobriu o rosto com as mãos por um momento.

A caminho da saída, o advogado parou e trocou duas palavras com Poole. "Por acaso", afirmou, "uma carta foi entregue aqui hoje; sabe me dizer como era o mensageiro?" Mas Poole tinha certeza de que não havia chegado nada lá, exceto dos correios; "e nada mais que memorandos", completou.

Essas notícias renovaram os medos do visitante. Era evidente que a carta havia chegado à porta do laboratório; na verdade, possivelmente escrita no gabinete; e se assim fosse, deveria ser analisada de modo diverso, e manuseada com mais cuidado. Os vendedores de jornais, quando passou, gritavam roucos pelas calçadas. "Extra! Extra! Assassinato chocante de parlamentar." Aquela era a oração fúnebre do amigo e cliente; ele não podia evitar a sensação de apreensão, por medo de que o bom nome de outro deles fosse sugado para o centro do escândalo. Isso era, ao menos, a decisão melindrosa que haveria de tomar; em geral era confiante, mas agora ansiava por conselhos. Não deveria recebê-los imediatamente; mas talvez, pensou, poderia procurar por eles.

Logo depois, se sentou de um lado da lareira, com o sr. Guest, seu principal funcionário, do outro, e a meio caminho entre eles, a distância do fogo calculada com minúcia, estava a garrafa de vinho particularmente antigo que fazia muito repousava protegida do sol pelas fundações da casa. Naquela vizinhança, a névoa ainda se assentava na cidade submersa, onde os lampiões reluziam como carbúnculos; e com a pressão e o abafamento dessas nuvens caídas, a procissão da vida na cidade ainda fluía pelas grandes artérias com o ruído de vento poderoso. Mas o aposento estava alegre com a iluminação da lareira. Na garrafa, os ácidos haviam se assentado fazia muito; a coloração imperial se atenuou com o tempo, como a tintura que fica mais bela em janelas manchadas, e o brilho das tardes quentes de outono nas vinhas ao pé da montanha estava prestes a libertar e dispersar as névoas londrinas. O advogado desabafou sem perceber. Não havia homem a quem contava mais segredos que o sr. Guest, e não sabia se lhe contava o bastante. Guest sempre havia trabalhado para o médico; conhecia Poole; dificilmente não saberia da presença do sr. Hyde naquela casa; poderia tecer conclusões; não poderia, portanto, ver a carta que esclarecia o mistério? E, acima de tudo, Guest, sendo grande estudante e analista de caligrafia, poderia considerar o passo natural e inevitável. O funcionário, além disso, era inteligente; dificilmente leria documento tão estranho sem soltar alguma observação; e por sua observação o sr. Utterson poderia moldar o curso de seu futuro.

"Que triste o ocorrido com o sr. Danvers", disse.

"Sim, de fato, senhor. Causou grande comoção pública", respondeu Guest. "O homem, claro, era louco."

"Gostaria de ouvir sua opinião a respeito disso", replicou Utterson. "Tenho aqui um documento com a caligrafia dele; fica entre nós dois, pois pouco compreendo do que se trata; algo no mínimo terrível. Mas aí está; bem na sua frente: o autógrafo do assassino."

Os olhos de Guest brilharam, e se sentou de vez e a examinou com paixão. "Não, senhor", disse; "louco, não; mas é uma mão estranha."

"E em qualquer quesito escritor muito estranho", acrescentou o advogado.

Exatamente nesse momento, o criado entrou com mensagem.

"É do dr. Jekyll, senhor?", inquiriu o funcionário. "Reconheci a letra. Algo em particular, sr. Utterson?"

"Apenas convite para o jantar. Por quê? Quer ver?"

"Um momento. Obrigado, senhor"; e o funcionário colocou as folhas de papel lado a lado e comparou os conteúdos com diligência. "Obrigado, senhor", disse por fim, e as devolveu, "é uma letra bem interessante."

Houve pausa, durante a qual o sr. Utterson lutou consigo mesmo. "Por que as comparou, Guest?", indagou de vez.

"Bem, senhor", respondeu o funcionário, "há semelhança um tanto singular; as letras são em muitos pontos idênticas: apenas inclinadas de modo diferente."

"Um tanto singular", disse Utterson.

"É, como o senhor diz, um tanto singular", respondeu Guest.

"Não comente nada a respeito desta mensagem, tudo bem?", disse o patrão.

"Não, senhor", disse o funcionário. "Compreendo."

E assim que o sr. Utterson ficou sozinho aquela noite, trancou a mensagem no cofre, onde repousou a partir de então. "Céus!", pensou. "Henry Jekyll forjou a letra de um assassino?" E o sangue gelou em suas veias.

O MEMORÁVEL INCIDENTE DO DR. LANYON

O tempo passou; milhares de libras foram oferecidas como recompensa, pois a morte do sr. Danvers foi sentida como ofensa pública; mas o sr. Hyde havia desaparecido das vistas da polícia como se jamais houvesse existido. Muito do seu passado foi desenterrado, na verdade, com todos os indecorosos relatos da crueldade do homem, ao mesmo tempo tão insensível e violento, de sua vida vil, os bizarros companheiros, o ódio que parecia permear sua trajetória; mas de seu paradeiro, sequer um sussurro. Desde a hora em que havia saído de casa no Soho, na manhã do assassinato, simplesmente desapareceu; e gradualmente, com o passar do tempo, o sr. Utterson se recuperou do calor de seu alarme e a se acalmou. A morte do sr. Danvers foi, ao seu modo de pensar, mais que paga com a desaparição do sr. Hyde. Agora que a influência maléfica havia saído de cena, nova vida começava para o dr. Jekyll. Saiu da reclusão, renovou relações com os amigos, se tornou novamente o convidado divertido de antes; e ao passo em que sempre fora conhecido pela caridade, agora não era menos distinto pela devoção. Se ocupava, saía mais ao ar livre, e estava bem; o rosto parecia se abrir e brilhar, como se conscientizasse do que fazer, e por mais de dois meses o médico ficou em paz.

Em 8 de janeiro, Utterson jantou com o médico e um grupo pequeno; Lanyon estivera presente; e o anfitrião olhou de um para o outro como nos velhos tempos, em que formavam trio de amigos inseparáveis. No dia 12, e novamente no 14, a porta estava fechada para o advogado. "O médico se trancou em casa", dizia Poole, "e não recebe ninguém." No dia 15, tentou mais uma vez, e mais uma vez foi recusado; acostumado aos últimos dois meses a ver o amigo quase todos os dias, aquele retorno à solidão era um peso na alma.

Na quinta noite, convidou Guest para jantar com ele; e na sexta se dirigiu para a casa do dr. Lanyon.

Ali ao menos não lhe foi negada a admissão; porém quando entrou, ficou chocado com a mudança na aparência do médico. Possuía o atestado de óbito legivelmente escrito na face. O homem rosado se tornara pálido; a carne despencara; estava visivelmente mais careca e mais velho; e mesmo assim não foram esses traços de rápida decadência física o que mais chamou a atenção do advogado, mas o olhar profundo e algo nos modos que pareciam testemunhar o horror inexorável. Era improvável que o médico temesse a morte; e ainda assim era o que Utterson estava tentado a suspeitar. "Sim", pensou; "é médico, deve reconhecer o próprio estado e saber que os dias estão contados; e essa informação é maior que o suportável para ele." Ainda assim, quando Utterson comentou da má aparência, Lanyon se declarou condenado com bastante firmeza.

"Tive um choque", disse, "do qual nunca vou me recuperar. É questão de semanas. Bem, minha vida foi prazerosa; gostei dela; sim, senhor, gostei dela. Às vezes penso que se soubéssemos de tudo, ficaríamos mais contentes em partir."

"Jekyll está doente, também", observou Utterson. "Tem visto ele?"

Mas o rosto de Lanyon se alterou, e ergueu a mão vacilante. "Não gostaria de ver ou ouvir mais nada sobre o dr. Jekyll", disse em voz alta e instável. "Não aguento mais esse sujeito; e lhe imploro que evite qualquer alusão a alguém que tomo por morto."

"Tsc-tsc", disse o sr. Utterson; e depois, após pausa considerável, "Não posso fazer nada?", inquiriu. "Somos três velhos amigos, Lanyon; provavelmente não faremos outros em vida."

"Nada pode ser feito", devolveu Lanyon; "pergunte a ele."

"Ele se recusa a me ver", disse o advogado.

"Não fico surpreso com isso", foi a resposta. "Um dia, Utterson, após a minha morte, talvez você descubra o que está correto e errado a respeito disso, não posso falar nada. E enquanto isso, se quiser se sentar e conversar comigo de outros assuntos, pelo amor de Deus, fique e faça isso; mas se não for capaz de ficar longe desse maldito assunto, então, em nome de Deus, vá, pois não posso suportar."

Assim que chegou em casa, Utterson se sentou e escreveu a Jekyll, e reclamou de sua exclusão da casa dele e lhe perguntou a causa do infeliz rompimento com Lanyon; e o dia seguinte lhe trouxe longa resposta, expressa de modo bastante patético, e em certos momentos com impulso sombrio e misterioso. A desavença com Lanyon era sem solução. "Não culpo o nosso velho amigo", escreveu Jekyll, "mas compartilho da ideia de que não devemos nos encontrar nunca mais. A partir de agora, pretendo levar vida de reclusão extrema; não fique surpreso, nem duvide de nossa amizade, ainda que minha porta esteja fechada até mesmo a você. Peço-lhe que aceite esta partida tão lamentável. Trouxe a mim mesmo a punição para o perigo que sou incapaz de nomear. Se sou o maior dos pecadores, sou também o maior dos sofredores. Não podia imaginar que na Terra havia sofrimentos e horrores execráveis como os meus; e há apenas uma coisa que pode fazer, Utterson, para iluminar o meu destino, e é respeitar meu silêncio." Utterson ficou estupefato; a influência sombria do sr. Hyde havia saído de cena, o médico havia voltado a suas velhas tarefas e amizades; uma semana antes, seu futuro sorria com diversas promessas de idade disposta e honrada; e agora, num momento, a amizade, a tranquilidade e todo o sentido da vida estavam arruinados. Mudança tão grande e repentina apontava para a loucura, mas em vista das palavras e modos de Lanyon, devia se assentar em algum terreno mais profundo.

Uma semana depois, o dr. Lanyon ficou de cama, e em pouco menos de quinze dias, morreu. Na noite após o funeral, pelo qual ficou bastante afetado, Utterson trancou a porta do escritório e, sentado ali diante da luz da vela melancólica, se afastou e colocou diante de si o envelope sobrescrito à mão e com o selo do amigo morto. "PRIVADO: para posse de J.G. Utterson SOMENTE, e em caso de seu falecimento prévio, *a ser destruído sem ser lida*", estava redigido com ênfase; e o advogado teve medo de contemplar o conteúdo. "Enterrei um amigo hoje", pensou; "e se isto me custar outro?" E então condenou o medo como deslealdade, e quebrou o selo. Dentro havia outro fechamento, igualmente selado, e marcado na capa como "não deve ser aberta até a morte ou desaparecimento de Henry Jekyll". Utterson não acreditava em seus olhos. Sim, a palavra mais uma vez era desaparecimento, como no bizarro testamento que muito antes devolvera ao seu autor; mais uma vez a ideia de desaparecimento estava associada ao nome de Henry Jekyll. Mas na escritura, aquela ideia surgira da sugestão sinistra de Hyde, e estava lá com proposta muito clara e terrível. Escrita pela mão de Lanyon, o que poderia significar? Uma grande curiosidade tomou o depositário, que cogitou desconsiderar a proibição e mergulhar de vez nas profundezas desses mistérios; porém a honra profissional e a fé no amigo morto eram obrigações absolutas, e o envelope repousou no fundo de seu cofre particular.

Uma coisa é amortecer a curiosidade, outra dominá-la; e, a partir daquele dia, é improvável que Utterson tenha desejado a companhia do amigo sobrevivente com a mesma ansiedade. Pensava nele com carinho, mas seus pensamentos eram inquietos e temerosos. Na verdade, tentou visitá-lo, mas talvez tenha ficado aliviado por ter o ingresso negado; talvez, no íntimo, preferisse conversar com Poole diante da porta, rodeado pelo ar e pelos sons da cidade aberta, que receber admissão naquela casa de servidão voluntária e se sentar e conversar com o recluso inescrutável. Poole tinha, na verdade, notícias que não eram muito agradáveis de comunicar. O médico, parecia, agora cada vez mais enfurnado no gabinete no laboratório, onde às vezes chegava até a dormir; perdera a alma, havia ficado bastante quieto, não lia; parecia ter algo na mente. Utterson ficou tão acostumado ao teor invariável desses relatos, que pouco a pouco diminuiu a frequência das visitas.

INCIDENTE DIANTE DA JANELA

Por acaso, num domingo, quando o sr. Utterson fazia a habitual caminhada com o sr. Enfield, seu caminho mais uma vez os conduziu àquela rua; e quando passaram em frente à porta, ambos pararam para observá-la.

"Bem", disse Enfield, "finalmente aquela história acabou. Jamais veremos novamente o sr. Hyde."

IV

IMPERADOR

"Espero que não", disse Utterson. "Já lhe contei que certa vez o vi e compartilhei da mesma sensação de repulsa que você?"

"Era impossível uma coisa sem a outra", respondeu Enfield. "Por sinal, você deve ter me tomado por um asno, por ignorar que aqui dava para os fundos da casa de Henry Jekyll! Foi em parte por sua causa que descobri, ainda que tardiamente."

"Então você descobriu, não é?", disse Utterson. "Mas, sendo assim, deveríamos entrar no pátio e espiar pelas janelas. Para dizer a verdade, ando preocupado com o pobre Jekyll; e mesmo de fora, sinto que a presença de um amigo pode lhe fazer bem."

O pátio estava muito frio e um pouco úmido, e preenchido pelo crepúsculo prematuro, embora o céu, no alto sobre suas cabeças, ainda brilhasse com o pôr do sol. A janela do meio, entre três, estava semiaberta; e sentado exatamente detrás dela, inspirando, o semblante de infinita tristeza, como prisioneiro inconsolável, Utterson viu o dr. Jekyll.

"O quê! Jekyll!", exclamou. "Espero que esteja melhor."

"Estou muito abatido, Utterson", replicou o médico sinistramente, "muito abatido. Não durará muito, graças a Deus."

"Você passa muito tempo confinado", disse o advogado. "Deveria sair, ativar a circulação, como o sr. Enfield e eu. (Este é meu primo — sr. Enfield — dr. Jekyll.) Vamos; pegue o chapéu e passeie conosco."

"É muita gentileza", suspirou o outro. "Certamente me agradaria; mas não, não, não, é impossível; não me atrevo. Mas de fato, Utterson, estou muito contente por encontrá-lo; é mesmo um grande prazer; poderia convidá-lo para subir com o sr. Enfield, mas este lugar realmente não está adequado."

"Sendo assim", disse o advogado, com bom humor, "a melhor coisa que podemos fazer é ficar aqui embaixo e conversar com você de onde estamos."

"Exatamente o que estava prestes a propor", devolveu o médico e sorriu. Porém mal foram proferidas as palavras, o sorriso foi arrancado do rosto e sucedido por abjeta expressão de terror e desespero que congelou o sangue dos dois cavalheiros abaixo. Não o viram por mais que um segundo, uma vez que a janela no mesmo instante foi batida; mas aquele segundo foi o suficiente, e se viraram e deixaram o pátio sem falar nada. Em silêncio, também, atravessaram a rua; e não foi antes de chegarem na avenida das vizinhanças, onde mesmo no domingo havia vislumbres de vida, que o sr. Utterson finalmente se virou e olhou para seu companheiro. Ambos estavam pálidos; havia horror replicante nos olhos.

"Deus nos perdoe, Deus nos perdoe", disse o sr. Utterson.

Mas o sr. Enfield apenas acenou com a cabeça, bastante sério, e voltou a caminhar em silêncio.

A ÚLTIMA NOITE

Certa noite, o sr. Utterson estava sentado diante da lareira, após o jantar, quando foi surpreendido pela visita de Poole.

"Por Deus, Poole, o que o traz aqui?", exclamou; e então, olhou para ele mais uma vez, "O que o aflige", acrescentou, "o médico está doente?"

"Sr. Utterson", disse o homem, "há algo de errado."

"Sente-se, tome uma taça de vinho", disse o advogado. "Não tenha pressa, conte-me com clareza o que deseja."

"Você já sabe como o médico é", respondeu Poole, "como se fecha. Bem, está trancado no gabinete; e não gosto disso, senhor — queria morrer, se gostasse disso. Sr. Utterson, meu caro, sinto medo."

"Agora, meu bom homem", disse o advogado, "seja mais claro. Do que está com medo?"

"Sinto medo faz uma semana", respondeu Poole e desviou da pergunta com destreza, "e não aguento mais."

A aparência do homem confirmava o que dizia; os trejeitos haviam piorado, e exceto pelo momento em que anunciara seu temor pela primeira vez, não encarou o advogado sequer uma vez. Mesmo agora, se sentou com a taça de vinho intocada sobre o joelho, e seus olhos miravam um ponto do chão.

"Não aguento mais", repetiu.

"Vamos", disse o advogado, "percebo que tem um bom motivo, Poole; percebo que é algo terrivelmente impróprio. Tente me contar o que é."

"Acredito que haja alguma transgressão da lei", disse Poole, com a voz rouca.

"Transgressão da lei!", gritou o advogado, um tanto aterrorizado e ainda mais inclinado a se irritar, por consequência. "Que transgressão da lei? O que quer dizer com isso?"

"Eu não ousaria explicar, senhor", foi a resposta; "mas seria possível vir comigo e ver por si só?"

A única resposta do sr. Utterson foi se levantar e pegar o chapéu e o sobretudo; mas observou impressionado quão enorme foi o alívio surgido no rosto do mordomo, e talvez igualmente impressionado, que a taça de vinho permaneceu intacta quando a soltou para sair dali.

Era noite fria, selvagem e oportuna do mês de março, de lua pálida, deitada de costas como se o vento a houvesse derrubado, e nuvens de textura diáfana e granulada. O vento dificultava a conversa e pintalgava o sangue do rosto. Além disso, parecia ter varrido a rua, estranhamente desprovida de passantes; assim, o sr. Utterson pensou que jamais havia visto aquela parte de Londres tão deserta. Poderia ter desejado que fosse diferente; nunca na vida ficara consciente de desejo tão forte de ver e tocar os semelhantes; por mais que lutasse, nascera em sua mente a esmagadora antecipação da calamidade. A praça, quando chegaram lá, estava cheia de vento e poeira, e as árvores finas no jardim açoitavam o corrimão. Poole, que por todo o caminho se mantivera um ou dois passos à frente, agora detêve-se no meio da calçada, e apesar do clima cortante, tirou o chapéu e esfregou a testa com o lenço de bolso vermelho. Mas apesar da pressa de sua ida, não era o orvalho de transpiração o que secava, mas a umidade de alguma angústia estranguladora, pois a face estava branca e a voz, quando falava, áspera e esganiçada.

"Bem, senhor", disse, "aqui estamos, e que Deus ajude para não haver nada de errado."

"Amém, Poole", disse o advogado.

Com isso o criado bateu de maneira bastante recatada; a porta foi aberta com a corrente; e uma voz perguntou de dentro: "É você, Poole?".

"Está tudo bem", disse Poole. "Abra a porta."

O salão, quando adentraram, estava bastante iluminado; o fogo alto; e próximo à lareira toda a criadagem, homens e mulheres, reunida como rebanho de ovelhas. Ao avistar o sr. Utterson, a criada irrompeu em lamúria histérica; e a cozinheira, gritou "Graças a Deus! É o sr. Utterson", correu até ele como se pretendesse pegá-lo nos braços.

"O quê, o quê? Estão todos aqui?", disse o advogado com fastio. "Que incomum, que estranho; seu patrão não deve estar nada contente."

"Estão todos com medo", disse Poole.

Um silêncio inexpressivo se seguiu, ninguém protestou; apenas a criada aumentou a voz e chorou alto.

"Pare com a choradeira!", falou Poole, com a ferocidade no tom que denunciava os próprios nervos abalados; e na verdade, quando a garota levantara sua nota de lamentação tão de repente, todos se viraram em direção à porta interna com rostos de expectativa assustadora. "E agora", continuou o mordomo, para o assistente, "me dê a vela, e vamos lidar com isso o quanto antes." E então solicitou ao sr. Utterson que o seguisse, e foi na frente até o jardim dos fundos.

"Agora, senhor", disse, "se aproxime com o máximo de silêncio. Quero que ouça, mas que não seja ouvido. E veja, senhor, se por acaso o convidar para entrar, não vá."

Os nervos do sr. Utterson, com essa recomendação inesperada, estremeceram de modo a quase desequilibrá-lo; mas juntou coragem e seguiu o mordomo até a prédio do laboratório e através do auditório da sala de cirurgias, com caixotes de madeira e garrafas no pé da escada. Aqui Poole lhe indicou que ficasse num lado e escutasse; enquanto isso, ele próprio, soltou a vela e se demorou bastante para criar coragem, mas subiu os degraus e bateu com mão um tanto insegura na baeta vermelha da porta do gabinete.

"O sr. Utterson pede para vê-lo, senhor", chamou; e enquanto fazia isso, mais uma vez assinalou com violência para que o advogado escutasse.

A voz respondeu de dentro: "Diga-lhe que não posso ver ninguém", em tom de reclamação.

"Obrigado, senhor", disse Poole, com tom um tanto triunfal; e ergueu a vela, conduziu o sr. Utterson de volta ao quintal e à grande cozinha, onde o fogo estava apagado e os besouros saltavam no chão.

"Senhor", disse, encarando o sr. Utterson nos olhos, "era a voz de meu patrão?"

"Ela me parece bem alterada", replicou o advogado, bastante pálido, e lhe devolveu o olhar.

"Alterada? Bem, sim, concordo", disse o mordomo. "Mas será que fiquei por vinte anos na casa desse homem para me enganar quanto a sua voz? Não, senhor; o patrão não está aí; não está aí faz oito dias, quando o escutamos gritar pelo nome de Deus; e *quem* está lá em vez dele, e *por que* fica lá, é algo que compete ao Paraíso, sr. Utterson!"

"É uma história muito estranha, Poole; história muito brutal, meu amigo", disse Utterson, mordendo o dedo. "Supondo que seja como pensa, na hipótese de que o dr. Jekyll foi — bem, assassinado, o que poderia induzir o assassino a ficar? Isso não se sustenta; não se aplica à razão."

"Bem, sr. Utterson, o senhor é difícil de se convencer, mas o farei", disse Poole. "Durante toda a última semana (deve saber) ele, ou quem quer que esteja naquele gabinete, clamou por algum remédio durante a noite e o dia inteiro e não consegue tirar isso da cabeça. Às vezes, o que fazia era — me refiro ao patrão — escrever pedidos em folha de papel e depois lançá-la escada abaixo. Não havia mais nada nesta última semana; nada além de recados e a porta fechada, e as próprias refeições restantes deveriam ser contrabandeadas quando ninguém estivesse por perto. Bem, senhor, todos os dias, ah, e duas ou três vezes no mesmo dia, houve ordens e reclamações, e fui mandado para todos os químicos atacadistas da cidade. Toda vez que voltava com o produto, haveria outro recado para que devolvesse, pois não era puro, e outra ordem para ir a uma loja diferente. Ele quer demais essa droga, senhor, seja ela qual for."

"Você tem algum desses recados?", perguntou o sr. Utterson.

Poole apalpou o bolso e puxou uma anotação amassada, que o advogado, se curvou para se aproximar da vela e examinou com cuidado. O conteúdo seguia assim: "Dr. Jekyll apresenta seus cumprimentos aos srs. Maw. Ele se assegura que a última amostra é impura e sem qualquer utilidade para seu propósito no momento. No ano de 18--, o dr. J. comprou quantia relativamente grande dos srs. M. Agora lhes suplica que procurem com cuidado absoluto, e caso haja algo da mesma qualidade, que encaminhem o material o quanto antes. Não considerar despesas. A importância disto para o dr. J. mal pode ser exagerada". Até aí a carta seguia bem composta, mas aqui com tremor repentino da caneta, a emoção do escritor se revelou. "Pelo amor de Deus", acrescentara, "me encontre um pouco da antiga."

"É uma anotação estranha", disse o sr. Utterson; e então com agudeza, "Por que está aberta?".

"O homem na loja de Maw ficou bastante irritado, senhor, e a jogou de volta para mim como se fosse lixo", respondeu Poole.

"Sem nenhuma dúvida esta é a letra do médico, percebeu?", continuou o advogado.

"Também achei parecida", disse o servidor com alguma rabugice; e então, com outra voz, "Mas que importa a letra?", disse. "Consegui vê-lo!"

"Vê-lo?", repetiu o sr. Utterson. "Como foi?"

"Isso mesmo!", disse Poole. "Foi assim: entrei de vez no auditório vindo do jardim. Parece que ele havia saído para procurar pela droga ou o que for; pois a porta do gabinete estava aberta, e ali ele no fundo do aposento, vasculhando os caixotes. Olhou para cima quando entrei, deu uma espécie de grito, e disparou pela escada, para dentro do gabinete. Não o vi por mais que um minuto, mas meu cabelo ficou de pé como penas na cabeça. Senhor, se aquele era meu patrão, porque usava máscara? Se era meu patrão, porque guinchou como rato e depois correu de mim? Eu o servi por muito tempo. E então...", o homem parou e passou a mão no rosto.

"São circunstâncias muito estranhas", disse o sr. Utterson, "mas acho que começo a vislumbrar uma luz. Seu patrão, Poole, está claramente tomado por uma daquelas moléstias que torturam e deformam a vítima; daí, pelo que sei, a alteração na voz; daí a máscara e a reclusão dos amigos; daí a ansiedade para encontrar essa droga, que ajudaria a pobre alma à recuperação definitiva — que Deus garanta que não se decepcione! Esta é minha explicação; é muito triste, Poole, ah, e aterrador pensar nisso; mas é evidente e natural, se sustenta bem, e nos livra desses alarmes exorbitantes."

"Senhor", disse o mordomo, que adquiriu espécie de palor sarapintado, "aquela coisa não era meu patrão, eis a verdade. Meu patrão" — aqui olhou em volta e suspirou — "é homem alto e bem constituído, e aquele estava mais para anão." Utterson tentou protestar. "Oh, senhor", gritou Poole, "acha mesmo que não sou capaz de reconhecer o meu patrão depois de vinte anos? Acha que não sei por onde sua cabeça passa na porta do gabinete, onde vi em todas as manhãs de minha vida? Não, senhor, aquela coisa na máscara jamais foi o dr. Jekyll — Deus sabe o que era, mas jamais foi o dr. Jekyll; e meu coração acredita que um assassinato aconteceu."

"Poole", replicou o advogado, "já que afirma isso, torna-se meu dever investigar. Por mais que deseje poupar os sentimentos de seu patrão, por perplexo que esteja com esta anotação que parece provar que ainda vive, considero meu dever arrombar aquela porta."

"Ah, sr. Utterson, é isso mesmo", exclamou o mordomo.

"E agora vem a segunda pergunta", continuou Utterson: "Quem fará isso?"

"Oras, nós dois, senhor", foi a intrépida resposta.

"Muito bem", respondeu o advogado; "e não importa o resultado, assumo a responsabilidade, para que nada lhe aconteça."

"Há um machado no auditório", continuou Poole; "e o senhor pode pegar o atiçador da cozinha."

O advogado segurou aquele instrumento rústico, porém pesado, e o equilibrou. "Tem noção, Poole", disse, olhando para cima, "de que você e eu estamos prestes a nos colocar em situação de algum perigo?"

"De fato, talvez seja verdade, senhor", respondeu o mordomo.

"Então é justo que sejamos francos um com o outro", disse o outro.

"Nós dois pensamos mais do que dissemos; sejamos francos. Essa figura mascarada que você viu, por acaso chegou a reconhecê-la?"

"Bem, senhor, foi muito rápido, e a criatura estava tão curvada, que não poderia jurar por isso", foi a resposta. "Mas o que quer dizer, se era o sr. Hyde? — oras, sim, penso que sim! Veja, tinha quase a mesma altura; e tinha o mesmo ar de leveza; além disso, quem mais poderia entrar pela porta do laboratório? O senhor se lembra que na época do assassinato ele ainda tinha a chave? Mas não é tudo. Não sei, sr. Utterson, o senhor já conversou com o sr. Hyde?"

"Sim", disse o advogado, "uma vez conversei com ele."

"Então deve saber tão bem quanto os outros que havia algo de insólito naquele cavalheiro — algo que fazia uma pessoa ter calafrios — não sei bem como explicar, senhor: era algo que podíamos sentir na medula — algo frio e rarefeito."

"Reconheço que senti isso que descreve", disse o sr. Utterson.

"Exatamente, senhor", respondeu Poole. "Bem, quando aquela coisa mascarada como macaco pulou do meio dos produtos químicos e disparou para o gabinete, isso percorreu minha espinha como gelo. Oh, sei que não é nenhuma evidência, sr. Utterson; sou estudado o bastante para isso; mas um homem tem seus instintos, e dou minha palavra sagrada que era o sr. Hyde!"

"Sim, sim", disse o advogado. "Meus medos apontam na mesma direção. Receio que o mal tenha originado — o mal com certeza o faria — essa conexão. Sim, de verdade, acredito em você; acredito que o pobre Harry esteja morto; e acredito que seu assassino (por qual motivo, somente Deus pode dizer) ainda esteja emboscado no aposento da vítima. Bem, que nosso nome seja vingança. Chame Bradshaw."

O criado apareceu aos chamados, muito pálido e nervoso.

"Recomponha-se, Bradshaw", disse o advogado. "Este suspense, sei, diz tudo de você; mas agora nossa intenção é acabar de vez com isso. Poole aqui e eu entraremos à força no gabinete. Se tudo correr bem, meus ombros são grandes o bastante para suportar a culpa. Enquanto isso, a não ser que algo dê errado, ou que algum malfeitor tente escapar pelos fundos, você e o garoto devem dar a volta pelo quarteirão com um belo par de bastões, e ficar a postos na porta do laboratório. Daremos dez minutos para que cheguem ao seu posto."

Quando Bradshaw saiu, o advogado olhou para o relógio. "Agora, Poole, devemos fazer a nossa parte", falou; e, com o atiçador debaixo do braço, seguiu na frente até o quintal. As nuvens haviam se amontoado na direção do luar, e agora estava bem escuro. O vento, que somente batia em correntes e lufadas para aquele profundo poço de construção, balançava a luz da vela para um lado e para o outro com os passos deles, até a chegada ao abrigo do auditório, onde se sentaram em silêncio para esperar. Londres zumbia com solenidade ao redor, mas nas proximidades a quietude só era quebrada pelo som de passos para lá e para cá no chão do gabinete.

"É assim que ele fica andando o dia inteiro, senhor", sussurrou Poole; "sim, e a maior parte da noite. Somente quando nova amostra chega do químico há pequena pausa. Ah, fico doente só de pensar que um canalha como esse seja capaz de descansar! Ah, senhor, há abominável sangue derramado em cada passo dele! Escute novamente, um pouco mais de perto — ponha seu coração nos ouvidos, sr. Utterson, e me diga, é o pé do médico?"

Os passos eram leves e estranhos, com certo agito, pois acima de tudo iam com muita lentidão; de fato era diferente da maneira pesada e barulhenta de Henry Jekyll andar. Utterson suspirou. "Alguma vez já aconteceu outra coisa?", perguntou.

Poole acenou. "Uma vez", disse. "Uma vez escutei choro!"

"Choro? Como assim?", disse o advogado, consciente do frio de terror repentino.

"Um choro como o de mulher ou o de alma perdida", disse o mordomo. "Voltei com isso em meu coração, de modo que quase chorei também."

Mas agora os dez minutos chegavam ao fim. Poole pegou o machado do fardo de palha para empacotamento; a vela ficou na mesa mais próxima para iluminar o ataque; então se aproximaram com a respiração suspensa para o passo tranquilo que ainda ia para lá e para cá, para lá e para cá, na quietude noturna.

"Jekyll", gritou Utterson, em voz alta, "preciso vê-lo." Parou por um momento, mas não houve resposta. "Dou aviso justo, nossas suspeitas aumentam, preciso e devo ver você", continuou; "se não por meios justos, então por meios desagradáveis — se não por consentimento, então por força bruta!"

"Utterson", disse a voz, "pelo amor de Deus, tenha piedade!"

"Ah, esta não é a voz de Jekyll — é a de Hyde!", exclamou Utterson. "Derrubemos a porta, Poole."

Poole girou o machado no ombro; a pancada balançou o prédio, e a baeta vermelha da porta saltou para fora da tranca das dobradiças. Um guincho soturno, como o de mero terror animal, foi emitido no gabinete. O machado subiu novamente, e novamente os painéis se racharam e os batentes tremeram; foram desferidas quatro pancadas, mas a madeira era resistente e os encaixes de excelente marcenaria; e não foi até a quinta que a tranca estourou em fenda e destroços da porta caíram para dentro, sobre o carpete.

Os sitiantes, apavorados pela própria desordem e a quietude que sucedera, deram pequeno passo para trás e espiaram lá dentro. Ali estava o gabinete diante de seus olhos sob a quieta luz do lampião, bom fogo brilhante e crepitante na lareira, a chaleira emitia o assobio fino, uma ou duas gavetas abertas, papéis arrumados na mesa de trabalho, e mais perto do fogo, coisas postas para o chá: um cômodo dos mais tranquilos, dir-se-ia, e, se não fosse pelas estantes brilhantes cheias de produtos químicos, o lugar mais normal naquela noite londrina.

Bem no meio estava um corpo de homem gravemente contorcido e em convulsão. Eles se aproximaram na ponta dos pés, o viraram de costas e se depararam com o rosto de Edward Hyde. Vestia roupas grandes demais, roupas do tamanho das do médico; as linhas do rosto ainda se moviam como que em sinal de vida, mas a vida se fora; e pelo frasco esmagado na mão e aquele forte odor de amêndoas que estava no ar, Utterson sabia que olhava para o corpo de alguém que dera fim à própria vida.

"Chegamos tarde demais", disse ele, com severidade, "tanto para salvar como para punir. Hyde se foi por conta própria; e agora nos resta somente encontrar o corpo de seu patrão."

XX

JULGAMENTO

A maior parte do prédio estava ocupado pelo auditório, que preenchia quase todo o térreo e era iluminado de cima, e pelo gabinete, que formava o andar superior num lado e tinha vista para o pátio. Um corredor ligava o auditório à porta na ruela; que o gabinete se comunicava separadamente por segunda escadaria. Além disso, havia armários escuros e um porão espaçoso. Examinaram tudo isso com diligência. Cada armário não requeria mais que uma olhada, uma vez que estavam todos completamente vazios, exceto pela poeira nas portas fechadas havia tanto tempo. O porão, na verdade, estava cheio de lenha cortada, a maioria da época do cirurgião que precedera Jekyll, e assim que abriram a porta, perceberam a inutilidade de busca mais intensa, por causa da queda da teia de aranha perfeita que por muitos anos havia selado a entrada. Em lugar algum havia sinal de Henry Jekyll, morto ou vivo.

Poole apontou para o pavimento do corredor. "Deve estar enterrado aqui", disse, prestando atenção aos ruídos.

"Ou fugiu", disse Utterson, e se virou para examinar a porta na rua. Estava trancada; e jogada ao lado do pavimento, encontraram a chave, já manchada com ferrugem.

"Não parece útil", observou o advogado.

"Útil!", ecoou Poole. "Não vê, senhor, que está quebrada? Como se houvessem pisado nela."

"Sim", continuou Utterson, "e as rachaduras também estão enferrujadas." Os dois homens olharam um para o outro com pavor. "Isto está além de minha compreensão, Poole", disse o advogado. "Vamos para o gabinete."

Subiram as escadas em silêncio, e ainda com ocasionais olhares de surpresa para o corpo, avançaram com mais diligência para examinar o que continha o gabinete. Na mesa, havia traços de trabalhos químicos, diversos montículos medidos de espécie de sal branco postos em pires de vidro, como se para experimento que o infeliz preparou.

"Esta é a mesma droga que sempre lhe trazia", disse Poole; e enquanto falava, a chaleira fervia com barulho alarmante.

Isso os conduziu à lareira, até onde a poltrona fora puxada para o conforto, e o aparato do chá estava posto próximo ao cotovelo de quem se sentasse ali, e na xícara já tinha açúcar. Havia vários livros na estante; um aberto ao lado do aparato de chá, e Utterson ficou impressionado por ser cópia de obra religiosa, pela qual Jekyll várias vezes havia expressado grande estima, com anotações, em sua própria letra, de blasfêmias tenebrosas.

Em seguida, no curso do exame do aposento, os investigadores foram ao espelho giratório, em cujas profundezas observaram com horror involuntário. Mas estava virado de modo que não lhes mostrava nada além do brilho róseo no teto, o fogo crepitante numa centena de repetições ao longo da frente brilhante das estantes, e as próprias fisionomias pálidas e assombrosas agachadas para olhar.

"Este espelho viu coisas estranhas, senhor", murmurou Poole.

"Certamente nada mais estranho que ele mesmo", repetiu o advogado com a mesma entonação. "Pois o que Jekyll fez" — interrompeu de vez a frase, para dominar a fraqueza: "qual a intenção de Jekyll com isso?", disse.

"Não tenho ideia!", disse Poole.

Depois, se viraram para a mesa de trabalho. Sobre a mesa, entre as fileiras de papel arrumadas, um grande envelope estava por cima, e trazia, na letra do médico, o nome do sr. Utterson. O advogado retirou o selo e vários anexos caíram no chão. O primeiro era o documento com os mesmos termos excêntricos que aquele devolvido por ele seis meses antes, para servir de testamento, em caso de morte, e como a escritura de doação, em caso de desaparecimento; mas em vez do nome de Edward Hyde, o advogado, com surpresa indescritível, leu o nome de Gabriel John Utterson. Olhou para Poole, e de volta ao papel, e por último ao malfeitor morto esticado no carpete.

"Minha cabeça está rodando", disse. "Esteve possesso por todos esses dias, não tinha motivo para gostar de mim, deve ter sentido raiva por se ver sem lugar, e mesmo assim não destruiu este documento."

Ele pegou o papel seguinte; era breve nota na letra do médico e com data no topo. "Oh, Poole!", exclamou o advogado, "estava vivo aqui e hoje mesmo. Não pode ter sido desovado em período tão curto, ainda deve estar vivo, deve ter fugido! Mas então, por que fugir? E como? E nesse caso, podemos nos arriscar a declarar o suicídio deste aqui? Oh, devemos ter cuidado. Prevejo que ainda podemos envolver seu patrão em alguma catástrofe medonha."

"Por que não a lê, senhor?", pediu Poole.

"Porque tenho medo", replicou o advogado com solenidade. "Deus sabe que não tenho motivo para fazer isso!" E assim levou o papel até os olhos e leu o que segue.

> Meu caro Utterson, — quando esta chegar às suas mãos, terei desaparecido, sob quais circunstâncias, não tenho condições de prever; porém meu instinto e todas as circunstâncias de minha situação inominável me dizem que o fim é certo e haverá de ser em breve. Vá então, e primeiro leia a narrativa que Lanyon me avisou que levaria às suas mãos; e caso tenha interesse em saber mais, volte à confissão de
> Seu infeliz e desmerecedor amigo,
>
> HENRY JENKYLL.

"Havia um terceiro anexo?", perguntou Utterson.

"Aqui, senhor?", disse Poole, e entregou-lhe pacote considerável, selado em vários lugares.

O advogado o colocou no bolso. "Não comentaria nada a respeito deste pacote. Caso seu patrão tenha fugido ou esteja morto, podemos ao menos salvar sua reputação. Agora são dez horas; devo ir para casa e ler estes documentos em silêncio; mas devo voltar antes de meianoite, e então chamamos a polícia."

Saíram, trancaram a porta do auditório atrás deles, e Utterson, mais uma vez reuniu a criadagem perto da lareira do salão, andou de volta ao seu escritório para ler as duas narrativas nas quais o mistério estava prestes a ser explicado.

RELATO DO DR. LANYON

Em 9 de janeiro, agora há quatro dias, recebi pela remessa noturna envelope registrado, com endereço escrito à mão por meu colega e antigo companheiro de escola, Henry Jekyll. Fiquei um bocado surpreso com ela, uma vez que não tínhamos o hábito de nos corresponder de modo algum; eu me encontrara com ele, na verdade, havíamos jantado juntos, na noite anterior; e não podia imaginar nada em nossa relação que justificasse a formalidade do registro. O conteúdo aumentou a minha dúvida, uma vez que assim a carta seguia:

10 DE DEZEMBRO DE 18--

Caro Lanyon, — você é um de meus amigos mais antigos; e embora discordemos em questões científicas algumas vezes, não consigo me lembrar, ao menos de minha parte, de qualquer ruptura em nossa afeição. Jamais houve um dia em que, se me dissesse "Jekyll, minha vida, minha honra e minha razão dependem de você", que não teria sacrificado a fortuna ou a mão esquerda para lhe ajudar. Lanyon, minha vida, minha honra, minha razão, estão todas à sua mercê; caso falhe comigo hoje, estou perdido. Pode supor, após este prefácio, que lhe pedirei algo desonroso de se conceder. Julgue por si.

Quero que adie todos os compromissos desta noite — ah, mesmo que fosse chamado para a cabeceira do imperador; e pegue um coche, a não ser que sua carruagem esteja justamente à porta; e, com esta carta na mão para consulta, venha direto para a minha casa. Poole, meu mordomo, já recebeu as ordens; você o encontrará com o chaveiro, e esperam sua chegada. A porta de meu gabinete então deve ser forçada; deve entrar sozinho; abrir a estante de vidro (letra E) no lado esquerdo, quebrar a tranca se estiver fechada; e retirar, *com tudo dentro, da maneira que estiver lá*, a quarta gaveta de cima para baixo, ou (o que é a mesma coisa) a terceira de baixo para cima. Em minha extrema fadiga mental, tenho medo mórbido de dar indicações erradas; mas mesmo que esteja errado, é possível reconhecer a gaveta correta pelo conteúdo: alguns pós, um frasco e um livro de notas. Imploro que carregue essa gaveta para a Cavendish Square exatamente como está.

Essa é a primeira parte da tarefa: agora, a segunda. Você provavelmente voltará, caso cumpra de uma vez a primeira recomendação, muito antes da meia-noite; mas deixarei essa margem, não apenas por medo daqueles obstáculos que não podem ser prevenidos ou previstos, mas também porque o restante é preferível que seja feito em hora que os seus criados estejam dormindo. À meia-noite, então, peço-lhe que fique sozinho na sala de consulta, e que, pessoalmente, receba em casa o homem que se apresentará com o meu nome, e lhe entregue a gaveta que trouxe do meu gabinete. Então terá cumprido a sua parte e ganhado minha gratidão total. Cinco minutos depois, caso insista em explicação, entenderá que esses arranjos são de suma importância; e que, pela negligência de algum deles, por fantástico que pareça, poderá levar à sua consciência o peso de minha morte ou o naufrágio de minha razão.

Confiante de que não menosprezará este apelo, meu coração afunda e minha mão treme ao mero pensamento de tal possibilidade. Pense em mim agora, num lugar estranho, trabalhando sob a escuridão de fadiga impossível de se exagerar, e ainda assim completamente ciente de que, se me ajudar em cada ponto específico, meus problemas se dissiparão como uma história contada. Ajude-me, meu caro Lanyon, e salve

Seu amigo,

H.J.

P.S. Eu já havia selado esta quando novo terror recaiu sobre minha alma. É possível que o correio não funcione, e esta carta não chegue em suas mãos até amanhã de manhã. Nesse caso, meu caro Lanyon, realize minha incumbência quando lhe for mais conveniente no curso de um dia; e mais uma vez espere por meu mensageiro à meia-noite. Até lá pode ser tarde demais; e se essa noite passar sem nenhum acontecimento, saberá que foi a última vez que ouviu falar de Henry Jekyll.

Ao terminar de ler a carta, tive certeza de que meu colega estava louco; mas até que isso se provasse longe da possibilidade da dúvida, me senti obrigado a agir conforme o pedido. Quanto menos entendia daquela barafunda, menos estava em posição de julgar a sua importância; e um apelo tão palavroso não poderia ser deixado de lado sem grave responsabilidade. Portanto me levantei da mesa, entrei num coche de aluguel e fui direto à casa de Jekyll. O mordomo esperava por minha chegada; havia recebido pelo mesmo correio que eu carta registrada com instruções, e rapidamente havia mandado alguém em busca de chaveiro e carpinteiro. Os profissionais apareceram enquanto ainda conversávamos; e seguimos juntos para o auditório cirúrgico do velho dr. Denman, por onde (como certamente já sabe) é mais conveniente entrar no gabinete privado de Jekyll. A porta era muito firme, a tranca, excelente; o carpinteiro declarou que seria muito difícil e faria um estrago se fosse preciso usar força; e o chaveiro estava à beira do desespero. Mas era sujeito habilidoso, e após duas horas de trabalho, abriu a porta. A estante com a letra E foi destrancada; peguei a gaveta, a enchi de palha, a cobri com pano, e a trouxe até a Cavendish Square.

Aqui, examinei o conteúdo. Os pós estavam bem compostos e organizados, mas não a ponto de se dispensar um químico; então estava claro que eram produzidos pelo próprio Jekyll; e quando abri um dos invólucros, descobri o que me pareceu sal simples e cristalino de cor branca. O frasco, para o qual virei minha atenção, devia estar até a metade cheio com bebida vermelho-sangue, de cheiro muito forte, e parecia conter fósforo e algum éter volátil. Quanto aos outros ingredientes, não fazia ideia do que eram. O livro era um caderno de exercícios ordinário e continha pouco mais que uma série de datas. Cobriam muitos anos, mas notei que as anotações cessavam abruptamente há cerca de um ano. Aqui e ali, breves observações eram adicionadas a alguma data, geralmente não mais que uma única palavra: "duplo" ocorrendo cerca de seis vezes em centenas de observações; e uma delas no começo da lista era seguida por diversos sinais de exclamação, "falha total!!!". Tudo isso, embora aguçasse a curiosidade, me trazia poucas confirmações. Aqui havia um frasco de composto, papelote de algum sal, e o registro de série de experimentos que não haviam levado (como muitíssimas das investigações de Jekyll) a qualquer fim prático. Como a presença desses artigos em casa poderia afetar a honra, a sanidade, ou a vida de meu volúvel colega? Se o seu mensageiro podia ir a um lugar, por que não ir a outro? E mesmo que garantisse algum impedimento, por que era esse cavalheiro que deveria receber em segredo? Quanto mais refletia, mais me convencia de que lidava com caso de doença mental; e apesar de haver dispensado meus criados para dormir, carreguei um velho revólver que pensei ser útil para me defender.

Mal as doze horas irromperam sobre Londres, uma batida muito baixa soou na porta. Eu mesmo atendi ao chamado, e encontrei um sujeito pequeno agachado nos pilares do pórtico.

"Vem da parte do dr. Jekyll?", perguntei.

Ele me respondeu "sim" com gesto constrangido; e quando o convidei a entrar, não obedeceu sem antes olhar para trás com suspeita, em direção à escuridão da praça. Havia um policial não muito distante, que avançava com a lanterna aberta; e, com a visão, achei que minha visita entrou com muita pressa.

Essas particularidades, confesso, me incomodaram; e enquanto o segui até o brilho da luz da sala de consultas, deixei a mão sobre a arma. Aqui, ao menos, tinha a chance de vê-lo com clareza. Jamais havia posto os olhos nele antes, isso era certo. Era pequeno, como falei; além disso estava impressionado pela expressão chocante em seu rosto, com a marcante combinação de grande atividade muscular, a aparente debilidade na constituição, e — não menos importante — a perturbação estranha e inexplicável causada por sua proximidade. Isso era bem semelhante a sisudez incipiente, acompanhada por marcante queda na pressão. Na hora, me causou desgosto idiossincrático e pessoal, apenas pela agudeza dos sintomas; mas desde então tive motivos para crer que a causa está entranhada nas profundezas da natureza humana, que aciona algo mais nobre que o princípio do ódio.

Essa pessoa (que desde o momento da entrada me incomodou com que posso chamar de curiosidade enojada) vestia-se de modo que faria qualquer um rir: as roupas, deve ser dito, embora de tecido bom e sóbrio, eram enormes em cada aspecto — as calças desciam das pernas e se embolavam no chão, a cintura do casaco estava abaixo dos quadris, e o colarinho se escarrapachava pelos ombros. Estranho de se relatar, esse encontro burlesco estava longe de me fazer rir. Em vez disso, era como se houvesse algo de anormal e ilegítimo na própria essência da criatura que agora me encarava — algo de apreensivo, surpreendente e revoltante — essa nova disparidade que simplesmente parecia se encaixar e reforçá-la; de modo que ao meu interesse na natureza e na personalidade do sujeito foi acrescida a curiosidade quanto a sua origem, vida, sorte e estado no mundo.

Estas observações, embora tenham requerido tanto tempo para serem proferidas, foram resultado de alguns poucos segundos. Meu visitante, na verdade, ardia com empolgação sinistra.

"Está com ela?", exclamou. "Está com ela?" E tão vívida era a sua impaciência que chegou a pôr a mão em meu braço e me sacudir.

Eu o afastei, consciente que seu toque causava gélida pontada no sangue. "Calma", falei. "O senhor se esquece que ainda não tive o prazer de conhecê-lo. Sente-se, por favor." Então lhe dei o exemplo, e eu mesmo me sentei no lugar habitual em bela imitação de meus costumes com um paciente, pois por ser tão tarde da noite, pela natureza de meus desassossegos, e pelo asco que sentia por minha visita, assim me senti compelido a agir.

"Peço desculpas, dr. Lanyon", replicou com bastante civilidade. "O que diz faz muito sentido, e minha impaciência mostrou os calcanhares para a minha polidez. Venho da parte de meu colega, o dr. Henry Jekyll, em nome de negócio momentâneo; e entendi que..." parou e colocou a mão na garganta, e pude notar, apesar da posição recolhida, que lutava contra um ataque de histeria — "entendi, a gaveta..."

Então senti pena da ansiedade de meu visitante, e talvez tenha cedido à minha própria curiosidade, cada vez maior.

"Aqui está, senhor", falei e apontei para a gaveta, no chão atrás da mesa, ainda coberta por lençol.

Ele saltou até lá, em seguida parou e pôs a mão no coração; podia escutar seus dentes rangerem com a ação convulsiva da mandíbula; e o aspecto do rosto estava tão lôbrego que me alarmei tanto por sua vida como por sua razão.

"Componha-se", falei.

Ele me deu sorriso aterrador, e com decisão desesperada, arrancou o lençol. Ao ver o conteúdo, soltou alto suspiro de alívio, tão imenso que petrifiquei. E no momento seguinte, com voz já relativamente controlada, "O senhor tem uma proveta?", perguntou.

Levantei-me com algum esforço e lhe entreguei o que me pediu.

Ele me agradeceu com aceno sorridente, mediu algumas gotículas do composto vermelho e acrescentou um dos pós. A mistura, que no começo tinha tom avermelhado, começou, à medida que os cristais derretiam, a adquirir coloração mais brilhante, a fervilhar sonoramente, e a lançar pequenos feixes de vapor. De repente, na mesma hora, a ebulição cessou e o composto mudou para roxo escuro, que se enfraqueceu mais lentamente para verde aguado. Meu visitante, que observara essas metamorfoses com entusiasmo, sorriu, colocou a proveta na mesa, então se virou para mim e me observou com ar de escrutínio.

"Agora", disse, "devo ajustar o que falta. O senhor é inteligente? Possui bom senso? Entregaria em minhas mãos esta proveta e sairia de casa sem confabulações posteriores? Ou a ganância e a curiosidade o dominam além da conta? Pense antes de responder, pois isso deverá ser feito conforme sua decisão. Enquanto decide, saiba que isso haverá de deixá-lo como antes, nem mais rico, nem mais inteligente, a não ser que o senso de dever cumprido a alguém em angústia mortal possa ser contado como riqueza espiritual. Ou, caso prefira escolher, uma nova província da sabedoria e novas avenidas da fama e do poder haverão de se abrir ao senhor, aqui, nesta sala, num instante; e a visão haverá de testemunhar prodígio capaz de fazer gaguejar os descrentes de Satã."

"O senhor", disse e fingi tranquilidade que estava longe de realmente possuir, "fala por enigmas, e talvez imagine que o escuto sem acreditar muito na veracidade. Mas já fui longe demais no caminho das ajudas inexplicáveis, para parar antes de ver o final disso tudo."

"Tudo bem", respondeu meu visitante. "Lanyon, lembre-se de sua promessa: o que seguirá aqui está no selo de sua profissão. E agora, o senhor, que por tanto tempo esteve preso às visões mais estreitas e materiais, o senhor, que negou a validade da medicina transcendental, o senhor, que escarneceu de seus superiores — contemple!"

Colocou o copo nos lábios e o bebeu de um gole só. Em seguida, gritou; então cambaleou, gaguejou, agarrou-se à mesa e se segurou, encarou-me com olhos injetados, engasgou com a boca aberta; e enquanto observava, começou, pensei, a mudança — se sacudiu — o rosto escureceu de repente e seus traços pareciam derreter e se transformar — e, no momento seguinte, me levantei de súbito e recuei contra a parede, o braço levantado para me proteger daquele prodígio, minha mente submersa em terror.

"Oh, Deus!", berrei, e "Oh, Deus!" outra vez, e o repeti mais uma vez, pois diante de meus olhos — pálido e fraco, quase desmaiado, tateava a si mesmo, como homem renascido da morte — estava Henry Jekyll!

O que me contou na hora seguinte, não sou capaz de trazer à memória para colocar no papel. Vi o que vi, ouvi o que ouvi, e minha alma se adoentou com isso; e mesmo agora, que a imagem em meus olhos se enfraqueceu, me pergunto se ainda acredito nisso, e não sou capaz de responder. Minha vida foi abalada em suas fundações; o sono me abandonou; o terror mortal se senta em minha companhia todas as horas do dia e da noite; sinto que meus dias estão contados e que devo morrer; e ainda assim, morrer incrédulo. Quanto à torpeza moral que o homem me desvelou, mesmo com lágrimas penitentes, não consigo, mesmo em memória, me demorar nisso sem sobressalto de horror. Direi apenas uma coisa, Utterson, e isso (caso consiga me dar algum crédito) mais que bastará. A criatura que se arrastou até a minha casa aquela noite era, na confissão de Jekyll, conhecida pelo nome de Hyde, procurado em cada recanto das redondezas pelo assassinato de Carew.

HASTIE LANYON

XVII

ESTRELA

RELATO COMPLETO DO CASO POR HENRY JEKYLL

Nasci no ano de 18-- com grande fortuna, além de dotado de qualidades excelentes, inclinado por natureza à indústria, amigo do respeito dos sábios e dos bons entre os meus camaradas, e assim, como pode se deduzir, com todas as garantias de um futuro honrado e distinto. Na verdade, a pior de minhas falhas era certa disposição aos lazeres urgentes, o que poderia fazer a felicidade de muitos, mas achei difícil de conciliar isso com o meu imperioso desejo de elevar a mente às alturas e mostrar às pessoas fisionomia mais circunspecta que o comum. Então chegou o momento em que comecei a ocultar os meus prazeres; e quando alcancei a idade da reflexão e comecei a olhar em volta e a registrar o meu progresso e posição no mundo, já estava comprometido a profunda duplicidade na vida. Muitos homens chegaram a ressaltar tais irregularidades das quais era culpado; mas do ângulo elevado em que me pus, os encarava e os ocultava com sensação de vergonha quase mórbida. Assim, foi acima de tudo a natureza exigente de minhas aspirações — mais que qualquer degradação particular dos defeitos que constituíam o meu ser, com trincheira ainda mais profunda que na maioria dos homens — o que me impeliu a me dividir naquelas províncias do bem e do mal que separam e compõem a natureza dual do homem. Nesse caso, fui compelido a refletir profunda e inveteradamente a respeito daquela áspera lei da vida, que está na raiz da religião e é uma das mais plenas fontes de cansaço. Embora profundamente dissimulado, não era em nenhum sentido hipócrita; meus dois lados eram fatalmente sinceros; não me sentia mais pleno quando deixava de lado as restrições e mergulhava na vergonha, que quando trabalhava, sob o olho do dia, no auxílio do conhecimento ou no alívio do infortúnio e do sofrimento. E calhou de a direção de meus estudos científicos, que no todo perpassavam o místico e o transcendental, responder e lançar luz forte nessa consciência da guerra perene entre meus membros. A cada dia, e de ambos os lados de minha inteligência, a moral e a intelectual, me aproximava continuamente dessa verdade, cuja descoberta parcial me condenava a naufrágio horripilante: que o homem não é na verdade um, e sim dois. Digo dois, porque o estado de meu próprio conhecimento não vai além desse ponto. Outros me seguirão; outros me ultrapassarão nos mesmos trilhos; e me atrevo a prever que o homem um dia será conhecido como o reles agrupamento de habitantes multifacetados, incongruentes e independentes. De minha parte, a partir da natureza de minha vida, avancei infalivelmente em uma direção e uma direção somente. Foi no lado moral, e em minha própria personalidade, que aprendi a reconhecer a dualidade primitiva e completa do homem; vi que, das duas naturezas que batalhavam no campo da consciência, mesmo que pudesse de pronto afirmar ser uma ou outra, era apenas por ser radicalmente ambas; e desde cedo, mesmo antes do curso de minhas descobertas científicas começarem a sugerir a possibilidade mais despida de tal milagre, aprendi a me demorar com prazer, como adorado sonho lúcido, na ideia da separação desses elementos. Se cada um, dizia a mim mesmo, pudesse simplesmente ser alojado em identidades separadas, a vida ficaria livre de tudo o que fosse insuportável; os injustos poderiam ir por um lado, livre das aspirações e do remorso do irmão mais correto; e os justos poderiam andar com firmeza e segurança na trilha ascendente, com as boas ações que lhe davam prazer, e não mais expostos à desgraça e penitência das mãos desse mal exterior. A maldição da humanidade era que esses ramos antagônicos ficassem enroscados dessa maneira — que no útero agonizante da consciência, tais gêmeos opostos pelejassem sem parar. Como, então, separá-los?

 Cheguei num ponto de minhas reflexões em que, como disse antes, a luz lateral começou a brilhar sobre o assunto na mesa de laboratório. Percebi com a maior profundidade até então observada, a imaterialidade balouçante, a transigência enevoada que veste esse corpo aparentemente tão sólido com o qual andamos. Descobri certos agentes que tinham o poder de mover e puxar de volta essa vestimenta de carne, mesmo que o vento pudesse puxar as cortinas do pavilhão. Por duas boas razões, não me aprofundarei nesse ramo científico de minha confissão. Primeiro, porque me vi obrigado a aprender que o destino e o fardo de nossas vidas estão presos para sempre aos ombros do homem, e quando é feita a tentativa de dividi-los, apenas se voltará para nós com pressão ainda mais bizarra e aterradora. Segundo, porque, como esta narrativa haverá de esclarecer, as minhas descobertas foram incompletas. Fez-se preciso, então, não apenas que reconhecesse o meu corpo como simples aura e esplendor de alguns dos poderes que moldaram o meu espírito, como também que conseguisse compor a droga que fizesse com que esses poderes fossem destronados de supremacia, e uma segunda forma e fisionomia os substituísse, um tanto natural para mim porque eles eram a expressão, e carregavam o selo dos elementos mais baixos de minha alma.

Hesitei por muito tempo antes de levar essa teoria aos testes práticos. Sabia bem que corria o risco de morrer, pois qualquer droga que controlava e abalava a própria fortaleza da identidade com tanta potência poderia, pelo menor escrúpulo da overdose ou na menor oportunidade do momento da exibição, apagar completamente aquele tabernáculo imaterial que buscava alterar. Mas a tentação de descoberta tão singular e profunda por fim se sobrepôs às sugestões de alarme. Fazia muito tempo que havia preparado meu composto; comprei de uma vez, de firma de atacado de químicos, grande quantidade de um sal em particular que sabia, a partir de minhas experiências, ser o último ingrediente necessário; avançado na noite infausta, compus os elementos, os observei ferverem e esfumaçarem juntos dentro da proveta, e quando a ebulição havia baixado, em grande arroubo de coragem, ingeri a poção.

Espasmos excruciantes se sucederam; certo esmerilhamento nos ossos, náusea mortal, terror no espírito que não pode ser excedido na hora do nascimento ou da morte. Então, essas agonias rapidamente diminuíram, e voltei a mim mesmo como se houvesse me curado de grave doença. Havia algo de estranho em minhas sensações, algo indescritivelmente novo e, provinha dessa própria novidade, incrivelmente doce. Eu me senti mais jovem, leve, e fisicamente feliz; por dentro estava consciente da imprudência inebriante, a corrente de imagens sensuais desordenadas percorriam a minha mente como corrente de água por um moinho, a solução para os vínculos da obrigação, a liberdade da alma desconhecida, mas não inocente. Descobri que, no primeiro fôlego desta nova vida, estava mais perverso, dez vezes mais perverso, vendido como escravo ao meu mal original; e o pensamento, naquele momento, me enlaçava e me aprazia como o vinho. Estiquei as mãos, exultante com o frescor dessas sensações; e no ato, notei de vez que havia perdido estatura.

Não havia espelho, naquela época, na sala; esse que está ao meu lado enquanto escrevo foi trazido depois, exatamente por causa das transformações. A noite, no entanto, já havia se transformado em madrugada fazia muito tempo — esta madrugada, negra como estava, já havia amadurecido quase a ponto de ser possível chamá-la de dia — os moradores de minha casa estavam trancados nas horas mais rigorosas do sono; então decidi, ruborizado pela esperança e o triunfo, a me aventurar em minha nova forma somente até meu quarto. Cruzei o jardim, por onde as constelações me observavam, e pensei, maravilhado, que era a primeira criatura daquela espécie jamais exposta à incansável vigilância; perambulei pelos corredores, um estranho em minha própria casa; e ao chegar a meu quarto tive o primeiro vislumbre da aparência de Edward Hyde.

Devo falar somente em teoria, afirmar não o que sei, mas o que suponho ser mais provável. O lado mal de minha natureza, para o qual agora havia transferido minha marcante eficácia, era menos robusto e menos desenvolvido que o bom, recém deposto. Mais uma vez, no curso de minha vida, que havia sido, afinal, em nove décimos vida de esforço, virtude e controle, ele fora bem menos exercitado e bem menos exaurido. Logo, ao pensar nisso, me ocorreu como Edward Hyde era menor, mais leve e mais jovem que Henry Jekyll. Ainda que o bem brilhasse sobre o semblante de um, o mal estava escrito claramente de lado a lado no rosto do outro. Além disso, o mal (que ainda reconheço como o lado letal do homem) deixara naquele corpo marca de deformidade e decadência. No entanto, ao examinar no espelho aquele ídolo horrível, não reconheci nenhuma repugnância, mas um acolhimento galopante. Aquele também era eu. Pareceu-me natural e humano. Aos meus olhos, portava imagem mais vívida do espírito, aparentemente mais expressiva e singular que o semblante imperfeito e dividido que me acostumei a chamar de meu. E até então não tinha dúvidas de que estava certo. Descobri que com a aparência de Edward Hyde ninguém conseguia se aproximar de mim sem antes sentir visível apreensão carnal. Isso, conforme entendo, era porque todos os seres humanos, quando os conhecemos, estão imbuídos do bem do mal; e Edward Hyde, único nas categorias da humanidade, era puro mal.

Eu me demorei por um momento diante do espelho: o segundo e conclusivo experimento ainda deveria ser tentado, porém antes precisava descobrir se havia perdido para sempre a minha identidade, e se antes da aurora deveria fugir da casa que não mais me pertencia; voltei com pressa ao gabinete, mais uma vez preparei e bebi o composto, mais uma vez sofri os espasmos da dissolução, e mais uma vez voltei a mim mesmo com o caráter, a estatura e o rosto de Henry Jekyll.

Aquela noite cheguei a uma encruzilhada fatal. Houvesse abordado minha descoberta com estado de espírito mais nobre, houvesse realizado o experimento motivado por aspirações mais pias ou generosas, tudo teria sido diferente, e dessas agonias da morte e do nascimento, teria emergido o anjo em vez do demônio. A droga não tinha ação discriminatória; não era nem diabólica nem divina, mas apenas chacoalhava as portas da prisão de minha disposição; assim como os cativos de Filipos,[6] que estavam presos e fugiram. Naquela época a minha virtude cochilava; meu mal, despertado pela ambição, ficou alerta e com rapidez se aproveitou da ocasião; e a coisa projetada foi Edward Hyde. Logo, embora agora tivesse duas personalidades, assim como duas aparências, uma era completamente má, outra ainda era o velho Henry Jekyll, aquele heterogêneo composto cuja melhora e reformulação já havia aprendido a alterar. O movimento, portanto, era unicamente em direção ao pior.

Mesmo naquela época, ainda não havia dominado minha aversão pela secura da vida de estudos. Ainda me divertia de vez em quando;

---

[6] Atos 16, 26: "De repente houve um tão grande terremoto que foram abalados os alicerces do cárcere, e logo se abriram todas as portas e foram soltos os grilhões de todos".

como os meus prazeres eram (para dizer o mínimo) indignos, e era muito conhecido e tido em alta consideração, além de que logo estaria entre os velhos, essa incoerência em minha vida a cada dia ficava mais indesejável. Foi nesse sentido que meu novo poder me tentou até me tornar seu escravo. Bastava apenas beber do composto e despir de vez o corpo do notório professor, e vestir, como grosso casaco, o de Edward Hyde. Eu ria desse pensamento; me parecia engraçado na época; fazia meus preparos com meticulosidade. Adquiri e mobiliei aquela casa no Soho onde Hyde foi rastreado pela polícia, e arranjei como caseiro a criatura que conhecia por ser silenciosa e inescrupulosa. Por outro lado, anunciei aos meus criados que certo sr. Hyde (que descrevi) deveria ter total liberdade e poder em minha casa na praça; e para evitar incômodos, comecei a aparecer por lá e a fazer de mim mesmo objeto familiar, em minha segunda personalidade. Depois elaborei o testamento que tanto objetou; assim, se algo acontecesse comigo sob o nome de Doutor Jekyll, poderia aparecer com o de Edward Hyde sem qualquer perda pecuniária. E assim fortificado, como supus, em todos os lados, comecei a gozar das estranhas imunidades de minha posição.

Os homens antes contratavam bandidos para levar a cabo os crimes, enquanto sua própria pessoa e reputação ficavam protegidos no abrigo. Fui o primeiro a fazer isso por prazer, fui o primeiro assim capaz de passar diante dos olhos do público com enorme carga de respeitabilidade, e num instante, como estudante, arrancar os adereços e saltar de cabeça no mar da liberdade. Apenas para mim, em minha manta impenetrável, a segurança era completa. Pense nisso — sequer existia! Apenas espere que eu suma pela porta do laboratório, me dê um ou dois segundos para misturar e engolir a dose que sempre tinha pronta; e não importa o que fizesse, Edward Hyde sumiria como a mancha do hálito contra o espelho; e ali parado, quieto, em casa, com o lampião da meia-noite no estúdio, se havia um homem que podia sorrir de qualquer suspeita, era Henry Jekyll.

Os prazeres que logo busquei em meu disfarce eram, como disse, indignos; não poderia utilizar qualquer termo mais severo. Porém nas mãos de Edward Hyde, começaram a se tornar monstruosos. Quando voltava desses passeios, geralmente ficava estupefato com minha vicária depravação. Esse parente que evocava de dentro de minha própria alma e soltava sozinho ao seu bom prazer, era inerentemente maligno e vil; cada ato e pensamento que tinha era centrado em si mesmo; sorvia o prazer com avidez bestial, de uma tortura a outra; era implacável como homem de pedra. Henry Jekyll às vezes se espantava ante os atos de Edward Hyde; mas a situação estava separada das leis comuns, e insidiosamente folgava o aperto da consciência. Era Hyde, afinal, e Hyde somente, culpado. Jekyll não era pior, despertava novamente para as boas qualidades aparentemente sem par; chegava a se dedicar, na medida do possível, a desfazer o mal praticado por Hyde. E assim sua consciência relaxava.

Não pretendo entrar nos detalhes da infâmia com a qual fui conivente (uma vez que, mesmo agora, mal posso garantir que fui eu que a cometi), mas apenas mostrar as advertências e a sequência de etapas que levaram à minha penitência. Deparei-me com acidente que, como não teve consequências, devo apenas mencionar. Um ato de crueldade contra criança me alertou para a ira de um passante, que reconheci no outro dia como seu primo; o médico e a família da criança se juntaram a ele; houve momentos em que temi por minha vida; por fim, de modo a pacificar seu tão justo ressentimento, Edward Hyde teve de trazê-los à sua porta e pagá-los com cheque em nome de Henry Jekyll. Mas no futuro este perigo foi eliminado com facilidade, ao abrir conta em outro banco, em nome do próprio Edward Hyde; e quando inclinei a minha própria mão para trás, preparei assinatura para meu duplo, pensei ter me sentado diante de um ramo do destino.

Uns dois meses antes do assassinato do sr. Danvers, havia saído numa de minhas aventuras e voltado tarde; no outro dia acordei com sensação estranha. Foi em vão que olhei ao redor; em vão vi a mobília decente e as grandes proporções de meu quarto na praça; em vão reconheci os padrões das cortinas da cama e o desenho do batente de mogno; algo ainda continuava a insistir que não estava onde estava, que não havia despertado onde parecia estar, mas no quartinho no Soho onde acostumei a dormir no corpo de Edward Hyde. Sorri para mim mesmo, e, em meu modo psicológico, comecei a investigar com preguiça os elementos dessa ilusão, ocasionalmente, enquanto isso, caí para trás em confortável cochilo matinal. Ainda estava engajado nisso quando, num de meus momentos mais vigilantes, olhei para a mão. A mão de Henry Jekyll (como você tanto observou) tinha o tamanho e o formato da de um profissional de seu ofício: grande, firme, branca e graciosa. Mas a mão que via com bastante clareza, na luz amarelada da manhã londrina, encoberta até a metade pelos lençóis da cama, era magra, com as veias saltadas, com as juntas protuberantes, de palidez soturna e densamente ensombrecida por obscuro crescimento de pelos. Era a mão de Edward Hyde.

Devo tê-la encarado por cerca de meio minuto, mergulhado como estava na mera estupidez da estupefação, até que o terror despertasse de repente no peito, espantoso como a batida de címbalos; pulei da cama, corri até o espelho. À vista do que meus olhos se depararam, o meu sangue se transformou em algo supreendentemente fino e gelado. Sim, me deitei Henry Jekyll e despertei Edward Hyde. Como isso poderia ser explicado, perguntei-me; e então, com outro salto de terror — como poderia ser remediado? A manhã já se avançava; os criados já haviam se levantado; todas as minhas drogas estavam no gabinete — a longa jornada, pela passagem dos fundos, através do pátio aberto e pelo auditório de anatomia, de lá de onde estava, estático, tomado pelo terror. Poderia ser possível cobrir o rosto; mas de que serviria, quando me era impossível ocultar a alteração na estatura? E então com a doçura de alívio poderoso, me veio à mente que os criados já estavam habituados às idas e vindas de meu segundo eu. Logo me vesti, tão bem quanto possível, com roupas de meu próprio tamanho: pouco depois atravessei a casa, onde Bradshaw me encarou e recuou ao ver o sr. Hyde em tal hora e em vestes tão estranhas; e dez minutos depois, o dr. Jekyll retornara à própria forma e se sentava, com rosto escurecido, para fingir que tomava o café da manhã.

Pequeno de fato, era meu apetite. Este inexplicável incidente, essa reversão de minha experiência prévia, me pareceu, como o dedo babilônio no muro,[7] soletrar as letras de meu julgamento; e comecei a re-

---

[7] Daniel 5, 5: "Na mesma hora apareceram uns dedos de mão de homem, e escreviam, defronte do castiçal, na caiadura da parede do palácio real; e o rei via a parte da mão que estava escrevendo".

fletir com seriedade até então ausente a respeito dos problemas e possibilidades da dupla existência. Aquela parte de mim que tive o poder de projetar, nos últimos tempos havia sido muito exercitada e nutrida; me pareceu que embora o corpo de Edward Hyde houvesse crescido tardiamente em estatura, que embora (quando assumia aquela forma) estivesse consciente do fluxo sanguíneo mais generoso; comecei a investigar o perigo que, caso fosse muito prolongado, o equilíbrio de minha natureza poderia ser derrotado para sempre, o poder da alteração voluntária ser aniquilado, e a pessoa de Edward Hyde me dominar de maneira irrevogável. A potência da droga nem sempre se apresentava do mesmo modo. Uma vez, bem no começo dessa trajetória, não teve nenhum efeito; desde então fui obrigado em mais de uma ocasião a dobrar, e uma vez, com infinito risco de morte, a triplicar a quantidade; e essas raras incertezas assim projetaram a única sombra em meu contentamento. Daí que, à luz do acidente daquela manhã, fui levado a pensar que se no começo a dificuldade era sair do corpo de Henry Jekyll, depois, aos poucos, porém seguramente, ela havia sido transferida para o outro lado. Logo, todas as coisas pareciam apontar para isso: que lentamente perdia o controle de meu eu original e melhor, e lentamente me incorporava ao segundo e pior.

Entre os dois, agora sentia que deveria escolher. Minhas duas naturezas tinham a memória em comum, mas todas as outras faculdades estavam divididas entre si de modo bastante desigual. Jekyll (que era múltiplo) ora com as apreensões mais sensíveis, ora com prazer ganancioso, projetado e dividido entre os prazeres e as aventuras de Hyde; no entanto Hyde era indiferente a Jekyll, ou se lembrava dele apenas como o bandido da montanha se lembra da caverna em que se esconde da perseguição. Jekyll tinha mais que interesse paternal; Hyde tinha mais que a indiferença de filho. Permanecer com Jekyll seria morrer para esses apetites por muito tempo saciados em segredo, e que tardiamente começaram a me enfastiar. Permanecer com Hyde seria morrer para mil interesses e aspirações, e, num lance sem retorno, se tornar menosprezado e solitário. A barganha pode parecer desigual; mas ainda havia outra consideração na balança; enquanto

Jekyll sofreria agudamente os fogos da abstinência, Hyde sequer tinha consciência de tudo o que perderia. Apesar da situação ser estranha, os termos deste debate eram tão velhos e ordinários como o homem; grosso modo, os mesmos estímulos e alarmes forjavam o molde para qualquer pecador tentado e vacilante; e aconteceu comigo, como calha de acontecer com a grande maioria de meus amigos, de escolher o lado do bem e me desejar a força para continuar.

Sim, preferi o médico idoso e descontente, rodeado por amigos e nutrindo esperanças sinceras; e fiz despedida honesta da liberdade, da comparável juventude, o passo leve, as pulsações galopantes e os prazeres secretos que havia desfrutado sob o disfarce de Hyde. Fiz a escolha talvez com reserva inconsciente, pois não me desfiz da casa no Soho e tampouco destruí as roupas de Edward Hyde, que ainda estavam no gabinete. Por dois meses, entretanto, permaneci fiel à decisão; por dois meses, levei vida de profunda severidade, como nunca antes havia conseguido, e aproveitei as compensações da consciência aprovadora. Mas o tempo finalmente começou a obliterar o frescor de meu alarme; os louvores da consciência começaram a se transformar em algo habitual; comecei a ser torturado por agonias e anseios, como se Hyde lutasse por liberdade; e por fim, em instante de fraqueza moral, mais uma vez preparei e engoli o composto transformador.

Não suponho que, quando um bêbado raciocina sobre o vício, é sequer uma vez em quinhentas afetado pelos perigos que corre pela insensibilidade brutal e física; eu, ao refletir a minha posição, tampouco raciocinei o suficiente a respeito da completa insensibilidade moral e a prontidão insensata do mal, que eram as principais características de Edward Hyde. E foi exatamente por elas que recebi a punição. Meu demônio enjaulado por tanto tempo escapou aos rugidos. Estava consciente, mesmo ao tomar o composto, da propensão ao mal mais furiosa e desenfreada. Deve ter sido isso, suponho, que balançou em minha alma a tempestade de impaciência com a qual escutei as civilidades de minha pobre vítima; ao menos declaro, ante Deus, que nenhum homem moralmente são poderia ser culpado daquele crime com provocação tão digna de pena; e que fiquei num espírito não mais razoável que o da criança doente que quebra o brinquedo. E voluntariamente me despi de todos aqueles instintos equilibrados, pelos quais mesmo o pior entre nós continua a caminhar com algum grau de prontidão entre as tentações; e no meu caso, ser tentado, mesmo que levemente, era a queda.

Instantaneamente o espírito infernal emergiu em mim e se enfureceu. Com uma súbita sensação de contentamento, espanquei o corpo sem resistência, saboreando com deleite cada pancada; e não foi até começar a ser tomado pela fadiga, que de repente, em meu mais grave delírio, fui atingido no coração por gélido espasmo de horror. Uma névoa se dispersou; observei a minha vida ser dominada, e fugi da cena de tais excessos, ao mesmo tempo extasiado e apavorado, minha lascívia pelo mal saciada e estimulada, meu amor pela vida preso à última estaca. Corri para a casa no Soho, e (para ter completa certeza) destruí os meus papéis; depois disso saí pelas ruas iluminadas por lampiões, com o mesmo êxtase mental dividido, me regozijando com meu crime, e pensava com leveza em outros para o futuro, mas também com pressa e ainda ouvia à espreita os passos do vingador. Hyde tinha nos lábios uma canção ao preparar o composto, e enquanto bebia, insultava o morto. As agonias da transformação não o dilaceraram, e em vez disso Henry Jekyll, com jorro de lágrimas de gratidão e remorso, caiu de joelhos e levantou as mãos para Deus. O véu da autoindulgência estava rasgado da cabeça aos pés, assisti a minha vida por inteiro: segui a partir dos dias da infância, quando caminhava levado pela mão por meu pai, pelos labores de minha vida profissional que se anulavam, até chegar várias e várias vezes, com a mesma sensação de irrealidade, aos terríveis horrores daquela noite. Poderia ter gritado alto; procurei com lágrimas e rezas extinguir o turbilhão de imagens e sons que fervilhavam contra mim em minha memória; ainda assim, entre as petições, a horrível face de iniquidade encarava a minha alma. A agudeza desse remorso começou a morrer, e foi sucedida pela alegria. O problema de minha conduta estava resolvido. Hyde, portanto, era impossível; quisesse ou não, agora estava confinado à parte boa de minha existência; e, oh, como me alegrei ao pensar nisso! Com qual humildade desejosa abracei as novas restrições da vida natural! Com qual renúncia sincera tranquei a porta que tanto fui e vim, e enterrei a chave abaixo do calcanhar!

No dia seguinte, surgiu a notícia de que o assassinato havia sido testemunhado, que a culpa de Hyde era patente ao mundo, e que a vítima era pessoa de alta estima pública. Não era apenas crime, era trágico ato de loucura. Creio que fiquei contente por saber disso; creio que fiquei contente por ter meus bons impulsos assim mantidos e protegidos pelo medo do cadafalso. Jekyll agora era a minha cidade de refúgio; deixasse Hyde bisbilhotar apenas por um instante, e as mãos de todos os homens se ergueriam para capturá-lo e massacrá-lo.

Resolvi em minha conduta futura redimir o passado; e posso dizer com honestidade que minha decisão produziu algo de bom. Você mesmo sabe como trabalhei com diligência nos últimos meses do ano anterior, como trabalhei para apaziguar o sofrimento das pessoas; sabe que muito foi feito pelos outros, e que os dias se passavam quietamente, quase felizes para mim. Nem posso dizer com sinceridade que me cansei da vida inocente e beneficente; mas ainda estava amaldiçoado com a dualidade de propósitos; e quando a primeira ponta de minha penitência se partiu, o meu lado baixo, saciado por tanto tempo, acorrentado fazia tão pouco, começou a rugir para vir à tona. Não que sonhasse em ressuscitar Hyde; a mera ideia me horripilava; não, era a minha própria personalidade, que mais de uma vez estive tentado a gracejar com a consciência; e foi como um pecador secreto qualquer que finalmente caí nos ataques da tentação.

Todas as coisas têm um fim; chega o dia em que a mais espaçosa medida é preenchida; e essa breve condescendência de meu mal enfim destruiu o equilíbrio da alma. E ainda assim não fiquei alarmado; a queda me pareceu natural, como retorno aos velhos dias antes da descoberta. Era dia de janeiro agradável e claro, molhado sob o pé onde o gelo havia se derretido, mas sem nuvens acima; e o Regent's Park estava tomado pelos chilreares de inverno e pela doçura dos odores da primavera. Sentei-me num banco ao sol; o animal dentro de mim lambia lascas da memória; o lado espiritual dormitava um

I

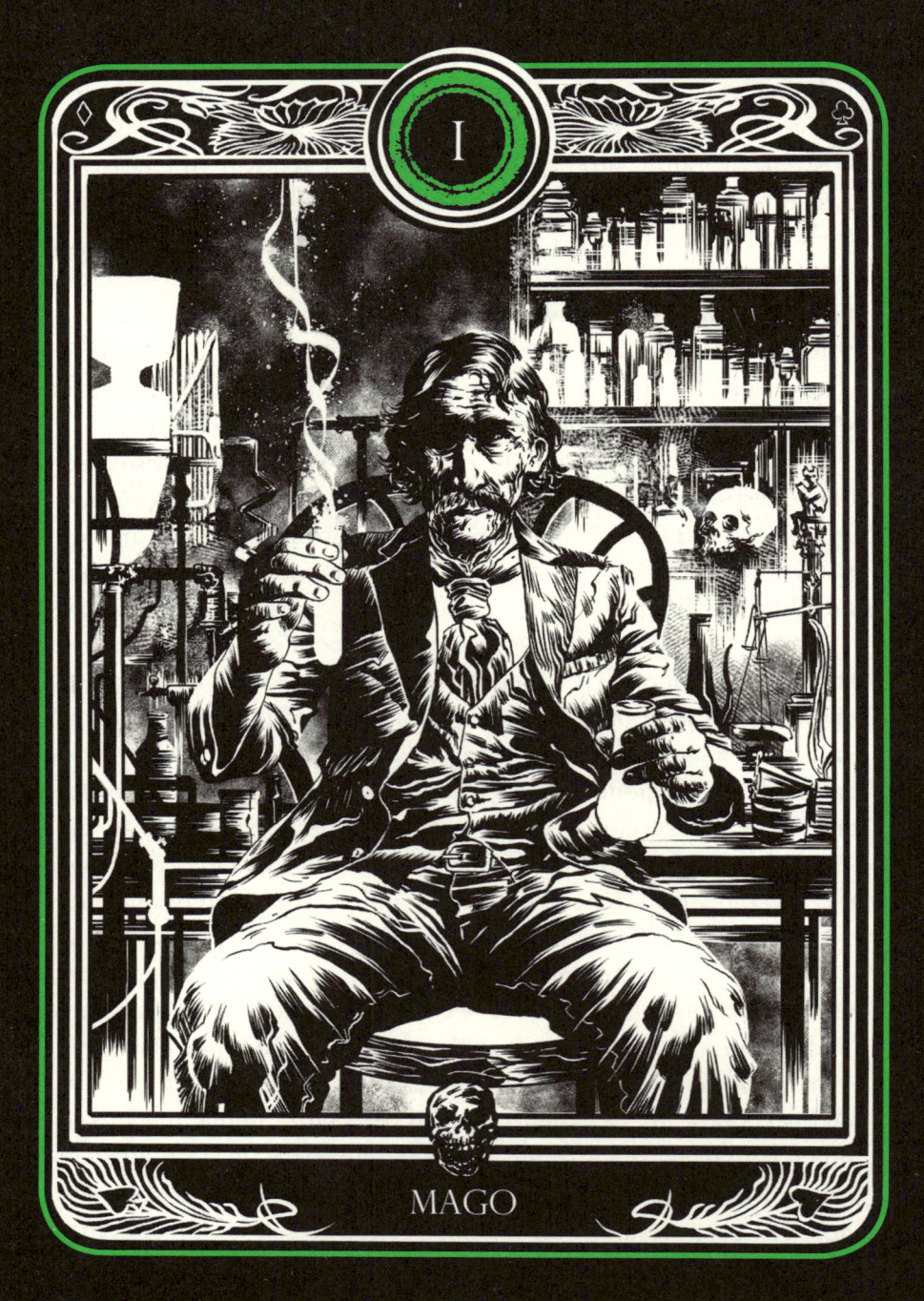

MAGO

pouco, prometia penitência subsequente, mas ainda sem se mexer para começar. No final das contas, pensei ser como meus vizinhos; e então sorri, me comparei a outros homens, comparei minha ativa generosidade com a preguiçosa crueldade da negligência. E exatamente no momento desse pensamento vanglorioso, a sensação de enjoo me atingiu, a náusea horrenda e a convulsão mortal. Isso passou, e me deixou tonto; e então foi como se a tontura diminuísse, comecei a perceber a mudança no teor dos pensamentos, maior coragem, desprezo pelo perigo, solução contra as amarras da obrigação. Olhei para baixo, minhas roupas estavam penduradas sem forma em meus membros encolhidos; a mão no joelho estava com as veias saltadas e peluda. Mais uma vez, eu era Edward Hyde. Um momento antes, possuía todo o respeito, riqueza e amor dos homens — a toalha posta para mim na sala de jantar de casa; e agora era a presa comum da humanidade, caçado, sem-teto, conhecido assassino, escravo das galés.

Minha razão oscilou, mas não falhou completamente. Mais de uma vez observei que, na segunda personalidade, as minhas faculdades pareciam aguçadas até certo ponto e meu espírito mais tensamente flexível; assim veio à tona que, onde Jekyll talvez houvesse sucumbido, Hyde emergira para a importância do momento. Minhas drogas estavam numa das estantes do gabinete; como poderia alcançá-las? Eis o problema que eu (apertava as têmporas com as mãos) me dispus a resolver. Havia fechado a porta do laboratório. Se fosse entrar pela casa, meus próprios criados me entregariam para as galés. Vi que deveria empregar outra mão, e pensei em Lanyon. Como poderia ser contatado? E persuadido? Mesmo que escapasse de ser capturado nas ruas, como me apresentar a ele? E como eu, um visitante desconhecido e desagradável, deveria triunfar contra o famoso médico e saquear o estúdio do colega, o dr. Jekyll? Então lembrei que de minha personalidade original, parte permanecia em mim: podia escrever com minha própria letra; e de uma vez concebera aquela centelha luminosa, o modo como haveria de agir se iluminou de uma ponta a outra.

Assim, ajeitei minhas roupas da melhor maneira possível, e chamei o coche que passava por perto; me dirigi até o hotel na Portland Street, cujo nome por acaso me lembro. Com minha aparição (que de fato era bastante cômica, apesar do destino trágico que esses vestuários encobriam) o condutor não foi capaz de esconder sua graça. Rangi os dentes com rompante de fúria diabólica; e o sorriso dele se secou — para a sua felicidade —, e mais ainda para a minha, pois mais um pouco e certamente o teria arrancado de onde estava. Na hospedaria, ao entrar, olhei em volta com careta tão sinistra que fez os atendentes tremerem; não trocaram sequer um olhar em minha presença; mas obedeceram às ordens obsequiosamente, me levaram a um quarto particular e trouxeram meios para escrever. Hyde em risco de vida era criatura nova para mim: abalado com raiva desordenada, atado à fuga pelo assassinato, louco para infligir dor. Ainda assim a criatura era astuta; controlou a fúria com grande força de vontade; escreveu duas cartas importantes, uma para Lanyon e outra para Poole; e para se assegurar que fossem efetivamente postadas, as enviou com ordens de que tivessem registro.

Depois disso, sentou-se por todo o dia diante do fogo no quarto particular, roendo as unhas; ali jantou, sozinho com seus medos, o garçom recuava visivelmente ante seu olhar; e logo, quando a noite terminara de cair, ele se dirigiu ao canto de um coche fechado e foi conduzido de um lado e para o outro pelas ruas da cidade. Digo "ele" — não posso dizer "eu". Aquela criança do Inferno não possuía nada de humano; nada vivia nele a não ser medo e ódio. E quando finalmente, percebeu que o condutor começava a criar suspeitas, dispensou o coche e se aventurou a andar a pé, com roupas desajustadas, era sujeito que chamava a atenção, no meio dos passantes noturnos, essas duas paixões básicas rugiam dentro dele como tempestade. Andou velozmente, caçado por seus medos, tagarelou sozinho, perambulou pelas avenidas menos frequentadas, contou os minutos que ainda o separavam da meia-noite. Certa vez, uma mulher falou com ele, e lhe ofereceu, creio, uma caixa de fósforos. Ele a acertou no rosto, e ela fugiu.

Quando voltei a mim mesmo na casa de Lanyon, o horror de meu velho amigo talvez tenha me afetado de alguma forma: não sei; ao menos não passava de uma gota no oceano de repugnância que enfrentava naquele momento. Uma mudança me sobrepôs. Não era mais o medo das galés, era o horror de voltar a ser Hyde que me atormentava. Recebi parte da condenação de Lanyon no sonho; era em parte sonho no qual vinha para minha própria casa e deitava na cama. Dormia depois da prostração do dia, com sono pesado e profundo que nem mesmo os pesadelos que me torturavam poderiam interromper. Acordei de manhã, abalado, enfraquecido, porém renovado. Ainda odiava e temia pensar no bruto adormecido em mim, e com certeza não havia me esquecido dos perigos aterradores do dia anterior, porém mais uma vez estava em casa, em minha própria casa e próximo das drogas; e a gratidão por minha fuga brilhou com tanta intensidade na alma que era quase comparável ao brilho da esperança.

Passeava alegremente pelo pátio, depois do café da manhã, tragava o frio matinal com prazer, quando voltei a ser dominado pelas sensações indescritíveis que prenunciavam a mudança; tive tempo apenas de conseguir o abrigo de meu gabinete, antes de rugir e congelar com as paixões de Hyde novamente. Nessa ocasião precisei de dose dupla para retornar a mim mesmo; e eis que, seis horas depois, ao me sentar para observar com tristeza o fogo, os espasmos voltaram, e a droga teve de ser administrada mais uma vez. Em suma, a partir daquele dia parecia ser somente por grande esforço, como o de exercícios, ou apenas sob o estímulo imediato da droga, que era capaz de vestir a aparência de Jekyll. Em todas as horas do dia e da noite, era dominado pelo tremor premonitório; acima de tudo, se dormisse, ou mesmo se cochilasse por um instante na cadeira, era sempre Hyde que acordava. Sob a tensão desse destino continuamente retardante, ou pela insônia ao qual agora estava condenado, ah, e mesmo além do que pensava ser possível ao homem, me tornei, em minha própria pessoa, criatura devorada e esvaziada pela febre, languidamente fraca tanto no corpo como na mente, e unicamente ocupada por um pensamento: o horror a meu outro eu. E quando dormia, ou quando o efeito do remédio acabava, passava quase sem transição (uma vez que as agonias da transformação a cada dia ficavam mais discretas) a ver a incessante sequência de imagens pavorosas, a alma fervilhante com ódios gratuitos, e corpo que não parecia forte o bastante para conter as energias raivosas da vida. Os poderes de Hyde pareciam se desenvolver com a doença de Jekyll. E certamente o ódio que agora os dividia era igual em cada lado. Com Jekyll, era algo do instinto vital. Agora tinha visto a deformidade total daquela criatura com quem dividia parte da consciência, com quem habitaria até a morte: além dessa união, que em si mesma era a causa mais pungente do cansaço, pensou que, em Hyde, toda a energia vital era não apenas diabólica, mas também inorgânica. Era isso que o chocava; que o lodo do poço parecia emitir gritos e vozes; que a poeira amorfa gesticulava e pecava; que aquilo que estava morto e não tinha forma podia usurpar os trabalhos da vida. E ainda que tal horror insurgente estava atado a ele com mais proximidade que uma esposa, mais próximo que o olho; estava enjaulado em sua carne, onde era possível escutar os sussurros e sentir que lutava para escapar; e a cada momento de fraqueza, e na confiança do sono, o sobrepunha e o afastava da vida. O ódio de Hyde por Jekyll era de ordem diferente. Seu pavor das galés continuamente o fazia cometer suicídio temporário, e voltar ao estado subordinado de uma parte, em vez de uma pessoa; mas desprezava a necessidade, desprezava a prostração na qual Jekyll havia caído, e ressentia o desgosto com o qual ele próprio era visto. E assim, os truques primatas que agora fazia comigo, rabiscava, com minha própria letra, blasfêmias nos livros, queimava as cartas e destruiu o retrato de meu pai; e se não fosse o medo da morte, já teria há muito tempo arruinado a si mesmo para me envolver na ruína. Mas seu amor pela vida era maravilhoso; vou mais longe: eu, que adoecia e gelava simplesmente por pensar nele, quando me lembro de sua abjeção e da paixão desse apego, e quando sei o quanto teme meu poder de fulminá-lo pelo suicídio, encontro no coração certa pena dele.

 É inútil, e o tempo me desaponta terrivelmente, para que prolongue este relato; ninguém jamais sofreu tais tormentos, é o que basta; e mesmo a eles o hábito trouxe — não, não alívio — mas certa indiferença pela alma, certa submissão ao desespero; e minha punição poderia continuar por anos, exceto pela última calamidade que agora chega ao fim, e que finalmente destruiu o meu próprio rosto e minha natureza. Minha provisão do sal, que jamais havia sido renovada, desde a

XV

DIABO

data da primeira experiência, escasseou. Mandei alguém atrás de novo suprimento, e preparei o composto; a ebulição ocorreu, e a primeira mudança de cor, mas não a segunda; bebi, mas não houve efeito. Poole lhe contará como vasculhei toda a cidade de Londres; foi em vão, e agora estou convencido de que meu primeiro suprimento era impuro, e que era a impureza desconhecida o efeito do composto.

Cerca de uma semana se passou, e agora termino este relato sob a influência do último dos pós antigos. Esta, portanto, é a última vez, exceto por milagre, que Henry Jekyll poderá pensar por si ou olhar para o próprio rosto (agora tristemente alterado!) no espelho. Não adiarei por muito tempo o fim desta história, pois caso minha narrativa porventura escape da destruição, terá sido por combinação de grande prudência com sorte enorme. Se as agonias da transformação tivessem me afligido durante o ato de escrevê-la, Hyde a teria rasgado em pedaços; mas se algum tempo houver passado após tê-la guardado, seu incrível egoísmo e circunscrição ao instante provavelmente a salvará das ações de seu apetite primitivo. Na verdade, o destino que se fecha sobre nós dois já a alterou e a esmagou. Meia hora a partir de agora, quando haverei de evocar aquela odiada personalidade novamente, agora para sempre, sei que me sentarei na cadeira trêmulo e lacrimoso, ou continuarei a andar para cima e para baixo neste aposento (meu último refúgio terreno) e, com o tenso e temeroso êxtase da audição, me atentarei a cada ruído ameaçador. Hyde morrerá no cadafalso, ou encontrará a coragem para se libertar no último momento? Deus sabe; não me importo; este é o verdadeiro momento de minha morte, e o que ocorrer depois interessa a qualquer outra pessoa, mas não a mim. Portanto, aqui deito a minha pena, selo a minha confissão e ponho fim à vida do desgraçado Henry Jekyll.

por MARCEL SCHWOB

texto publicado em Spicilège, em 1896.

ROBERT LOUIS STEVENSON

Lembro-me claramente da espécie de inquietude da imaginação que me lançou o primeiro livro que li de Stevenson. Tratava-se de *A Ilha do Tesouro*. Eu o levara comigo para longa viagem até o sul. A leitura começou sob a luz tremeluzente da lanterna do trem. Os vidros do vagão tinham o vermelho da aurora meridional quando despertei do sonho de meu livro, como Jim Hawkins, com os alaridos do periquito: *"Pieces of eight! Pieces of eight!"*.[1]

Tinha, diante de meus olhos, John Silver, *with a face as big as ham — his eye a mere pinpoint in his big face, but gleaming like a crumb of glass*.[2] Eu via o semblante azulado de Flint, exasperado, ébrio de rum, em Savannah, num dia quente, a janela aberta: o pedacinho de papel redondo, recortado da Bíblia, escurecido com cinzas, na palma da mão de Long John; a figura cor de vela do homem a quem faltavam dois dedos; a mecha de cabelos loiros agitado pela brisa marinha no crânio de Allardyce. Escutava os dois grunhidos de Silver ao enfiar a faca nas costas da primeira vítima; o canto vibrante da lâmina de Israel Hands fixar no mastro o ombro do pequeno Jim; o tinido das correntes dos enforcados sobre a Execution Dock; e a voz fina, alta, vacilante, aérea e doce se elevar entre as árvores da ilha ao cantar langorosamente: "Darby M'Graw! Darby M'Graw!"

Então, percebi que havia sentido o poder de um novo criador de literatura, e que meu espírito seria doravante assombrado por imagens de coloração desconhecida e por sons jamais ouvidos. E, nesse ínterim, tal tesouro era tão atraente quanto os baús de ouro do capitão Kidd, conhecia a caveira presa na árvore em "O Escaravelho de Ouro";

---

[1] Peças de oito! Peças de oito!
[2] O rosto grande como presunto — o olho é mera tachinha neste rosto, mas cintilante como caco de vidro.

já tinha visto Blackbeard beber rum, como o capitão Flint, no relato de Exquemelin; reencontrava em Ben Gunn, transformado em selvagem, Ayrton na ilha Tabor;[3] me recordava da morte de Falstaff, em agonia como o velho pirata, e das palavras de Mrs. Quickly:

> "'A parted even just between twelve and one, e'en at the turning o' the tide; for after I saw him fumble with the sheets, and play with flowers, and smile upon his finger's ends. I knew there was but one way; for his nose was as sharp as a pen and' a babbled of green fields" ... "They say, he cried out of sack." — "Ay, that' a did".[4]

Escutei o mesmo balanço dos enforcados queimados de sol, na balada de François Villon; e o ataque à casa solitária, no meio da noite, me lembrava do conto popular, "The Hand of Glory".[5] "Tudo foi dito, há seis mil anos que os homens existem e pensam." Mas tudo isso foi dito com sotaque diferente. Por que, e qual era a essência desse poder mágico? Eis o que gostaria de tentar mostrar nestas poucas páginas.

Poderíamos caracterizar a diferença entre o regime antigo na literatura e nossos tempos modernos pelo movimento inverso do estilo e da ortografia. Parece-nos que todos os escritores do século xv e do xvi usavam língua admirável, uma vez que escreviam cada palavra à sua própria maneira, sem a preocupação com a forma. Hoje em dia, com as palavras fixas e rígidas, vestidas com todas as suas letras, corretas e

---

[3] Capitão Kidd, pirata real, protagoniza conto de *Vidas Imaginárias* (1896), do próprio Schwob; "O Escaravelho de Ouro" é um conto de aventura de Edgar Alan Poe; Alexandre-Olivier Exquemelin (1645-1707) foi pirata e escritor, e deixou uma obras importante sobre a pirataria do século xvii; capitão Flint e Ben Gunn são personagens de *A Ilha do Tesouro*; o náufrago Tom Ayrton é personagem de dois livros de Jules Verne (1828-1905), e, em um deles, é resgatado da ilha Tabor pelo capitão Nemo, protagonista de *Vinte Mil Léguas Submarinas*.

[4] *Henrique V 2,3*, de Shakespeare: "Ele partiu exatamente entre doze e uma hora, bem na hora da mudança da maré; após vê-lo apalpar os lençóis e brincar com as flores e rir das pontas dos dedos, sabia que não havia mais o que fazer, pois o nariz estava fino como pena e ele tagarelava de campos verdejantes..." "Dizem que clamou por xerez" — "Sim, isso ele clamou."

[5] Referência a verso da *Ballade des Pendus* [Balada dos Enforcados], de Villon: "E o sol nos secou e escureceu"; de acordo com o folclore europeu, a posse da mão de um enforcado traz poderes mágicos. Em 1893, Schwob publicou o conto "La Main de Gloire".

polidas, em ortografia imutável, como convidadas de gala, perderam o individualismo de cor. As pessoas se vestiam com tecidos de cores diferentes: agora as palavras, como as pessoas, usam preto. Já não as distinguimos tão bem, apesar de serem grafadas corretamente. As línguas, como as pessoas, provêm de organização social refinada em que banimos as mixórdias indecentes. Não é diferente nas histórias ou nos romances. A ortografia de nossos contos é perfeitamente regular: os produzimos seguindo modelos exatos.

The actors are, it seems, the usual three[6]

diz George Meredith. Há uma maneira de contar e de escrever. A humanidade literária segue voluntária às rotas traçadas pelos primeiros descobridores de que a comédia não mudou muito desde a "maquete" fabricada por Menandro, nem os romances de aventura desde o esboço que Petrônio desenhou. O escritor que rompe com a ortografia tradicional prova verdadeiramente a sua força criativa. Mas precisa se render: não pode jamais alterar a ortografia das frases e a direção das linhas. Ideias e feitos bastam em si mesmos, como o papel e a tinta. O que glorifica Hans Holbein no desenho da família de Thomas More são as curvas que imaginou ao descrever com a pena. A matéria da Beleza permaneceu idêntica desde o Caos. O poeta e o pintor são inventores de formas: se servem de ideias comuns e de faces de todo o mundo.

Agora, pegue o livro de Robert Louis Stevenson. O que é? Uma ilha, um tesouro, piratas. Quem conta? A criança a quem a aventura chegou. Odisseu, Robinson Crusoé, Arthur Gordon Pym[7], não seriam apresentados de outra maneira. Mas aqui há entrecruzamento de relatos. As mesmas ações são expostas por dois narradores — Jim Hawkins e o doutor Livesey. Robert Browning já havia imaginado algo

---

[6] Os atores, aparentemente, são sempre três.
[7] Odisseu, também conhecido como Ulisses, personagem de diversas obras da literatura grega clássica, como *Ilíada* e *Odisseia*, de Homero; Robinson Crusoé é personagem de livro homônimo de Daniel Defoe; *A Narrativa de Arthur Gordon Pym* foi escrita por Edgar Allan Poe. Os três são marinheiros.

semelhante em seu [longo poema narrativo] *The Ring and the Book*. Stevenson encena o drama pelos narradores simultâneos; e em vez de deixá-lo pesado com os mesmos detalhes captados por outras pessoas, não nos apresenta mais que dois ou três pontos de vista diferentes. O obscuro é o plano de fundo, para nos oferecer a incerteza do mistério. Não sabemos exatamente o que fez Billy Bones. Dois ou três toques de Silver bastam para nos inspirar o tremendo arrependimento por ignorar para sempre a vida do capitão Flint e seus companheiros de fortuna. Quem era a negra de Long John, e em qual estalagem de qual cidade do Oriente nos encontraremos, com avental de cozinheiro, *the seafaring man with one leg*?[8] A arte, aqui, consiste em pouco dizer. Tive triste decepção no dia em que li em Charles Johnson a vida do capitão Kidd: preferia nunca ler. Estou certo de que jamais lerei sobre a vida do capitão Flint ou de Long John. Elas repousam, inalteradas, no túmulo de Monte Pala, na ilha de Apia.

> And may I
> And all my pirates share the grave
> Where these and their creations lie![9]

Stevenson soube empregar essas espécies de silêncios no relato, que talvez sejam o que há de mais apaixonante nos fragmentos do *Satíricon*, com maestria extraordinária. O que não nos conta da vida de Allan Breck, de Secundra Dass, de Olalla, de Attwater, nos atrai mais que aquilo que nos contou. Ele sabe fazer com que personagens surjam das trevas criadas a seu redor.

Mas por que a própria narrativa, além da forma e dos cortes de silêncio dispensados, possui essa intensidade particular que não permite soltar um livro de Stevenson após começá-lo? Imagino que o segredo desse poder foi transmitido de Daniel Defoe a Edgar Alan Poe e então a Stevenson, e que Charles Dickens vislumbrou em *Two Ghost*

---

8   O navegante de uma perna só.
9   E que eu possa / Com todos os meus piratas dividirmos a tumba / Onde jazem com os seus feitos.

Stories. É essencialmente a aplicação dos meios mais simples e mais reais aos assuntos mais complicados e inexistentes. A narração minuciosa da aparição de Mrs. Veal, o relatório escrupuloso do caso do senhor Valdemar, a análise paciente da faculdade monstruosa do dr. Jekyll são os exemplos mais impressionantes desse procedimento literário. A ilusão da realidade requer que os objetos apresentados a nós sejam aqueles que vemos todos os dias, a que estamos bem acostumados; a pungência da impressão, que as relações entre esses objetos familiares sejam subitamente modificadas. Faça alguém cruzar o indicador sob o dedo médio e coloque uma esfera entre as extremidades dos dedos cruzados: ele sentirá duas, e a surpresa será muito maior que quando o sr. Robert Houdin faz surgir uma omelete ou cinquenta metros de fita do chapéu preparado de antemão. É porque esse homem conhece perfeitamente os dois dedos e a esfera: portanto, não duvida de maneira alguma da realidade que experimenta. Mas as relações das sensações mudaram: e, assim, é tocado pelo extraordinário. O que há de mais apreensivo no *Diário do Ano da Peste* [de Defoe] não são nem as covas prodigiosas nos cemitérios, nem as pilhas de cadáveres, nem as portas marcadas por cruz vermelha, nem o tinido dos sinos dos coveiros, nem os tormentos solitários dos fugitivos, nem mesmo *the blazing star, of a faint, dull, languid colour, and its motion very heavy, solemn, and slow*.[10] Mas o pavoroso é extremo na narrativa: o curtidor, em meio ao profundo silêncio das ruas, entra no pátio do prédio dos correios. Um homem está no canto; outro diante da janela; outro na porta do escritório. Todos os três observam, no centro do pátio, a pequena bolsa de couro com duas chaves penduradas; ninguém *ousa* tocá-la. Por fim, um deles se decide, pega a bolsa com tenazes vermelhas de fogo, e após queimá-la, deixa o conteúdo cair no balde cheio de água. *The money, as I remember*, diz Defoe, *was about thirteen shillings, and some smooth groats and brass farthings*.[11] Eis uma pobre aventura

---

10 A estrela resplandecente, de coloração maçante, opaca e lânguida, com movimento difícil, solene e lento.
11 A quantia, me lembro, era cerca de treze xelins, mais alguns pence gastos e umas *moedinhas* de latão.

das ruas — a bolsa abandonada —, porém todas as condições de ação estão modificadas, e assim o horror da peste nos ronda. Dois dos incidentes mais aterradores da literatura são a descoberta por Robinson da pegada desconhecida na areia da ilha, e o estupor de dr. Jekyll ao reconhecer, após despertar, que a própria mão, estendida no lençol da cama, se transformou na mão peluda do sr. Hyde. O sentimento do mistério nesses dois eventos é insuperável. Entretanto, nenhuma força física parece intervir nelas: a ilha de Robinson é desabitada — não deveria existir pegadas além das dele; o dr. Jekyll não deveria ter, pela ordem natural das coisas, a mão peluda do sr. Hyde. São simples oposições de fatos.

Agora, gostaria de explicar o que essa propriedade tem de especial na obra de Stevenson. Salvo engano, é mais arrebatadora e mais mágica em sua obra que na de todos os outros. A razão, me parece, está no romantismo de seu realismo. Assim, seria possível dizer que o realismo de Stevenson é perfeitamente irreal, e, por isso, tão poderoso. Stevenson nunca viu as coisas a não ser com a imaginação. Homem algum tem o rosto parecido com presunto; o cintilar dos botões prateados de Alan Breck, enquanto salta sobre o navio de David Balfour, é pouco provável de acontecer; a rigidez da linha de luz e da fumaça das chamas das velas no duelo do *Morgado de Ballantrae* não poderia acontecer em laboratório; nunca a lepra se pareceu com a mancha de líquen que Keawe descobre na carne; será que alguém acredita que Cassilis, em "O Pavilhão nas Dunas", pode ver o brilho nas pupilas de um homem ao luar, *though he was a good many yards distant?*[12] Não falo exatamente do erro que o próprio Stevenson reconheceu, e pelo qual faz Alison realizar algo impraticável: *She spied the sword, picked it up... and thrust it to the hilt into the frozen ground.*[13]

Mas, na verdade, esses não são erros: são imagens mais fortes que as imagens reais. Encontramos boa quantidade de escritores capazes de realçar a realidade com a cor das palavras; não sei onde

---

[12] Embora estivesse a vários metros de distância.
[13] Ela examinou a espada, a empunhou... e a enfiou até o cabo no chão congelado.

encontraríamos alhures imagens que, sem a ajuda das palavras, são mais violentas que as imagens reais. Essas são imagens românticas, uma vez que destinadas a aumentar o brilho da ação pelo decoro; essas são imagens irreais, pois nenhum olho humano saberia enxergá-las no mundo que conhecemos. Não obstante, são, propriamente falando, a quintessência da realidade.

Na verdade, o que permanece em nós de Alan Breck, de Keawe, de Thevenin Pensete, de John Silver, é o casaco com botões de prata, a irregular mancha de líquen, estigma da lepra, a cabeça careca com duas mechas de cabelo ruivo, esse rosto grande como presunto, com os olhos cintilantes como caco de vidro. Não é isso o que os marca na memória? Isso o que lhes fornece a vida fictícia que têm os seres literários, essa vida que de tal maneira ultrapassa em energia a vida, que percebemos com os olhos do corpo o que move as pessoas em nossa volta? Pois o agrado e o interesse com que percebemos os outros é excitado, na maior parte do tempo, por seu grau de semelhança com seres literários, pela tinta romântica que as cobre. Nossos contemporâneos existem com muito mais individualidade quando os vinculamos mais inteiramente a criações irreais de tempos antigos. Esse suspiro literário faz florir todas as nossas afeições pela beleza. Raramente vivemos a nossa própria vida com prazer. Tentamos quase sempre morrer outra morte que não a nossa. É uma espécie de convenção heroica que dá brilho a nossas ações. Quando Hamlet salta sobre o túmulo de Ofélia, sonha a própria saga, e grita:

This is I, Hamlet the Dane.[14]

E quantos se orgulharam de viver a vida de Hamlet, que desejava viver a vida de Hamlet, o dinamarquês. Recordemo-nos de Peer Gynt, que não pôde viver a própria vida, e que retornou ao seu país, velho e desconhecido, e viu no leilão os acessórios da própria lenda serem vendidos. Deveríamos ser gratos a Stevenson por aumentar nosso

---

14   *Hamlet* 5,1: "Sou eu, Hamlet, o dinamarquês".

círculo desses amigos do irreal. Aqueles que nos foram dados são tão vivamente estigmatizados pelo realismo romântico, que é grande o risco de jamais os encontrarmos por aqui. Frequentemente, vimos Dom Quixote, *de complexion recia, seco de carnes, enjuto de rostro*; ou o frei Jean des Entoummeures, *alto, magro, de boca escancarada e nariz avantajado*; ou o príncipe Hal, com *a villainous trick of his eye and a foolish hanging of his nether-lip*:[15] todos eles traços de visão e corpo que a natureza reservou a nós, e que sempre nos mostrará. O valor imaginativo resulta da escolha e da cor das palavras, da cesura da frase, da adequação ao personagem que descreve; e essa combinação artística é tão miraculosa que os traços comuns e frequentes eternizam Dom Quixote, frei Jean, o príncipe Hal: lhes pertencem, são a eles que precisamos pedir autorização.

Nada se equipara com aqueles criados por Stevenson. Não podemos modelar ninguém à sua imagem, pois cada um é demasiado vivo e singular, ou está ligado a um traje, a um jogo de luz, a um acessório teatral, poderíamos dizer. Eu me lembro de quando encenamos aqui a peça de John Ford, *'T is pity she's a whore*,[16] decidimos que era preciso espetar no punhal de Giovanni um coração ensanguentado de verdade. No ensaio, o ator brandiu um coração de carneiro fresco na ponta da adaga. Ficamos estupefatos. Lá no palco, em cena, em meio ao cenário, nada parecia menos com o coração que um coração de verdade. Esse pedaço de carne se assemelhava a peça de açougue, de toda púrpura. Não era de modo algum o coração ensanguentado da bela Annabella. Assim pensamos que se em cena um coração de verdade parece falso, um coração falso deverá parecer verdadeiro. Fizemos o coração de Annabella com pedaço de flanela vermelha, recortada de acordo com a forma que vimos nas imagens santas. O vermelho era de brilho incomparável, bastante diferente da cor do

---

[15] *Dom Quixote 1,1*: "De fisionomia rígida, seco de carnes, enxuto de rosto"; a descrição do frei Jean des Entoummeures está em *Gargântua* (1534), de François Rabelais (1494-1553); *Henrique IV Parte I 2,4*: "Por tique horrível no olho e expressão estúpida no lábio inferior".
[16] Tragédia de John Ford, publicada em 1633 e, possivelmente, encenada em 1626, pode ser traduzida como *Que pena que ela é uma prostituta*.

sangue. Quando o vimos surgir a segunda vez com a adaga, sentimos pequeno frêmito de angústia, pois ali estava, sem sombra de dúvida, o coração ensanguentado da bela Annabella. Parece-me que os personagens de Stevenson possuem justamente essa espécie de realismo irreal. A enorme figura reluzente de Long John, a palidez da cabeça de Thevenin Pensete se fixa na memória de nossos olhos em virtude da própria realidade. São fantasmas da verdade, alucinantes como verdadeiros fantasmas. Notem de passagem que Jim Hawkins alucina com os traços de Long John Silver, e que François Villon é atormentado pelo aspecto de Thevenin Pensete.

Tentei mostrar até aqui como a pungência de Stevenson e de alguns outros resulta do contraste entre o ordinário dos meios e o extraordinário do que significam; como o realismo dos meios na obra de Stevenson possui vivacidade especial; como essa vivacidade nasce da irrealidade do realismo de Stevenson. Mas gostaria de ir ainda um pouco mais longe. Essas imagens irreais de Stevenson são a essência de seus livros. Como o fundidor de cera derrama o bronze no "núcleo" de argila, Stevenson derrama sua história ao redor da imagem que criou. Isso é bastante visível em "A Porta do Senhor de Malétroit". O conto não passa de tentativa de explicar a seguinte visão: uma grande porta de carvalho, que parece embutida na parede, cede ao peso das costas de alguém que se escora ali, gira silenciosamente sobre as dobradiças untadas de óleo e se fecha automaticamente em trevas desconhecidas. É ainda uma porta que primeiro assombra a imaginação de Stevenson no começo de *O Médico e o Monstro*. Em "O Pavilhão nas Dunas", o único interesse do relato é o mistério do pavilhão fechado, solitário em meio às dunas, com luzes errantes detrás das janelas cerradas. As *Novas Mil e Uma Noites* são construídas ao redor da figura do jovem que entra num bar com bandeja de tortas de creme. As três partes de "Will o' the Mill" são essencialmente realizadas com o cardume de peixes prateados que desce a corrente do rio, a janela iluminada na noite azul (*one little oblong patch of orange*)[17] e

[17] Pequeno e comprido pedaço laranja.

o perfil da carroça, *and above that a few black pine tops, like so many plumes*.[18] O risco de tal procedimento de composição é que o relato não possua a intensidade da imagem. Em "A Porta do Senhor de Malétroit", a explicação está muito abaixo da visão. Quanto às tortas de creme de "O Clube do Suicídio", Stevenson renunciou a dizer por que estavam lá. As três partes de "Will o' the Mill" são exatamente à altura das imagens, que assim parecem ser símbolos verdadeiros. Por fim, nos romances, *Sequestrado*, *A Ilha do Tesouro*, *O Morgado de Ballantrae* etc., o relato é incontestavelmente superior à imagem, ainda que tenha sido o ponto de partida.

Agora, o criador de tantas visões repousa na afortunada ilha dos mares austrais.

en nêsois makarôn se phasin einai.[19]

Ah! Não veremos mais nada com *his mind's eye*. Todas as belas fantasmagorias que ainda poderia criar jazem na estreita tumba polinésia, não muito longe da esplendorosa franja de espuma: a última imaginação, talvez também irreal, de vida doce e trágica. *"I do not see much chance of our meeting in the flesh"*,[20] me escreveu. Foi uma triste verdade. Para mim, ele descansa rodeado pela auréola de sonho. E estas poucas páginas não são mais que a tentativa de explicar que tive sonhos inspirados pelas imagens de *A Ilha do Tesouro* em radiante noite de verão.

---

18   E, sobre ela, os cumes de alguns pinheiros pretos, como amontoado de plumas.
19   "Disseram que você está nas ilhas dos bem-aventurados" (traduzido do francês).
20   Não vejo muita chance de nos encontrarmos pessoalmente.

MARCEL SCHWOB

SPICILÈGE

FRANÇOIS VILLON — SAINT JULIEN L'HOSPITALIER
PLANGON ET BACCHIS
DIALOGUES SUR L'AMOUR, L'ART ET L'ANARCHIE

PARIS
SOCIÉTÉ DV MERCVRE DE FRANCE
XV, RVE DE L'ÉCHAVDÉ-SAINT-GERMAIN, XV

M DCCC XCVI

Tous droits réservés.

GALERIA

Bartlett F. Kenney
270 Boylston St.
Boston, Mass.

Robert Louis
Stevenson em
pintura de
John Singer
Sargent, 1887

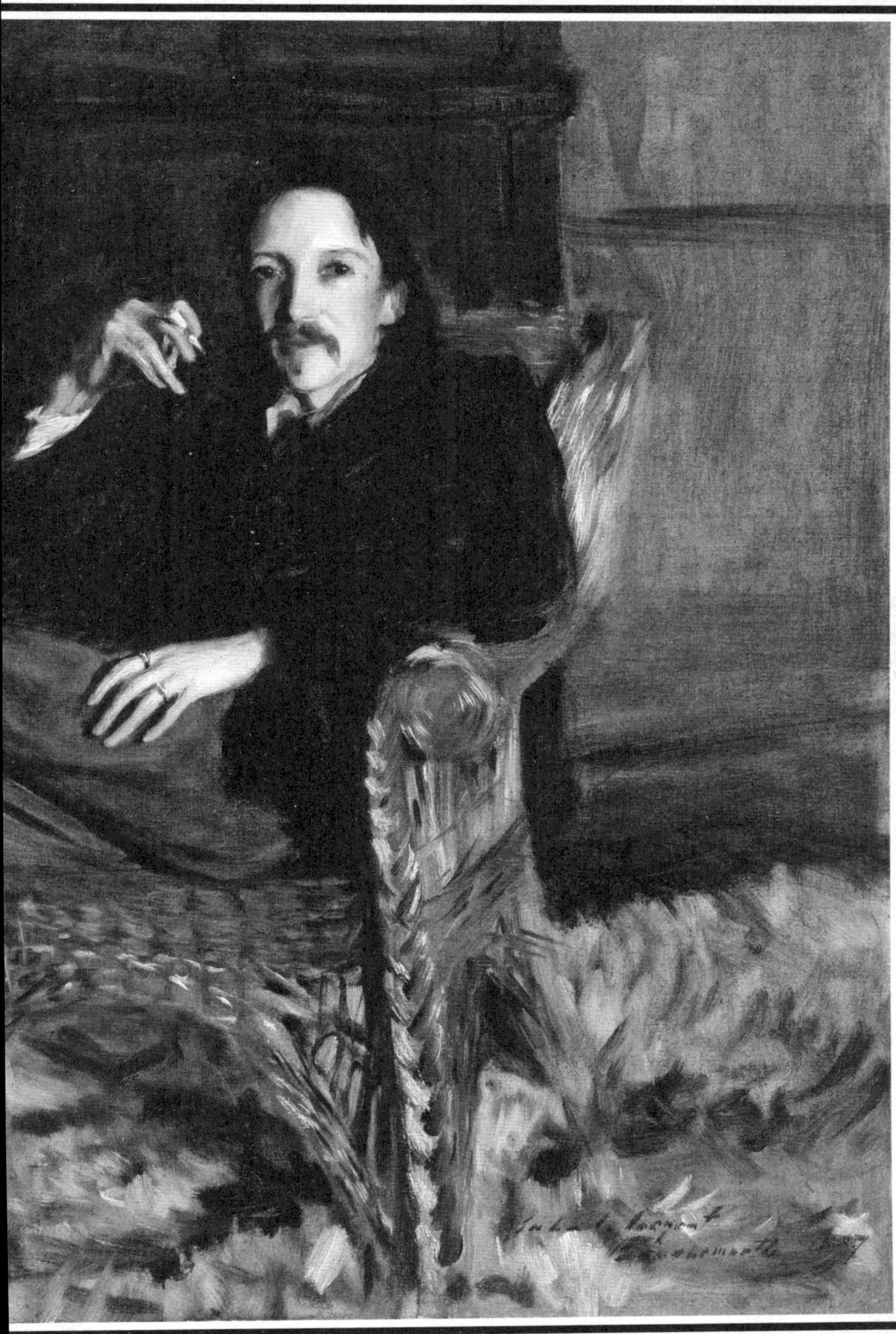

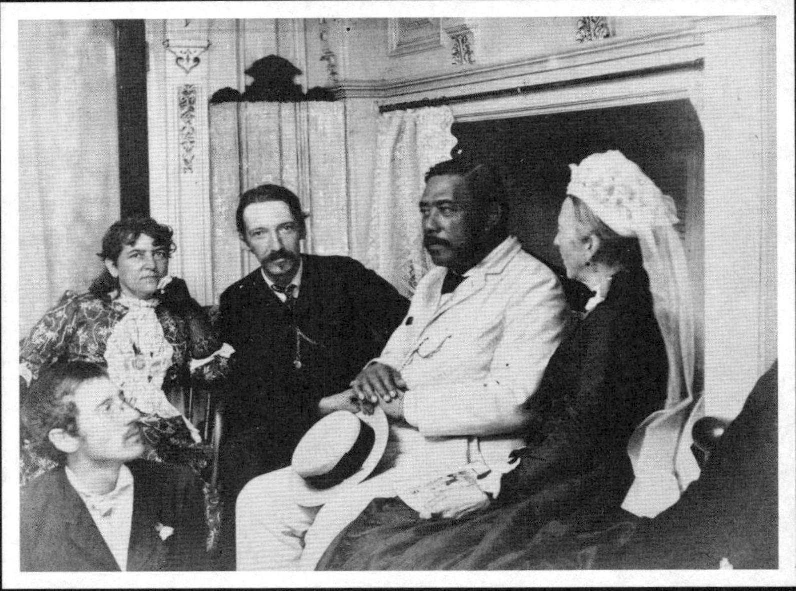

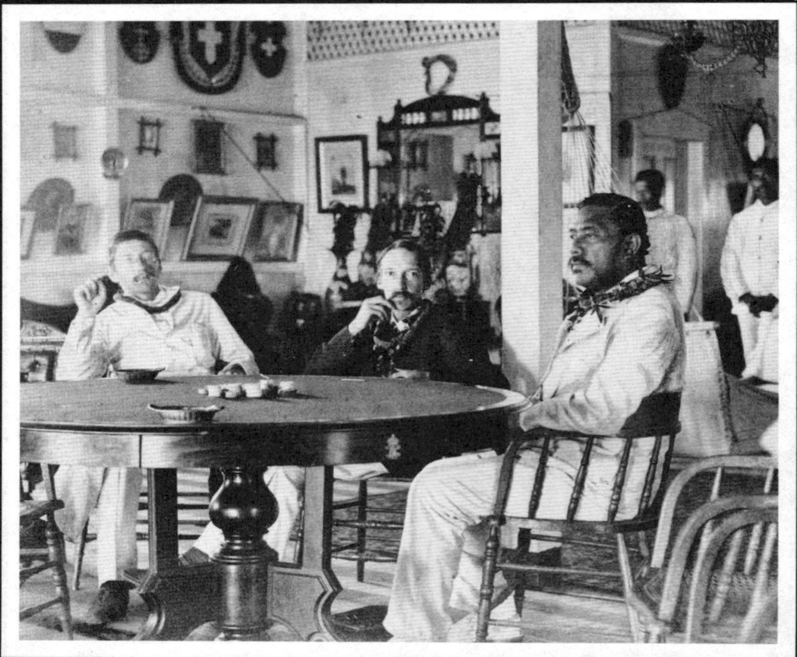

Na página à esquerda e ao lado, com o rei Kalakaua, no Hawaí, em 1889.

Abaixo, tirando um som com os havaianos. Stevenson está sentado de perfil ao centro, com sua pequena flauta. De costas para a câmera, está a mãe dele.

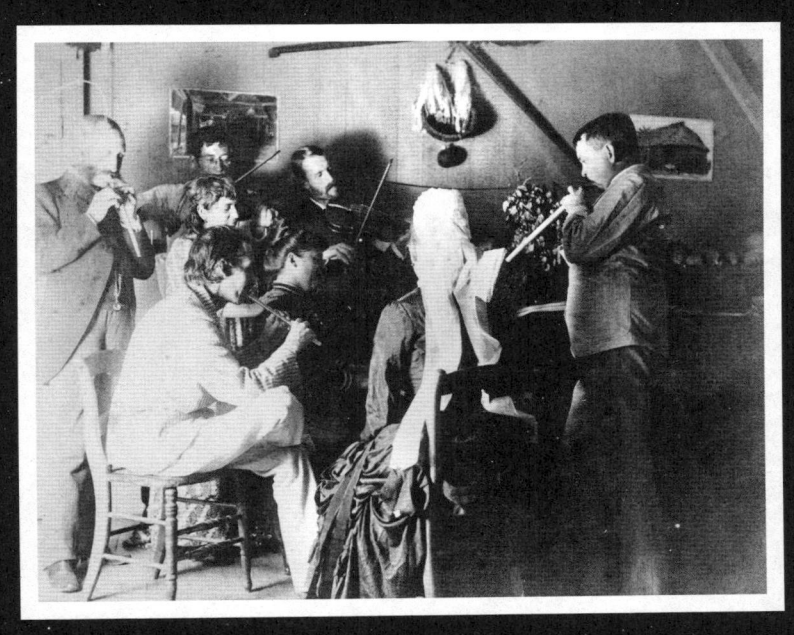

Acima, Robert Louis Stevenson em foto de 1893.

Na página ao lado, acima, em Vailima, na ilha de Upolu, Samoa, onde viveu seus últimos anos.

Na página ao lado, acima, com a esposa Fanny Stevenson, a mãe Margaret e o autor americano Lloyd Osbourne, em Vailima.

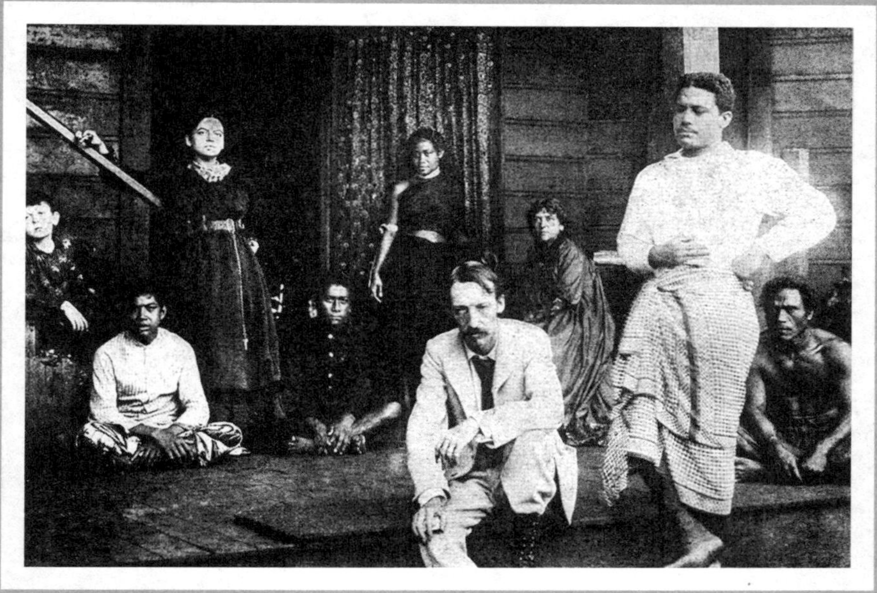

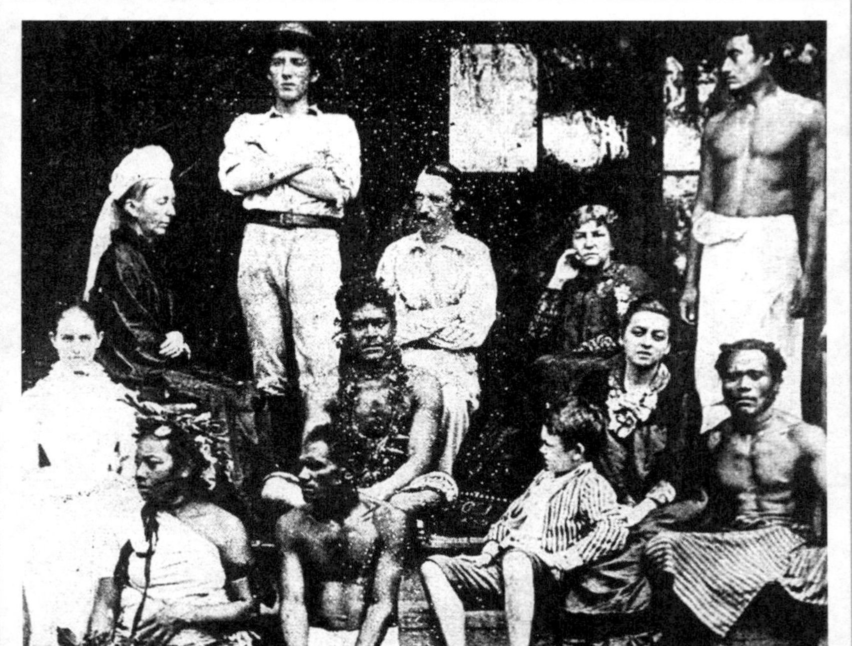

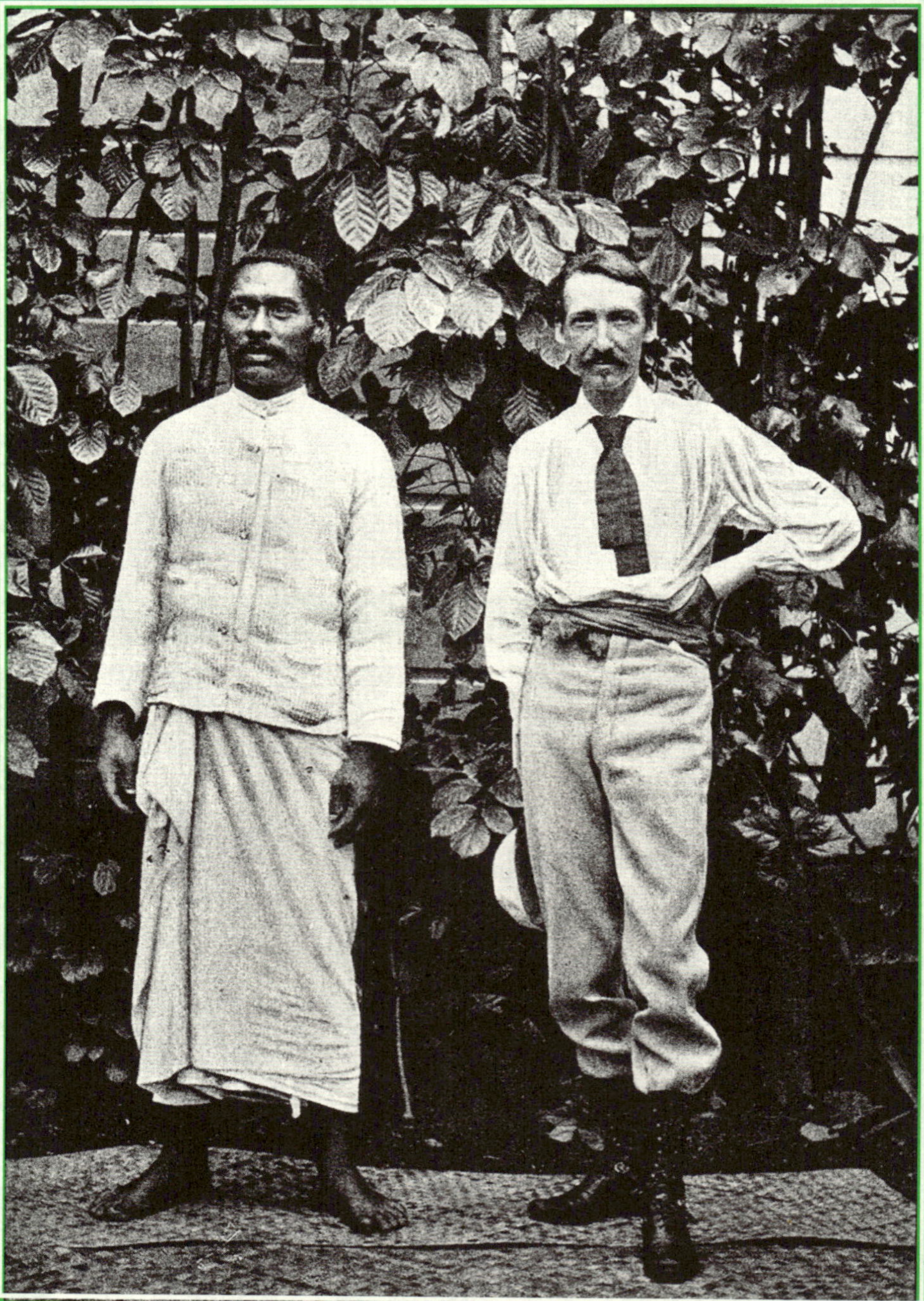

Na página ao lado, com o chefe samoano Tuimalealufano em Vailima. na ilha de Upolu. Fotografado por Alfred John Tattersall entre 1889 e 1894.

Abaixo, com a esposa Fanny no Arquipélago das Marquesas, na Polinésia Francesa.

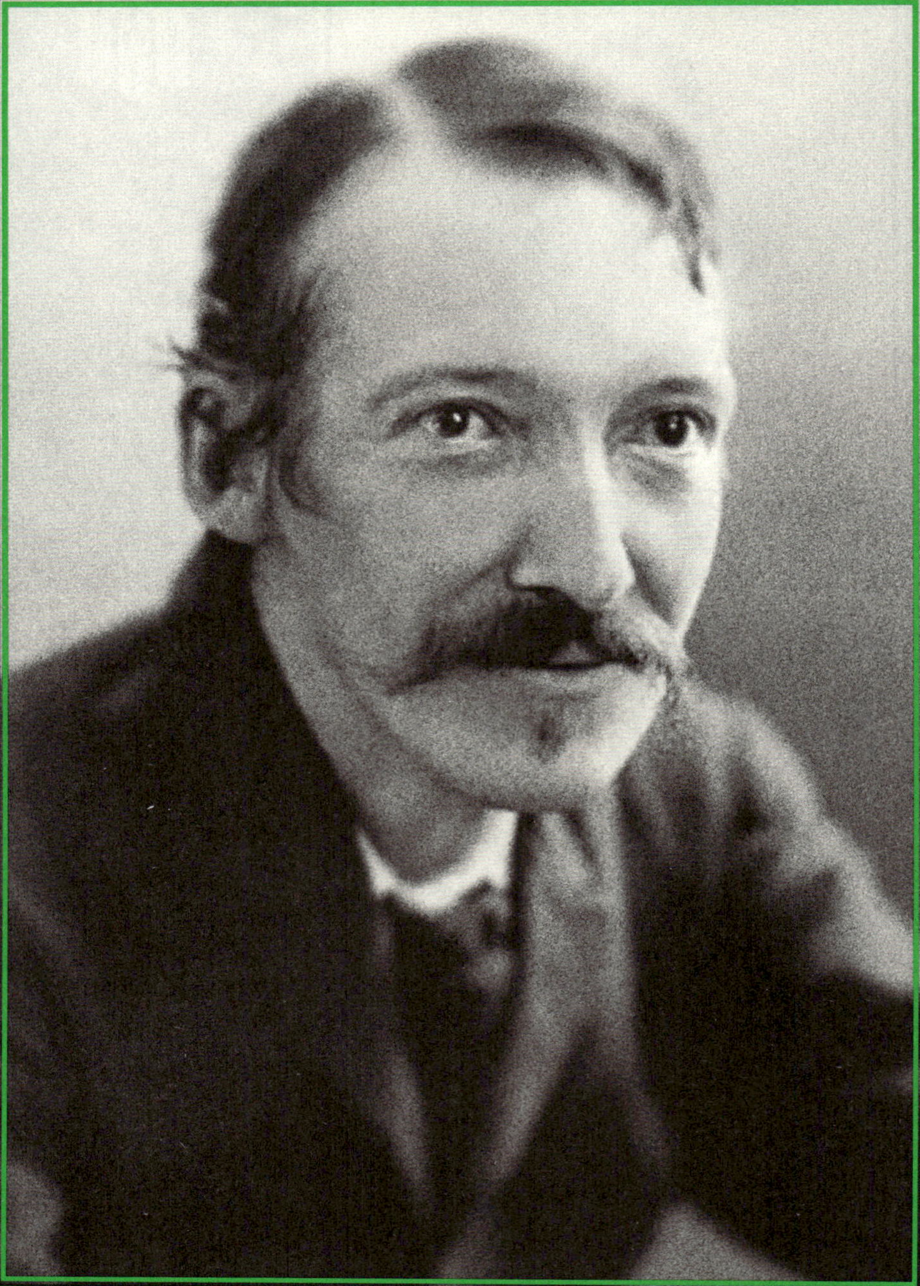

CRONOLOGIA

1850 { Nasce em Edimburgo, Escócia.

1876 { Temporada em Londres. Conhece a americana Fanny Osbourne, sua futura esposa.

1877 { Publicação original de *Uma Hospedagem para a Noite*.

1878 { Publicação original de *A Porta do Senhor de Malétroit*, *O Clube do Suicídio*, *O Diamante do Rajá* e *A Providência e seu Violão*.

1880 { Publicação original de *O Pavilhão nas Dunas*.

1881 { Publicação original de *Janet, a Entortada* e do volume de ensaios *Virginibus Puerisque*.

1882 { Publicação de *As Novas Mil e uma Noites*.

1883 { Publicação do romance *A Ilha do Tesouro*.

1884 { Publicação de *O Apanhador de Corpos*.

1885 { Publicação original de *Markheim* e *Olalla*.

1886 { Publicação de *O Médico e o Monstro*.

1887 { Publicação do volume de contos *The Merry Men*, que reúne, entre outros, *Markheim*, *Janet, a Entortada* e *Olalla*.

1891 { Publicação original de *A Praia de Falesá*.

1892 { Publicação original de *O Demônio da Garrafa*.

1893 { Publicação original de *A Ilha das Vozes* e de *Entretenimentos das Noites nas Ilhas*.

1894 { Morte por crise de apoplexia nas Ilhas Samoanas.

FONTES

Textos traduzidos a partir de *The Complete Stories of Robert Louis Stevenson*, org. Barry Menikoff. Nova York: Modern Library Classics, 2002; e de *Dr. Jekyll and Mr. Hyde with The Merry Men & Other Stories*, R.L. Stevenson. Hertfordshire: Wordsworth Classics, 1999.

O conto "Janet, a Entortada" foi traduzido com a consulta de "Thrawn Janet or Twisted Janet" (trad. M. Grant Kellermeyer), disponível em https://www.oldstyletales.com/single-post/2015/03/20/Robert-Louis-Stevensons-Thrawn-Janet-An-Original-English-Translation-from-the-Scots, acessado em setembro de 2019.

O ensaio "Robert Louis Stevenson" foi traduzido de "Robert Louis Stevenson vu par Marcel Schwob", disponível em: https://www.larevuedesressources.org/robert-louis-stevenson-vu-par-marcel-schwob,013.html, acessado em setembro de 2019; e de *Spicilège*, Marcel Schwob. Paris: Société du Mercure de France, 1896, p. 94-115, disponível em: https://gallica.bnf.fr/ark:/12148/bpt6k2412779.pdf, acessado em setembro de 2019.

As citações bíblicas foram traduzidas por João Ferreira Almeida, disponível em http://biblia.com.br/joao-ferreira-almeida-atualizada/ e acessada em setembro de 2019.

Dados factuais presentes na biografia, introdução e cronologia foram consultados em http://robert-louis-stevenson.org entre dezembro de 2017 e setembro de 2019.

ROBERT LOUIS STEVENSON nasceu em Edimburgo, na Escócia, em 1850. Proveniente de tradicional família de construtores de faróis, o escritor seguiu, por sua vez, prolífica carreira literária que legaria romances, novelas, contos, ensaios, poemas, peças teatrais, relatos de viagem, e ao menos dois clássicos da literatura universal: *A Ilha do Tesouro* e *O Médico e o Monstro*. Apesar de considerado por muitos como autor infanto-juvenil, Stevenson foi celebrado por um heterogêneo rol de escritores, tais como Jorge Luís Borges, Vladimir Nabokov, Virginia Woolf, G.K. Chesterton, Arthur Conan Doyle, Marcel Schwob e Henry James. Até hoje sua obra inspira incontáveis traduções, adaptações, interpretações e homenagens. Debilitado, por conta do clima europeu, em 1887 sai do continente em busca de ares mais amenos, e após alguns meses de viagens, passa por fim a viver nas Ilhas Samoanas, onde permaneceria até o fim da vida e seria conhecido como tusitala, o contador de histórias.

PAULO RAVIERE nasceu em Irecê, Bahia, em 1986. Tem mestrado em tradução pela Universidade Federal da Bahia (UFBA) e atualmente cursa o doutorado na FFLCH/USP. Colaborou com o Blog do IMS e as revistas *Pesquisa FAPESP*, *Barril* e *Piauí*. Saiba mais em raviere.wordpress.com.

ALCIMAR FRAZÃO é quadrinista e ilustrador, formado em Artes Visuais pela Escola de Comunicação e Artes da Universidade de São Paulo (USP). Integrou o coletivo de quadrinhos O Contínuo (2005-2010), onde publicou sete edições e dois álbuns especiais. É autor dos romances gráficos *Ronda Noturna* (Zarabatana, 2014), *O Diabo e Eu* (Mino, 2016) e *Cadafalso* (Mino, 2018), este último álbum, vencedor do ProAC HQ de 2016. Seu trabalho é publicado no Brasil, Portugal e Espanha e pode ser acompanhado em zeppelin82.tumblr.com.

As ilustrações para este volume foram imaginadas como releituras dos arcanos maiores do clássico Tarô de Marselha, o mais tradicional dos tarôs e padrão a partir do qual todos os demais derivam, provavelmente concebido no século XV na região norte da Itália, e introduzido no sul da França, quando os franceses conquistaram Milão e Piemonte em 1499. Nele existem duas cartas que se distinguem das outras: o Louco, cuja carta não é numerada, e a carta XIII, que não é nomeada.

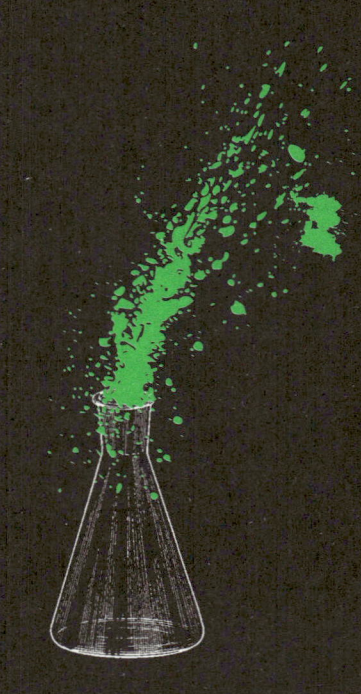

COLLECTION
MEDO CLÁSSICO
DARKSIDE

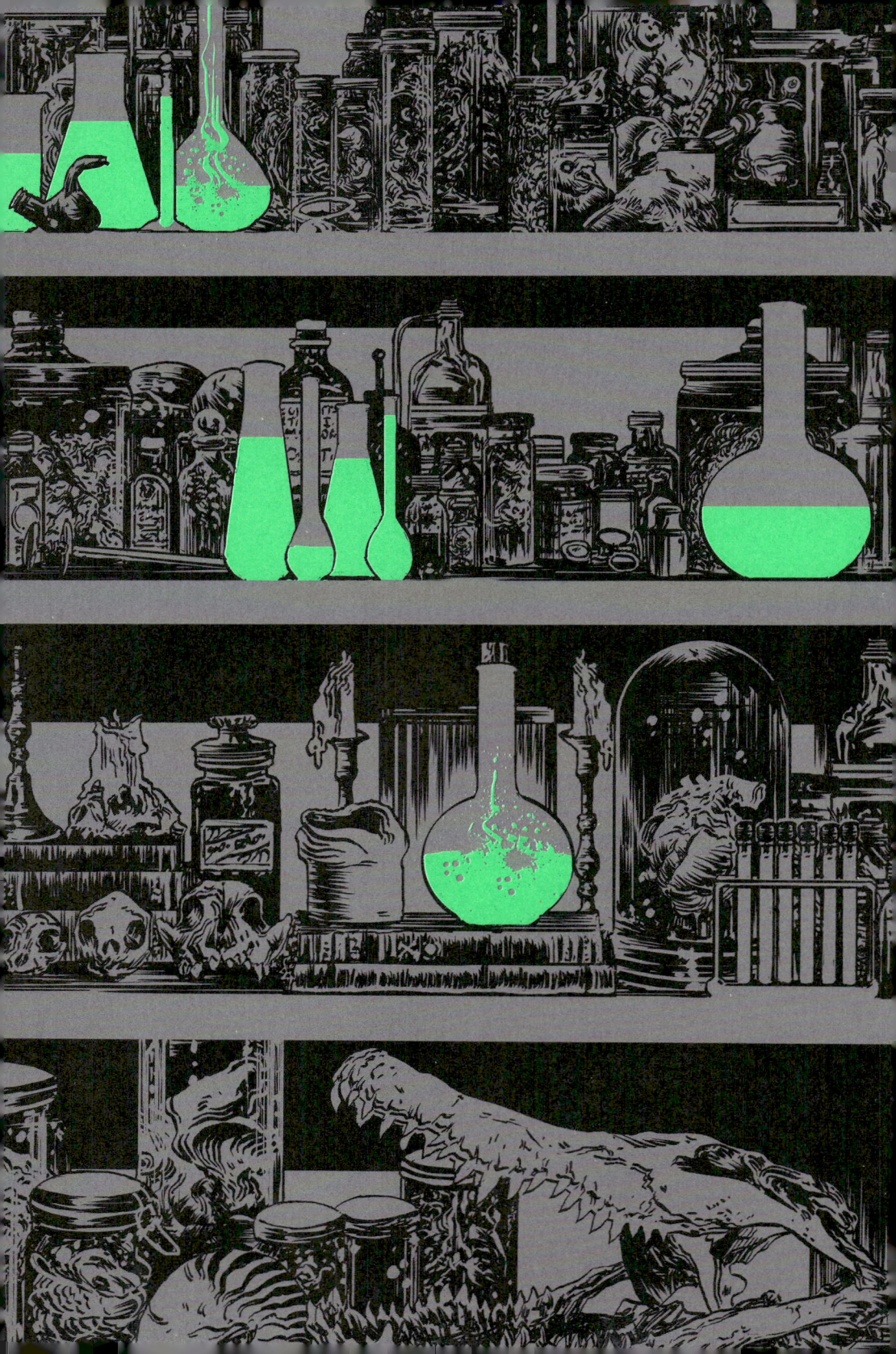